dtv

Deutsche Lyrik
von den Anfängen bis zur Gegenwart

Band 3

Deutsche Lyrik
von den Anfängen bis zur Gegenwart
in 10 Bänden
Herausgegeben von Walther Killy

Band 1: Gedichte von den Anfängen bis 1300
Herausgegeben von Werner Höfer und Eva Willms

Band 2: Gedichte 1300–1500
Herausgegeben von Eva Willms und Hansjürgen Kiepe

Band 3: Gedichte 1500–1600
Herausgegeben von Klaus Düwel

Band 4: Gedichte von 1600–1700
Herausgegeben von Christian Wagenknecht

Band 5: Gedichte 1700–1770
Herausgegeben von Jürgen Stenzel

Band 6: Gedichte 1770–1800
Herausgegeben von Gerhart Pickerodt

Band 7: Gedichte 1800–1830
Herausgegeben von Jost Schillemeit

Band 8: Gedichte 1830–1900
Herausgegeben von Ralph-Rainer Wuthenow

Band 9: Gedichte 1900–1960
Herausgegeben von Gisela Lindemann

Band 10: Gedichte 1961–2000
Herausgegeben von Gerhard Hay und
Sibylle von Steinsdorff

Gedichte 1500–1600

Nach den Erstdrucken und Handschriften
in zeitlicher Folge
herausgegeben von
Klaus Düwel

Deutscher Taschenbuch Verlag

Unveränderter Reprint der in den Jahren 1969–1978
erstmals unter dem Titel ›Epochen der deutschen Lyrik‹
erschienenen Sammlung deutscher Gedichte, Band 3,
München 1978.

Originalausgabe
September 2001
Deutscher Taschenbuch Verlag GmbH & Co. KG,
München
www.dtv.de
© 1978, 2001 Deutscher Taschenbuch Verlag, München
Umschlagkonzept: Balk & Brumshagen
Gesamtherstellung: Druckerei C. H. Beck, Nördlingen
Gedruckt auf säurefreiem, chlorfrei gebleichtem Papier
Printed in Germany · ISBN 3-423-59052-1

Einleitung

Eine Sammlung deutscher Lyrik des 16. Jahrhunderts gehört nicht zu den beliebten Themen in Anthologien. Außer der alten Ausgabe von Karl Goedeke und Julius Tittmann: *Liederbuch aus dem 16. Jahrhundert* (²1881) und dem gerade erschienenen zweiten Band von Hedwig Heger: *Spätmittelalter, Humanismus, Reformation* in der Reihe *Die Deutsche Literatur. Texte und Zeugnisse* (Bd. 1, 1975) ist kaum etwas Bemerkenswertes zu nennen. Einzelne Bereiche wurden hingegen gut dokumentiert, so die Volkslieder durch Ludwig Uhland: *Alte hoch- und niederdeutsche Volkslieder* (³1893); speziell die historischen Volkslieder durch Rochus Freiherr von Liliencron: *Die historischen Volkslieder der Deutschen vom 13. bis 16. Jahrhundert* (4 Bände, 1865–1869). Das Kirchenlied hat Philipp Wackernagel in seinem monumentalen Werk *Das deutsche Kirchenlied von der ältesten Zeit bis zum Anfang des 17. Jahrhunderts* (5 Bände, 1864–1877) gesammelt. Dazu hat er das wichtige Hilfsmittel bereitgestellt: *Bibliographie zur Geschichte des deutschen Kirchenliedes im 16. Jahrhundert* (1855). Andere Werke greifen aus diesem Gebiet wiederum Teile heraus, wie Wilhelm Bäumker: *Das katholische deutsche Kirchenlied in seinen Singweisen* (4 Bände, 1883–1911). Eine weitere Gruppe der sogenannten Gesellschaftslieder hat Heinrich Hoffmann von Fallersleben zusammengetragen und ihr damit die seither übliche Bezeichnung gegeben: *Die deutschen Gesellschaftslieder des 16. und 17. Jahrhunderts* (2 Bände, ²1860).

Grundsätzlich ist festzuhalten: Gedichte in lateinischer Sprache kennzeichnen die eigentliche Lyrikproduktion dieses Jahrhunderts. Dagegen nimmt sich die deutschsprachige Lyrik wie eine Randerscheinung aus. Es gibt kaum einen der bekannteren deutschen Dichter des 16. Jahrhunderts, der nicht seine bedeutenden Werke in lateinischer Sprache geschrieben hätte. Wenn man dies bedenkt, wird auch das Wagnis deutlich, hier eine Sammlung deutscher Lyrik des 16. Jahrhunderts vorzulegen. Ich habe versucht, durch eine fortlaufende Berücksichtigung der neulateinischen Lyrik immer wieder daran zu erinnern, daß die Lyrik des 16. Jahrhunderts vorwiegend in lateinischer Sprache geschrieben wurde. Keineswegs ist sie damit auch nur annähernd repräsentiert. Einen leicht zugänglichen Querschnitt der neulateinischen Lyrik mit freier, versgetreuer deutscher Übersetzung hat jetzt Harry S. Schnur: *Lateinische Gedichte deutscher Humanisten* (1966) gegeben. Zum Teil stimmt meine Auswahl mit diesem Band überein, um dem Leser auch die Originalfassung der Gedichte mit einer wörtlichen Übersetzung zu bieten.

Wenn von Lyrik im 16. Jahrhundert die Rede ist, werden sicher Kirchen- und Volkslied genannt. Sie erfüllten ganz andere Funktionen als etwa die vor allem in gelehrten Kreisen entstandene und gelesene neulateinische Dichtung. Nur auf den ersten Blick gesehen lebt das Kirchenlied im sakralen, das Volkslied im profanen Bereich. Beide wirken durch ihre Melodien; der Text scheint im Vergleich dazu fast Nebensache. Je einprägsamer die Melodie, desto mehr Strophen können dazustoßen, damit nur immer die Melodie wiederholt werden kann. Wie entscheidend die Melodie ist, zeigt sich darin: Einmal wird in den meisten Fällen eine eigene Melodie vorangestellt oder wenigstens der Ton, auf dem die Texte zu singen sind, angegeben; fehlt beides, dann darf man sicher annehmen, daß die zugehörige Melodie als bekannt vorausgesetzt wurde. Zum andern wird auf die Abteilung des Textes nach Reimen kaum Wert gelegt. Die hier gesammelten Texte sind in ihrer Druckanordnung typisch: Der fortlaufende Satz eines Gedichtes bestimmt das Bild. Dies zu betonen, scheint mir wichtig, da moderne Ausgaben in der Regel diesen Umstand übergehen. Anders dagegen die neulateinische Dichtung: Die genaue typographische Beachtung der Versmaße zeigt, daß die Texte zum Lesen, zum optischen Genuß eingerichtet wurden. Zwar kann man einwenden, auch die lateinische Dichtung sei zum Vortrag bestimmt gewesen, allein sie kennt nicht das Faszinosum des Liedes: einer stimmt an, andere fallen ein.

Auch der gesellschaftliche Rahmen, in dem beide wirken können, ist verschieden. Das Publikum der neulateinischen Dichtung ist ein literarisches, Scholaren, Gelehrte, Künstler, kurz ein Publikum mit gelehrter Bildung. Auch reicht es über nationale Grenzen hinweg, weswegen die Aufnahme zweier Gedichte des Niederländers JOHANNES SECUNDUS Billigung finden mag. Volks- oder Kirchenlieder kann jedermann, je an ihrem Ort, in Haus und Kirche, im Wirtshaus oder im sakralen Raum, bei weltlichem Fest oder kirchlicher Feier, anstimmen oder mitsingen. Meistersang und die sogenannte Renaissancelyrik, auf die Hans Joachim Moser das Interesse gelenkt hat (*Renaissancelyrik deutscher Musiker um 1500.* In: *Deutsche Vierteljahrsschrift für Literaturwissenschaft und Geistesgeschichte* 5, 1927, S. 381–412) bis hin zu den Anfängen der Kunstlyrik im 16. Jahrhundert mit JACOB REGNART, CHRISTOPH VON SCHALLENBERG und dem Anomymus des *Raaber Liederbuches* sind demgegenüber ständisch-zünftisch gebunden (Meistersang) oder setzen einen höfischen Rahmen voraus (Renaissancelyrik). Diese ist in den Liederbüchern von ERHARD ÖGLIN (1512), PETER SCHÖFFER (1513) und ARNT VON AICH (1520) gesammelt, erscheint dort aber durchaus nicht streng getrennt von volkstümlichen Liedern, wie es denn überhaupt schwierig ist, spezifische Unterschiede zwischen Volks- und Gesellschaftslied festzustellen. Das „Gesellschaftslied" (vgl. *Epochen der deutschen Lyrik* Bd. 2, S. 7) bleibt problematisch, zumal es ohnehin literarhistorisch „eine Einheit mit der volkstümlichen Lyrik" bildet (Rupprich). Es ist hier auch nicht der Ort, im einzelnen eine Gattungsgeschichte der weltlichen und geistlichen Lyrik zu bieten, die formal und thematisch mittelalterliche Traditionen fortsetzt. Über literaturgeschichtliche Fragen in diesem Zusammenhang kann man sich ausführlich in zwei unterschiedlich orientierten Darstellungen informieren: J. G. Boeckh, G. Albrecht, K. Böttcher, K. Gysi, P. G. Krohn: *Geschichte der deutschen Literatur von 1480–1600* (1961) und Hans Rupprich: *Die deutsche Literatur vom späten Mittelalter bis zum Barock*, I: 1370–1520 (1970), II: 1520–1570 (1973).

An dieser Stelle möchte ich nur auf zwei Punkte hinweisen, die das Bild dieser Sammlung stark bestimmen:

1. Der Meistersang ist aufgrund seiner Überlieferungssituation nur recht spärlich vertreten. Den Meistersingern war es nicht erlaubt, ihre in den Singschulen vorgetragenen Werke zu drucken oder anderweitig zu veröffentlichen. HANS SACHS' Meistergesänge sind denn auch nicht in der Sammelausgabe seiner Werke (1558–1579) enthalten. Für seine *schone schuelkunst* (S. 40) habe ich auf seine eigene Handschrift von 1554, eine Cimelie der Göttinger Bibliothek, zurückgegriffen. Bei FRIEDRICH BEER (S. 268) und GEORG HAGER (S. 279f.) waren moderne Drucke zu benutzen. Doch auch gedruckten Meistersang findet man, wie hier die Beispiele von JÖRG SCHILLER (S. 16) und von dem Wiedertäufer HANS WITZSTAT VON WERTHEIM (S. 99), einem Mitglied der Zwickauer Singschule, dokumentieren.

2. Das Kirchenlied, daß mit Luthers Wirken einen zentralen Ort im Gottesdienst erhielt und anfangs in fliegenden Blättern umlief, habe ich besonders oft aufgenommen. Dabei war ich bemüht, sonst wenig benutzte Drucke wie das *Achtliederbuch* (1523/24) oder Lieder, die nicht in den Bestand des *Evangelischen Kirchengesangbuches* übergingen (wie LUTHERS *Ein new lied von den zween Merterern Christi* S. 83), zu berücksichtigen. Unter den Kirchenlieddichtern begegnen auch Frauen, von denen hier ELISABETH CREUTZIGER (S. 80) vertreten ist.

Ein zweiter Akzent liegt auf dem Kirchengesang der Böhmischen Brüder, den hier vor allem MICHAEL WEISSES *New Geseng buchlen* (1531) und die *Kirchengeseng* (1566) repräsentieren. Ebenso ist das katholische Kirchenlied mit den Sammlungen von MICHAEL VEHE (1537), GEORG WITZEL (1541) und JOHANN LEISENTRIT (1567) hinreichend einbezogen. Andere Richtungen wie z. B. die Lieder der Täufer, stehen dagegen zurück.

Das Ziel der Sammlung ist es: Zeitwirksames und wenig Beachtetes, Fortwirkendes und Vergessenes, Neues und Bewahrendes, Volkstümliches und Gelehrtes, Rezeptives und Schöpferisches in seinem zeitlichen Nebeneinander und Nacheinander zu dokumentieren. Die Auswahl

Einleitung

spiegelt natürlich auch die Forschungs- und Leseinteressen der frühen
6oer Jahre wieder. So findet man zum Beispiel hier kaum einen erst
später aktuell gewordenen Bezug zu den Bauernkriegen und seinen
Spiegelungen im Lied. Je nach der Bevorzugung solcher Interessen
könnte diese Sammlung ganz anders aussehen. Aber auch ohnedies wird
der kundige Leser manchen Text und den einen oder anderen Autor
(z. B. PAMPHILIUS GENGENBACH) vermissen. Ich bin mir des fragmentarischen Charakters dieses Versuches durchaus bewußt.

Einige Leitlinien jedoch, die mich bei der Auswahl bestimmt haben,
möchte ich im folgenden umreißen. In der Auswahl der geistlichen Lieder habe ich auf die Eindeutung der Hymnen und Psalmenlieder besonderes Gewicht gelegt. Hier sollte – auch für den akademischen Unterricht – ein breites Vergleichsmaterial bereitgestellt werden; man sehe
z. B. die unterschiedlichen Versionen des Pfingsthymnus *Veni Creator
Spiritus* (S. 82, 84, 85, 198) sowie die Übertragungen vor allem des 42.
Psalms (S. 131, 147, 169, 201, 231, 244, 252, 289).

Ferner sollten die Formkünste der frühen Renaissancelyriker gezeigt
werden, auf deren subtile Reimkünste, artistische Bauformen und gelehrte Vergleiche und Anspielungen nicht näher eingegangen werden
kann (vgl. ADAM VON FULDA S. 35, 54, ferner S. 57 (*Rosina*), 58 (*Akrostichon*) und zusammenfassend Moser). Es hat sich mit der Renaissancelyrik eine eigene, humanistisch gefärbte, gesungene Lyrik herausgebildet, die für uns vor allem mit den Namen der Melodiesetzer ADAM VON
FULDA, HEINRICH ISAAC, ERASMUS LAPICIDA, HEINRICH FINCK u. a. bezeichnet wird. Galten sie Moser in der Regel noch als Dichterkomponisten, so muß man von dieser Ansicht freilich abrücken (vgl.
Harold Jantz: *German Renaissance Literature*. In: *Modern Language Notes*
81, 1966, S. 398–436, bes. S. 405). Nur in wenigen Fällen war die
Autorschaft einiger Melodiesetzer auch zu sichern. Ich habe in den
meisten Fällen „UNBEKANNTER VERFASSER" angegeben und die Komponisten der Melodien dazugesetzt, wenn sie in der Quelle genannt
wurden. Bei diesen mehrstimmigen Liedern wurde jede Stimme einzeln
gedruckt, der Text aber meist nur einer vollständig beigegeben. In der
Regel ist das der Tenor, gelegentlich aber auch der Vagans oder andere
Stimmen.

Vielfach wurden weltliche Lieder geistlich umgedeutet, kontrafaziert.
Auf diese Kontrafakturen weisen die Anmerkungen in beiden Fällen hin
(z. B. S. 116 und 214, 137 und 171). Dabei geschieht es in der Regel, daß
die seit langer Zeit gesungene weltliche Fassung Jahre oder gar Jahrzehnte nach dem Erscheinen der geistlichen Parodie gedruckt wird (S. 45
und 115, 77 und 248, 92 und 224).

Das Nachleben des Heldenliedes kann an zwei Beispielen verfolgt
werden, einem niederdeutschen Lied über Dietrich von Bern (S. 181)

und dem jüngeren Hildebrandslied (S. 43). Bei diesem ist zu beachten, daß der erste Druck schon für 1480 nachgewiesen ist. Die Einordnung erfolgte hier unter dem ersten bekannten Druckdatum im 16. Jahrhundert. Allerdings habe ich einen späteren Textzeugen gewählt, der sonst kaum einmal greifbar ist.

Neben den bekannten und immer wieder gebrauchten lyrischen Formen und Metren sollten auch Neuerungen dokumentiert werden, wie die Sonettform (CHRISTOFF WIRSUNG 1556, S. 174), der Sonettzyklus (JOHANN FISCHART 1575, S. 226), die ersten Alexandriner (BALTHASAR FROE 1572, S. 217) und Hexameter in deutscher Sprache (KONRAD GESNER 1555, S. 173).

Texte in niederdeutscher Sprache hoffe ich gebührend berücksichtigt zu haben (S. 27, 94, 177, 181, 192, 214, 283). Übertragungen ins Neuhochdeutsche wurden anmerkungsweise beigegeben oder aus zeitgenössischen Quellen angeführt. In drei Fällen glaubte ich, von einer Übersetzung absehen zu können (man vgl. im *Evangelischen Kirchengesangbuch* Nr. 131 zu S. 94 und Nr. 149 zu S. 192).

Ferner war eine Probe für die Mischgedichte in lateinischdeutscher Sprache (S. 23) zu geben, und nicht zuletzt galt es, der makkaronischen Poesie ein Denkmal zu setzen mit dem ersten deutschen durchwegs makkaronischen Gedicht *Pasquillus vf den protestirenden Krig*. Unter makkaronischer Poesie versteht man scherzhafte Gedichte, deren sprachliche Struktur lateinisch ist aber mit volkssprachlichen (latinisierten) Wörtern vermischt. Namengebend war das *Carmen macaronicum* („Knödel-Lied") des Paduaner Humanisten TIFI DEGLI ODASI. Der *Pasquillus* von 1546 setzt die Lage nach dem Augsburger Reichstag von 1530 voraus, als die protestierenden Städte und Fürsten sich im Schmalkaldischen Bund zusammenschlossen. Kaiser Karl V. hatte gegen Franzosen und Türken zu kämpfen, ehe er mit englischer Hilfe 1544 die Franzosen besiegen und mit ihrer Waffenhilfe gegen Protestanten und Türken vorgehen konnte.

Für kulturgeschichtliche Einzelheiten ist die Sammlung nur begrenzt brauchbar. Die im letzten Viertel des 16. Jahrhunderts offenbar in Europa zu beobachtende Floh-Epidemie – wenn man den literarischen Zeugnissen von JOHANN FISCHARTS *Flöhhatz* von 1573 bis zur makkaronischen *Flöia* von 1593 glauben darf – wird hier nur mit einer Grabschrift auf den Floh von FRIEDRICH TAUBMANN angedeutet (S. 282).

Besonders problematisch war mehrfach die Datierung der Texte. Es sei noch einmal daran erinnert, daß nach dem Plan zur Sammlung nur Erstdrucke zu berücksichtigen waren. Zwei Einschränkungen sind da nötig: einmal habe ich auch Handschriften beigezogen, nicht zuletzt, um zu dokumentieren, daß auch nach der Erfindung des Buchdrucks noch eifrig geschrieben wurde. Zum andern hat man im 16. Jahrhundert zahlreiche weltliche Lieder erstmals gedruckt, die längst zuvor gesungen und niedergeschrieben worden waren. In diesen Fällen weist die Sammlung den ersten *gedruckten* Text auf, es folgt jedoch eine Anmerkung über ein früheres Vorkommen. Dabei muß beachtet werden, daß nicht bei jedem Druck alle Liedstrophen vorhanden sind. Oft hat man nur ein oder zwei Strophen gedruckt, die übrigen waren offenbar bekannt. Ja, es kommt auch vor, daß lediglich irgendwelche Strophen den Lieddrucken beigegeben wurden. In solchen Fällen habe ich die möglichst vollständige Liedfassung unter ihrem Erscheinungsjahr geboten. Die Datierung wird vollends zum Problem, wenn eine entsprechende Angabe auf dem Titelblatt oder im Kolophon fehlt. Hier bin ich bibliographischen Hinweisen gefolgt, habe mich an Bibliothekseinträge gehalten, oder mir fachmännischen Rat bei Joseph Benzing geholt. Natürlich kommen in solchen Fällen nur Datierungen „um 1530" o. ä. heraus. Schwierig ist die Einordnung der Texte aus dem *Raaber Liederbuch*, das hervorragende Kunstlyrik eines Anonymus aus der Wende vom 16. zum 17. Jahrhundert überliefert. Diese Gedichte stehen hier am Ende der Sammlung in der Absicht, damit ihren Übergangscharakter hinreichend zu kennzeichnen.

Die Anordnung der Texte nach ihrem Druckdatum, also eine Befolgung des annalistischen Prinzipes, mag anfechtbar sein – wie jede andere, sei es eine alphabetische nach Autoren oder eine systematische nach Gattungen bzw. Themen. Ich meine, daß die annalistische Darbietung zusammen mit dem Prinzip, sowohl Anspruchsvolles wie Unbedeutendes (wobei ich die Wertungsfrage notgedrungen offenlassen muß) zu berücksichtigen, am besten einen Einblick in die lyrische Produktion einzelner Jahre, Jahrfünfte oder Jahrzehnte bietet – damit das Bewahrende wie das Neue am besten dokumentierend.

Wir sind es gewöhnt, lyrische Werke mit bestimmten Dichtern zu verbinden. Für den Zeitraum des 16. Jahrhunderts gilt das in der Regel nur für die neulateinische Lyrik, vielfach auch für das Kirchenlied. Andere Gattungen, vor allem das sogenannte Volkslied sind dagegen meist anonym überliefert. Folgt einmal ein Autorhinweis wie BALTHASAR VON HEILBRUNN, so ist auch damit kaum mehr als der Name bekannt. In den Fällen wo eine durch spätere Überlieferung oder Forschung vorgenommene Zuweisung an einen Autor gesichert wird, erfolgt die Namensnennung vor dem Text mit Sternchen, um anzuzeigen, daß in der Originalquelle keine Autornennung vorkommt. Freilich sind da immer noch Unsicherheiten. Ich habe mich bemüht, die möglichst letzte Erörterung eines entsprechenden Falles zu berücksichtigen.

Es braucht nicht betont zu werden, daß eine Auswahl von Gedichten jeweils vom Geschmack und von der Kenntnis des Herausgebers abhängt. In meinem Fall kamen dazu noch zwei äußere Hindernisse: einmal verbot der verfügbare Raum, längere Gedichte aufzunehmen. Ja, bei jedem neuen Kürzungsdurchgang fielen immer die umfangreicheren Stücke fort. Zum andern besteht gerade für das 16. Jahrhundert das. Problem, die Originalquellen zu ermitteln und in Kopien zu beschaffen. Die alten Bibliographien waren für den Nachweis der Druckexemplare in den deutschen Bibliotheken nur z. T. noch brauchbar, da Kriegsverluste und Verlagerungen das Bild hier z. T. erheblich verändert hatten. Anderes war nur unter schwierigen Umständen herbeizuschaffen. Die damit verbundene Mühe wird erst deutlich, wenn man berücksichtigt, daß für die jetzt vorliegende Auswahl ein etwa fünfmal so großes Corpus vorlag und gesichtet wurde. In einigen Fällen gelang es nicht, den Erstdruck zu beschaffen; in diesen Fällen wird unter dem Gedichttext das Erscheinungsjahr der benutzten Ausgabe vermerkt. Manchmal konnten Facsimilia benutzt werden, im allgemeinen habe ich dennoch die erreichbaren Originalausgaben vorgezogen.

Den Bibliotheken, die mir die Druckvorlagen aus den Originalen beschafft haben, möchte ich an dieser Stelle danken:

[1] Deutsche Staatsbibliothek Berlin
[1a] Staatsbibliothek Preußischer Kulturbesitz Berlin
[7] Niedersächsische Staats- und Universitätsbibliothek Göttingen
[12] Bayerische Staatsbibliothek München
[15] Universitätsbibliothek Leipzig
[18] Staats- und Universitätsbibliothek Hamburg
[22] Staatsbibliothek Bamberg
[23] Herzog-August-Bibliothek Wolfenbüttel
[27] Universitätsbibliothek Jena
[28] Universitätsbibliothek Rostock
[32] Nationale Forschungs- und Gedenkstätten der Klassischen Deutschen Literatur in Weimar, Zentralbibliothek der Deutschen Klassik
[118] Ratsbücherei Lüneburg
[125] Ratsschulbibliothek Zwickau
[B 172a] Staatliche Museen Preußischer Kulturbesitz. Kupferstichkabinett. Berlin
[278] Stadtarchiv und Wissenschaftliche Stadtbibliothek Soest
Stadtarchiv Frankfurt am Main
Öffentliche Bibliothek der Universität Basel
British Museum London
Bibliotheca Apostolica Vaticana. Rom Vatikanstadt

Ganz besonderen Dank schulde ich der Niedersächsischen Staats- und Universitätsbibliothek in Göttingen, die mir mit ihrem freundlichen und hilfreichen Personal ihre Schätze zugänglich gemacht hat und dadurch die vorliegende Auswahl zu einem großen Teil erst ermöglichte. Zu danken habe ich weiter den Herausgebern der anderen Bände, darüber hinaus den Göttinger Kollegen, Mitarbeitern und Helfern: Werner Arnold, Hans-Ulrich Boesche, Ingrid Gutzmann, F. J. Reinholz, Hans Szklenar, Renate Wanek, Dieter Wuttke, ferner einer Reihe auswärtiger Gelehrter darunter Joseph Benzing, Wilhelm Heiske †, Rolf Wilhelm Brednich und nicht zuletzt Friedrich Kur im Deutschen Taschenbuchverlag, der mit kenntnisreicher Beharrlichkeit zum Abschluß dieses Bandes entscheidend beigetragen hat. Es bleibt mir noch die Bitte um Nachsicht für Druckfehler und andere Versehen bei diesem schwierigen Unternehmen. – Schließlich noch eine Korrekturnotiz: HANS SACHS *Der Handmaler* (S. 205) wurde irrtümlich unter 1567 statt unter 1568 eingeordnet.

Göttingen, im Sommer 1978
K. D.

Unbekannter Verfasser

Ein hübsch lied zůsingen jm schwartzen Ton von den schön
frowen.

Jch was eim hübschen fröwelyn vß der massen holt / sie was mir
5 lieber dan das silber vnd das rote golt / mir geschach nie leyder dan
do jch von jr scheiden solt / jch meinet es müst mein ende sein /
wol zů den selben stunden.

Jch sprach schönes lieb das soltu lassen geniessen mich / das
jch dir manigen heimlichen plick so nach sych / vnd laß die falschen
10 zungen nit verwisen dich / jch sprach schöns lieb jch hab dich vor
jn eytel tugent funden.

Mein liep das sprach jch wil mich von dir scheyden / da jch das
hort do gschah mynem hertzen nie so we / alle myne sinn zer-
schmoltzen mir recht wie der schne / mein hertz wolt mir er-
15 truncken sein in leides se / was iederman der fröden genoß / des
müst jch sein in leide.

Jch sprach schönes liep des soltu mich geniessen lan / das jch dir
manchen trüwen dienst dick han gethon / sie sprah es hilfft dich
nit / es můß ein ende han / die liebe die ist gantz nu ab / nim an dich
20 ein münches orden.

Jch sprach schönes lieb du hast frefenlichen mir verseit / nu
wust ich gern wie jchs vmb dich verdienet het / sol jch verlieren
lieb vnd trüw vnd stetikeit / nymer pfenning nymer geselle / nu
bistus jnnen worden.

EIN HÜBSCH   2 schwartzen Ton *Die einzelnen Töne tragen charakterisierende Na-
men: „kurzer", „langer", „schwarzer" etc. Ton. Neu erfundene Töne erhalten meist
Namen mit Bezug auf Inhalt oder Verfasser: vgl.* Ein hübsch Lied von fünff Frawen
S. *16*   4 fröwelyn *Mägdelein;* vß der massen *über alle Maßen.*   5 dan *als;* ge-
schach *geschah, widerfuhr;* leyder *größeres Leid.*   7 wol zů den selben stunden *im
selben Augenblick.*   8 soltu *sollst du.*   9 plick *Blick;* nach sych *nachsehe, hinter-
hersende.*   10 verwisen *falsch leiten, verleiten;* vor *zuvor, vorher schon.*   11 eytel
lauter, rein.   13 hort *hörte;* we *Weh, Leid.*   14 recht *gerade, genau.*   15 se *See;*
was ... des *was auch immer ... das;* der fröden *an Freuden.*   17 lan *lassen.*
18 trüwen *treuen, aufrichtigen;* dick *oft;* gethon *getan.*   19 han *haben;* nim an
dich ein münches orden *lebe keusch wie ein Mönch.*   21 frefenlichen mir verseit
mutwillig [dich] von mir losgesagt.   22f. sol jch ... stetikeit *wenn ich denn Liebe,
Verläßlichkeit und unwandelbares Betragen umsonst eingesetzt habe: –*   23 nymer
pfenning ... jnnen worden *kein Geld und keinen Geliebten, das besitzt du jetzt (oder:
das hast du jetzt davon)!*

25   Sie sprach jch hab dir suber vßgetroschen / dar vmb so bistu
worden mir so gar vmer / wo du hin griffest so ist der seckel alweg
ler / jch sprach schöns lieb büß mir mein kommer vnd mein swere /
sie sprach dein herrschafft die ist kranck / dein kolen seint ver-
loschen.

30   Welcher gûter gesell wil hübscher frowen pflegen / die künden eim
den stob wol vß dem seckel fegen / von jn würt er begossenn mit
des spottes regenn / also ist beschehen mir / von meinem bûlen zarte.

    Künig alexander künig dauid hab ich gehört / künig Artus
Sampson wurden beid von frowen betörte / Salomonis wißheit hat
35 ein frow gar balt zerstört / das brieff jch an aristoteles / den ritt ein
wyb jn garten.

    Adam was der wisest man jm hertzen / dem ist das aller grost
von seinem wyb beschehen / das mûß noch mir die liebe hie
helffen jehenn / es wert fünff tusent jar / wart jm nit vber sehen / des
40 mûst er jn die helle farn / biß ckristus leyd sein schmertzen.

    Es ist nit wunder das mich ein wyb hat betrogen / her filigus het
sich tieff jn meres grund geschmogen / er meint sein wyb / sy solt
jn han herusser zogen / er gab jr ketten jn die hant / sie warff sie ab
zû grunde.

---

25 suber vßgetroschen *[ich habe] schwere, ehrliche Arbeit [für dich] getan.*   26 vmer
unwert, gleichgültig; alweg *immer.*   27 büß *mache wieder gut, stille;* kommer
Kummer; swere *Herzeleid.*   28 kranck *schwach.*   30 gûter gesell *Bruder Lustig;*
pflegen *sich annehmen, abgeben mit.*   31 stob *Staub.*   32 beschehen *geschehen, wi-*
derfahren; bûlen *Liebhaber.*   33 Künig alexander *verliebte sich während eines Feld-*
zuges in die Satrapenfrau Barsine und beging mit ihr Ehebruch an seiner rechtmäßigen
Frau Roxane; künig dauid *verliebte sich in Bathseba, nachdem er ihre außerordentli-*
che Schönheit im Bade bewundert hatte (vgl. 2. Samuel 11); künig Artus *seine Frau*
Ginover (keltisch: Guenhumara) wurde während seiner Abwesenheit von seinem Nef-
fen Mordret verführt.   34 Sampson *Simson wurde von Delila betört, die auf diese*
Weise das Geheimnis seiner ungeheuren Kräfte erfahren wollte (vgl. Richter 16); Sa-
lomon wurde von Frauen verführt, die anderen Göttern dienten und ihn von seinem
Gott abbrachten. Gott strafte ihn dafür und entriß ihm das Reich (vgl. 1. Könige 11,
1–13).   35 brieff *prüfe.*   35 f. aristoteles ... garten *Der verliebte Aristoteles läßt sich*
von der schönen makedonischen Hofdame Phyllis, der Geliebten seines Schülers Alex-
ander, zum Gespött des ganzen Hofes machen, indem er bei einem nur scheinbar
heimlichen Stelldichein ihr als Reittier dient.   37 Adam *bekam von Eva die Frucht*
vom Baum der Erkenntnis zu essen (vgl. die Erzählung vom Sündenfall 1. Mose 3).
38 noch *noch einmal.*   39 jehenn *sagen, behaupten, bestätigen;* wert *währt, dau-*
ert; wart *wurde;* vber sehen *nachgesehen, vergeben;* des *deshalb.*   40 leyd
erleidet.   41 ff. her filigus *verballhornt aus "Vergilius", gemeint ist der römische Dich-*
ter Vergil. Eine mittelalterliche Legendentradition machte Vergil zum "Zauberer Virgi-
lius". Um 1500 gibt es ein verbreitetes französisches Volksbuch Faictz marcueilleux de
Virgile, *das auch eine "Treueprobe", auf die hier angespielt wird, enthält.*   42 ge-
schmogen *eingebettet, eingeschmiegt.*   43 herusser *heraus;* ab *hinab.*

45 Her filius was gar ein lystig man / er nam zů jm ein hund ein
katzen vnd ein han / er wust auch wol das mer das nit gedulden
kan / er dot die katz das mer was hie / vnd warff jn vß zu stunde.
Do jm got halff nu wider vff das lande / er sprach nu sych wie
wolt mir han mein wyb getone / zů der jch mich mynes libs het
50 eins teils verlon / wie wolt sie mich so lesterlich verderbet han /
dar vmb so truwe jch jr nymmer jn keiner dinge hande. /

Recht lieb vnd trü die ist an mancher frowen clein / das jst an
meyster filius wol worden schein / vnd auch an mir / jch clag mich
von dem bůlen mein / an der hab jch mein stetikeit so lesterlich
55 verloren.
Dar vmb so wil jch ein andern vsserkiesen / an der jch lieb vnd
stetikeit nit mag verliesen / sie heißt mary vnd ist ein himelische
dirn / zů der so hab jch mich verpflicht / zum bůlen vsserkorn /.
Het jch das thon jn mynen jungen tagen / vnd wer alle zyt jn
60 jrm dienst belyben / vnd het stetigklichen von der welt geschriben /
so wer mir etwan glück vnd heil dest me bliben / so dörfft min
hertz nit also swer / vmb meine sünde clagen.

Jch han der welt gedienet vnnd förcht jch lang zů vil / vnd hab
doch nit gedaht wol an das harte spil / vnd das jch weiß meins
65 tages kein ende / vnd ouch kein zil / vnd dar zů kein sicherheit /
miner zyt kein halbe vre.
Jch leg mich nachtes nyder frisch vnd bin gesund / vleicht so
stirb jch vnd würt mir der dot bekunt / was hilft mich dan meinß
lieben bůlen roter munt / der jch so lang gedienet hab / das lyt
70 mein hertz jn truren.
Es sol vnd můß mich myn glück ymer rüwen / das jch myn
jungen tag so übel han an geleyt / jch han mein bicht jn keiner
warheit nie geseit / jch han mich zů dem sacrament nye recht
bereit / jch han mein bůß gehalten nie / jn keiner hand getrüwen.

---

45 Her filius vgl. *41;* gar ein lystig man *ein sehr kenntnisreicher, kunstfertiger
Mann;* jm *sich.* 46 gedulden *ertragen.* 47 dot *tötete;* zu stunde *sofort;* hie
hier für jech *jähzornig, erzürnt.* 49 getone *getan;* mynes libs *meines Lebens we-
gen.* 50 eines teils *ein wenig;* verlon *verlassen;* lesterlich *schimpflich.* 51 truwe
traue; jn keiner dinge hande *in keiner Weise.* 52 trü *Treue;* mancher frowen
vielen Frauen; clein *gering.* 53 schein *offenbar;* jch clag mich von *ich beklage
mich über.* 54 an der *an ihr.* 56 vsserkiesen *auserwählen.* 57 mag verliesen *ver-
lieren kann;* mary *die heilige Jungfrau Maria.* 58 dirn *Magd.* 59 thon *getan.*
60 belyben *geblieben;* geschriben *abgewandt, losgesagt.* 61 etwan *vielleicht;* dest
me *desto mehr;* dörfft *wagte, müßte.* 66 vre *Stunde (eigentlich: Doppelstunde).*
69 das lyt *davon liegt.* 70 jn truren *in Trauer.* 71 rüwen *reuen.* 72 an geleyt
angelegt, verwandt; bicht *Beichte.* 73 geseit *gesagt.* 74 bereit *bereitet, gerü-
stet;* jn keiner hand getrüwen *in keiner Weise treu, wahrhaftig.*

75 Jch han mich in der welt liebe dik gefrumpt / jch hab durch liebe
kirchen vnd strassen dick geroumpt / jch han durch liebe manche
liebe meß versumpt / jch han durch liebe leyder dick des waren
gotz vergessen.

Jch hab durch liebe geflohen dick die predig ser / jch hab durch
80 liebe gefolget nit der priester ler / jch han durch liebe gegangen
manchen wilden ker / jch han durch liebe manchen krumen weg
so lesterlich gemessen.

Jch hab mich jn der welt liebe so gar verwunden / dar vmb jch
sing vnd bitt ouch crist von himel riche / das er sich genediglich
85 erbarme vber mich / über alle crist geloubige selen des bitt jch
dich / send vnß din genade / laß ab dynen zorn / hilff vnß zů allen
stunden.

1501

Jörg Schiller

Ein hübsch Lied von fünff Frawen / wy sie einander clagten vber jre man.

Jn des schillers don.

5 Jch kam eins mals on als gefar / do wart ich fünff frawen gewar /
heimlich an einnem orte. Sye wurden reden aller handt / do stond
jch aussen an der want / wie bald ich das erhörte. Yetliche sagt
vonn jrem man / wie er mit jr thet leben. Do hueb die aller eltest
an / Jr frawen merckent eben. Jch hab einn man vnd der ist alt vnd
10 schwache / meins vnglücks muß ich lachen. Das helsen thut ym
baß / dan do er jünger was.

---

75 dik gefrumpt *sehr getummelt;* durch liebe *um der Liebe willen.* 76 geroumpt
durchstreift, (mich) herumgetrieben. 77 meß versumpt *Messe versäumt.* 78 gotz
Gottes. 81 ker *Umweg.* 83 verwunden *verstrickt.* 85 geloubige *gläubige.*
86 f. zů allen stunden *immer.*

Ein hübsch 2 ff. *Das Lied ist voller Beispiele für die blühende Sexualmetaphorik
im angehenden 16. Jh. So ist etwa die sexuelle Bedeutung von* hunger *(17, 43, 46) ebenso
belegt wie der blasphemisch-obszöne Gebrauch von* wein vnd prot *(33 ff.) oder die
obszöne Bedeutung von* „die Laute schlagen" *(20 f.),* „Nasentropf" *(23),* „Schuhe" *(38)
und* „Schleiertuch" *(39) usw.* 4 schillers don *vgl. Anm. 2 zu:* Ein hübsch Lied zůsin-
gen jm schwartzen Ton, *S. 13.* 5 on als gefar *ganz zufällig.* 6 heimlich *vertraulich
beieinander;* wurden reden *begannen zu reden.* 7 Yetliche *jede.* 9 eben *genau.*
10 helsen *umarmen.* 11 baß *besser.*

Und ist es nit einn grosse peyn / er heytzt mir dick die stubn eyn /
das ich yn helsen lasse. Ee er das fewr recht zundet an / so kummt
mein vnglückhafftig man / mit seinem zeüg so grosse. So wird ich
15 dan als wol erfrewt / als der mich het geschlagen. Dar mit thut er
mir vil zuleyt / die nacht vnd auch den tage. So mügen wir vns
beyde nit erneren / des hungers nicht erweren. Er ist doch ein
krancker man / der nichtz mer schaffen kan.

Do wüscht einn junge fraw her für / kan nyemant clagen mer dan
20 jr / nun schweygent mir ein worte. Nechten do man mir die lauten
schlueg / do het ich mut vnd freud genueg wie bald ich das erhorte.
Jch stieß zum fenster auß mein kopff / jch luget wer do werde. Do
wüscht her fur mein nasen tropff / stieß mir das maul zu der erden.
Er redt zu mir auß grimmiglichem zorn was hast du dauß verlorn.
25 Bey dem har er mich nam / darumb bin ich jm gram.

Was hilffet mich das ich hab gut / vnd dar zu weder frewd noch mut /
mit frumen leuten haben. Solt ich nit lieber arme seinn / het ich
ein nach dem willen mein / als ich weyß einen knaben / wenn jch
meinn narren ane sich / wie lang ist mir die weylle. Er ist ein
30 mensch recht wie ein vich / jch förcht die langen meylle. Die scheyden
vns wil es nit thon der tote / jr frawen gebent mir rote / wie ich
mich halten sol / mein hertz ist leydes vol.

Die dritt die sprach dir wirt gut rot / Jm hauß hast du gut wein
vnd prot / wee das ichs nit auch hane. Nun muß ich clagen hye
35 mein not / jm hauß hab ich weder wein noch prot / mein vnglück-
hafftiger mane. Er acht mir gar nichtz in das hauß / elend muß ich
mich neren. Er tregt mir dick vor fewr auß / vnd thut das selb ver-
zeren. Er kaufft mir nit mit vrlaub nür zwen schuche / dar zu ein
schleyer tuche / wil ich nit nacket gon / jch muß mich helsen lon.

40 Die nacht leyt er jns wirtes hauß / vnnd bleybt byß an den morgen
auß / Er acht nicht wie es mir gange. So ich in meinem hauß nit
hab / vnd köm zu mir ein junger knab / villeicht wurd er empfan-
gen. Darumb zornet nicht jr frummen weyb / es ist böß hungers
sterben. Dar zu hab ich ein geraden leyb / solt ich also verderben.

---

12 heytzt eyn *bedrängt mich sehr heftig.*   13 das *damit.*   14 zeüg *Penis.*   15 als wol
ebensogut.   17 erneren *retten, heilen.*   18 krancker man *Schwächling.*   19 wüscht
... herfür *platzt heraus.*   20 Nechten *gestern Nacht.*   21 mut vnd freud *wie* 26 weder
frewd noch mut *tautologische Redefigur.*   24 dauß *dort draußen.*   26 vnd *hier: aber.*
29 ane sich *ansehe.*   30 meylle *Runzeln.*   31 tote *Tod;*   rote *Ratschläge.*
32 halten *verhalten.*   34 hane *habe.*   36 er acht ... hauß *er läßt mir rein gar nichts
zukommen;*   elend *dürftig; aber auch: „in der Fremde", „außer Hause".*   37 neren
ernähren;   tregt ... auß *fürs „Feuer" enthält er mir alles vor;*   selb *selbst.*   38 mit
vrlaub *wenn ich so sagen darf, mit Verlaub;*   nür *auch nur.*   40 leyt *liegt, verbringt.*

45 Ee wolt ich geen den weg den ich her kame / do ich den narren
name. Ee ich ich do hungers stürb / vnd ich also verdürb.

Die vierd die sprach so hast du recht / so hab ich auch ein arm
knecht / der ist nit noch meinem wille. Zu nachts vnd wen ich
bey ym lig / jch meyn wen ich vier wochen schwig / so leg er all
50 zeyt stille. Wil ich dan etwas von ym han / jch muß es an yn brin-
gen. Vil lieber wolt jch han ein man / der da mit wer geringe. Sol
jch dann sollichs all zeyt vmb yn kauffen / sein sach dy ist nür
schlaffen. Er ist kein frawen man Alls vnglück gee yn an.

So bin ich junck vnd frewdenreich / het ich ein der wer mein
55 geleich / so wer mir wol zu mute. Het ich einen der mir wer hold /
jch nem yn fur silber vnd das gold / dar zu fur alles gute. Het ich
ein frischn als ich wol weiß des nachts an meinem bette. Der mir
do rüret meinen schweiß / kunt er die rechten seyte Auffziehen das
sy alle wurd clingen / so wolt ich frölich singen. Auß meines
60 hertzen begir. So wurd geholffen mir.

Die funfft die lacht vnd sach sy an. Sy sprach so hab ich auch ein
man / der ist nicht noch meinen synnen. Ym ist so not vber das
gut / sunst hat er weder frewd noch mut / dan wie er gut gewynne. Jm
tag wirckt er recht wie ein vich / zu nachts so ist er schwache.
65 Und wen er sol erfrewen mich / so wil er nit erwachen. So thu ich
mich so nahent zu ym legen / er wil sich doch nicht regen. Uilleicht
greyff ich ym dran / noch wil der narr nit an.

Jch het zuvil geret gar schir / noch habt jr nit gehort von mir / von
meinem manne sagen. Er kaufft mir gern was ich wolt / keiner auff
70 erden mir baß gefelt / er hat mich nye geschlagen. Auch ist er mir
eins teyls zuschlecht vnd ist dar zu vnuerdrossen. Dar zu ist er ein
frumer knecht / des hat er dick genossen. So wolt ich meins gleich
allweg haben funden. noch hewt zu dysen stunden. wen ich nit
schonet sein. vnd auch der eren mein.

75 Jr frawen mercket alle sand, es wer vns gar eine grosse schand.
wo das do von vns keme. Das wir einander hond geseyt. Yetliche

---

45 Ee *eher;* do *bevor.* 50 jch muß … bringen *dann muß ich anfangen.* 51 der
… geringe *der sich in dieser Sache leichtsinnig verhielte.* 52 sollichs *solches;* vmb
yn kauffen *von ihm erkaufen.* 53 frawen man *Frauenheld;* gee yn an *komme über
ihn.* 56 gute *Besitz.* 58 rüret … schweiß *bringt mein Blut in Wallung.* 61 sach
sah. 62 Ym … gut *er ist auf seinen Vorteil bedacht (raffgierig).* 66 Uilleicht *selbst
wenn.* 67 noch *dennoch.* 68 geret *geredet, gesprochen;* gar schir *fast.*
71 schlecht *geradezu, direkt;* vnuerdrossen *unermüdlich.* 72 des … genossen *da-
von hat er großen Nutzen.* 73 meins gleich *meinesgleichen;* zu dysen stunden
jetzt. 74 schonet *beschönige.* 75 alle sand *allesamt.* 76 wo … keme *wenn et-
was von dem verlauten würde.*

hat geclagt jr leyt. des musten wir vns schemen. Und kem es vnsern
manen für. es mocht vnns wol gerewen. Jr frawen wolt jr volgen
mir. yetliche gab jr trewe. Das sy es bey jr wolt lassen bleyben. es
80 zimbt nit frumen weyben. Zu sagen semliche mer. Also singt Jörg
Schiller.

1502

Conrad Celtis

Ad Iuuentutem Germanicam
concludit libros amorum.

Quantus habet miseros labor et uaga cura colonos
5   Et quantus miles castra secutus habet
Tantus Palladia labor est faciendus in arte
       Vt tua sub cœlo nomina clara volent.
Illius effugias iuuenis consortia semper
       Eius et in nullo tempore tecta petas
10   Cui placet in longam somnum deducere lucem
       Somnacesque oculos nox fugit alta suos
Qui furit et calidi bachatur munera Bachi
       Et venere: et talis tempora noctis agit
Qualiter inprimis adolescens vixerit annis
15   Talem præbebit curua senecta patrem
Et sequitur natus vestigia sæpe parentum
       Et preceptorem cuncta iuuenta refert

AD IUUENTUTEM   2 An Deutschlands Jugend, beschließt die Bücher der Liebes-
dichtungen.   4 Wie schwere Arbeit und beunruhigende Sorge auf den armen Land-
wirten und den von Lager zu Lager ziehenden Soldaten lastet, genauso große Mühe
mußt du für die Kunst aufwenden, die der Minerva *[Wissenschaft]* geweiht ist, damit
dein Name berühmt wird und sich unter dem Himmel ausbreitet.   8 Meide immer
seine Gemeinschaft und geh zu keiner Zeit in das Haus eines jungen Mannes, der
Gefallen daran findet, seinen Schlaf weit in den Tag auszudehnen, und vor dessen
schlaftrunkenen Augen die tiefe Nacht flieht, der ein wüstes Leben führt und sich an
den Gaben feurigen Weines und der Liebe austobt und so seine Nächte verlebt.
14 Wie ein junger Mann in seiner Jugend gelebt hat, zu einem solchen Vater wird ihn
das gebückte Alter machen. Oft folgt ein Kind den Spuren seiner Eltern und die Jugend-
spiegelt in allem den Lehrer wider,

EIN HÜBSCH   79 gab jr trewe *gab ihr Ehrenwort;*   das ... bleyben *daß sie es für
sich behalte;*   es zimbt *es gehört sich.*   80 semliche mer *derartige Geschichten.*

Vtque vetus dictum est: cunctorum et voluitur ore
   Natus adulterio semper adulter erit
20 Quisquis ab infami fuerit meretrice creatus
   Scortator spurco corpore semper erit
   Turpibus assuetus turpem feret ille senectam
   Nequiciamque suam sub sua busta trahet
   Et flos arboreo veluti de stipite turgens
25 Spondet ad autumni tempora dona sui
   Indolis egregiæ iuuenis sic noscitur omnis
   Venturæ vitæ candida signa ferens.
   Ergo agite o iuuenes (moneo) mea tempora vitæ
   Aspicite: et studiis inuigilate bonis
30 Ne vobis veniat baculo dum nixa senectus
   Inducat variis plurima damna modis
   Ipse meam anteactam dum verso pectore vitam
   Anxius inuenio quam mea scripta nihil
   Quæ me iam vobis olim vixisse loquuntur
35 Nec vitam ignaua deseruisse rota
   Cetera quicquid erant: tenuis modo cernitur vmbra
   Et velut hesternus preteriere dies
   Diuitiæ. luxus. dominatio. gloria. honores.
   Forma. genus. mores. et gemebundus amor
40 Omnia terra suis sepelit conditque cauernis
   Et toto (certum est) constat in orbe nihil
   Sola immortalis probitas virtusque sub orbe est
   Et quæ posteritas carmina docta probat

---

wie es ein altes Sprichwort sagt, das alle Leute im Munde führen: Ein leichtsinnig
gezeugtes Kind wird selbst immer leichtsinnig leben.   19 Wer von einer schändlichen
Hure geboren wurde, wird immer ein liederlicher Dirnenjäger sein. Wer sich an sittlich
Schlechtes gewöhnt hat, wird auch im Alter ein schändliches Leben führen und seine
Leichtfertigkeit bis ins Grab beibehalten.   23 Und wie die Blüte am Baum aus dem
Stamm ihre Nahrung erhält und anschwillt und für die Herbstzeit Reichliches ver-
spricht, so erkennt man jede Anlage eines tüchtigen Jünglings, da sie die leuchtenden
Zeichen künftiger Lebensart an sich trägt. Lebt dementsprechend, ihr jungen Männer,
ich ermahne euch, und blickt auf mein Leben. Verbringt eure Zeit wachend bei guten
Studien, damit euch das auf einen Stock gestützte Alter nicht überrascht und vielfälti-
gen Schaden mit sich bringt! Während ich selbst mein vergangenes Leben überdenke,
finde ich mit Schrecken nichts außer meinen Schriften, die euch sagen, daß ich einst
gelebt habe und daß ich das Leben nicht in trägem Trott verlassen habe. Was sich
ansonsten auch ereignet hat, ein zarter Schatten nur ist zu erkennen, und wie der
gestrige Tag vergingen Reichtum, üppige Lebensweise, Herrschaft, Ruhm und Eh-
ren.   39 Schönheit, Herkunft, Lebenswandel und die an Seufzern reiche Liebe: Alles
begräbt die Erde unter sich und verbirgt es in ihren Höhlen.   41 Das ist gewiß: Nichts
hat Bestand auf der ganzen Erde, nur Rechtschaffenheit und Tugend sind unsterblich in
der Welt, dazu jene gelehrten Gedichte, welche die Nachwelt billigt.

Exemplum vobis imitabile sumite queso
Continuus vobis quo sit in orbe labor
45 Nil superest de me: quando omnia terra dehiscit
Quam que nunc vobis mortuus ipse loquor
Mortuus et viuus uates æternus in orbe est
Et qui virtutis stemmata clara colunt
Prima ætas puero fuerat mihi flegmate plena
50 Sanguineo subiit mox iuuenilis honos
Tercia deinde virum fecit prudentibus annis
Quarta melancholico iam mihi vita venit
Prima datur Lunæ: Veneris tenet altera ludos
Tercia sed Phœbo: quarta relicta seni
55 Quatuor in nostris mihi decantata libellis
Lasciuæ interdum carmina forte sonant
Hos non spurcus amor iussit me scribere versus
Affectum et mores philosophia notat
Docta poetarum describunt carmina mores
60 Quique hominum affectus: quid rationis opus
Sed nunc emeritæ permensus tempora vitæ
Orbe ego nunc alio tempora Celtis ago
Quo loca amena colunt Flaccus: Naso atque Tibullus
Sapho Propercius et Lesbia vatis amor
65 Interea iuuenes et Barbara chara valete
Ad nos dum cunctos vrna supræma vocat

Das ist meine Bitte: Wählt euch ein nachahmenswertes Vorbild, damit ihr auf dieser Erde eine dauernde Aufgabe habt. 46 Da die Erde alles zerstören wird, bleibt nichts von mir, als was ich nun zu euch sterbend spreche. Tot und doch lebendig leben der Dichter und diejenigen ewig auf der Erde, welche die leuchtenden Kränze der Tugend in Ehren halten. 50 Das erste Lebensalter war für mich Kind voll Ruhe und Gleichmut, dann umgab den lebhaften [Jüngling] der Glanz der Jugend; das dritte [Lebensalter] formte den Mann in Jahren der Klugheit, [und] nun kommt für mich grämlichen [Alten] der vierte Lebensabschnitt. 53 Der erste wird dem Mond geweiht, der zweite bringt die Spiele der Venus, der dritte aber gehört dem Phoebus [Sonne], der vierte schließlich bleibt für den Greis [Saturn]. 55 In meinen vier Büchlein – für mich sind die Lieder ausgesungen – werden zuweilen wohl etwas frivole Töne angeschlagen. Solche Verse zu schreiben zwang mich nicht schweinische Lüsternheit. Die Liebe zur Weisheit zeichnete Gefühl und Lebensweise auf. Die Lehrgedichte der Dichter beschreiben Charakter und Gefühle der Menschen und die Leistungen der Vernunft. 61 Aber nun sind die Zeiten eines verdienstvollen Lebens durchmessen. Ich, Celtis, werde jetzt in einer anderen Welt meine Lebenszeit verbringen, wo Flaccus [Horaz], Naso [Ovid] und Tibull, Sappho, Properz und Lesbia, die Geliebte des Dichters [Catull], in lieblichen Gefilden wohnen. Inzwischen lebt wohl, ihr jungen Männer und du, meine liebe Barbara, bis uns alle die letzte Urne [der Tod] ruft.

CONRAD CELTIS

Pro sedanda peste ad divam dei genitricem eligidion C. C.

O regina poli toto celeberrima mundo
Confugium miseris portus et aura reis
5   Quæque carens macula (nam prima ab origine pura)
Mundi quiuisti tergere sola luem
Aspice letalem uirgo mitissima labem
Et pestis crudæ tristia fata uide
Occidimus passim pueri innuptæque puellæ
10   Cum senibus: iuuenes turbaque cuncta simul
O regina poli rerum cui summa potestas
Sit procul antidoto pestis acerba tuo
Sit tibi commissus Vates specialiter ille
Quem uexant uariis gallica fata modis
15   Hic est germane Philomusus gloria terræ
Qui mea pierys ora rigauit aquis
Ergo salutares per te pia protinus artes
Senciat et medicam regia mater opem   [1508]

PRO SEDANDA   2 Kleine Elegie des Conrad Celtis an die heilige Mutter Gottes zur Eindämmung der Pest *[Syphilis]*.   3 O Königin des Himmels, hochgepriesen in der ganzen Welt, Zuflucht für die Armen, Hafen und Hoffnungsschimmer für die Verurteilten, die du keinen Makel trägst (denn rein bist du von Geburt an) und allein die Seuche der Welt zu vertreiben vermochtest, richte, gütigste Jungfrau, deinen Blick auf die todbringende Krankheit und sieh die trostlosen Schicksale, die die grausame Pest verursacht.   9 Wir sterben dahin ohne Unterschied: Knaben, unverheiratete Mädchen, Greise, junge Männer und alle diese in Menge zur gleichen Zeit.   11 O Königin des Himmels, die du über die größte Macht verfügst, möge deinem Gegenmittel die bittere Pest weichen! Dir sei insbesondere jener Dichter anvertraut, den das gallische Verhängnis *[die Syphilis]* auf mancherlei Art quält. Dies ist Philomusus *[Jakob Locher, 1471–1528, Schüler und Nachfolger von Celtis an der Universität Ingolstadt]*, der Ruhm des deutschen Landes, der meine Lippen mit pierischem Wasser *[„Pieriae", die Pierischen, werden die Musen genannt]* benetzt hat. Möge er also durch dich, gnädige, königliche Mutter, sogleich heilsame Künste und medizinische Hilfe erfahren!

PRO SEDANDA   15 gloria *in der Vorlage* glorie.   18 Senciat *in der Vorlage* Senciatur.

Unbekannter Verfasser

Carmen ad Clerum.

Disce bone clerice virgines amare
Quia sciunt dulcia oscula prestare
5 Juuentutem floridam tuam conseruare
Pulchram et amabilem prolem procreare.
Heu nobis.

Et vt cognoscas latius / So nym gar eben war
Ludimagister fatuus / Das ist weyt offenbar
10 Se multum ratus amari / Von einem weyblen schon
Amore volens cremari / Hyeß sy mit im heym gon
Replentur vini veteris / Vnnd waren guter ding
Jocus hic fuit celebris / Gar schon sy yn vmbfieng
Non immemor rei sue / Jr schantzen nam sy acht
15 Gratulando illi suaue / Bald yn zum narren macht
Multos hinc extorquet nummos / Das ist ir aller art
Abijt et querit alios / Lag ym an sicher hart
Nec hunc curabat miserum / Die weyl er pfennig hat
Neuit post huic lintheolum / Dar in geschryben stat
20 W. V. H. J. M. G. Er kunts außlegen feyn

Carmen ad Clerum   2 Gedicht an den Klerus.   3 Lerne es, mein guter Kleriker, die Jungfrauen zu lieben, denn sie verstehen es, süße Küsse zu geben, dir deine blühende Jugend zu erhalten, schöne und liebenswerte Nachkommen hervorzubringen. Wehe uns!   8 Aber damit du es gründlicher kennenlernst, so paß jetzt gut auf: Ein einfältiger Schulmeister – das ist weit und breit bekannt – glaubte sich heiß geliebt von einer schönen Frau. Er, der von der Liebe verbrannt werden wollte, forderte die Frau auf, mit ihm zu gehen. Sie füllten sich ihre Bäuche mit Wein und waren guter Dinge. Sie scherzten und feierten, und schmeichelnd umarmte sie ihn, wobei sie ihre Absichten im Auge behielt. Die sich ihr bietenden Gelegenheiten nahm sie wahr, und gab ihm dabei ihre Freude und Dankbarkeit zu erkennen. Kurze Zeit später machte sie ihn zum Narren, indem sie ihm viel Geld entwendete. Das ist ihr aller Art. Sie verschwand und suchte andere. Das traf ihn sicher hart, aber sie kümmerte sich nicht um den Armen, solange er nur noch Pfennige besaß. Später webte sie ihm ein leinenes Tüchlein, auf dem geschrieben stand: W. U. H. J. M. G. Er konnte es geschickt deuten

Carmen ad Clerum   1 *Als Autor galt früher Matthäus Ringmann Philesius (1482–1511), vgl. F. Zarncke:* Die deutsche Universität im Mittelalter *Bd. 1, 1857, S. 248. Neuerdings wird das Gedicht Samuel Karoch (um 1440 –?) zugeschrieben, vgl. Entner,* Samuel Karoch, *S. 74 (zweifelnd).*

Sic speculans Poetice / Das was die gattung sein
Omne delesti gaudium / Weynen Vnd Hertzenleydt
Graue paris cordolium / Jamer Menclich Gespreit
Non fuerat autem ita. W. V. H / Wild Vnd Hert
25   Jlli prius non audita. J. M. G. Ist Mein Gefert.
Sonabat. Mira dicam / Der gut gesell was ein gauch
Judeo portat tunicam / Zwen rock den mantel auch
Vt eam posset adire / Mit seckel wol beschwert
Quo placentur eius ire / Gar bald er zu ir fert
30   Ad ipsam vbi venerat / Do was es gar nohet nacht
Jlla blandiri non cessat / Bis sie das gelt rauß bracht
Mox aperit stultus peram / wolt so gelieben sich
Rem refero vobis veram / Sie sprach heb dich an mich
Jn cubiculum ducitur / Hoffet ein guten mut
35   Subter lectum absconditur / Er meint es wer als gut
Ecce quidam ingrediens / Selber auff thun er kunt
Manet cum ipsa dormiens / Dem was sein hertz verwunt
Sub lecto iacebat spretus / Sie het ein schererknecht
Summis qui viribus fretus / Machet ein groß geprecht
40   Pauper sub lecto torquetur / Dorst reden gantz kein wort
Equis non cruciaretur / wo er solich spyl hort
Mane surgunt hilariter / Das frewlein was gescheydt
Exeunt domum pariter / wann es forcht seiner heudt
Jnterim miser trepidus. Saumbt sich nit lang im hauß

---

und faßte es unter dichterischem Aspekt auf, wie es seiner Art entsprach.   22 Alle Freude hast du zerstört, *Weinen und Herzeleid* und schweren seelischen Kummer verursacht, *Jammer mannigfach geschaffen.*   24 Es verhielt sich jedoch nicht so. W. U. H. Wildheit und *H*artherzigkeit – er hatte das noch nie vorher gehört – J. M. G. *ist* mein Gebaren.   26 Wunderbares will ich euch erzählen. Der gute Mann war ein Narr. Einem Juden brachte er sein Hemd, zwei Obergewänder und dazu seinen Mantel, nur um zu ihr gehen zu können mit einem wohlgefüllten Geldbeutel und um dadurch sein Kommen angenehmer zu machen. Und sogleich begibt er sich zu ihr. Als er bei ihr ankam, war es fast vollständig Nacht. Sie hört nicht eher auf, ihm zu schmeicheln, bis sie das Geld in Erfahrung gebracht hatte. Sogleich öffnete er seinen Ranzen, um sich damit beliebt zu machen. Wahrheitsgemäß berichte ich euch die Geschichte. Sie sprach: Komm ganz dicht an mich heran. Er wird ins Schlafzimmer geführt und hofft auf angenehme Lustbarkeit. Er wird unter dem Bett versteckt; er glaubt, es sei alles in Ordnung. Siehe, da trat jemand ein, er konnte sich selbst die Tür öffnen. Dieser blieb und schlief mit ihr. Dem anderen wurde sein Herz verwundet. Verachtet lag er unter dem Bett. Sie hatte einen Badergehilfen, der auf seine übermäßig großen Kräfte vertraute und mächtigen Lärm machte. Der Arme unter dem Bett erleidet Höllenqualen. Er wagte nicht ein Wort zu sprechen. Wurde er nicht gemartert, da er ein solches Treiben hörte?   42 Sie erhoben sich heiter in der Frühe. Die Dirne war schlau. Gleichzeitig gehen sie aus dem Haus, denn sie fürchtete um ihre Haut. Indessen hielt sich der Unglücksrabe nicht länger auf, sondern sprang entsetzt geradewegs hinten zum Fenster hinaus

45   Saltabat prorsus territus / Hinden zum laden auß
        Nec post illam plus adiuit / Si het das gelt schon genummen
        Vbi talia resciuit / Auch wolt sy nymmer sein seyn   [ein
        Deinde totum extortum / Thet im gar eben recht
        Fallacissimum hoc scortum / Verbraßt der scherer knecht
50   Lusum cernens se fabulam / Von dysen er wol vertrawt
        Jncepit amare quandam / Auff die er gentzlich bawt
        Bonorum cum dispendio / Verschlembt seiner muter erb
        Erat durans amatio / Darnach ward sie im herb
        Repertus it per tegulas. Er lieff vber die tach
55   Amittitque suas scholas / Der teufel des gelach
        Se post caminum abscondit / Es was im gar kein schertz
        Vota precesque spopondit. Erschrocken was im sein hertz
        Fuga sibi consuluit / Das war ein vaßnacht spyl
        Linquat vestem oportuit. Ein buler leydt sich vil
60   Amor dicebat abiens. Jst ein carteuser orden
        Heu mihi quam fui amens. Jnnen byn ichs worden
        Quid autem nunc dicam / Clara / Es weiß doch yederman
        Quam proba sit auis rara. Ach gak ich far dar von
        O Gretula katharaque / Klein lieb machet groß we
65   Jd stultus sensit vtique / Byßher vnd furbaß mer
        Ergo sapienter dixi / Jch wyßt gern wie der hieß
        Tametsi non ita vixi. Der sich nit nerren ließ.

        Eius ego vellem viuentis noscere nomen
          Qui non feminea lusus ab arte foret.

---

und ging hernach nicht mehr zu ihr. Sie hatte das Geld schon an sich genommen, als sie wußte, wo es war; außerdem wollte sie nichts mehr mit ihm zu tun haben.   48 Danach verpraßte der Badergehilfe den ganzen Raub – das geschah diesem Hurenstück ganz recht.   50 Er erkannte, daß die Geschichte eine Lektion für ihn sei – darin kannte er sich aus. Er begann eine zu lieben, auf die er sich völlig verließ. Er verlor sein ganzes Vermögen, und verschwendete dann noch sein mütterliches Erbteil. Es war eine dauernde Liebschaft. Später wurde sie ihm gegenüber böse. Als er es erkannte, lief er über die Dächer. Er verließ seine Studien, worüber der Teufel lachte. Er verbarg sich hinter dem Ofen. Es war ihm nicht zum Spaßen zumute. Er machte Gelübde und sprach Bittgebete, er war bis ins Innerste erschrocken, er beschloß bei sich, die Flucht zu ergreifen. Das war ein Narrentreiben. Er mußte seinen Rock zurücklassen – einen Liebhaber kränkt das sehr. Als Amor ihn verließ, sagte er: Es gibt einen Kartäuserorden. Wehe mir, wie wahnsinnig bin ich gewesen! Es ist mir bewußt geworden. Was aber soll ich nun sagen, Clara, es weiß doch jedermann, wie selten ein rechtschaffener weiblicher Vogel ist. Ach, zum Henker, ich fahre weg.   64 O du Schlanke und Reine. Schon eine kleine Liebe bringt großes Leid. Das erfuhr der Törichte bis jetzt und in Zukunft noch mehr. Deshalb habe ich mit Weisheit gesprochen. Ich wüßte gern wie derjenige hieß – ich jedenfalls habe nicht so gelebt – der sich nicht zum Narren halten ließ.   68 Den Namen des Lebenden möchte ich kennenlernen, der nicht ein Spielball weiblicher Künste wurde.

70   Felix diues et beatus. Mag wol pfaff keriß seyn
Meo casu auisatus. Lat solichs vnd trinckt gut weyn
Demum sibi nunciatur. wie einer gestorben ist
Quod deflendo lamentatur. O tod wie grimm du pist
Et quia fauit helicon. Schryb er mit grossem leid
75   Hoc elegans Eulogion. Gott geb ir ewig freyd

Eheu terribili grassans mors impia vultV
  Lethifera fixit cuspide corda tuA
Sorte cadit parili dux et cum rethore consuL
  Astra tenes vite premia digna tuE.

80   Hic iacet Elizabet si bene fecit habet

Ein furstin schon jm tummenloch
Leydt leyder todt vnd lebet noch
Jn meynem hertzen gantz an end
Seyt sie gescheyden ist behend
85   Allein hat verlassen mih
Betrubt vnnd ellendt iemerlich
Empfindet yetz den waren lon
Trost gybt dem sie hat wol gethon

Jta vixit ille rector. Er wolts nit anders han
90   Vale semper bone lector. Lug du vnd stoß dich dran.
    Gut gesell ist ein gering man.

---

70 Glücklich, reich und zufrieden kann wohl der Kreis der Pfaffen sein, wenn man von meinem Fall absieht. Laßt solches sein, und trinkt guten Wein. Dadurch wie man stirbt, gibt man sich erst zu erkennen. Das wird mit lautem Weinen beklagt. O Tod, wie grausam du bist! Da die Musen ihm gewogen waren, schrieb er mit großem Schmerz diese kunstvolle Grabinschrift: Gott schenke ihr ewig Frieden. 76 Wehe, der ruchlose Tod geht mit schreckerregendem Antlitz einher. Mit tödlicher Spitze hat er dein Herz durchbohrt. Gleiches Schicksal erleiden Heerführer, Redner und Konsuln. Die Sterne bewohnst du als würdigen Lohn für dein Leben. Hier liegt Elisabeth, wenn sie Gutes getan hat, befindet sie sich wohl. 81 Eine schöne Fürstin im Grab liegt leider tot und lebt dennoch in meinem Herzen ohne Ende, seit sie so plötzlich hingeschieden ist. Sie hat mich alleine gelassen, elend, betrübt, armselig. Jetzt erhält sie den wahren Lohn. Der bekommt Trost, dem sie Gutes getan hat. 89 So lebt jener, er wollte es nicht anders haben. Leb immer wohl, geneigter Leser. Schau du und laß dich gewarnt sein. Ein Bruder Lustig ist ein unbedeutender Mann.

70 pfaff keriß *Kreis der Pfaffen, falls* keriß: *Druckfehler für* kreiß?

UNBEKANNTER VERFASSER

Ein ander gebet van sunte Anna.

Gegrötet systu hilge vrowe sunte Anna mit Joachim dem hilligen
manne dyn. O Anna dinen namen scal wy louen unde benedyen /
5 van dy ys geboren de reine iunckfrowe maria O. Anna du byst de
alder hyllygiste stam dar vns alle vnse salicheyt aff quam. O. Anna
mit dinem groten slechte bydde vor dyne megede vnd knechte.
Bidde vor vns god den heren / dat he sick to vns kere. Barm-
herticheit vnde gnade bidde fro vnde spade. Vp dem water vnde
10 vp dem lande / behöde vns leue here vor laster vnde schande Vnde
vor dem iehen dot / vnde vor vnluke vnd not. Jesus cristus vth
erkoren / van der iunckfrowen marie ys he geboren. Help dat wy
nummer werden vorloren. Amen.

EIN ANDER GEBET   2 Ein anderes Gebet von Sankt-Anna.   3 Gegrüßet seist du
heilige Frau, Sankt-Anna, mit Joachim deinem heiligen Mann. O Anna, deinen Namen
sollen wir loben und segnen, von dir ist die heilige Jungfrau Maria geboren. O Anna,
du bist die allerheiligste Wurzel, aus der all unsere Seligkeit hervorkommt. O Anna,
mit deiner großen Güte bete für deine Mägde und Knechte. Bitte Gott den Herrn für
uns, damit er sich uns zuneige. Barmherzigkeit und Gnade erbitte früh und spät. Zu
Wasser und zu Land behüte uns, lieber Herr, vor Laster und vor Schande und vor dem
plötzlichen Tod und vor Unglück und Not. Jesus Christus auserwählt, von der Jung-
frau Maria ist er geboren. Hilf, daß wir niemals verloren sind. Amen.

UNBEKANNTER VERFASSER

Eyn schon lied
von der vnbefleckten entpfencknüß Marie /

in dem thon Maria zart.

5 Maria schon / du himelsch kron / thů mir dein hilff beweysen / das
ich mög dein / entpfahung reyn / mit warheyt hie volpreysen / wan
du bist klar / niemant das dar / in warheit widersprechen / dich
Salomon thůt rechen / o freündin schon / vor gottes thron / kein
mackel ist / in dir zur frist / in ewigkeit fürsehen / groß lob vnd
10 eer / der doctor leer / in gschrifften thůt veriehen.

Ambrosius der lerer groß spricht in seiner sermone / du seyst die
růt / vor knöpff behůt / der erbsünd frey on wone / darzů die rind /
täglicher sünd / gantz quit vnd loß on schulden / Hieronymus mit
hulden / volkommenheit / in dich außspreyt / die Christus hat /
15 verstand getrat / gnadrich von jm geschoben / als der auch wolt /
mit richem solt / die můter sein begoben.

Thomas aquin / halt von dir fyn / du seyst die reynst vff erden / On
schuld vnnd sünd / für Adams kind / gefryet billich werden / in
der täglich / auch nit tödlich / kein erbsünd mocht beliben / deß-
20 glichen thůnt auch schreiben / Scotus subtil / der lerer vyl / die

---

EYN SCHON LIED   2 ff. *Das Lied wurde lange Zeit dem Maler, Dichter und berni-*
schen Ratsherrn Niclaus Manuel (1484–1530) zugeschrieben.   3 entpfencknüß *Emp-*
fängnis.   6 entpfahung *Empfängnis;*   volpreysen *vollständig preisen.*   7 dar *wagt.*
8 rechen *ausdeuten – und zwar im Hohen Lied Salomos, das sich nach einer im Mittel-*
alter entwickelten Vorstellung auf Maria bezieht; daher auch die Anrede o freündin
schon.   9 zur frist *zu Lebzeiten;*   fürsehen *im voraus ersehen.*   10 doctor *Kirchen-*
lehrer (doctores ecclesiae);   veriehen *sagen, verkünden.*   11 Ambrosius *(339–397),*
lat. Kirchenlehrer;   sermone *Predigt;*   růt ... *behůt* vor *Auswüchsen bewahrte*
Schößling.   12 on wone *ohne Zweifel;*   rind *Rinde, Borke.*   13 quit *los;*   Hierony-
mus *(340/50–420), einer der doctores ecclesiae, schuf die allgemein verbreitete lat. Bi-*
belübersetzung, die Vulgata.   13 f. mit hulden *mit Zuneigung.*   14 außspreyt *aussät.*
15 verstand getrat *versteht [es nur] schnell;*   jm *sich.*   16 begoben *beschenken.*
16 f. *Ein anderer gleichzeitiger Druck (Wackernagel, Bibliographie Nr. XXXIX) hat*
noch drei Strophen (vgl. Wackernagel, Kirchenlied Bd. 2, S. 1030), in denen weitere
Kirchenlehrer genannt werden.   17 *Thomas von Aquin (1225–1274), Dominikaner,*
bedeutendster Theologe und Philosoph des Mittelalters;   halt ... fyn *sagt Schönes.*
18 für *fürder, fortan;*   kind *in der Vorlage* hind; gefryet *befreit;*   billich *gerechter-*
weise.   19 mocht beliben *konnte (zurück)bleiben.*   20 *Johannes Duns* Scotus *(um*
1270–1308) in Schottland geborener Franziskaner;   subtil *gelehrt, Anspielung auf*
seinen Ehrentitel „Doctor subtilis".

schůl Paris / mit grossem flyß / zů Basel istts beschlossen / die
christlich kirch / mit bistumb glich / halt das gantz vnuertrossen.

Auch miltigklich / vnd sicherlich / der christen mensch das glau-
bet / das got der her / on widersper / sein můter hab begabet / mitt
25 heiligkeit / gnadrich erfreyt / sunst wer sie vnderlegen / seim zorn
in teüfels pflegen / das nit möcht sein / der lylien reyn / vor dorn
behůt / hellischer flůt / in ewigkeit bestantlich / bistu allein / christ-
liche ein / behalten hast gar trewlich.

Der juden schar / mer offenbar / bezeügt vnd ist erkleren / ein
30 junckfrow pur / on sünd vnd sür / messiam solt geberen / im
Alcoran / machmet zeigt an / vß Adam sey nie komen / kein
mensch ons teüfels frumen / sonder allein / maria rein / vnd jr
liebs kind / o dummer blind / sich an den morgensterne / der nit
abfelt / vnd ist gestelt / den sünder zweisen gerne.

35 Die sonn jr schein / offt lütet jn / in vnflätigs kate / belybt doch
keck / on maß vnd fleck / in jrer schön on note / auch gold on
lufft / in erdes cluft / wechst vnuerseret glantze / also beleyb auch
gantze / Maria hoch / on erbsünd doch / an sel vnd leyb / vors
teüfels streyt / vnd gottes zorn gefreyet / götlicher gewalt / in jr
40 heim stalt / vnd sie vor vnfal weyhet.

Des ist sie starck / ein gottes arck / in einr figur bedeütet / die nitt
zerbrach / durch kein vngmach / in feür vnd wassers streyte / der
feůrin busch / Moysi verduscht / in flammen vnuerseret / ein
grünend růt hochgeret / die fruchtbar was / als loub vnd graß /

21 schůl Paris *hier gemeint: die theolog. Fakultät der Pariser Universität, die im 13. Jh.
geistiger Mittelpunkt Europas war;* zů Basel *gemeint ist das Basler Konzil von
1431–1449.* 22 glich *gleich, ebenso.* 24 on widersper *ohne Widerstreben.*
25 gnadrich erfreyt *mit der Kraft der Gnade frei gemacht;* vnderlegen *unterworfen.*
26 pflegen *(Pl.) Gewalt.* 26f. lylien … behůt *vgl. Hohes Lied 2, 2.* 27 bestantlich
beständig. 28 ein *Einigkeit.* 29 mer *darüberhinaus;* erkleren *ist Partizip.* 29f. Je-
saja 7, 14. 30 pur *rein;* sür *Bitterkeit.* 31 Alcoran *Koran;* machmet
Mohammed. 32 frumen *Nutzen, Vorteil;* sonder *außer.* 33 sich an *sieh an.*
34 zweisen *zu leiten.* 35 ff. *Diese und die beiden folgenden Strophen bringen einige
der Anfang des 16. Jh. jedem geläufige Mariensymbole und -präfigurationen wie Sonne
(35), Gold (36), Arche [Noah] (41), brennender Dornbusch (43), Aarons Stab (44), Rute
aus dem Stamm Isais (45), die Jünglinge im Feuerofen (48), der Prophet Jona im Bauch
des Walfischs (48), Daniel in der Löwengrube (49).* 35 lütet jn *leuchtet hinein;* kate
Kot, Dreck. 36 keck *lebendig;* maß *Fleck, Narbe;* schön *Schönheit;* on note *ohne
Bedrängnis.* 37 glantze *(Adv.) hell, glänzend.* 38 gantze *unversehrt;* hoch *erha-
ben.* 39 streyt *Begehren;* gewalt *(m.) Vollmacht.* 40 heim stalt *wohnt;* weyhet
bewahrt. 41 Des *dadurch;* arck *Arche (vgl. 1. Mose 6 ff.);* figur *Gleichnis, Sym-
bol;* bedeütet *verständlich.* 43 feůrin busch *der brennende Dornbusch ·(vgl. 2.
Mose 3);* Moysi *Mose;* verduscht *zum Schweigen bringt.* 44 grünend růt *Aarons
Stab (vgl. 4. Mose 17);* hochgeret *hochgeehrt.*

45 von Jesse stamm / messiam nam / in jr junckfrewlichs hertze / den
sy gebar / gantz wunderbar / in disse welt on schmertze.

Vyl wunderwerck / die götlich sterck / an mangem hat bewysen /
drey kinder gůt / auß feüres flůt / entlediget sie mit flyße / Jonam
kund / auß walfisch schlundt / in möres tieff versencket / Daniel
50 auch behencket / mit angst vnnd not / Maria gůt / wes wolt sie
dich vßschliessen gleich ab von seinr gnaden kraffte / es wer
fürwar / vnmilter zorn / der gotheit vnbehaffte.

Deßhalb hie schwig / vnd nider lig / etlicher vnnütz klaffen / die
auch im schein / wend geystlich sein / vnd thůnd recht als die
55 affen / Marie werd / vff disser erd / ein krentzlin schon seind flächt-
en / vnd thůnd sie doch durchächten / heimlich zůruck / mitt
jrem duck / beflecken jr / jrs krentzlins zier / mit erbsündlichen
mosen / die laß ich stan / in jrem wan / zů Bern hatt mans erkosen.

O höchstes bild / Maria mildt / du edle schön vnd clare / du rein
60 vnd gůt / on sündes flůt / du junckfraw scheynbar ware / dein
milte giet / vns hie behüt / vor sünden vnd vor schanden / löß ab
des teüfels banden / der vns hart dringt / vnd täglich zwingt / mitt
seim vffsatz zerstör sein geschwatz / vor deinem lieben kinde /
damit auch wir / gnadrich in zier / die ewig freüd entpfinden.

65   Got sie lob / vnd der junckfraw Marie.

---

45 Jesse stamm *Stamm Isais (vgl. Jesaja 11 und Römer 15, 12), oft bildlich dargestellt.*
46 on schmertze *Eva und nach ihr alle Frauen gebären infolge des Sündenfalls mit
Schmerzen (1. Mose 3, 16). Maria bringt Christus dagegen ohne Schmerzen zur Welt.*
48 drey kinder ... flůt *die drei Jünglinge im Feuerofen (vgl. Daniel 3 einschließlich des
apokryphen Zusatzes „Der Gesang der drei Männer im Feuerofen")*; entlediget *be-
freit*; mit flyße *absichtlich*; Jonam *Jonas im Bauch des Walfisches (vgl. Jona 2, 1
und Matthäus 12, 40).* 49 kund *bekannt*; möres *Meeres*; Daniel *Daniel in der
Löwengrube (vgl. Daniel 6).* 50 behencket *bedrängt durch, versehen mit, behängt*;
wes *warum*; sie *die göttliche Stärke.* 51 gleich ab *gleich wie*; seinr *bezogen
auf* gotheit. 52 vnmilter *unbarmherziger*; vnbehaffte *nicht eigen, angemessen.*
53 schwig *schweige*; klaffen *Geschwätz.* 54 wend *wollen*; recht als gerade so wie.
55 Marie werd *der werten Maria.* 55 seind flächten *sind flechtend, am Flechten.*
56 doch *dennoch*; durchächten *verfolgen*; zůruck *hinterrücks.* 57 duck *Streich,
Bosheit.* 58 mosen *Flecken*; Bern *dort wurden 1509 vier Dominikanermönche ver-
brannt, die den Schneidergesellen Jetzer angestiftet hatten, Marienwunder vorzutäu-
schen.* 60 gůt *Gutheit*; scheynbar *offenbar, sichtbar.* 61 giet *Güte.* 63 dringt
bedrängt; vffsatz *Vorsatz, List, Feindschaft.* 64 entpfinden *erfahren, empfangen.*
65 sie *sei.*

30

Albrecht Dürer

Keyn ding hilfft fur den zeytling todt
Darumb dienent got frwe vnd spot

[Holzschnitt]

Das müg wir all wol erspehen
 Das bald vmb ein mensch ist gschehen
Dann so wir heut ein mensch haben
 Vileicht wirt er morn vergraben
Darumb O menschlich hertigkeyt
10 Warumb sind dir nit dein sund leyd
So du doch wol pist vernemen
 Das got all pöß würt beschemen
In ewigkeit durch sein streng ghricht
 Do entpfleucht keynr dem richter nicht
15 Durch allein du furchtest hye got
 Dardurch enttrinst dem ewing tod
Drum heb an noch Christo zleben
 Der kan dir ewigs lebm geben
Deshalb kain zeytlichs ding an sich
20 Aber noch künfftigem richt dich
Vnd thu stetz noch gnaden werben
 Als soltestu all stund sterben
Spar dein peßrung nit piß auff morn
 Dann vngwiß ding ist pald verlorn
25 Pesser ist von sunden zihen
 Dann den zeytlichen todt flyehen
Wer ein lauters gewissen hat
 Der furcht den tod nit frü vnd spat
Vnd fragt nit vil noch langer zeyt
30 Dye vnns hye got auff erden geyt

Keyn ding *2ff. In folgenden Fällen bezeichnet* ü *nicht Umlaut, sondern Länge:*
36, 45 thüt, *46* müt, *51* püß, *56* müß, *57* güte, *74* thü, güter.   *2* fur *gegen;*   zeytling
frühzeitig.   *3* frwe *(im Original* frrwe*)* vnd spot *früh und spät.*   *5* müg *können;*
erspehen *erkennen, erblicken.*   *7* Dann so *denn wenn auch.*   *8* morn *morgen.*
9 hertigkeyt *Hartherzigkeit.*   *10* sund *Sünden.*   *11* So *obwohl;* pist vernemen *bist*
vernehmend.   *12* pöß *Böses;* beschemen *tadeln, strafen.*   *13* ghricht *Gericht.*
15 Durch allein *dadurch allein, daß.*   *17* heb an *fang an, beginne;* noch *nach;*
zleben *zu leben.*   *19* zeytlichs *weltliches;* an sich *sieh an.*   *21* werben *trachten.*
22 all stund *jeden Augenblick.*   *23* Spar *spare, verschiebe.*   *25* zihen *fernhalten.*
30 geyt *gibt.*

Gar selten geschichtzs in lang leben
Das sich dleud in peßrung geben
Sye meren aber dick dye sund
Wolt got das ich kurtz woll lebm künt
35 Wyewolls forchtsam ist zusterben
Doch thüt nit alweg erwerben
Langs lebm dye gnad gotzs innigkayt
Mert aber dick das hellisch layd
Dem dye stund seines tods alweg
40 Wolbetracht in seim hertzen leg
Vnd sich all tag zum sterben schickt
Den het götliche gnad anplickt
Vnd würd in dem rechten fryd stan
Den got gibt vnd welt nit gebm kan
45 Darumb welcher recht leben thüt
Der vberkümpt ein starcken müt
Vnd jn erfrewt des todes stund
Dorin jm seligkayt würt kund
Er furcht auch nit got den richter
50 Dann er waß hye sein selbs schlichter
Durch püß do mit er hye erwarb
Gotzs gnad auff ertrich ee er starb
Welcher die welt thut auffgeben
Vnd verschmecht sich in dem leben
55 Dem kumpt ein solch starck hoffnung ein
Das er nymantz den gotzs müß sein
Wer aber güte werck will sparn
Piß er schir von hynnen soll farn
Vnd verlest sich auff meß lesen
60 Vnd verhofft dardurch zu gnesen
Den bezalt man mit glocken than
Domit laufft sein dechtnuß dorfan
Also wirt sein hye vergessen
Wye lang zeyt er sey gesessen

---

32 dleud *die Leute, die Menschen.* 34 kurtz woll *kurze Zeit aber gut (gottesfürch-
tig).* 35 Wyewolls *obgleich;* forchtsam *schrecklich.* 37 gnad gotzs innigkayt *die
gnädige Aufmerksamkeit Gottes.* 39 Dem *wem.* 40 Wolbetracht *wohl bedacht;*
leg *liegt.* 41 Vnd *und [wer];* schickt *bereit macht.* 45 recht *rechtschaffen, ange-
messen.* 46 vberkümpt *erhält, erwirbt;* müt *Sinn, Hoffnung.* 50 sein selbs *sein
eigener.* 52 ertrich *Erdreich, diese Welt.* 54 verschmecht *sich verächtlich, geringfü-
gig erscheint.* 56 nymantz den gotzs *niemandes als Gottes.* 58 schir *fast, beinahe.*
60 zu gnesen *errettet zu werden.* 61 than *Ton.* 62 dechtnuß *Gedächtnis, Erinne-
rung an ihn;* dorfan *davon.* 63 sein *seiner (nach heutigem Sprachgebrauch: er).*

65 In der hell oder fegfewer
  Vnd leyd do groß vngehewer
Wer nit noch fursichtigkeyt stelt
  Vnd rechte trew pey jm selbs helt
Der darff nymant keyn schuld geben
70   Ob er in seim tod vnd leben
Von got vnd menschen glassen würt
  Dann er hat sich hye selbs verfurt
Darumb welcher woll sterben will
  Der thü willig güter werck vill
75 Vnd setz sein getraw gantz in got
  So kan er nit werden zu spot
In verlest auch nymer gotzs krafft
  In furt got in hymlisch gselschafft
Das soll wir frölich all begern
80   So würt vns gott erbermt gewern

UNBEKANNTER VERFASSER

[Melodie]

Von hertzen ich / thüe frewen mich / gantz jnnigklich / zů dyenen
deiner zucht vnd er / zů preis vnd zir / souerr das dir / ist gnem
5 von mir / als ich getraw hoff vnd beger / herwider wertz / dein
treues hertz / haltz für kayn schertz / es brecht mir schmertz / wo
ich solt anders mercken / weil sich mein lieb thůt stercken

Als dir ist kund / aus rechtem grund / mein hertz vnd mund / ist
dir genaigt zů wider gellt / bey mir kayn list / noch vntrew ist /
10 zart O du bist / mein allerliebsts in diser wellt / O schönster
schein / in augen mein / dir wil ich sein / als aygner dein / ver-
phlicht dich zůgeweren / was du nur thůst begeren

---

66 vngehewer *Qual.* 67 fursichtigkeyt *Klugheit;* stelt *strebt.* 68 Vnd *und
[nicht];* pey jm selbs helt *sich bewahrt.* 69 nymant keyn *niemandem eine.* 70 Ob
wenn. 71 glassen *verlassen.* 75 getraw *Vertrauen.* 76 zu spot *zuschanden.*
78 *In einer Handschrift sind hiernach folgende Zeilen eingeschoben:* Albrecht Dürer
hilfft den rath gebn Wollt gott ich künt selbst also lebn. *Vgl. den kritischen Text:*
Dürer. Schriftlicher Nachlaß. *Hrsg. v. H. Rupprich, Bd. 1, Berlin 1956, S. 137f.*
80 gott *nach der Handschrift verbessert, die Vorlage hat* gotzs; erbermt *Erbarmen;*
gewern *gewähren.*

VON HERTZEN ICH 4 souerr *sofern;* gnem *angenehm, wohlgefällig.* 5 herwider
wertz *zurück.* 7 mercken *bemerken, wahrnehmen;* stercken *stärker werden.*
8 Als *Alles.* 9 wider gellt *Vergeltung.* 10 O *Anfangsbuchstabe des Namens der
Geliebten.* 11 aygner *Untertan;* dich zůgeweren *dir zu gewähren.*

Deßgleich mein O mayn mich also / du waist wan wo / vnnd wye
jchs mayn in eytel gůt / mich nit verlass / jn lieb der mass / mich
15 trewlich fass / als ich dich han mit hertz vnd můt / O du mein rain
liebs aynigs ayn / dein trost allain / schafft das ich klain / nach aller
wellt thů fragen / halt mich nur deins zůesagen

UNBEKANNTER VERFASSER

[Melodie]

Ach gůter gsell von wannen her / graußt dir so ser / ab diser hab /
darinn nach ritterlicher er / ich manng sper / zerprochen hab /
5 gantz vnuertzagt / groß preiß eriagt / was dir gepricht / wer geren
sticht / dem hatz kain fall an stech zeůg nicht.

Wie wol du sprichst er sey kain nitz / ain klaine witz / spür ich
daran / dan yeder man erkent dein litz / du pist fürwitz / vnnd
kumpst auf pan / mit grossem pracht / hab offt dein glacht / wan
10 du dich richst / vnd ser erprichst / so renst dar neben wan du
stichst.

Darumb hör auf von deiner klag / du bist ain zag / auf diser pan /
zům ritterspil jm rauhen hag / du magst die wag / jm rügk nit
han / merck wie ichs main / dein schrauf ist klain / vnd vil zů kurtz /
15 erleidt kain sturtz / spils wie du wilt so bist du lurtsch.

VON HERTZEN ICH   13 mayn *meine, sei besorgt um.*   14 eytel gůt *reiner Güte;*
der mass *derart groß.*   15 můt *Sinn, Seele.*   16 aynigs ayn *einziges Allein;*   klain
gering, wenig.   17 zůesagen *Versprechen.*
ACH GUTER GSELL   *Dies Lied antwortet auf* Ich traw keim alten stechzeug mer *(s.
S. 56). Beide Lieder sind erotisch gemeint.*   3 von wannen her *warum;*   ab *gegen-
über, vor;*   hab *Habe, hier: Stechzeug.*   4 manng *manchen.*   5 geren *im Original*
gerñ *gerne;*   6 fall *Fehler.*   7 nitz *Nutzen;*   ain klaine witz *nur wenig Verstand.*
8 litz *Laune, Eigenart;*   fürwitz *leidenschaftlich, vorwitzig.*   9 pan *Kampfbahn.*
10 richst *aufrichtest, aufstellst;*   erprichst *losbrichst, hervorstürzt.*   12 zag *Feigling.*
13 hag *abgesteckter Kampfplatz;*   wag *gewagtes Spiel;*   rügk *Rücken.*   14 schrauf
Schraube.   15 erleidt *erleidet, hält aus;*   lurtsch *linkisch, matt.*

UNBEKANNTER VERFASSER

[Melodie]

Vnser pfarrer ist auf der pan / was getz dich an / ich wais vnd kan /
dy junngen feilel müstern laß über gan / es fleügt do her ein
5 weisser schwan / wil kurtzweil han / er prangt gar schan / do
müsst jch armer pûb gar pald dar von / jch gyeng durch ayn
zerrissens haus / still was dy maus / sy ruckt her aus / ayn flügel
het mein gans / gyng gang / gyng gang / gyng gang / also laut
vnser gsang / schaubhût der ist fürd sunnen gût / das pferd ist
10 wild kumbt aus der stût / das pferd ist wild kumpt aus der stût

1513

ADAM VON FULDA*

[Melodie]

Ach hülff mich leidt vnd senlich klag / von tag / zû tag solt sich /
rewlich / mein hertz / mit schmertz / besagen / klagen / der ver-
5 lornen zeit / Die ich so schwärlich hab verzert / beschwert / beid
leib vnd sel / on hel / vnnd not / vor got / der rechen / brechen /
wil der sunden neit / Wann ich sein eer / seer / schwerlich han /
an / schambd verwundt / vnd / kundt / gemacht / nacht / tag vnd
stundt / grundt / mein vbel tadt / gnadt / badt / ich da vmb sunst /
10 gunst / kunst / was gar verlorn / zorn / vngemach / rach / sach /
ich one zil / vil / zû bekeren / meren / vngenadt / got hadt / recht-
lich / mich / hie gestrafft / schafft / als ich mein / sein / götlich
recht / verschmecht / kein knecht / der sich / rewlich / mit zehren /
bkeren / ist in nodt / Wann er wil nit des sünders todt.

VNSER PFARRER 3 ff. *Spiel-Lied zur Gattung der Auszählsprüche gehörend.*
3 pan *Weg;* ist auf der pan *ist auf dem Wege, naht.* 4 feilel *Veilchen;* müstern
musternd, prüfend (?); laß *nachlässig;* über gan *übergehen oder vorübergehen.*
5 schan *schön.* 8 het *(hat) ist als Verbum des Satzes zu ergänzen.* 9 schaubhût
Strohhut; fürd *vor der, gegen.* 10 stût *Gestüt.*
ACH HÜLFF MICH LEIDT 1 *Dieses Lied wird Adam von Fulda zugeschrieben. Vgl.*
die Fassung von 1520 (s. S. 54). 3 hülff *fördere, nütze;* senlich *sehnsüchtig,*
schmerzlich. 4 rewlich *reuig;* besagen *zusprechen, beschuldigen.* 5 schwärlich
mit Beschwer, leidvoll; verzert *verbracht habe.* 6 on hel *unverhohlen.* 7 sunden
in der Vorlage sund; *Wackernagel, Kirchenlied Bd. 2, S. 108ì, bietet* sunder; neit
auch: Haß; Wann *Denn.* 8 an/schambd *ohne Scham, schamlos.* 9 grundt *gründ-*
lich, von Grund auf. 10 rach *Zorn, so auch 22, 34.* 11 one zil *endlos.* 13 ver-
schmecht *verachtet;* kein *keinen;* zehren *Zähren, Tränen.* 14 bkeren *bekehrend.*

35

15 Mein kleglich bit bewegen sol / den vol / genaden schrein / wan
kein / mag ir / mit zir / geleichen / weichen / můs als himels heer /
Ir lieber son kein bit verkert / vnd ert / die brüst die ien / vorhien /
ärtlich / zärtlich / erneret / meret / han in zůcht vnd eer / Sein
wunden rot / not / spot / vnd schem / dem vatter zeigt / eigt /
20 neigt / vnd dringt / zwingt / das er lieb / ieb / barmhertzigkeit /
geit / zeit / vnd ware rew / new / trew / ins sünders hertz / schmertz /
wee vnd ach / schmach / rach / vnd kranckheit / vil / wil / sie
verkeren / leren / sein geduldt / die schuldt / ist mein / sein / gnad
ich ger / ker / dich zů mir / schir / höchster trost / du host / er-
25 lost / vor mich / schwerlich / vergossen / lossen / dein blůt rot /
durch aller sünder missethot.

All dienst an mir fandt got gespart / gar hart / ien das befilt / doch
hilt / sein huldt / gedult / vil iaren / sparen / mich vor aller not /
Ich lebt im saus nach alter weis / kein fleis / zů gottes lob / als ob /
30 sein güt / nit müt / zů leben / streben / wider sein gebot / Damit
ich han / an wan / sein eer / seer / vast verletzt / stetzt / setzt /
mein sin / hin / wider got / hot / gerewe mich / ich sich / sein göt-
lich krafft / hafft / strafft / mein vnzůcht hie / wie / iem geliebt /
triebt / iebt / sein lieb vnd rach / nach / gantz lieblicher / vetter-
35 licher art / zart / schönes / pild / mild / keüsch vnnd rein / dein /
diener ich / mich / ger zů sein / in dein / klarn schein / hoff ich /
frölich / zů wandern / andern / verlorn zeit / hilff mir Maria reine
meit.

---

15 vol/genaden schrein *mit Gnade angefüllter Schrein, Behälter.*   16 kein *mag kei-
ner vermag;*   als *alles, das ganze.*   17 bit *Bitte;*   verkert *abändern, entstellen.*
18 ärtlich *artig, passend.*   19 schem *Scham, Beschämung;*   eigt *zeigt, offenbart oder
zueignet.*   20 das er lieb/ieb/barmhertzigkeit *daß er Liebe übe [und] Barmherzigkeit.*
21 geit *[Er] gibt.*   24 ger *begehre;*   schir *gar.*   25 schwerlich *leidvoll;*   lossen
gelassen.   26 durch *um … willen.*   27 gespart *versäumt;*   befilt *lästig sein.*   28 hilt
währte, hielt;   sparen *zu verschonen.*   30 müt *verlangt.*   31 an wan *ohne Zwei-
fel;*   seer vast *sehr stark.*   31 f. stetzt/ … got *stets widersetzt sich mein Verstand
Gott.*   32 gerewe *wohl* gerewen *(Part. Prät. zum st. Verb. mhd. geriuwen „in Betrüb-
nis versetzen");*   sich *sehe.*   33 hafft *Gefangenschaft;*   iem geliebt *ihm beliebt,
gefällt.*   34 triebt *beunruhigt.*   38 meit *Magd.*

UNBEKANNTER VERFASSER

[Melodie]

Der wein schmäckt wol das danck ich got / darumb sol man in
loben / Mir ist verkündt dunckt mich ein spil / ein fogel auff eim
5 kluppen / Ein seltzam fanck macht mich offt sich / vor glechter
můs ich schweigen / Kurtz griff darffs auff der lauten.

Mein bůl spricht selbs er lieb mich fast / dar an hab ich genügen /
Bei finster nacht treůgt mich der glantz / ein brülln můs ich mir
schicken / Die stecken auff / ob ich bas feil / gůt loröl künd er-
10 kennen / beim kamm kendt man den hanen.

Es hat kein not mein sach ist schlecht / gleich wie ein gemsen
horen / Ich tantzet schir künd ich es wol / mich sticht ein scharpfer
distel / Fraw hie ist mort / seit nit so streng / last eüch mein
kümmer klagen / ich möcht sůnst bald verzweifeln.

UNBEKANNTER VERFASSER

[Melodie]

Die brinnet lieb bringt mich dahin / das ich dir bin / von hertzen
hold / fraw so ich solt / dein diener sein / mein sorg vnd pein /
5 wer alle gar erloschen / Wann dein gestalt / hat sich mit gwalt / in
meinem gmüt verschlossen.

Mein grosse lieb begert kein lon / dann so ich schon / dich mei-
denn můs / das ich dein grůs / nur einst im iar / von dir erfar /
wendt mir gros leyd vnd schmertzen / So wünsch ich dir / als vil
10 als mir / vnd hab dich lieb von hertzen.

DER WEIN 1 ff. *Dies ist kein reimloses Gedicht, sondern ein Synonymenspaß der
folgenden Art: anstelle der Wörter im Text lies:* 4 spil: spot. 5 kluppen: kloben,
sich: krank. 6 lauten: geygen. 8 glantz: glast. 9 schicken: fügen, feil: darauf, den
hanen: die hennen. 12 wol: recht. 13 distel: doren, streng: hart. 14 verzweifeln:
verzagen. 4 dunckt *in der Vorlage* dunck *dünkt.* 5 kloben *Vorrichtung zum Vogel-
fang.* 6 darffs *bedarf es.* 8 treůgt *trügt;* glast *Schimmer;* brülln *Brille;* fügen
besorgen; stecken auff *setze ich auf;* ob *als ob;* bas *besser, billiger.* 9 loröl
Lorbeeröl (Abführmittel). 11 schlecht *glatt, klar.* 12 horen *Horn;* schir *sogar;*
13 doren *Dorn;* mort *Gewalttat.*
   DIE BRINNET LIEB 3 brinnet *brennend.* 8 einst *einmal.* 9 als vil als *ebensoviel
wie.*

Nimbs früntlich an mein höchster hort / das ich die wort / ge-
dencke thů / das ich kein rw / on dich emphind / so ser vnnd
schwind / hastu mein hertz vmbgeben / Het ich dein gunst / was
wolt ich sunst / nit reicher wolt ich leben.

UNBEKANNTER VERFASSER

Andreas Graw.

Das hůrn hůrn sein vnnd wölns nit sein / das wil mich schellig
machen / Sie gen doch so mit krummen rein / das ich sein offt můs
5 lachen / Wie seltzam bünd / vnd wilde fünd / sie in ir kleidung
flachten / Das man an tag / leicht bringen mag / vor ertz hůrn sie
zů achten.

Wann man sie aber hůren nent / so wöllen sie fast murren / Das
wer als ob man hůrn nit kent / so sie im straum doch hurren /
10 Wern kaum dar von / wers nordt will thon / sei büttel oder scher-
gen / ein solchs mag sich / einr spindel gleich / in einem sack ver-
bergen.

Bliben sie hůrn vnd lissen sunst / from leut on ausgerichtet / So
hett ich nit ir hürlich brunst / in reim so vil gedichtet / Weil sie
15 wöln nůn / ie kegeln thůn / so müssen sie vff setzen / dis mein ge-
sanck / schenck ich on danck / den hürlens hůrn zůr leczen.

UNBEKANNTER VERFASSER

Se. Virdung.

Ach ach wie schwach / macht mich die sach / ich trag gros heim-
lich leiden / Wie gern wir wern / bei ein in ern / not zwingt vns
5 frewd zů meiden / Ich wolt es solt / vns machen holt / füglich zů
samen kreiden.

DIE BRINNET LIEB   11 hort *Schatz (von der Geliebten gesagt).*   12 rw *Ruhe.*
13 schwind *geschwind, schnell.*
DAS HÜRN   2 Andreas Graw *Komponist um 1500, nur durch dieses Lied bekannt.*
3 hůrn *Huren;*   schellig *toll.*   4 mit krummen rein *mit schlechten [Manieren] einher;*
sein *darüber.*   5 bünd *gestreiftes Pelzwerk;*   fünd *Modegags.*   9 straum *(rot-
welsch) Bordell.*   10 Wern *sie wehren, halten fern;*   nordt *nur.*   13 on ausgerichtet
ungescholten.   15 ie *immer;*   kegeln *außerehelich verkehren;*   uff setzen *verführen,
betrügen.*   16 zůr leczen *zum Abschied.*
ACH ACH   2 Sebastian Virdung, *1465–?, Komponist und Autor des Handbuchs Mu-*
sica getutscht.   4 ein *einander.*   6 kreiden *schmeicheln, kosen (?).*

Kein wert ich gert / vff diser erd / dann leben in der liebe / Al freid
vnd leid / nem ich zů weid / wie got vnns das zetribe / Kein lust
ist sust / dann das die brust / früntlich an brust sich riebe.

10 Mein ia ist na / in trewen da / wo ich nůr wüst des gleichen / Wer
es dir gmes / so bistu des / werlichen zů bestreichen / Meinr trew
dich frew / vnnd gantz nichts schew / des gleich wil ich nit
weichen.

Unbekannter Verfasser

[Melodie]

Woluff ir lieben gsellen / die vns gebrůdert sein / Vnnd raten zů wir
wöllen / dort prassen über rein / Es kummt ein frischer summer /
5 dar vff ich mein sach setz / als ye lenger ye dummer / Hin hin wetz
eber wetz / wack hütlein in dem gfretz.

Der summer sol vns bringen / ein frischen freien můt / Leicht
thůt vns irn gelingen / so kumb wir hinder gůt / Sie sein vil ee
erritten / dann graben dise schetz / wir han vns lang gelitten / Hin
10 hin wetz eber wetz / wack hütlein in dem gfretz.

Drumb last uch nit erschrecken / ir frischen krieger stoltz / Wir
ziehen durch die hecken / vnd rumpeln in das holtz / Man wirt
noch vnser geren / vnd nit achten so letz / all ding ein weil thůn
weren / hin hin wetz eber wetz / wack hütlein in dem gfretz.

Unbekannter Verfasser

[Melodie]

Mag ich hertz lieb bei dir han gůnst / aus hertzen brůnst / das thů
mir lieb zewissen / Dann ich bin gantz in lieb entzindt / mein
5 hertz das brindt / der bůtz der hat mich bissen / Meins hertzen gir /
lieff her zů mir / der bůtz vnd draff mich eben / bůtz stich mich nit /
bůtz beis mich nit / wil dir ein fierer geben.

Ach ach   7 gert *begehrte*.   8 weid *Genuß, Erquickung*.   9 sust *sonst*.   11 gmes
gemäß, recht;   werlichen *wahrlich, in Wahrheit;*   bestreichen *erreichen*.
   Woluff ir   4 über rein *jenseits des Rheins*.   5 wetz eber *mach scharf Eber*.
6 gfretz *Schlachtgetümmel*.   8 irn *irgend*.   9 erritten *mit Reiten eingeholt;*   han ...
gelitten *sind geduldig gewesen*.   13 so letz *zuletzt*.
   Mag ich   3 brůnst *Brand*.   5 bůtz *Poltergeist, Fastnachtsmaske;*   gir *Hin-*
gabe.   6 vnd *(und relativum) der;*   eben *gerade, genau*.   7, 12, 17 fierer *Geldstück*.

Darumb schleüs vff dein lieblich hertz / on allen schmertz / du
schöne aus erlesen / Was hilfft es dich das ich stets lig / vil iamers
10 pflig / mag doch on dich nit gnesen / Kein stund im tag / ich treib
mein clag / vnd thů an dich gedencken / bůtz beis mich nit / bůtz
stich mich nit / wil dir ein fierer schencken.

Lend dich zů mir mit deiner schön / mit recht ich krön / dein zůcht
vnd gstalt ob allen / Darumb du edle keiserin / in deinem sin / las
15 mich dir auch gefallen / Zů dienen dir / mit gantzer gir / wil ich
mitt freüden ringen / bůtz beis mich nit / bůtz stich mich nit / wil
dir ein fierer bringen.

UNBEKANNTER VERFASSER

[Melodie]

Es wolt ein meidlein grasen gan / fick mich lieber peter vnd da die
roten rosen stan / fick mich mer / du hast sein er / fick mich lieber
5 peter.

1515

HANS SACHS

In dem langen thon wolframs
Ein schone schuelkunst
was ein singer sol singen

5 1. Mein herz das mag nit rue han
Darumb so wil ich heben an
Zw singen hie auf diesem plan
wie wol ich nit kan iderman
hie singen das im freude geit
10 Das ist mir leit / seit
ichs nit kan vorpringen

MAG ICH   13 Lend *wende, neige.*   14 ob allen *vor allen anderen.*

ES WOLT   3 grasen *Gras mähen.*   4 sein er *danach hat G. Forster 1540 den Zusatz*
kanstus nit ich wil dichs lern *(Nr. XLIIII).*

IN DEM   4 singen *in der Handschrift wechseln* -en *und* -n. *Hier immer mit* -en
wiedergegebene Endsilbe.   7 plan *Platz.*   8 wie wol *obgleich.*

Das doch zimpt einem singer frey
Das er sol kunen mancherley
auf das wo er pey lewten sey
15   Das er mit sueser melodey
den lewten sing was man peger
so ers gewer / der
                mag mit preis gelingen
maniger duet des selben nicht
20   vnd singt allain von musica der kunste
Darmit er sich herfüre pricht
vnd ist doch solche materj vmb sunste
wan der zehent sein nit verstat
seins gesangs kain genad man hat
25   gespotes man ob im nit lat
Darumb so wer der peste rat
Ein singer lies sein kunst mit rw
pis er kem zw / wu
                maister welen singen

30   2. Pey den sing er von maisterschaft
Vnd von der sieben kunsten kraft
ist er mit rechter kunsten pehaft
So pleibt er von in vngestraft
pay ander lewten zimet pas
35   Zv singen das / was
                ich hernach wil sagen
Des nem ein ider singer war
wo er ist pey der glerten schar
so sing er von der gotheit clar
40   Vnd von der maid die got gepar
Vnd aus der heilligen geschrift
was sie an trift / gift
                sol er nit zw tragen
Wo er ist pey dem adel guet
45   so sing er nit von solchm disputiren
sunder sing in aus freyem muet
von rennen stechen kenpfen vnd thurniren

---

13 kunen *können, wissen.*   19 duet *tut.*   21 herfüre pricht *hervortut.*   23 zehent *zehnte Teil;*   sein *seiner, ihn.*   24 genad *Dank.*   25 lat *läßt.*   28 wu *wo.*   31 der sieben kunsten *der sieben freien Künste (septem artes liberales): Grammatik, Rhetorik, Dialektik, Arithmetik, Geometrie, Musik, Astronomie.*   34 pas *besser.*   42 an trift *betrifft;*   gift *Bosheit.*

von fechten ringen springen vil
von jagen paisen wie man wil
50 von solchem ritelichen spil
manche historia suptil
kan er das maisterlichen da
sein hertz wirt fro / so
　　　　　　Er thuet preis erjagen

55 3. Weitter gieb ich dem singer ler
ob er pey schönen frawen wer
Den sing von scham zuecht vnde Er
Dem wirt sein lob gepriesen mer
Dem pauren dem sing er von dem pflueg
60 Das ist sein fueg / clueg
　　　　　　vnd was zv feld geschichte
Auch von der lichten sumer zeit
Den kriegs lewten sey er pereit
Zw singen von stürmen vnd streit
65 Den kauflewten von landen weit
von merck vnd stetten ane zal
von perg vnd dal / al
　　　　　　les lob man im jichte
Dem trincker sing von guetem wein
70 Dem spiler sing von wuerffel vnd von karten
so mag sein hertz wol frolich sein
Dem pueler sing von schönen frawen zarten
Also hab ich ein clain erzelt
wie sich ein singer halten selt
75 wo er das sein gesang erschelt
Darmit gros preis erjagen welt
Der sing was iedem zu gehert
wes er pegert / lert
　　　　　　in die frey gedichte

80 Anno salutis 1515
am 13 tag may

---

49 paisen *Beizen, Falkenjagd.*　57 scham *Züchtigkeit, Keuschheit.*　60 das ist sein
fueg *das steht ihm an.*　66 merck *Märkten.*　67 im jichte *ihm (dem Zuhörer) sagt.*
72 pueler *Buhler, Liebender.*　73 ein clain *ein wenig.*　79 frey gedichte *freie Erdich-
tung.*

Unbekannter Verfasser

Ich wil zu Landt aus Reitten / sprach sich Meister Hildebrandt /
der mir die Weg thut weisen / gen Bern wol in die Land / die sind
5 mir vnkundt gewesen / viel manchen lieben tag / in zwey und
dreissig jaren / Fraw Vtten ich nie gesach.

Wiltu zu Land ausreitten / sprach sich Hertzog Abelung / Was be-
gegent dir auff der Heyden / ein schneller Degen jung / Was be-
gegent dir auff der Marcke / der jung Herr Alebrandt / Ja rittest
10 du selb Zwölffte / von ihm würdest angerant.

Ja rennet er mich ane / inn seinem vbermut / Ich zerhaw jm seinen
grünen Schilt / es thut jhm nimmer gut / ich zerhaw jhm seine
Brinne / mit einem schirme schlag / vnd das er seiner Mutter / ein
gantz Jar zu klagen hat.

15 Vnd das soltu nicht thune / sprach sich von Bern Herr Dieterich /
Wann der jung Herr Alebrandt / ist mir von hertzen lieb / Du solt
jhm freundlich zusprechen / wol durch den willen mein / das er
dich wol lassen reitten / als lieb ich jhm mag sein.

Da er zu dem Rosengarten ausreit / wol in des Berners Marck / Da
20 kam er in gros arbeit / von einem Helden starck / von einem Hel-
den Junge / da ward er angerandt / Nun sag du an viel Alter / was
suchst in meines Vaters Land.

Du fürst dein Harnisch lauter vnd rein / als ob du seist eins Königs
Kind / Du wilt mich Jungen Helden / mit gesehenden Augen
25 machen blindt / Du solt daheimen bleiben / vnd haben gut haus-
gemach / Ob einer heissen Glute / der Alte lachet vnd sprach.

Solt ich daheimen bleiben / vnd haben gut hausgemach / Mir ist
bey all mein tagen / zu reisen auffgesatzt / zu reisen vnd zufechten /
biß auff mein hinefart / Das sag ich dir viel Jungen / darumb /
30 grawt mir mein Bart.

Dein Bart wil ich dir ausrauffen / das sag ich dir viel alten Mann /
das dir dein Rosenfarbes Blut / vber die Wangen mus abgan / Dein

---

VON DEM ALTEN *2 ff. Die Überschrift nach dem Deckblatt lautet:* Das Erste / Von
dem Alten Hildebrandt / etc. 8 Degen *Krieger, Held.* 9 Marcke *Grenzland.* 10 selb
Zwölffte *mit noch elf anderen;* angerant *angegriffen.* 13 Brinne *Brustpanzer;*
schirme schlag *Fechthieb.* 17 durch ... mein *um meinetwillen.* 20 arbeit *Bedräng-
nis.* 25 f. hausgemach *Ruhe, Sicherheit zu Hause.* 28 zu reisen auffgesatzt *in den
Krieg zu ziehen bestimmt.* 29 auff mein hinefart *an mein Ende.*

Harnisch / vnd dein Grünen Schildt / must du mir hie auffgeben /
darzu mustu mein gefangener sein / wiltu fristen dein leben.

35 Mein Harnisch vnd mein Grüner Schildt / die theten mich dick er-
nehren / ich trawe Christ von Himmel wol / ich wil mich dein er-
wehrn / sie liessen von worten / zogen Zwey scharpffe Schwert /
Vnd was die zwen Helden begerten / des wurden sie gewert.

Ich weis nicht wie der Junge / dem Alten gab ein schlagk / Das
40 sich Hildebrandt der Alte / von Hertzen sehr erschrack / Er sprang
hindersich zu rücke / wol Sieben klaffter weit / Nun sag an du viel
Junger / den Streich lehrnt dich ein Weib.

Solt ich von Weibern lernen / das wer mir jmmer ein schand / Ich
hab viel Ritter vnnd Knechte / in meines Vatters Land / ich hab
45 viel Ritter vnd Graffen an meines Vatters Hoff / vnd was ich nicht
gelernet hab / das lern ich aber noch.

Er erwischt jhn in der Mitte / do er am schwechsten was / Er
schwang jhn hinder sich zu rücke / wol in das grüne Grass / Nu sag
mir du viel junger / dein Beichtuater wil ich wesen / bistu ein
50 Junger Wolfinger / von mir magst du genesen.

Wer sich an alte Kessel reibt / der empfehet gerne Raum / Also ge-
schicht dir Jungen / wol mit mir alten Mann / Dein Beicht solt hie
auffgeben / auff dieser Heyden grünn / das sag ich dir gar eben / Du
Junger Helde kün.

55 Du sagst mir viel von Wolffen / die lauffen in dem Holtz / Ich bin
ein Edler Degen / aus Griechen Landen stoltz / Mein Mutter heist
Fraw Vtte / ein gewaltige Hertzogin / so ist Hildebrandt der Alte /
der liebste Vater mein.

Heist deine Mutter Fraw Vtte / ein gewaltige Hertzogin / so bin
60 ich Hildebrandt der Alte / der liebste Vater dein / Er schloss jhm
auff sein gülden Helm / vnnd küst jhn an sein Mund / nun mus es
Gott gelobet sein / Wir sind noch beyd gesund.

Ach Vatter liebster Vater / die wunden die ich dir hab geschlagen /
Die wölt ich drey mal lieber / inn meinem Haupte tragen / Nun
65 schweig du lieber Sohne / der Wunden wird gut rath / seid vns
Gott alle beide / zusamm gefüget hat.

Das weret von der Nonne / bis zu der Vesper zeit / bis das der
Jung Herr Alebrand / gen Bern einhin reit / was fürt er auff seinem

---

35 ernehren *am Leben erhalten.*   51 Raum *Schmutz, Ruß.*   53 gar eben *freundlich,*
wohlwollend.   67 Nonne *None, neunte Tagesstunde.*   68 reit *ritt.*

Helme / von Gold ein Krentzlein / Was fürt er an der seiten / den
70 liebsten Vater sein.

Er fürt jn mit jm in sein Saal / vnd satzt jhn oben an den Tisch /
Er bot jhm Essen vnd Trincken / das daucht sein Mutter vnbillich /
Ach Sohne lieber Sone / ist der Ehren nicht zu viel / das du mir ein
gefangen Mann / setzt oben an den Tisch.

75 Nun schweige liebe Mutter / ich wil dir newe Mär sagen / er kam
mir auff der Heyde / vnd hett mich schier erschlagen / Vnd höre
liebe Mutter / kein Gefangner sol er sein / er ist Hildebrandt der
Alte / der liebste Vater mein.

Ach Mutter liebe Mutter mein / nun beut jhm Zucht vnd Ehr / da
80 hub sie auff vnnd schencket ein / vnd trug jhm selber her / Was
het er in seinem Munde / von Gold ein Fingerlein / Das lies er in
Becher sincken / der liebsten Frawen sein.   *[1583]*

1516

UNBEKANNTER VERFASSER

Ein schon geystlich liedt von dem Todt.

Vnd ist in dem thon. Ich stund an einem morgen.
[Holzschnitt]

5 Ich stund an einem morgen / heymlich an einem ort / do het ich
mich verporgen / ich hört klegliche wort / Von einem jungen
stoltzen man / der todt der kam geschlichen / greyff jn gewaltig an.

Wol her wol auff mit eyle / sprach der todt grimmigklich / ich
scheüß dir vil der pfeyle / biß ich dein leben brich / Du mußt mit
10 mir an meinen tantz / da gehört an manch tausent / biß der ray
wirt gantz.

Der jung man erschrack sere / sein hertz was leydes vol / er mocht
kaum reden mere / die potschafft gefiel jm nit wol / Er sprach ich

---

VON DEM ALTEN   72 vnbillich *unangemessen*.   75 newe Mär *Neuigkeiten*.
79 beut *entbiete*.   81 ein Fingerlein *einen Fingerring*.

EIN SCHON   2 ff. *Nach dem ältesten datierten Druck. Wackernagel verzeichnet in
seiner Bibliographie Nr. XXV einen Druck, den er auf 1500 (spätestens 1510) datiert
(Abdruck bei Wackernagel,* Kirchenlied Bd. 2, Nr. 1297). *Vgl. die weltliche Fassung des
Liedes 1533* Jch stundt an eynem morgen *(s. S. 115).*   10 ray *Reihen, Tanz.*

bin ein iunger man / du findst doch vil der alten / mich soltu
15 leben lan.

Der todt sprach zu jm balde / ich ker mich nit daran / ich nym
jung vnd auch alte / beyde frawen vnd die man / Die bösen kindt
such ich herfur / mein zoren wirt man mercken / ein yeder vor
seiner thür.

20 Sie künnen schelten vnd schweren / das gefelt den alten woll / ich
wils jnn gar bald weren / sie seind der boßheyt vol / Die pestilentz
tayl ich jn mit / sie seind schön oder reyche / das wirt sie helffen
nit.

Ir habt mir lang gerüffet / mit mancher grossen sundt / ir müst er-
25 seüfftzen tieffe / ich bin gar schnell vnnd geschwindt / Es will nit
helffen straff noch plag / die euch got hat gesendet / auff erden man-
chen tag.

Frantzosen thun euch peynigen / im landt weyt vnde prayt / sie
ligen bey den zeünen / einer stirbt der ander hat laydt / die plag
30 macht manich armen man / der vor hat mügen lauffen / muß an
einer krücken gan.

Die tewrung vnd der streyte / haben auff genummen seer / es kost
vil gut vnd leütte / wer kanß bedencken meer / das solche not ge-
wesen sey / das schafft ewer sundtlichs leben / vnd boßheyt man-
35 cherley.

Noch nembt ir nit zu hertzen / solch plag vnd iamer vil / es wirt
euch bringen schmertzen / wann ich selbs kumnen wil / Groß
hoffart vnd auch übermut / treybt ir mit ewrem kleyde / darzu mit
ewrem gut.

40 Der wucher ist gemeyne / vnkeüsch ist wol bekant / dem alten vnd
dem kleyne / darzu vil ander schandt / Die ich nit alle zelen mag /
ich wil nit lenger beytten / wann kummen ist der tag.

Das ich euch selbs wil würgen / ir seyt jung oder alt / ich nym nit
gelt noch bürgen / sich nit an ewer gestalt / reych arm seind mir
45 vnterthan / ewer ertzney vnd ewer scheühen / sol gar kein furgang
han.

Ob du hindan thust fliehen / ein halbes Jar auß dem landt / ich
kan dir wol nach ziehen / bin allenthalb bekant / Laß ich dich frey

---

24 gerüffet *gerufen*. 28 Frantzosen *die Syphilis*. 30 mügen *vermögen, können*.
41 kleyne *Geringen*. 42 beytten *warten*. 45 ertzney *Arznei*; scheühen *Angst,
Scheu*; furgang *Fortschritt, Erfolg*. 47 hindan *fort*.

dasselbig Jar / so du kumbst wider heyme / bist noch nit sicher
50 zwar.

Darumb ir christen kinder / last ab von ewrer sundt / so wirt gottes
zorn minder / rüfft an Maria kindt / Das er euch wöl genedig
sein / laß euch in sunden nit sterben / behüt euch vor helle peyn.

Ir solt Mariam reyne / vnd sant Sebastian / sant Mertein ich auch
55 meyne / sant Rochum rüffen an / Das sie got bitten thün fur euch /
das er euch hie auff erden / ein seligs endt verleych.

1517

MARTINUS MYLLIUS

Jesus gat an ölberg /

zů singen vnder Melodey / des Hymni. Sanctorum
meritis inclyta.

5 O Sünder tracht mit fleiß / wie dein erlösung sey
   Angfangen nach der speiß / vnd hymnus melodey
   Do Christus wolt den preiß selb bhalten / machen frey
   Den menschen von sathanas gwalt.
      Er sprach mein seel betriebt das bitter sterben mein
10 Das dann von ewer lieb nahet vnd kumpt darein
   Sitzt hie bey dißem biet Gethsemani gemein
   Ich gang zů betten also bald /

   Mitt jm nam er drey sün Petrum / Jacob / Joan
   Den er auch vor erschin am berg Thabor mit wan
15 Stig an ölberg mit jn / sprach sitzt / wacht / bett voran
   Das eüch der veind nit gantz verfür /

EIN SCHON   54 Mertein *Martin.*
JESUS GAT   5 tracht *betrachte.*   6 speiß *Abendmahl;*   hymnus melodey „*Lob-
gesang*" *nach dem Abendmahl (vgl. den Text der lat. Bibel Matthäus 26, 30* Et hymno
dicto exierunt in montem Oliveti. *Bei Luther:* Vnd da sie den Lobgesang gesprochen
hatten giengen sie hinaus an den Oleberg.)   11 biet *Gebiet;*   gemein *gemeinsam [mit
mir].*   13 sün *eigentl. Söhne; hier: Jünger.*   14 Thabor *Berg in Westjordanien, in
christl. Tradition Berg der Verklärung Jesu (Markus 9, 2ff.);*   wan *Freude.*

          Er sich mit gspannen arm warff vff den felsen hert
          Schry / got vatter erbarm dich meines trüres gfert
          Sich an mein schweiß so warm in blůtig farb bekert
20   Nem disen kälch / wiltu / von mir /

          Diß bet er drei mal thet / mit bittrem hertz vnd gemüet
          Bald kam der engel sett vnd sprach / gott aller güet
          Biß für den menschen stet / vnd in durch leid behüet
          Als du fürsachst in ewigkeit /
25   Darumb Jesu ermann ich dich mit triebter seel
          Des blůtfarn schweiß der ran von dir vmb menschlich heil
          Am ölberg / laß mich han deins bets ain michel teil
          Vnd nach meim tod die säligkait

SALMON SOFER*

Streit des Weines und des Wassers

          Samen des Wein bin ich geheissen
          Also sprach der Wein
5   Men trinkt mich mit ganzen Fleissen
          Derzu bin ich gar fein
          Ich kann vertreiben grosse Schmerzen
          Ich kann wol auch schimpfen und scherzen
          Ich erfreu den Menschen sein Herzen.

10   Lasst ab von deinen Reden
          Schreit sich das Wasser starch
          Gedenk dein gross Misstäten
          Bei Noach in der Arch
          Ich sag dirs währlichen
15   Gegen mir kannstu dich nicht gleichen
          Ich bin gleich den Armen als den Reichen.

JESUS GAT 17 gspannen *ausgebreiteten.* 18 trüres *trauriges, jammervolles;* gfert
Wesen, Beschaffenheit. 19 bekert *verwandelt.* 22 sett *sättigte, stärkte [ihn].*
23 Biß *sei.* 24 fürsachst *vorhersahst.* 25 triebter *betrübter.* 26 blůtfarn *blutfar-*
ben. 27 bets *Gebets;* michel *großen.*
  STREIT DÈS WEINES 1 *Der Name in hebräischer Schreibweise ergibt sich aus den*
Anfangsbuchstaben der ersten Zeile einer jeden Strophe im hebräischen wie im deut-
schen Text. Die Vorlage druckt beide – übrigens stark voneinander abweichende –
Texte parallel. 2 *In der Vorlage steht die Überschrift nur auf hebräisch.* 8 schimp-
fen *spaßen.* 12 Vgl. *1. Mose 9, 20ff.*

Men lobt mich zu allen Zeiten
Sprach sich der Wein mit Neidung
Zu Freuden der Bräuten
20   Auch zu der Kinder Beschneidung
Ich bin über dich ein Degen
Vor mir kannstu dich nit regen
An mir hebt men an den Segen.

Nun was thustu dein Red bereiten?
25   Schreit das Wasser bitter
Nun bistu von mir kommen
Ich bin dorch dein Vater
Nach meinem Degen wirst du geschnitten
Dein Red wären wol vermiten
30   Ehr mich vor den ehrbaren Leuten.

Sprach der Wein zu derselben Stund
Dein Red sein ungerecht
Du hast uns ein Mann versucht
Moscheh, Gottes Knecht
35   Er speist uns das Himmelsbrot
Von deine Wegen musst er leiden den Tot
Dass klagen mir früh und spät.

Wie thustu dein Red nit behalten
Un thust zu deinem Munt?
40   Mein Wasser waren gespalten
Als ein Mauer zu der Stund
Trocknes Fuss sie durchgingen
Das Volk des Heilgen.

Preis solstu mir lassen
45   sprach sich der Wein Sogal
Auf den Misbëach wer ich gegossen
All' Tag zwei Mal
Men kauft mich teuer um das Geld
Men gibt mich auf das Feld.

---

18 Neidung *Eifersucht.*   27 durch *doch (?).*   28 Degen *Die Bedeutung ist nicht klar; möglicherweise ist* Degen *orthographische Variante zu „digen/gedigen" = „dürr", „vertrocknet [sein]", mit deutlicher Anspielung auf das Ende der Sintflut (vgl. 1. Mose 8, 13) und den erst danach beginnenden Weinbau (vgl. 1. Mose 9, 20).*   29 vermiten *vermieden.*   31 zu … Stund *sofort.*   41 Mauer *hier das Meer, das sich zur Mauer aufstaut.*   45 Sogal *in dem hebräischen Wort steckt der Begriff „Galle".*   46 Misbëach *Altar.*

50   Rühm dich nicht gegen mir
                Schrei sich das Wasser laut
                Dein' Schand will ich melden dir
                An Töchtern Lot
                Er trank den Wein
55   In Kragen, wer hört das?

1519

UNBEKANNTER VERFASSER

Ein hüpsch spruch von Kaiser Maximilian.

[Holzschnitt]

      O Kaiser Maximilian
5   Dein lob ich nit auß sprechen kan
      Waa findt man deins gelaichen.
         All die mit jr werhafften hand
      Bezwungen hand viel leut vnd Land
         Die müssen dir all weichen
10   Dein hohes lob ist nah vnd weit
         Du hast erobert viel der streit
      Vnd deine feind gezwungen
         Shaus Ostereich hast wol bedacht
      Zu eeren vnd groß lob gebracht
15   Darauß seind vns entsprungen
      Viel Künig vnd Kaiser lobenleich
         Jn eeren vnd in tugent reich
      So bist du worden alte
         Das hab du danck du Edler Fürst
20   Nach Gottes eer hat dich gedürst
      Die ist dir yetz behalte.

STREIT DES WEINES   55 In Kragen *in den Hals.*
    EIN HÜPSCH 2 ff. *Von Geisberg* (s. Verzeichnis der Quellen *Nr. 16*) Hans Weiditz
(*um 1495– um 1537*) zugeschrieben.   5 auß sprechen *vollständig, erschöpfend sagen.*
13 Shaus *Das Haus.*

ULRICH VON HUTTEN

Obsessus à Gallis cum salutem desperasset

Qui miserè natus miserabile transijt æuum,
  Sæpe malum terra sæpeque passus aquis.
5 Hic iacet Huttenus. Galli nil tale merenti
  Insontem gladijs eripuere animam.
Si fuit hoc fatum uita torquerier omni,
  Censendum est rectè procubuisse citò.
Vixi equidem Musis, animum coluique per artes,
10 Sed reor irato me studuisse deo.
Mens erat, arma sequi, et Venetum sub Cæsare bellum
  Verum alio bello concidi et hoste alio.
Pauperiem, morbos, spolium, frigusque, famemque,
  Vita omni, et quæ sunt asperiora, tuli.
15 Rectè actum, cecidi iuuenis miser, et miser exul,
  Ne maiora feram, ne uidearque meis.   [1538]

UNBEKANNTER VERFASSER

Der Aprill bringt das glentz dohär
Die erd thut sich auff wunderbar
Das blut regt sich vnd wechst dobey
5 Laß etwan vnd brauch ärtzney.

OBSESSUS   2 Als er hart bedrängt durch die Franzosen [die Syphilis; so auch Z. 5] an seiner Rettung verzweifelte.   3 Der im Elend geboren wurde, eine beklagenswerte Lebenszeit verbrachte, oft Übles zu Land und oft zu Wasser erlitt,   5 hier liegt er, Hutten. Ihm, der solches in keiner Weise verdient, entrissen die Franzosen mit ihren Schwertern sein unschuldiges Leben.   7 Wenn es vom Schicksal bestimmt war, das ganze Leben gequält zu werden, muß man es ohne Bedenken gutheißen, möglichst bald tot dazuliegen.   9 Ich meinerseits habe zwar für die Musen gelebt und meinen Geist durch die Künste gebildet, aber ich glaube, daß ich glaube, daß Gott zornig darüber war, daß ich mich eifrig darum bemühte.   11 Ich hatte die Absicht, zu den Waffen zu eilen und unter dem Kaiser gegen Venedig in den Krieg zu ziehen; aber ich fiel in einem anderen Krieg durch einen anderen Feind.   13 Armut, Krankheit, Raub, Kälte, Hunger und noch Härteres habe ich mein ganzes Leben lang ertragen.   15 Es ist recht so und in Ordnung, daß ich als junger Mann im Elend, im Elend und als Verbannter umkomme, damit ich nicht noch Schwereres erdulde und die Meinen es nicht mit anzusehen brauchen.

DER APRILL   2 ff. In diesen Kalendersprüchen werden die Planeten und Gestirne durch die Elementareigenschaften „kalt", „trocken", „warm", „feucht" bezeichnet: 7 Saturn, 14 Venus oder Mond, 24 Saturn, 34 Sonne, Merkur oder Mars (je nach System).   2 glentz Lenz, Frühling.   5 Laß etwan laß gelegentlich zur Ader.

Der Styer keyn tag zůlassen hat
Kalt drucken im Aprill auffgat
Lug halt halß / augen / gurgel / frey
Denselben thu keyn ärtzney.

10 Im Brachmont hůt dich für met
New byr zůtrincken oder köt
Laß wenig dann die hitz dir schat
Mit öl vnd lattich yß salat.

Der Krebs des Brachmonts feucht vnd kalt
15 In brust vnd lung hat er gewalt
Derselb bewar das miltz dabey
Den augen thu keyn ärtzeney.

Im Augst mäßlich vnd recht dich zewhe
Schlaff selten / hitz / vnkeuschheit fleuhe
20 Nit laß / maß dich hytziger speyß
Artzney vnd bad fleuh bistu weyß.

Die Jungkfraw in dem augst auffgat
Leber vnd ingeweyd sie inn hat
Auch bauch vnd rippen / drucken / kalt
25 Derselben schon / das mittel halt.

Des Herbstmondes frücht sein gut
Iß zymlich speyß / entspreng das blut
Biern mit wein / brot / geyßmilch yß
Des frischen weynes nit vergiß.

30 Met trincken heyßt der Wintermon
Hönig vnd ingber brauch auch schon
Bad vnd vnkeuschheit sollen nit
Daruon der mensch wirt lam vor der zeyt.

Schütz Wintermonts warm / drucken / gut
35 Das dick der beyn / arßback in hut
Halt er mit seinem bogen inn
Artzney do selbst bringet vngewinn.

---

6 Styer *Tierkreiszeichen, hier Monatszeichen für Mai;* zůlassen *zum Aderlassen.*
8 Lug *besieh.* 10 Brachmont *Juni.* 11 köt *schlechtes Getränk, das Durchfall macht.* 13 lattich *Salatpflanze.* 14 Krebs *Tierkreiszeichen, hier Monatszeichen für Juli.* 18 zewhe *verhalte.* 21 bistu weyß *wenn du klug bist.* 22 Jungkfraw *Tierkreiszeichen, hier Monatszeichen für September.* 23 inn hat *inne hat, ist zuständig für.* 26 Herbstmond *eigentl. September, hier wohl Oktober.* 27 entspreng *mach davonspringen (laß zur Ader?).* 28 *in der Vorlage* geyßmich. 30 Wintermon *November.* 31 ingber *Ingwer;* schon *tüchtig.* 34 Schütz *Tierkreiszeichen, hier Monatszeichen für Dezember.*

Euricius Cordus

Ithyphallus.

Heus tu præteriens uiator heus tu,
Nosti uersificem, cedo, ne Cordum.
5 Tristem grammaticæ scholæ magistrum,
Qua turrita foro minatur ædes,
Et grandi tremefacta mugit ære,
Hic illum sibi nuper emit hortum,
Et iußit sua poma me tueri,
10 Quo nil munere durius subiui.
Tot furtum faciunt mihi puellæ,
Queis nulli mea tela sunt timori.
Quantumuis miner, et luant præhensæ,
Imò plus ueniunt ob hasce pœnas,
15 Quàm quòd surripiant, age ergo uade,
Ipsi dic domino meo poëtæ,
Si quid uult reliquum quod inde carpat,
Vt castret faciatque me spadonem,
Et tutam misero ferat quietem,
20 Aut tanti socium Lupum laboris,
Quamuis rancidulum senecionem,
Alternis mihi subroget diebus.   *[1550]*

ITHYPHALLUS   2 *[aufgerichteter Penis; hier wohl Beiname des Priapos, des Frucht-
barkeitsgottes der Gärten nach seinem hervorragenden Attribut. Die Statue des Priap
wurde in Gärten als Wächterfigur aufgestellt].*   3 Heda, höre du, vorbeigehender
Wanderer, sag mal: du kennst doch den Verseschmied, den Cordus, den beklagenswer-
ten Lehrer der Grammatikschule, dort wo ein Tempel mit Turm sich drohend auf dem
Marktplatz erhebt und, zum Zittern gebracht, mit erhabenem Erzklang dröhnt.
8 Hier kaufte er sich neulich diesen Garten und befahl mir, seine Obstbäume zu
bewachen; ein schwereres Amt als dieses habe ich nie auf mich genommen.   11 So
häufig spielen die Mädchen mir einen Streich, die meinen Spieß [*oder:* meine Waffen]
absolut nicht fürchten. Wenn ich auch noch so sehr drohe und die Festgenommenen
büßen lasse, kommen sie trotzdem sogar zahlreicher, eben wegen dieser Strafen.
15 Wohlan, mach dich also auf und erzähle es meinem Herrn, dem Dichter selbst, wie
und was sie stibitzen.   17 Wenn er noch etwas übrig behalten will, das er dort pflük-
ken möchte, soll er mich kastrieren, mich zu einem Verschnittenen machen und dem
Armen zu einer ungestörten Ruhe verhelfen.   20 Andernfalls soll er mir für jeden
zweiten Tag den Lupus – auch wenn der ein schon etwas stinkender Alter ist – als
Gehilfen für eine so schwere Arbeit herschicken *[gegen wen sich diese Bosheit richtet,
war nicht zu ermitteln].*

Unbekannter Verfasser

[Melodie]

O werder mundt / von dyr ist wundt / meyns hertzen grundt / solt
ich vnd kundt / wunschen die stundt / die myr gluck gundt / vnd
5 dich entzundt / auch des verbundt / das ich gnad fundt bei dyr so
wurd mein hertz gesundt

Wan ich beger / vff erd nit mer / dann deiner ler / dardürch deyn
er / vor allem gfer / versichert wer / nůn bitt ich ker / dich zů myr
her / wend mir mein schwer / kein sach mir höer frewd geber.

10 Darumb schrei ich / gar hertzigklich / zů dir vnnd sprich / verlaß
nit mich / ich hoff in dich / vnd nymmer brich / das selb ansich /
des klaffers stich / an mir nit rich / all welt sunst lieber von mir
wich.

Adam von Fulda

[Melodie]

Ach hůlff mich leid vnnd senlich klag / mein tag / hab ich kein rast /
so fast / mein hertz / mit schmertz / thůt ryngen / dryngen / nach
5 verlorner freid. Wiewol ich bsorg es sei vmb sunst / mein gunst /
den ich iem trag / doch mag / ich nicht / mit icht / verlassen / has-
senn / in vmb lieb noch leid. Ich arme metz / setz / stetz mein sin / in
grosse gfar / zwar / gar / embrint / rint / dyse trew / new / auß edler
art / hart / wardt / mir nie so wee / gee / stee / schlaff oder wach /
10 gmach / hab ich nicht / ficht / dicht / wie ich mich halt / balt / zů
erwerben / erben / sein genad / mein schad / vnd schwer / wer /
noch eyn schertz / hertz / liebster gsel / stel / wider her / ich ger / nit
mer / dann dich / freuntlich / zůschmucken / trucken / an meyn
brust / als etwan was deins hertzen lust.

15 Meyn kleglich bit dich reitzen sol / wie wol / mein schön ist klein /
doch kein mit zir / thůt myr / geleichen / weichen / můß sie meiner

---

O werder   4 gundt *gönnt*.   5 des verbundt *damit verbindet*.   8 gfer *Gefahr,
Hinterlist.*   12 klaffer *Verleumder*;   rich *räche*.
    Ach hůlff   3 ff. *Vgl. die Fassung von 1513 (s. S. 35)*.   6 nicht / mit icht *nicht um
irgendetwas, mitnichten*.   7 metz *sehr verächtlich für „Frau" oder „Mädchen"*.
8 embrint *entbrennt*.   9 hart *kaum*.   10 gmach *Ruhe*;   ficht *fechte, kämpfe*;
dicht *ersinne*.   11 schwer *Trübsal*.   12 ger *begehre*.   13 zůschmucken *zu herzen*.
14 etwan *sonst*.   15 schön *Schönheit; s. a. 17*.   16 mit zir *an Schönheit*.

kunst. Schön nymbt von kleinem we ein end / behend / gschwindt
freyd vnd mût / dann thût / die trew / nach rew / sich wenden /
lendenn / auß der liebe prunst. Zir gunst betracht / lacht / wacht /
20 vnnd liebt / iebt / sterck vnd krafft / schafft / strafft vnd treibt /
pleibt / vnuerzagt / wagt / alß vngefel / schnel / gsel / das selb be-
denck / lenck / senck / dein hertzlich gir / schir / her an mich /
sprich / ich byn dein / mein blût / wût / wil ergetzen / setzen dich
auß pein / laß sein / dein klag / frag weitter nitt / bitt ich dich eyns /
25 mein höchster hort / dein wort / bedort / mein sin / ich brinn / jetz
teglich / kleglich / vber mas / in trewen ich dich nymmer laß.

Al dinst an myr findst vngespart / kein fart mich nit beschwert / wie
hert / sie ist / du bist / der eren / meren / kan weiblicher zucht. Ich
ellend meid dich bit vmb eyns / sunst keyns ich jetz beger / gewer /
30 das ich mûg dich / in freiden / weiden / in der liebe frucht. Gunst
du myr das / bas was mir nie / die weil ich lebt / schwebt / strebt /
vnnd facht / nacht / tag vnd stund / grund / deinr lieb zehon / on
won / ich nymmer pleib / treib / schreib / on vnderlaß / das hilfft
mich kleyn / keyn / weyn / noch klag / mag mir jetz verkeren /
35 weren / diß ellend / gsell wend dich vmb / kum / iag vnd eil / die
weil / ich byn / in lebens frist / sunst ist / kein list / der mich / on
dich / mûg stercken / mercken / ich das kan / mein hertz dyr aller
eren gan.

UNBEKANNTER VERFASSER

[Melodie]

Eyn pawer gab seinem son ein weib / die was gerad vnd stoltz von
leib / von glidmos vngelachsen. Der hensel gab ir bei der wandt /
5 ein langen pfeffer in die handt / schaw was ist mir gewachsen / das
gredel sprach wol vberlaut / es ist mir gar ein seltzam kraut / liebe
mutter / aube liebe mutter / es thût mir / vil iamers pei / höruf ich
schrei / liebe mutter / aube liebe mutter / meinstu ob das ein kurtz-
weil sei.

ACH HÜLFF 17 we *Krankheit;* gschwindt *entschwindet.* 19 lendenn *sich wen-*
den, neigen, fügen. 21 vngefel *Unglück, ärgerlichen Handel.* 23 wut *wallt;* er-
getzen *entschädigen.* 25 bedort *betört.* 26 in trewen *in Wahrheit.* 27 vngespart
ohne zu sparen, reichlich, ohne zu warten. 32 facht *kämpfte;* zehon *zu haben.*
32f. on won *ahnungslos, unwissend.* 36 List *Kunstgriff.* 38 gan *gönnte.*
EYN PAWER 3 pawer *Bauer.* 4 vngelachsen *ungeschlacht, ungefüg.* 5 pfeffer
männliches Glied.

10 Er legt sie nider nach der leng / wie thustu gredlein heut so eng /
wiltu mir nimmer wincken. So mein ich doch als ich verste / dir
sei noch nit geschehen we / man sicht dich wenig hincken / das
gredel sprach was leit mir dran / das ich den spot zum schaden
han / liebe mutter / aube liebe mutter / es thut mir / vil iamers wee /
15 pfui sich der ee / liebe mutter / aube liebe mutter / das ich kaum vff
den fuessen stee.

Die mutter sprach nůn schweig mein kindt / du wurst von dissem
strauß nit blindt / laß dich nůr nit verlangen. Schaw liebe mutter
wie ich thů / ich lig vnd thů / die augen zů / es ist mir schir ver-
20 gangen / also lach sich das gredel gůt / die gantze nacht in stiller
hůt / liebe mutter / aube liebe mutter / es thůt mir / ie lenger ie
bas / ich weis nit was / liebe mutter / aube liebe mutter / ein gůte
kurtzweil ist mir das.

UNBEKANNTER VERFASSER

[Melodie]

Jch traw keim alten stechzeug mer / als ich biß her / offt hab ge-
than. Der stechsack ist zerrissen ser / gantz worden ler / taug nit
5 auff pan / die gurt sein schwach / der sattell kracht / das pferd ist
vol / vnd laufft nit wol / vnd scheucht mir wan ich stechen sol.

Die vorderprust ist gar entwicht / des helms gesicht / stet zkrumb
vnd zhoch. Das hynderteil zů schmal gericht / mich ser anficht /
das schrauffenloch / das helt nit mer / wo ichs hyn ker / vnnd ist
10 zůweit / wan ich mich breit / kracht es im grust on widerstreit.

Das ich kein lust vff disser pan / zůstechen han / die tarsch henckt
langk. Eyn newen stechzeug wil ich han / der glat ligt an / dan
traw ich danck / erwerben wol / thů was ich sol / auff eynen tag /
pin ich keyn zag / mit ritter spil wan ichs vermag.

EYN PAWER 15 pfui sich der ee *Pfui über die Ehe!* 18 strauß *Kampf, Gefecht.*
20 lach *lag.*
JCH TRAW 3 *Auf dieses Lied antwortet* Ach gůter gsell *1512 (s. S. 34). Beide sind
erotische Lieder;* stechzeug *Turnierrüstung.* 6 vol („fol" *veraltet für* „fou") *ver-
rückt.* 7 entwicht *nichtsnutzig.* 9 schrauffenloch *Schraubenloch.* 10 breit *vorbe-
reite;* grust *Gerüst;* on widerstreit *ungelogen.* 11 Das *So daß;* tarsch *Tartsche,
kleiner ovaler Schild.*

UNBEKANNTER VERFASSER

[Melodie]

Rosina wo was dein gestalt / bei könig Pariß leben. Do er den apfel
het in gwalt / der schönsten solt ern geben / fur war glaub ich /
5 het Paris dich / mit deiner schön gesehen / Venus wer nit / begabt
damit / der preiß wer dir verjehen

Het dich Virgilius bekandt / weil er bedacht zů schreiben. Von
Helena auß kriechen landt / yr zierd ob allen weiben / so het er
dyr / vil mer dann ir / der schöne zů gemessen / mit der du hast /
10 mich hardt vnd fast / lieb habenlich besessen

Jch weiß het Pontus seiner zeit / gesehen dich der gleichen. Si-
donia het müssen weit / von deiner lieb entweichen / vnd ander
vil / darumb ich wil / ir aller keine rewen / vnd frewen dein / dein
will ich sein / die weil ich leb in trewen

UNBEKANNTER VERFASSER

Ulrich von Wurtemberg

Jch schell mein horn in jamers thon / mein freud syndt mir ver-
schwunden. Vnd hab geiagt on abelan es lauft noch vor den hun-
5 den. eyn edels gwildt. in disem gfild. als ichs het außerkoren. es
scheucht ab myr. als ich es spir. mein yagen ist verloren.

Far hin gewild in waldes lust. ich wil nit mer erschreckenn. Myt
iagen dein schneweisse brust. ein ander můß dich wecken. vnd
jagen frei. mit hundes krei. da du nit magst entrinnenn. halt dich in
10 hůt. mein tirlein gůt. mit leidt scheid ich von hinnen.

Keyn edlers thir ich iagen kann. des můß ich offt entgelten. Noch
halt ich stetz vff iegers pann. wie wol mir gluck kumpt selten. mag
mir nit gon. ein hoch wild schon. so loß ich mich beniegen. an
hasne fleischs. nit mer ich eisch. das kan mich nit betriegen.

ROSINA 4 schönsten *in der Vorlage* schönste. 5 begabt *beschenkt.* 6 verjehen
zugesprochen. 9 der schöne *an Schönheit.* 11 f. *Anspielung auf das Liebespaar einer
ungemein populären frz. „romance", seit dem Ende des 15. Jh. auch als deutsches Volks-
buch.* 13 ir ... rewen *keine von ihnen bedauern.*
   JCH SCHELL 1 ff. *Das Lied wurde Herzog Ulrich von Württemberg (1487–1550)
zugeschrieben; es soll 1510 entstanden sein, als er eine ungeliebte Frau statt der Gelieb-
ten heiraten sollte.* 3 schell *lasse ertönen.* 4 abelan *Unterlaß.* 5 außerkoren *auser-
wählt.* 9 krei *Schrei, Gebell.* 11 des ... entgelten *dafür büßen.* 13 beniegen *be-
gnügen.* 14 hasne *(Adj.) Hasen-;* eisch *heische, fordere.*

Unbekannter Verfasser

[Melodie]

Sie ist mein bul ich byn yr gauch / vnd wils gar gern beleiben /
Was yr gelibt gefelt mir auch / mein trost ob allen weiben / hat
5 gewalt vnd macht / tag vnd auch nacht / vnd kann den bracht /
dar zů den esel treiben.

Jr gnadt ich allzyt wart vnd har / mocht ich die selb erlangen / So
wurd erfreut ich armer narr / vnd wer mein schmertz zergangen /
yr junges kint / vnd treuwes gsynt / ich mich verbint / want sie
10 hat mich gefangen.

Wil sie dan eynen gauckelman / an myr ist sie geweret / Dar zů
ein fasnacht butzen han / vnd was yr hertz begeret / das selb ver-
sprich / ich yr gentzlich / vnd nymmer prich / die weil myn leben
weret.

1521

Ulrich von Hutten

Ain new lied herr Vlrichs von Hutten.

Jch habs gewagt mit sinnen
vnd trag des noch kain rew
5 Mag ich nit dran gewinnen
noch můß man spüren trew
Dar mit ich main
nit aim allain
Wen man es wolt erkennen
10 dem land zů gůt
Wie wol man thůt
ain pfaffen feyndt mich nennen

Da laß ich yeden liegen
vnd reden was er wil

Sie ist   3 ff. *Lied eines Fastnachtsnarren. Die Strophenanfänge ergeben den Namen*
Siwil *Sibylla.*   3 gauch *Tor, Weibernarr.*   5 bracht *Spaß.*   9 want *denn.*   11 gau-
ckelman *Hanswurst;* geweret *versichert.*   12 butzen *Maske.*
Ain new lied   3 sinnen *Bewußtsein, Absicht.*   13 liegen *lügen.*

15 Het warhait ich geschwigen
 Mir weren hulder vil
Nun hab ichs gsagt
 Bin drumb veriagt
Das klag ich allen frummen
20 Wie wol noch ich
Nit weyter fleich
 Vileycht werd wyder kummen.

Vmb gnad wil ich nit bitten
 Dieweyl ich bin on schult
25 Jch het das recht gelitten
 So hindert vngedult
Das man mich nit
 Nach altem sit
Zů ghör hat kummen lassen
30 Vileycht wils got
Vnnd zwingt sie not
 Zů handlen diser massen

Nun ist offt diser gleychen
 Geschehen auch hie vor
35 Das ainer von den reychen
 Ain gůtes spil verlor
Offt grosser flam
 Von füncklin kam
Wer wais ob ichs werd rechen
40 Stat schon im lauff
So setz ich drauff
 Můß gan oder brechen

Dar neben mich zů trösten
 Mit gůtem gwissen hab
45 Das kainer von den bösten
 Mir eer mag brechen ab
Noch sagen das
 Vff ainig maß
Jch anders sey gegangen
50 Dan Eren nach
Hab dyse sach
 Jn gůtem angefangen

Ain new lied 16 hulder *Verehrer*. 20 noch *dennoch*. 21 fleich *fliehe*. 26 ungedult *Unduldsamkeit*. 48 maß *Ziel*.

Wil nun yr selbs nit raten
  Dyß frumme Nation
55 Jrs schadens sich ergatten
  Als ich vermanet han
So ist mir layd
  Hie mit ich schayd
Wil mengen baß die karten
60   Byn vnuerzagt
Jch habs gewagt
  Vnd wil des ends erwarten.

Ob dan mir nach thůt dencken
  Der Curtisanen list
65 Ain hertz last sich nit krencken
  Das rechter maynung ist
Jch wais noch vil
  Wöln auch yns spil
Vnd soltens drüber sterben
70   Auff landßknecht gůt
Vnd reutters můt
  Last Hutten nit verderben.

UNBEKANNTER VERFASSER

Ein warnung an den Bock Emser.

Bock Emser hat / wie ich bericht /
  Ein fastnacht spiel new angericht.
5 Sich in frembd claydung angethan /
  Darmit getretten auff den plahn /
Ein blosses schwerdt vnd langen spyes /
  Ein degen kurtz / hört an vordries.
Mit blossem heupt vnd nackter brust /
10   Gleich als nach schlegen ihn gelust /
Wil greiffen an den kyrisser
  Den khünen heldt Martin Luther /

AIN NEW LIED   55 ergatten *erholen.*   64 *Höflinge.*
EIN WARNUNG   *Signiert:* R. S. M.   2 *Hieronymus* Emser *(1478–1527), Humanist
und Gegner Luthers bei der Leipziger Disputation 1519, führte einen Steinbock (daher
Bock E.) im Wappen.*   5 ff. *Typische Attribute des großmäuligen Tölpels im Fast-
nachtsspiel.*   8 an vordries *ohne Verdruß, Ärgernis.*   11 kyrisser *Kürassier.*

Fechtens mit sich vnterwindt /
 Schleht vmb sich recht wie thut der blindt /
15 Dem nach der saw tzu schlahn ist gach
 Dem blossen geschray henget er nach
Laurt ap er die mög treffen recht
 Zeuhet tzum schlag der blinde knecht
Schleht dar. vorhofft tzu treffen wol
20 Triefft wie ein blinder treffen sol /
Beidin arsch an schloff. alßo Emser thut
 Den durstet vast nach Luthers blut
Nach aigner ehr: Zeitlichem rhum
 Ap im mocht werden reiche pfrun
25 Der bock steht alweg fornen an
 Auffin buch / darmit sehe iderman
Das neulich hat geraynt gar sehr
 Wie wist man sunst wer Emser wehr /
Auß neydt hat ers gefangen an
30 Den sein gesicht nit bergen kan
Noch darff er schweren dapffer frey
 Das er eyn priester gottes sey
Bewegt auß Christenlicher drew
 Zu dempfen Luthers lehr: die nendt er new
35 Bekent doch selbest eß sey die schriefft
 Ich mayn er sey so gantz vorgiefft
Das ym schwerlich tzu helffen sey
 Mit eim pfundt nißwurtz ader drey /
So bald er dritt hin in den plahn /
40 Das schwerdt tzu den feusten nimpt der man /
Darmit tzu hawen ein parat /
 Hoch einher in der luffte gaht /
Seht wunder wie geschicht im nhu
 Groß vngluck steht dem fechter zu.
45 Das schwerdt empfelt im auß der handt
 Das ers biß heut nit wider fandt.

---

13 vnterwindt *unterwindet, unterfängt.* 14 ff. *Beschreibung des „Sauschlagens";* *Fastnachtsbrauch in den süddeutschen Reichsstädten.* 17 ap *ob.* 18 Zeuhet *Zieht.* 19 dar *dorthin.* 21 Beidin ... schloff *beim Arsch an die Schläfe.* 24 pfrun *Pfründe.* 25 *Anspielung auf Emsers Wappen, das auf den Titelblättern seiner Drucke erscheint.* 27 *Daß es wieder einmal kräftig geregnet hat. – Wenn das Sternbild des Steinbocks am Abendhimmel zu sehen ist, beginnt die Zeit der regenreichen Herbststürme.* 29 neydt *Haß, Mißgunst.* 31 dapffer *tapfer.* 22 drew *Treue.* 36 vorgiefft *vergiftet.* 38 nißwurtz *Nieswurz (Helleborus), auch „Gauchheil" genannt, galt als Mittel gegen Geisteskrankheit;* ader *oder.* 41 parat *Fechterkunststück, Parade.*

Im geschiht recht wie dem Esel ainst
 Do er die harpff wolt aler mainst
Höfflich zwicken zu machen lust /
50 Die harff zerprach / sprechen ich mus
Das ich von Emser all mein tag
 Mit ernst nie hab gehort die sag /
Das Emser sey Theologus
 Ader berumpt Philosophus.
55 Die wahrheit ßo ichs sagen sal
 Hab ich gehort fast vberal
Bock Emser sey ein versifer
 Wiß etwas seuberlichs geschwetz
Wol man ietz sagt im gescheh nit recht
60 Daran / sein thuen sey nit gantz schlecht
Geistlicher recht Licenciat /
 Den grad tzu Liptzick genommen hat.
Gaiß vnd Bock ghort in einen stall
 Arstultus dartzu kommen sal
65 Daraus ßo wirt ein recht gesindt
 Mich wundert Emser sey so blindt
Das er sich dießer sachen annimpt
 Darin er weys souiel als ein kindt.
Noch eins ich euch hie sagen sol
70 Die tzeyt die ist der list so vol.
Die hohen esth mus sie laß stan /
 Daran sie nichte gehaben kan /
Zuackt vnter sich die baumlein schwach
 Darmit so hat sie gut gemach.
75 Als Emser thut / nhu merckt mich wie
 Der baumen viel sihet er hie
Auffs aller lustigt stehen gepflanzt
 In Luthers gart / darumb er dantzt
Recht wie die katz thut vmb den brey
80 Wer im gern tzu / bedunckt er sey
Zu heys / also Bock Emser thut
 Lest sich duncken die sach sey gut

---

48 aler mainst *allermeist.* 49 Höfflich *gesellschaftsfähig.* 55 ßo *wenn.* 57 versifer *Versemacher.* 58 seuberlichs *zahmes, freundliches.* 60 schlecht *eben, gerade.* 61f. den Grad „Licenciat des geistlichen Rechtes" hat er zu Leipzig erworben. 64 Arstultus *Kontamination von lat. „ars" (Kunstfertigkeit, Wissenschaft) mit Anspielung auf dt. „ars" (Arsch) und lat. „stultus" (dumm, beschränkt).* 71 esth *Äste.* 74 gemach *Ruhe.* 80 Wer im gern tzu *wäre ihm gern nahe.*

Luthers bucher darin er kunst
  Vnd schriefft hat / die seindt im vmb sunst /
85 Solch buchlein lest er vber drab
  Seindt im zu scharff / danck hab der knab.
Ein niederig baumlein fandt er ston
  Gepflanzt an deutsche Nation /
Ane besonder schriefft vnd grosse kunst
90   Viel trewes raths nach rechter gunst.
Erst dacht der Bock ist gut fur dich
  Hie wiltu thuen ein rechten stich
Dem mönch kauffen ein gute kap
  Hasts wol troffen du lieber lap.
95 Viel wegerer dir wer gewest
  Du werest pliben in deim nest
Ein verslein ader vier geschmidt
  Deiner Musen daheym gehiet.
Fort muß ich sag / er dan ich beschlies
100   Lieber Bock laß dichs nit vordries
Ein schwanck der ist gantz lecherlich
  Wie wol der nit fast ist fur dich /
Man sagt wiewol du seyst ein Rab
  Doch habstu angelegt ein pfab /
105 Prangst einher vnter frembder waht
  Darmit man sag . nhu seht wie hat
Der Emser ein gelarter man
  Gros muhe vnd arbeit mussen han
Ein solch groß buch tzu sammen pracht
110   Wirt han gewacht viel manche nacht
Gleich wie der Murnar dein gespahn
  Furwahr yr seyt tzwen dapffer man
Doch hintter sich du merckst mich wol
  Als der bawer sein spieß dragen sol
115 Du hast vil dapffer Argument
  Dartzu vil Veter drein gemengt /
Schreybest dir das tzu . vnd suchst dein ehr
  Wie dan sagt clar deynn aygen lehr

---

85 lest er vber drab *liest er oberflächlich.*   93 kauffen ein gute kap *prügeln.*   94 lap *Laffe, Dummkopf.*   95 wegerer *besser.*   98 gehiet *kopuliert.*   99 er dan *bevor.* 104 pfab *Pfau.*   105 waht *Kleidung.*   111 Murnar *Thomas Murner (1475–1537), gegen Luther richtete sich seine bissige Satire* Von dem großen Lutherischen Narren *1522;* gespahn *Kamerad.*   112 dapffer *tüchtige.*   113 hinther sich *ganz verkehrt.*   116 Veter *Kirchenväter.*

Vnd waists doch anderst / das es wol
120   Vor hundert iarn gemacht seyn sol
Forchst nit das man den Raben kendt
     So von ym genommen wirdt behendt
Die frembde wacht das pfawen claydt
     Geschiht es dir / wem wer das laydt
125   All glarte Deutscher Nation
     Treiben auß dir viel spot vnd hoen
Desgleich all die gern lebten recht
     Wie leben sall ein Gottes knecht
Nach Christus wort vnd sein gebot
130   Das vns Sandt Paul gepredigt hot
Hindan setzen der menschen gedicht
     Welch gantz auff geldt vnd geitz sein gricht
Wie Luther vns itzt lernen thuet
     Got halt in stetz yhn seyner huet.
135   Darumb radt ich / wolst folgen mir
     Kere vmb Bock: wirt gedeyen dir
Zum besten · glaub du mir fur war
     Las ap · du wirdest sunst gewahr
Ehlangst · das hart vnd bitter sey
140   Wider ein pfriemen schlahen frey.
All weldt durst ietz nach Gotes wort
     Wie man das mercket hie vnd dort
Dar vmb weych ap du Satanas
     Gib Christo stat · darmit wir bas
145   Sein lehr enpfangen an geuhar
     Die itzt lang tzeyt schier niemants gdar
Bekennen frey / wie die selb laut
     Das macht / wir forchten vnser haut /
Besorgen auch der pfenning werd vns mehr
150   Nit brengen diese Christlich lehr
Hilfft nit · Satan nhu weich behendt /
     Es ist itzt auß deyn regiment.

---

120 *Anspielung auf den Ketzerprozeß gegen den tschechischen Reformator Jan Hus (1370–1415) auf dem Konstanzer Konzil und Reflex auf die antilutherische Polemik, die Luther hussitischer Lehren bezichtigt.* 123 wacht *Kleidung.* 126 spot vnd hoen *Schmach und Verachtung.* 130 *Vgl. Paulus an die Philipper 2, 5ff.* 131 gedicht *Erdichtung, Erfindung, Schriftwerk, Phantasterei.* 139 Ehlangst *schon bald.* 140 pfriemen *spitzes, zum Vorstechen von Löchern verwendetes Werkzeug.* 145 empfangen an *in der Vorlage* enpfagen man; an geuhar *ohne Gefahr.* 146 gdar *wagte.* 150 brengen *bringen.*

HIERONYMUS EMSER

Emßers Antwurt auff die warnung oder schantebuch. Durch vngereympte Reymen / on eyn namen außgangen /

[Holzschnitt]

5   Ob du dich selbs nit nennen wilt /
Noch triff ich dich recht auff den schilt /
Es ist ein schlechte kunst vmb schelten /
Vnd ligt aleyn am widergelten.

Sag an du stoltzer Luterist /
10   Der nit so frumb vnd bider bist /
Weyl du mich offentlich geschennt /
Das doch deyn namen hetst bekennt /
In deynem schandbuch vnd libell /
Was bist du fur ein loß gesell /
15   Das du auß des gloubens sachen /
Orst ein faßnachtspil wilt machen?
Vnd gibst mir so ein bosen lon /
Das ich die Tewtschen Nation /
Vorwarnet / vnd geschriben frey /
20   Von Luters ler / vnd ketzerey /
Den / keyser / Bapst / vnd alle welt /
Fur ein vordampten ketzer helt /
Außgenomen etzlich pfaffen veyndt
Die vhest auff seyner seyten seynt /
25   Vnd wolten geren vngluck stifften /
Ander lewt mit ynen vorgifften /
Wie du dich ouch ytz mercken laßt /
Vnd mich darumb gescholten hast /
Durch vngereympte und loß gedicht /
30   Dem kunst / silb / maß / vnd art gebricht /
Bekumerst dich doneben ser /
Vmb Emßers waffen / kunst vnd ler /
Vnd das der Bock stehet fornen an /
Liber gesell was ligt dir dran /

EMSSERS ANTWURT   2 schantebuch *Schmähschrift.*   6 Noch *dennoch.*   7 schelten *schmähen, herabsetzen.*   8 ligt aleyn am *kommt nur an auf;* widergelten *vergelten, zurückzahlen.*   10 frumb vnd bider *rechtschaffen und ehrbar.*   11 Weyl *obwohl;* geschennt *zu schanden gemacht, verleumdet.*   13 libell *Flugschrift.*   14 loß *nichtsnutzig, windig.*   16 Orst *erst ("orst" ist "örst" zu lesen, der Umlaut wird nicht bezeichnet), in diesem Gebiet wird e vor Liquiden (l, r) in betonter Silbe zu o (gelesen ö) bei 38 gelort, 72 orsten, 95 gehort, 124 wolches.*   23 veyndt *im Original* veydt.

35
Ob er sey ein Theologus.
Oder ein schlecht philosophus?
Du hast es noch nit als gehort /
Dunckst du dich aber so gelort /
So schreyb dawider vnd bis keck /
40
Du seyest gleych greck / oder geck /
Nenn dich aleyn vnd sag mir frey /
Mit namen wer der schreyber sey /
So frag ich nit gar ser darnach /
Mir ist tzum krieg / nit all tzu gach /
45
Noch was den glouben anbetrifft /
Die kirchen / vnd die heylig schrifft /
Do stehe ich tod vnd lebend bey /
Vnselig vnd vorfluchet sey /
Der freuenlich darwider thut
50
Mich durstet nicht nach Luters Blut /
Sonder nach vnser aller heyl /
Wer Luter nit so frech vnd geyl /
Ließ die Prelaten vngeschenndt /
Vorachte nit die Sacrament /
55
Der kirchen vnd der veter ler /
Als ob sust nyemant wer dann er /
So wolten wir gar bald / frund seyn /
Dann mir ist nye gefallen ein /
Das ich ym do wolt widerstreben /
60
Do er strafft der geistlichen leben /
Es sey gleych pfaff / monch oder nonnen
Dann er noch nye so grob gesponnen
Es ist leider noch gar vil mher /
Das do billich tzu straffen wer /
65
In dem ich yn nit heiß ligen /
Wer kan aber all ding riegen /
Oder wo findt man itz ein stand /
Do nit mit laster vnd mit schand /
Der meher teil beflecket seyen /
70
Was wil man dann die pfaffen tzeyhen /
Christus spricht wer von sund sey reyn /
Der werff an sie den orsten steyn /

---

37 als *alles.*   39 bis *sei;*   keck *kühn.*   40 greck *Graecus, d.h. Humanist;*   geck
[eitler] Narr.   41 aleyn *jedoch.*   44 gach *eilig.*   45 Noch *jedoch.*   49 freuenlich
frech, mutwillig.   52 geyl *mutwillig.*   55 veter *Kirchenväter.*   60 strafft *tadelt.*
62 Dann er noch *dennoch [hat] er;*   gesponnen *gewebt.*   65 ligen *lügen.*   66 riegen
rügen.   69 meher *größere.*   70 tzeyhen *beschuldigen.*

Luter fragt ouch nit nach dem leben /
Wie er vil mal hat furgegeben /
75 Sonder nach ler vnd nach der schrifft /
Vnd ist doch nichtz dann eytel gifft /
Damit der falsche monch vmbgehet /
Ein lugin nach der andern sehet /
Vnd vns durcheinannder vorwurt /
80 Das eym geistlichen nicht gepurt /
Vnd das du das ouch mogest mercken /
So thut er dich vnd ander stercken /
Auff der geistlichen hab vnd gut /
In durstet aber nach dem blut /
85 Vnd gehet aleyn auff dem ranck vmb /
Wie er gar tilck das priesterthumb /
Meyn liebes volck / meyn frommen lewt /
Wist ir doch das got selb vorbewt /
Wir sollen nicht frembd gut begern /
90 Nyemant toedten / die prister ern /
Warumb laßt ir euch dann vorhetzen /
Vnd kert euch an des monchs schwetzen /
Es ist nit als auff geytz gericht /
Das pfaffen nhemen / Christus spricht /
95 Czu vns / gebt got was got gehort /
Sant Paul hat vns ouch selb gelort /
Das die dem altar dinen thon /
Billich darumb nhemen ir lon
Doch also / das das vberig
100 Do heymen nit ym kasten lig
Noch vnnutzlichen werd vortzert /
Sonder arm lewt davon ernert /
Ob nu das allweg nit geschicht /
Gehort es Got in seyn gericht /
105 Vnd soll darumb nyemant das seyn /
Mit gwalt genomen werden eyn.
Wie euch der monch geratten hat /
Das es aber sey ein Schalcks Rat /
So denckt doch wie ewr nachgepauren
110 Die Bohem / ouch von solchem lauren
Den mheren teil betrogen sint /
Die itz so Irrsam vnd so blind.

76 eytel *reines.*   79 vorwurt *verwirrt.*   80 gepurt *gebührt.*   88 vorbewt *verbietet.*
108 Schalcks *Bösewichtes.*   109 nachgepauren *Nachbarn.*   110 Bohem *Böhmen;*
lauren *Bösewicht.*   111 Den mheren teil *überwiegend.*

Das schir nit wissen was sie glouben /
Einannder stelen und berouben /
115 Howen / stechen vnd ermorden /
Vnd der sach gar vneinß worden /
Achten weder Gott / ehr / noch recht /
Dartzu euch Luter ouch gern brecht /
Dieweyl ich das von ym vorstanden /
120 Hab ich tzu gut all tewtschen lannden /
Czu frid vnd bruderlicher eynung /
Geschriben gar auß gutter meynung /
Doneben ouch tzu schutz vnd sterck /
Des gloubens / wolches gute werck /
125 Mir diser Luterist vorkert /
Vnd spricht ich sey so vngelert /
Das ich auß alten buchern schreyb /
Vnd bey den kleynen esten bleyb /
Die grossen bom wol hangen laß /
130 In Luters gart / do doch keyn gras
Keyn groner bom noch tzweyg ynn steckt /
Der nichtz dann dorn vnd distel tregt /
Dartzu so schreybt er selber ouch /
Auß Hussen buch / dem alten gouch /
135 Wickleff vnd annder ketzer mher /
Ist mir nit das ein grosser ehr /
Ich volg den alten vetern nach /
Vnd geb ym mit den selben schach /
Doch will ich mich domit nit riemen /
140 Das er mir aber drowt auff pfriemen /
Dareyn ich vnlang louffen sol /
Getraw ich got meym herren wol /
Er werd mich wol da vor bewaren /
Vnd wil derhalben nich tzit sparen
145 Wider sie schreyben hin als her /
Es wirt yn gar ein kleyne ehr /
Vnd wenig nutz daran gewinnen /
Wann sie gleych was an mir begynnen /

---

115 Howen *schlagen, verwunden.* 134f. *In seinem* buch [De ecclesia] *beruft sich der tschechische Reformator Jan* Hus *(1370–1415) wie Luther auf die Bibel. In seiner Lehre ist er von dem englischen Theologen und Oxfordprofessor John* Wiclif *(1320–1384) abhängig.* 134 gouch *Narr.* 137 vetern *Kirchenvätern.* 139 riemen *rühmen.* 140 *Vgl. das vorhergehende Stück, S. 64, Zeile 140 u. Anm.* 141 vnlang *bald.* 148 Wann sie gleych *wenn sie gleichwohl.*

Vnd werden dannocht lewt gnug seyn /
150 Die yn noch werden halten eyn /
Vnd yr boßes furnhemen weren /
Got woll mir solich gnad bescheren /
Das ich vmb seynet willen werd /
Vorvolget hie auff diser erd /
155 Vnd meyne sund also mag biessen /
Damit wil ich das lied beschliessen.
Got sey Lob vnd Ehr.

1523

JOHANNES BOTZHEIM

O herr vnnd gott / von sabaot / zů dir schreien wir armen. Du
sichst on end / vnser ellend / herr das laß dich erbarmen. Nach
deinem wort / gib hie vnnd dort / gnad das wir selig werden. Dein
5 gnadrichs wort / ist vnser hort / sunst ist kein trost vff erden /

Hanthab dein er / vnnd rett dein leer / wer den valsch genanten
Christen. Die eignen nutz / gewalt eer vnd trutz / sůchen für dich
mit listen. O herr wie lang / leydstu den zwang / deym hüfflin zů
verderben. Erhör vns herr / zů diner eer / vnnd laß vns gnad er-
10 werben /

All vnser werck / hand gantz kein sterck / zů verdienen seligkeit.
Herre du sichst / was vns gebrist dein will werd in ewikeit. Dein
wort ist vest / on allen brest / vnd starck ob allen dingen / mach
vns allein / den glauben Rein / so mag vns nit mißlingen
15 Dum spiro spero.

EMSSERS ANTWURT 150 halten eyn *Einhalt gebieten.* 151 furnhemen *Vorhaben.*
O HERR 2 sabaot *Zebaoth (hebr.), Heerscharen.* 6 Hanthab *Beschütze.* 8 hüff-
lin *Häuflein, Herde.* 12 gebrist *mangelt.* 13 brest *Gebrechen, Schaden.* 15 So-
lange ich atme, hoffe ich.

MARTIN LUTHER

Ein Christenlichs lied Doctoris Martini Luthers / die vnausssprechliche gnaden Gottes vnd des rechten Glaubens begreyffendt.

Nun frewt euch lieben Christen gmein / Vnd last vns frölich springen / Das wir getrost vnd all in ein / Mit lust vnd liebe singen / Was got an vns gewendet hat / Vnd seine süsse wunder that / Gar theür hat ers erworben.

10 Dem Teüffel ich gefangen lag / Jm todt war ich verloren / Mein sündt mich quellet nacht vnd tag / Darinn ich war geboren / Jch viel auch ymmer tieffer drein / Es war kain gûts am leben mein / Die sündt hat mich besessen.

Mein gûte werck die golten nicht / Es war mit jn verdorben / Der
15 frey will hasset gots gericht / Er war zum gût erstorben / Die angst mich zû verzweyffeln treyb / Das nichts dann sterben bey mir bleyb / Zur hellen mûst ich sincken.

Do iammert Got in ewigkait / Mein elend vber massen / Er dacht an sein barmhertzigkait / Er wolt mir helffen lassen / Er wandt zû
20 mir das vater hertz / Es war bey **jm** fürwar kain schertz / Er ließ sein bestes kosten.

EIN CHRISTENLICHS   6 gmein *allgemein*.   7 in ein *zusammen*.

Er sprach zů seinem lieben son / Die zeyt ist hie zurbarmen / Far
hyn meins hertzen werde kron / Vnd sey das hayl dem armen /
Vnnd hilff jm auß der sünden not / Erwürge für jn den pittern
25 todt / Vnd laß jn mit dir leben.

Der sun dem vater gehorsam wardt / Er kam zů mir auff erden /
Von einer junckfraw rain vnd zart / Er solt mein brůder werden /
Gar haimlich fůrt er sein gewalt / Er gieng in meiner armen ge-
stalt / Den teüffel wolt er fangen.

30 Er sprach zů mir halt dich an mich / Es sol dir ytzt gelingen / Jch
geb mich selber gantz für dich / Da wil ich für dich ringen / Dann
ich bin dein vnd du bist mein / Vnd wo ich bleyb soltu sein / Vns
sol der feindt nicht scheyden.

Vergiessen wirdt er mir mein plůt / Darzů mein leben rauben /
35 Das leyde ich alls dir zů gůt / Das halt mit festem glauben / Den
todt verschlingt das leben mein / Mein vnschuldt tregt die sünden
dein / Da bistu selig worden.

Gen hymel zů dem vater mein / Far ich von disem leben / Da wil
ich sein der maister dein / Den geyst wil ich dir geben / Der dich
40 im trübtnuß trösten sol / Vnd lernen mich erkennen wol / Vnd in
der warhait leytten.

Was ich gethan hab vnd gelert / Das soltu thůn vnd leren / Damit
das Reich Gottes werdt gemert / Zu lob vnd seinen eren / Vnd
hüt dich für menschen satz / Daruon verdirbt der edle schatz. Das
45 laß ich dir zur letze.   1523 Mart. Luth.

PAUL SPERATUS

Ein lied vom gesetz vnd glauben /
gewaltigklich mit götlicher schrifft verlegt.

[Melodie]

5 A   Es ist das hayl vns kummen her / Von gnad vnnd lauter gü-
ten / Die werck helffen nymmer mer / Sie mügen nicht behüten /
Der glaub sihet Jesum Christum an / Der hat gnug für vns alle
gethan / Er ist der mitler worden.

EIN CHRISTENLICHS   22 zurbarmen *zu erbarmen.*   44 satz *Satzung, Gesetz.*
45 zur letze *als Vermächtnis.*
    EIN LIED   3 verlegt *belegt.*   5 ff. *Die Großbuchstaben beziehen sich auf die nach-
folgende Liste der Bibelzitate (s. S. 73 ff.). Das Lied hat 14 Strophen von A bis O, womit
auf Christus hingedeutet wird, der Alpha und Omega, Anfang und Ende ist.*

B   Was Got im gesetz gebotten hat / Do man es nicht kondt hal-
10 ten / Erhůb sich zorn vnd grosse not / Für Got so manigfalte /
Vom fleysch wolt nicht herauß der geyst / Vom gesetz erfordert
aller meyst / Es war mit vns vorloren.

C   Es war ein falscher won darbey / Got hett sein gesetz drumb
geben / Als ob wir möchten selber frey / Nach seinem willen le-
15 ben / So ist es nůr ein spiegel zart / Der vns zaigt an die sündig
art / Jn vnserm fleysch verborgen.

D   Nicht müglich war die selbig art / Auß aygnen krefften las-
sen / Wiewol es offt versuchet wart / Noch mert sich sündt on
massen / Wann gleyßners werck er hoch verdampt / Vnd ye dem
20 fleysch der sünde schandt / Allzeyt war an geboren.

E   Noch můst das gesetz erfüllet sein / Sunst weren wir all ver-
dorben / Darumb schickt Got sein sun herein / Der selber mensch
ist worden / Das gantze gesetz hat er erfült / Damit seins vaters
zorn gestilt / Der vber vns gieng alle.

25 F   Vnd wenn es nun erfüllet ist / Durch den der es kondt halten /
So lerne yetzt ein frummer Christ / Des glaubens rechte gestalte /
Nicht mer dann lieber herre mein / Dein todt wirdt mir das leben
sein / Du hast für mich bezalet.

G   Daran ich kainen zweyffel trag / Dein wort kan nicht be-
30 triegen / Nun sagstu das kain mensch verzag / Das wirstu nymmer
liegen / Wer glaubt in mich vnd wirt getaufft / Dem selben ist der
hymel erkaufft / Das er nicht wirt verloren.

H   Er ist gerecht für Got allein / Der disen glauben fasset / Der
glaub gibt auß von jm den schein / So er die werck nicht lasset /
35 Mit got der glaub ist wol daran / Dem nechsten wirt die lieb gůts
thůn / Bistu auß Got geboren.

J   Es wirt die sündt durchs gsetz erkant / Vnd schlecht das
gwissen nider / Das Ewangeli kumbt zů handt / Vnd sterckt den
sünder wider / Vnd spricht nůr kreuch zum creütz herzů / Jm
40 gsetz ist weder rast noch rů / Mit allen seinen wercken.

K   Die werck die kummen gwißlich her / Auß einem rechten
glauben / Wenn das nit rechter glauben wer / Wöltst jn der werck
berauben / Doch macht allain der glaub gerecht / Die werck die
seind des nechsten knecht / Dabey wirn glauben mercken.

---

9 Do *als.*   13 won (= *Wahn*), *Meinung.*   17 f. lassen *zu verlassen.*   19 gleyßner
Blender, Heuchler; besonders häufig auf Mönche gemünzt (vgl. 80).   27 Nicht mer
dann *nichts mehr als.*

45 L   Die hoffnung wart der rechten zeyt / Was Gottes wort zů
sagen / Wenn das geschehen sol zů freüd / Setzt Got kain gwissen
tage / Er waiß wol wenß am besten ist / Vnd braucht an vns kain
argen list / Das sol wir jm vertrawen.

M   Ob sichs an ließ als wölt er nit / Laß dich es nit erschrecken /
50 Dann wo er ist am besten mit / Da wil ers nit entdecken / Sein
wort das laß dir gwisser seyn / Ob dein fleysch sprech lauter neyn /
So laß doch dir nicht grawen.

N   Sey lob vnnd eer mit hohem preyß / Vmb diser gůthait willen /
Got vater sun heyligem geyst / Der wöl mit gnad erfüllen / Was
55 er in vns an gfangen hat / Zů eren seiner maiestat / Das heylig
werdt sein namen.

O   Sein reich zů kumm / sein wil auff erdt / Stee wie im hymels
throne / Das teglich prot noch heüt vnns werdt / Wol vnser schuld
verschone / Als wir auch vnsern schuldern thon / Mach vns nit in
60 versuchung stan / Löß vns vom übel Amen.

Anzaygung auß der schrifft, warauff diß gesang allenthalben ist gegründet /
Darauff sich alle vnser sach verlassen mag.

A Ephe. 2. Das er anzaygt die vberschwenckliche reichthumb seiner gna-
den / in freündtligkait. Ro. 3. Kain fleysch durch des gesetz werck für jm mag
65 rechtfertig sein.   Ebre. 12. Wir auffsehen auff den Hertzogen vnsers glaubens /
vnd auff den volender Jesum. Ebre. 2. Der durch die gnade gottes für alle ver-
sucht hat den todt. Ebre. 9. Vnd darumb ist er auch ein mitler des newen
Testaments.

B Ro. 8. Dem gesetz gottes ist das fleisch nit vnterthan / es mags auch nit.
70 Ro. 4. Seyntemal das gesetz richt nür zorn an.   Ro. 7. Wir wissen / das das
gesetz geystlich ist / aber ich bin fleyschlich.   Johannis. 16. On mich mügt jr
nichts thun. Galath. 3. Die schrifft hats alles beschlossen vnder der sünde /
auff das die verhaissung keme durch den glauben an Christum.

C Als oben Rom. 8. Dem gesetz gottes ist kain fleysch vnderthan / es ver-
75 mags auch nit.   Rom. 3. Durch das gesetz kumbt die erkantnuß der sünde.
Rom. 7. Jch wüste nit das die lust sünde wer / so nit saget das gesetz. Laß
dich nichts gelusten.

---

45 wart *wartet.*   49 Ob *wenn auch*   63 ff. *Bei den Zitatnachweisen fehlen die Vers-*
angaben, da Verszählung in der Bibel nicht üblich war, sie setzte sich erst seit der
2. Hälfte des 16. Jh. langsam durch. – Die Abkürzungen (in der Reihenfolge ihres
jeweils ersten Auftretens) bedeuten: Ephe. *Epheserbrief,* Ro./Rom. *Römerbrief,* Ebre.
Hebräerbrief, Johannis. *Johannesevangelium,* Galath. *Galaterbrief,* Matth./Matthei./
Mat. *Matthäusevangelium,* Petrus. 1. Pe. 2. *Petrus im ersten Brief des Petrus im zwei-*
ten Kapitel, Johannes. 1. Jo. 3. *Johannes im ersten Brief des Johannes im dritten Kapitel,*
Exo. 2. *Buch Mose (= Exodus),* Jacobi. *Brief des Jacobus,* Esaie. *Jesaja,* Philipp. *Philip-*
perbrief.   66 f. versucht *erprobt, erfahren.*   74 Rom. *hier und an allen folgenden*
Stellen in der Vorlage Roͫ.

D Eph. 2. Wir waren auch kinder des zorns von natur.   Rom. 7. Das gesetz
ist neben einkummen/das die sünde ye grösser wurde.   Matth. 23. Wee euch
80 jr gleyßner/zu dem achtenden mal.   Psal. 50. Sihe/in boßhait bin ich emp-
fangen / vnd in sünden geborn.

E Matth. 5. Nicht ein spitzlin noch ein buchstaben sol vndergeen / es muß
alles geschehen.   Ebre.1. Er hat sein sun geschickt/das er die vnter dem gesetz
waren / erlöset.   Rom. 8. Er hat verdampt die sünde im fleysch durch sünde /
85 das die gerechtigkait des gesetz in vns erfullet wurde.   Rom. 1. Der zorn
gottes wirt offenbar / vber alles gotloß wesen.

F Rom. 7. Aber yetzt seind wir ledig worden von dem gesetz des todts.
Rom. 12. Verendert euch in vernewerung ewers syns / das jr prüfft den wil-
len gottes.   Johannis. 11. Jch bin die aufferstehung vnd das leben/Wer in mich
90 glaubt der wirt leben ob er gleich sturbe.   Petrus. 1. Pe. 2. Er hat vnser sünde
getragen in aygnem leybe auff dem holtz.   Ebre. 6. Durch zway vnbewegliche
ding / da durch vnmüglich ist das Got mag liegen / haben wir ein starcken
trost.   Matthei vlti.Wer glaubt vnd getaufft wirt/der wirt selig.   Johannis. 3.
Wer in jn glaubt / wirt nicht verlorn.   Rom. 14. Was nicht auß dem glauben
95 kumbt / das ist sünde.

H Galath. 5. Jn christo Jesu gilt nichts dann der glaub / der durch die liebe
werck thut.   Rom. 16. Gerechtfertig durch den glauben / haben wir fride mit
got.   Johannes. 1. Jo. 3. Wer sein bruder lieb hat / ist auß got geborn.

J Exo. 20. Do das volck sahe die stimm / amplem / klang der Busaunen /
100 vnd den riechenden berg/seind sie erschrocken.   Eph. 2. Er ist kummen vnd
hat euch gutte potschafft bracht des frids.   Matthei. 11. Kumbt her alle zu mir/
ich wil euch laben vnd erquicken.   Galath. 3. Alle die mit des gesetzs werck
vmbgeen / die sein vnter der vermaledeyung.

K Matthei. 7. Ein yeder gutter baum bringt gutte frucht.   Jacobi. 2. Der
105 glaub on die werck ist todt.   Rom. 3. Die gerechtigkait Gottes kumbt durch
den glauben an Jhesum Christ/zu allen vnd auff alle die da glauben.   Petrus. 2.
Pe. 1. Thut fleyß ewren beruff vnd erwelung gewiß zu machen.

L. Galath. 5. Wir aber warten im geyst der hoffnung / das wir durch den
glauben rechtfertig seyen.   Judith. 8. Habt jr Got ein tag gesetzt nach ewrem
110 wolgefallen? Was versucht jr got?   Ebre. 5. Laßt vns hynzu tretten mit frey-
digkait zu dem gnadem stul / auff das wir barmhertzigkait empfahen/vnd gnade
finden auff die zeyt / wenn vns hilffe not sein wirt.

M Ebre. 12. Den sun den er lieb hat den züchtiget er.   Esaie. 45. Du bist
warlich ein verborgener got.   Mat. 24. Himel vnd erde werden zergeen/aber
115 meine wort werden nit zergeen.   Mat. 14. Du eins schwachen glaubens/war-
umb hastu gezweyfelt?

---

79 neben einkummen *daneben eingedrungen.*   79 f. Wee ... mal *Das (in Luthers
Übersetzung und daher in protestantischer Tradition) achtfache „Wehe euch" (Mat-
thäus 23, 13 ff.) gilt den „Schriftgelehrten und Pharisäern, den Heuchlern"; in der lat.
Bibel: „Vae autem vobis scribae et Pharisaei hypocritae" (hier im allgemeinen siebenfa-
ches „Vae").*   82 spitzlin *Strichlein.*   93 vlti. (= *ultimo capitulo) im letzten Kapitel.*
99 f. *Die Lutherbibel von 1545 hat folgenden Wortlaut:* Vnd alles Volck sahe den
donner vnd blitz / vnd den dohn der Posaunen vnd den berg rauchen. (2. *Mose 20, 18).*
103 vermaledeyung *Verfluchung, Fluch.*   107 ewren [*in der Vorlage* ewrem] beruff
eure Berufung.   110 f. freydigkeit *Zuversicht.*

N Ephe. v. Nichts werde in euch genant was nit zur sach dient / aber vil mer dancksagung.

O Psal. 67. Besterck in vns / was du in vns gewircket hast. Philipp. 1. Der
120 in euch angefangen hat das gut werck / wölle es erfüllen. Psal. 78. Von preyß wegen deins namen / mach vns teglich etc. Matthei. 6.

Wittenberg 1523 Pau. Speratus.

1524

Martin Luther*

Der .xj. Psalm. Saluum me fac.

[Melodie]

Ach got von hymel sihe darein / vnd laß dich das erbarmen / Wie
5 wenig seind der heyligen dein / verlassen sein wir armen / Dein wort man lest nit haben war / der glaub ist auch verloschen gar / bey allen menschen kindern.

Sie leren eytel falsche list / was aygen witz erfindet / Jr hertz nit eines sinnes ist / in Gottes wort gegründet / Der welet diß der
10 ander das / sie trennen vnns on alle maß / vnnd gleyssen schon von aussen.

Got wölt außrotten alle lär / die falschen scheyn vnns leren / Darzů jr zung stoltz offenbar / spricht trotz wer wils vnns weren / Wir haben recht vnnd macht allain / was wir setzen das gilt
15 gmain / wer ist der vns solt maistern.

Darumb spricht got ich můß auff sein / die armen seind verstöret / Jr seufftzen dringt zů mir herein / ich hab jr klag erhöret / Mein haylsam wort sol auff den plan / getrost vnnd frisch sie greyffen an / vnd sein die krafft der armen.

20 Das silber durchs feür siben mal / bewert wirt lauter funden / Am gottes wort man warten sol / des gleichen alle stunden / Es wil

---

Der .xj. Psalm   2ff. *Vgl. Johann Leisentrit Von heiliger Christlicher Kirchen S. 209. – Der 12. Psalm in der Lutherbibel. – Dieser und der hier folgende Psalm haben dieselbe Melodie gemäß der Zwischenüberschrift vor diesem Psalm:* Die drey nachfolgenden Psalm. singt man in disem thon.   6 wort ... war *in der Vorlage fehlt* man, *aus einem Druck von 1525 ergänzt.*   10 gleyssen *glänzen, blenden, heucheln.*   13 trotz *Trotz [sei dem geboten].*   16 auff sein *sich aufmachen.*   20 bewert *erprobt;* lauter *rein.*   21 warten *pflegen.*

durchs creütz beweret sein / da wirdt sein krafft erkant vnd schein /
vnd leucht starck in die lande.

Das wölstu got bewaren rein / für disem argem geschlechte / Vnd
25 laß vns dir befolhen sein / das sichs in vns nit flechte / Der gotloß
hauff sich vmbher findt / wo dise lose leüte seind / in deinem volck
erhalten.

Der .xiij. Psalm. Dixit insipiens.

Es spricht der vnweysen mundt wol / den rechten Got wir mai-
nen / Doch ist jr hertz vnglaubens vol / mit that sie jn vernainen /
Jr wesen ist verderbet zwar / für got ist es ein grewel gar / es thůt
5 jr kainer kain gůt.

Got selb von hymel sahe herab / auff aller menschen kinden / Zů
schawen sie er sich begab / ob er yemandt wurdt finden / Der sein
verstandt gerichtet het / mit ernst nach gottes wortten thet / vnd
fragt nach seinem willen.

10 Do war niemant auff rechter ban / sie waren all auß gschritten /
Ein yeder gieng nach seinem wan / vnd hielt verlorne sitten / Es
thet jr kainer doch kain gůt / wiewol gar vil betrog der můt / jr
thůn můst got gefallen.

Wie lang wöllen vnwissend sein / die solche müe auffladen / Vnd
15 fressen da für das volck mein / vnd neern sich mit seim schaden /
Es steet jr trawen nit auff got / sie rüffen jm nit in der not / sie wöln
sich selb versorgen.

Darumb ist jr hertz nymmer still / vnd steet allzeyt in forchten /
Got bey den frummen bleyben wil / dem sie mit glauben horchen /
20 Jr aber schmecht des armen rat / vnd hönet alles was er sagt / das
got sein trost ist worden.

Wer sol Jsrael dem armen / zů Sion hail erlangen / Got wirt sich
seins volcks erbarmen / vnd lösen die gefangen / Das wirt er thůn
durch seinen son / dauon wirdt Jacob wunne han / vnd Jsrael sich
25 frewen.

DER .XJ. PSALM   22 schein *sichtbar*.   25 flechte *hineinflechte, vermische*.
DER .XIIJ. PSALM   2 *Der 14. Psalm in der Lutherbibel.* – Dixit insipiens *Es sprach
der Törichte. – Anfangsworte dieses Psalms.*   11 verlorne *verderbliche.*   12 můt *Er-
wartung, Hoffnung.*   20 schmecht *verachtet.*   24 dauon … wunne han *daran Freude
haben.*

Der Psalm De profundis.

Auß tieffer not schrey ich zu dir / herr got erhör mein rüffen /
Dein gnedig oren ker zu mir / vnd meiner pit sie öffen / Denn so
du das wilt sehen an / wie manche sündt ich hab gethan / wer kan
5 herr für dir bleyben.

Es steet bey deiner macht allain / die sünden zu vergeben / Das
dich fürcht beyde groß vnd klain / auch in dem besten leben /
Darumb auff got wil hoffen ich / mein hertz auff jn sol lassen sich /
ich wil seins worts erharren.

10 Vnd ob es wert biß in die nacht / vnd wider an den morgen / Doch
sol mein hertz an Gottes macht / verzweyfeln nit noch sorgen /
So thu Jsrael rechter art / der auß dem geyst erzeüget wardt / vnd
seines gots erharre.

Ob bey vns ist der sünden vil / bey Got ist vil mer gnaden / Sein
15 handt zu helffen hat kain zill / wie groß auch sey der schaden / Er
ist allain der gute hyrt / der Jsrael erlösen wirt / auß seinen sünden
allen.

Unbekannter Verfasser

Ein fast Christlichs lied vom waren glauben /
vnd rechter lieb Gottes vnd des nechsten.

[Melodie]

5 Jn Jesus namen heben wir an / das best das wir gelernet han / vom
gottes wort zusingen / hört zu jr frawen vnd auch jr man / wie
man die seligkait sol gewinnen.

Der glaub der thuts auch allermeyst / darinne wirt geben der hey-
lige geyst / wer Gottes wort thut glauben / wie in der zwelffpoten
10 buch geschriben steet / Sant Peter am zehenden thut sagen.

Johannis am dritten ist vermeldt / also hat got geliebt die welt /
sein sun hat er jr geben / wer glauben thut an Jhesum Christ / der
erlanget das ewig leben.

DER PSALM   1 De profundis *Aus den Tiefen. – Anfangsworte des 130. Psalms.*
5 bleyben *bestehen.*
    EIN FAST   4 ff. *Melodie und Strophenform repräsentieren den Typus des „Linden-
schmid-Tons". Der Text der ersten Strophe parodiert das Lied vom Lindenschmid (vgl.
S. 248).*   9 f. zwelffpoten buch ... am zehenden *Apostelgeschichte ... im zehnten [Ka-
pitel].*   11 *Johannesevangelium, 3. Kapitel.*

Zun Römern am dritten höret mee / niemands wirdt selig durch
15 die ee / die sündt wirdt allain dardurch erkandt / der glaub fürt
vnns zum vaterlandt / als vns sant Paulus thůt offt bekant.

Die gerechtigkait gottes durch Jesum Christ / wer an jme verzaget
ist / thůt sich allain des trösten / dem sein bedeckt die sünde sein /
durch Jesum Christ das lemmelein.

20 Er starb für vnnser missethat / das hayl er vnns erworben hat /
vnd wo er vns nit wer geborn / so weren wir all zůmall verlorn /
got hats jm also außerkorn.

Abraham gibt got groß eer / da er vertrawet seiner leer / zun
Römern am vierden vnderschaidt / Christus hats jm selber zů
25 gesagt / wardt jme gezelt zů der gerechtigkait.

Gottes werck der glaube ist / als wie man im Johanne list / wol an
der sechsten vnderschaydt / got hats vnns selber zůgesagt / den
gebar Maria die raine maydt.

So nun bey dir der glaub ist recht / so erzaygstu dich ein gottes
30 knecht / durch lieb an deinen nechsten / als sich Got dir erzayget
hat / mit dienst nach allem vermögen.

Nun hör was got durch Moysen gebot / ist yemands arm in deiner
stat / so thů jm auff die hende dein / laß dir sein not dein aygen
sein / beweyß an jm den glauben dein.

35 Wirdt yemandts schreyen in hymel zů mir / zů einer stundt sols
werden dir / vom wůcher soltu freyen dich / got wils also haben
glaub sicherlich / als wie die schrifft thůt warnen dich.

Matthei am fünfften als man list / wie dir vnnd mir sagt Jesu Christ /
wil yemands von dir begern / versag es jm nit zů kainer frist /
40 ob er villeicht dein feindt ist.

Der armenn ist das hymelreich / das solt jr glauben alle gleich /
vmb ablaß kain gelt mer geben / beschert dir ichts der liebe got /
die armen sollens von dir nemen.

Nun hört jr man vnnd jungen knaben / got sollen wir stets vor
45 augen haben / sein gebot wol an den wenden / vnd sollen die ler-
nen vnsere kindt / auch tragen in vnsern henden.

---

14 *Römerbrief, 3. Kapitel.*   15 ee *Gesetz.*   17 jme *sich.*   18 sein bedeckt *sind b.*
23 f. zun ... vnderschaidt *[das] legt Römerbrief, 4. [Kapitel] dar.*   26 Johanne *Johannesevangelium.*   27 vnderschaydt *Abteilung (= Kapitel).*   38 ff. *Paraphrasiert Matthäusevangelium 5, 38 ff.*

Du steest oder geest vber felt / wie Got durch Moysen hat ver-
melt / sein lieb soltu betrachten / die dir erzaygt durch Jhesum
Christ / der dich vom gesetz loß thůt machen.

50 Noch eins das wil ich sagenn dir / Christi Ritter müssenn leyden
vil / ey hon vnd spot in aller welt / mit jrem fleysch sich legen ins
veld / nach dem es also got wol gefelt.

Verzag nit werder Ritter gůt / got helt dich selber in seiner hůt /
wann er dir vberwunden hat / todt sündt hell vnd alle not / ein
55 kron er dir erworben hat.

Hie lassen wirs bleyben zů diser frist / vnnd schreyen alle zů Jesu
Christ / der allain ist vnser trost / von allem übel hat er vnns er-
lost / hab lob vnd danck du süsser trost.

Vnd tayl vnns mit dein teglich prot / ich main das heylige gottes
60 wort / die einige speyse vnser seel / so schat vns mer kain vngefel /
vnd bleybt allzeyt got vnser heyl.
                                    Amen.

MARTIN LUTHER*

[Melodie]

Christum wyr sollen loben schon / der reynen magd Marien son /
So weyt die liebe sonne leucht / vnd an aller wellt ende reicht

5 Der selig schepffer aller ding / zoch an eyns knechts leyb gering /
Das er das fleysch durch fleysch erworb / vnd seyn geschepff
                                                    nicht als verdorb

Die Gotlich gnad von hymel gros / sich ynn die keusche mutter
                                                    gos /
Eyn meydlin trug eyn heymlich pfand / das der natur war
                                                    vnbekand.

EIN FAST   56 lassen wirs bleyben *hören wir auf;*   zů diser frist *diesmal.*   60 eini-
ge *alleinige, einzige;*   vngefel *Unglück.*
  CHRISTUM WYR   3 ff. *Im Register der Vorlage wird das Stück unter dem Titel* A
solis ortu / Christum wyr sollen loben *aufgeführt. –* A solis ortu[s cardine] *Vom
Aufgang der Sonne. – Anfangsworte des Hymnus von Gaius Caelius Sedulius (1. Hälfte
d. 5. Jh.) – vgl. Bd. 10/1, S. 24 f. dieser Sammlung.*   6 als *ganz.*   8 f. das ... vnbekand
*das Mädchen trug ein geheimnisvolles Pfand (Christus, der der Menschheit zur Sicher-
heit gegeben wurde), das der Natur unbekannt war (d. h. der natürlichen Entstehung
von menschlichem Leben nicht entsprach).*

Daz zuchtig haus des hertzen zart / gar bald eyn tempel Gottes wart /
Die keyn man ruret noch erkand / von Gotts wort sie man schwanger fand /

Die edle mutter hat geboren / den Gabriel hies zuuorn /
Den sant Johans mit springen zeygt / da er noch lag ynn mutter leyb.

Er lag ym hew mit armut gros / die krippen hart yhn nicht verdros /
Es ward eyn kleyne milch seyn speis / der nie keyn voglin hungern lies.

Die hymels Chor sich frewen drob / vnd die engel singen Gott lob /
Den armen hirtten wird vermeld / der hirt vnd schepffer aller welt.

Lob / ehr / vnd danck / sey dyr gesagt / Christ geborn von der reynen magd /
Mit vater vnd dem heylgen geyst / von nu an biß ynn ewigkeyt.

Elisabeth Creutziger*

Eyn Lobsanck von Christo

[Melodie]

Herr Christ der eynig Gotts son / vaters yn ewigkeyt / Aus seym hertzen entsprossen / gleich wie geschryben steht. Er ist der morgen sterne / seyn glentze streckt er ferne / fur andern sternen klar.

Fur vns ein mensch geboren / ym letzten teil der zeyt / Der mutter vnuerloren / yhr yungfrewlich keuscheyt. Den tod fur vns zu brochen / den hymel auffgeschlossen / das leben wider bracht.

Lass vns yn deiner liebe / vnd kentnis nemen zu / Das wir am glawben bleiben / vnd dienen ym geyst so. Das wir hie mugen schmecken / deyn sussickeyt ym hertzen / vnd dursten stet nach dir.

Christum wyr 10 ruret *berührte;* erkand *auch: „beiwohnte".* 12 *vgl. Lukas 1, 39ff.* 14 kleyne *wenig.*
Eyn Lobsanck 8f. zu brochen *zerbrochen.*

Du Schepffer aller dinge / du vetterliche krafft. Regirst von end zu
15 ende / krefftig aus eigen macht. Das hertz vns zu dir wende / vnd
ker ab vnser synne / das sye nicht yrrn von dir.

Ertödt vns durch deyn gute / erweck vns durch deyn gnadt. Den
alten menschen krencke / das der new leben mag. Wol hie auff
dyser erden / den synn vnd all begerden / vnd dancken han zu dir.

MARTIN LUTHER*

Beati omnes qui timent dominum

Wol dem der yn Gottes furcht steht / vnnd der auff seynem wege
geht / Deyn eygen handt dich neren soll / so lebstu recht vnd geht
5 dir wol.

Deyn weyb wird yn deym hause seyn / wie eyn reben vol drauben
fein / Vnnd deyn kynder vmb deynen tisch, wie ölpflantzen ge-
sund vnd frisch.

Sich / so reich segen hangt dem an / wo yn gottes furcht lebt eyn
10 man. Von ym lesst der alt fluch vnd zorn / den menschen kindern
angeborn.

Aus Zion wird Got segen dich / das du wirst schawen stetiglich /
Das gluck der stadt Jerusalem / fur Gott yn gnaden angenem.

Fristen wirt er das leben deinn / vnnd mit gutte stets bey dir seyn.
15 Das du sehen wirst kyndes kint vnd das Jsrael fryde find.

EYN LOBSANCK   18 krencke *schwäche.*   19 begerden *Begehren, Begierden;*
dancken *Gedanken;*   han *haben [mag].*
    BEATI OMNES   2 ff. *Selig alle, die den Herrn fürchten. – Der vollständige Sammelti-
tel ist:* Hyr nach folgenn etzliche psalmen / vnd zum ersten der . cxxvij . Psalm *[in der
Lutherbibel 128. Psalm] /* Beati omnes qui timent dominum / ynn Melodey so man
synget das voryge lied S. Johannis Huss. – *Das vorhergehende Lied* Jhesus Christus
vnser heylandt / der von vns den tzorn Gottis wand *ist Luthers Übersetzung eines
lateinischen Liedes* Jesus Christus nostra salus *des tschechischen Reformators Jan* Hus
(1370–1415). Luther spricht gelegentlich von dem „heiligen Hus", daher S[ancti]. Joh.
H. – *Vgl. die Fassung desselben Psalms von Selnecker S. 263.*   9 Sich *sieh.*   14 Fristen
retten, vor Schaden bewahren.

Der Hymnus Veni creator.

[Melodie]

Kom Gott schepfer heyliger geyst / besuch das hertz der menschen deyn. Mit gnaden sye full wy du weyst / das deyn geschepff vorhyn
5 seyn.

Denn du bist der tröster genant / des aller hohsten gabe theur. Eyn geystlich salb an vns gewand / ein lebend brun / lieb vnd fewr.

Zund vns eyn liecht an ym verstand / gyb vns yns hertz der liebe
10 brunst. Das schwach fleisch yn vns dir bekand / erhalt fest dein krafft vnnd gunst.

Du bist mit gaben syben falt / der fynger an Gotts rechter hand / des vatters wort gybstu gar baldt / mit zungen ynn alle landt.

Des feyndes lyst treyb von vns fern / den frid schaff bey vns deyne
15 gnadt / das wir deym leitten folgen gern / vnd meyden der seelen schad.

Leer vns den vater kennen wol / dazu Jhesu Christ seynen sonn / das wir des glawbens werden voll / dich beyder geyst zuuerstan.

Gott vatter sey lob vnd dem son / der von den todten auffer-
20 stundt / dem tröster sey dasselb gethann / ynn ewigkeyt alle stundt.

DER HYMNUS 1 ff. *Vgl. Thomas Müntzer* Hymnus *S. 84, das anonyme* Am Pfingstag Hymnus *S. 85 und Petrus Herbert* Veni Creator Spiritus *S. 198.*   1 Veni creator [spiritus] *Komm, Schöpfer [Geist]. – Anfangsworte des Pfingsthymnus des Fuldaer Abts und späteren Mainzer Erzbischofs Hrabanus Maurus (776–856).*   4 das *daß sie;* vorhyn *zuvor, von Anfang an.*   10 brunst *Feuer, Glut.*   12 syben falt *Vgl. Jesaja 11, 2 f. – Die deutschen Bibelübersetzungen, auch Luthers eigene, nennen i. a. nur sechs Gaben, die der „Geist des Herrn" ausstrahlt: „Weisheit", „Verstand", „Rat", „Stärke", „Erkenntnis" und „Furcht des Herrn". Sieben Gaben nennen die lateinischen (und griechischen) Übersetzungen: für „Furcht des Herrn" steht einmal „pietas" und einmal „timor Domini". Dieses Dilemma zwischen deutschem Bibeltext und lateinischer Tradition kann dadurch aufgehoben werden, daß der „Geist des Herrn" selbst zu den Gaben des Geistes des Herrn gezählt wird (vgl. z. B. Georg Witzels deutsche Fassung der Pfingstsequenz* Metaphrasis des Sequentzes auff Pfingsten *S. 147, Z. 29).*   13 zungen *vgl. Apostelgeschichte 2, 4.*   18 beyder geyst *ist Apposition.*

Eyn new lied von den zween Merterern Christi / zu Brussel von den Sophisten zu Löuen verbrant.

[Melodie]

5 Eyn newes lied wir heben an / des wald Gott vnser herre. Zu syngen was got hat gethan / zu seynem lob vnd ehre. Zu brussel yn dem nidderland / wol durch zwen yunge knaben / Hatt er seyn wunder macht bekant / die er mit seynen gaben.
                    So reichlich hat getzyret.

10 Der erst recht wol Johannes heyst / so reych an Gottes hulden. Seynn bruder Henrich nach dem geyst / eyn rechter Christ on schulden. Vonn dyßer welt gescheyden synd / sye hand die kron erworben. Recht wie die frumen gottes kind / fur seyn wort synd gestorben.
15   seyn Mertrer synd sye worden.

Der alte feynd sye fangen ließ / erschreckt sye lang mit drewen. Das wort Gotts er sie leucken hieß / mit list auch wolt sye tewben. Von Löuen der Sophisten viel / mit yhrer kunst verloren. Versamlet er zu dysem spiel / der geyst sye macht zu thoren.
20   Sie kundten nichts gewinnen.

Sye sungen suss sye sungen sawr / versuchten manche lysten / die knaben stunden wie eyn mawr, verachten die Sophisten. Den alten feynd das seer verdroß / das er war vberwunden. Vonn solchen yungen / er so groß / er wart vol zorn / von stunden.
25   gedacht sye zuuerbrennen.

Sie raubten yhn das kloster kleyd / die weyh sye yhn auch namen. Die knaben waren des bereit / sie sprachen frölich Amen. Sie danckten yhrem vater Got / das sye loss solten werden / des teuffels laruen spiel vnd spot / daryn durch falsche berden.
30   die welt er gar betreuget.

Das schickt Got durch seyn gnadt also / das sye recht priester worden. Sich selbs yhm musten opffern do / vnd gehen ym Christen

---

EYN NEW LIED   2 f. *Die Augustinermönche Johann Esche und Heinrich Voes wurden am 1. Juli 1523 als Anhänger der neuen Lehre auf dem Brüsseler Markt verbrannt. – Zu den frühesten und schärfsten Gegnern Luthers zählten die Mitglieder der theologischen Fakultät der Universität Löwen.*   10 Johannes (hebr. Jochanan) bedeutet „Gott ist gnädig".   16 drewen *Drohen.*   17 leucken *leugnen;*   tewben *toll machen.* 21 sawr *mürrisch, grimmig.*   24 von stunden *von Stund an.*   29 laruen spiel *Maskenspiel;*   berden *Gebärden.*

orden. Der welt gantz abgestorben seyn / die huchley ablegen. Zu
hymel komen frey vnd reyn / die muncherey außfegen.

35   Vnd menschen thandt hie lassen.

Man schreib yhn fur ein brieflein kleyn / das hies man sye selbst
lesen. Die stuck sye zeychten alle drein / was yhr glaub war ge-
wesen / der hochst yrhtumb dyser war / Man mus allein got glau-
ben / der mensch leugt vnd treugt ymer dar / des soll man nichts
40 vertrawen

                des musten sye verbrennen

Zwey grosse fewr sye zundten an / die knaben sie her brachten /
Es nam groß wunder yderman / das sye solch peyn verachten. Mit
frewden sye sych gaben dreyn / mit Gottes lob vnnd syngen / der
45 muet wart den Sophisten klein / fur dysen newen dyngen

                da sych Gott liess so mercken.

Noch lassen sy yr lugen nicht / den grossen mort zu schmucken.
Sie geben fur eyn falsch geticht / yhr gewissen thut sye drucken /
die heylgen Gotts auch nach dem todt / von yhn gelestert werden.
50 Sie sagen yn der letzten not / die knaben noch auff erden

                sych sollen han vmbkeret.

Die lass man liegen. ymer hyn / sie habens kleinen fromen. Wir
sollen dancken Got daryn / seyn wort yst widderkommen / der
Sommer yst hart fur der thur / der winter yst vergangen / die
zarten blumen gehn erfur / der das hat angefangen.
55   der wirt es wol volenden.

Thomas Müntzer*

Hymnus.

[Melodie]

Kumm zu vns scöpffer heylger geyst / erleucht deyn arme chri-
5 stenheyt / erfull vnser hertz / das zu dir seufftzet mit innerlicher
schmertz.

Eyn new lied   33 huchley *Heuchelei.*   37 zeychten *zeichneten.*   41 des *dafür.*
46 mercken *erkennen.*   47 schmucken *beschönigen.*   48 geticht *Erfindung.*   52 lie-
gen *lügen;* fromen *Nutzen, Gewinn.*   53 hart *sehr, unmittelbar.*
Hymnus   1 *Nach Wackernagel,* Kirchenlied *Bd. 3, S. 444 „ist Thomas Müntzer
nirgends ausdrücklich als Verfasser bezeugt".*   2 ff. *Vgl. hierzu die Fassung* Am Pfings-
tag Hymnus *S. 85 und* Martin Luther Der Hymnus Veni creator *S. 82.*   5 erfull
danach bei Wackernagel, Kirchenlied *Bd 3, S. 443:* mit gnaden.

Der du ein warer tröster bist / ler vns erkennen deynen christ / im
rechten glauben sicherlich / seyner zu nyessen ewiglich.

Beweyß vns deyner gnaden licht / laß vns den finger gotes richt /
10 mit syben gaben schön gezierdt / wilchs inn vns deyn krafft recht
gebierdt.

Czündt an vnser hertzen so blöd / die von adams arth seint so
schnöd / sterck vnser schwacheyt krefftiglich / das sie zum leyden
werdt bereyt.

15 Vortreyb von vns der selen feyndt / mit allen die seins wesens
seint / gib vns deynen heylsamen frid / mit rechtem glauben hoff-
nung lieb.

Schaff in vns deyns rechten vaters thron / zu empfahen den ewigen
lohn / der du dann reichlich selber bist / mit dem vater vnd sone
20 christ.

Thu vns kundt got des vaters art / vnd seyns christ der geliden
hat / mit der krafft seins geysts / vns zu erleuchten stets vnnd aller
meist. Amen.

UNBEKANNTER VERFASSER

Am Pfingstag Hymnus.
Veni creator spiritus.

[Melodie]

5   *[Holzschnitt]*

Khum schöpffer / O heyliger Geyst:
Dye gmüet deiner / haymsuechen seyst.
Erfüll / mit hohen gnaden fast:
dye hertz / dye dw beschaffen hast.

10   Der du ein tröster gnennet pist:
Ein gab des / der / der höchste ist.

HYMNUS   8 sicherlich *zuversichtlich;*   nyessen *genießen.*   9 richt *richtig, recht.*
10 syben Gaben *vgl. Martin Luther* Der Hymnus Veni creator *S. 82, Anm. zu 12.*
12 blöd *schwach.*   13 schnöd *niedrig.*   15 allen *in der Vorlage* allem.   21 art *Natur,
Wesen.*

AM PFINGSTAG   2 ff. *Vgl. Thomas Müntzer* Hymnus *S. 84 und Martin Luther* Der
Hymnus Veni creator *S. 82.*   3 *Komm, Schöpfer Geist.*   7 gmüet *Herzen, Sinne;*
deiner *der deinen;*   haymsuechen seyst *besuche, such auf.*

Ain götlich feür / lieb / leben / prunn:
Ein ware / geystliche / salbung.

15 Dw sibenformig gnad genand:
Finger der grechten gottes handt.
durchs vaters verhayß / machst warleich:
der glaubing khelen / reden reich.

Entzündt das liecht / den synnen schier:
Geüß dye lieb / in der hertzen gier.
20 Dye schwacheit vnsers leibs / berait:
Sterckh / durch dein krafft / in ewigkait.

Den veindt verre / von vns abwendt:
den waren frid / vns gib behendt.
So dw vns vor beraitten pist:
25 das wir meiden / was schödlich ist.

Durch dich wissen / den vater schier:
das auch den sun / erkhennen wier.
Vnd dich / den geist der baider zwar:
Stät / altzeit / glauben on gefar.

30 Lob sey dem herren vater khlar:
dem son / der von der todten schar
Aufferstuend / vnnd dir tröster reich:
Von welt zw welt / vnd ewigkhleich.

1525

HIERONYMUS EMSER

Der bock trith frey auff disen plan
Hat wyder Ehren nye gethan
Wie sehr sie yn gescholden han /
5 Was aber Luther fuer ein man
Vnd wilch ein spil er gfangen an
Vnd nun den mantel wenden kan

AM PFINGSTAG 14 sibenformig *siebenfach, vgl. Martin Luther* Der Hymnus Veni
creator *S. 82, Anm. zu 12.* 17 reden reich *beredt.* 19 Geüß *überflute, gieß.*
22 verre *weit fort, fern.* 24 vor *zuvor.* beraitten pist *bereitet hast.* 26 wissen ...
schier *kennen [wir] ... bald.* 28 zwar *wahrhaftig.* 29 stät altzeit *beständig immer.*
DER BOCK 2 ff. *vgl. S. 60* Ein warnung ... *Anm. zu 2.*

Nach dem der wind thut eynher ghan
Findstu in disem büchlein stan.

10   Hört zu ir Tewtschen / vnd schawt an
      Das ist Luther der fromme man.
      Ewer prophete / vnd abgot /
      Vmb des willen ir Gots gebot /

Vnd aller seyner heilgen ehr /
15 Dartzu der Christlich kirchen lehr
Alt / selig / ordination /
Verachtet habt vnd abgethon
Seyn wort fur Gotes wort gehalten /
Communicirt yn tzwey gestalten /
20 Vnd wydder ewer eyd vnd pflicht
Ewer Oberkeit gar vernicht
Allen gehorsam abgeworffen /
In Steten / Merckten / vnd yn Dorffen
Zusammen gloffen wie die schweyn
25 Manch schön gebewd gerissen eyn.
Clöster / kirchen / vnd Goteshewser
Monch / Pfaffen / Nonnen vnd Carthewßer /
Veriagt / beroubet vnd geplundert /
Vnd Gotes dinst vnd Ehr verhindert.
30 Der heilgen bild zu stuck gehawen
Die muter Gots vnd tzart iunckfrawen /
Gots lesterlich vnd vnbescheyden
Vergleycht den alten badmeyden /
Die Fursten die euch widderstannen /
35 Gescholden vnd genent Tyrannen /
Dem Adel ire schlos belegert
Ire tzins / rent / vnd dinst gewegert
Vnd euch wyder sie auffgeborstet
Als die nach vngluck hat gedorstet /
40 Manch burg verwüst yn Tewtschen Landen
Die vor dem Turcken wol wer bstanden /
Das ist das Euangelion
Das ir von Lutern glernet hon /
Der euch hat bracht yn dyse noth
45 Jtzt ewer darzu lacht vnd spot /
Den kopff thut tzihen aus der schlingen /
So er den harnasch höret klingen.
Vnd will das auff den teuffel legen
Das er doch selbs hat thon erregen /
50 Het Luther nye keyn buch geschriben
Tewtsch land wer wol zu frid beliben

---

16 ordination *Priesterweihe.* 19 Cummunicirt ... gestalten *das Abendmahl empfangen in beiderlei Gestalt (d.h. Brot und Wein).* 21 vernicht *für nichts geachtet.* 27 Carthewßer *Kartäuser, Einsiedlerorden.* 29 Ehr *Verehrung.* 30 zu stuck *in Stücke.* 32 vnbescheyden *ungebührlich.* 37 gewegert *verweigert.* 38 auffgeborstet *aufgelehnt.* 51 zu frid beliben *in Frieden geblieben.*

Vnd nit in solich noth gesetzet.
Er hat ein har auffs ander ghetzet /
Wie sichs am außkern itzt erfindet /
55 Nu so er das fewr angetzyndet /
Wascht er mit Pilato die hendt
Den mantel nach dem wind hin wendt
Vnd wil euch itzt dem teuffel geben
All die der herschafft widderstreben
60 Die er doch vorhin selbst verschmecht
Schergen gnent hat vnd henckers knecht.
Vnd den Keyser ein maden sack
Dartzu er selbst nit leucken magk /
Das er tzur auffrur euch ermant /
65 Vnd libe Gotes kind genant.
All die dartzu thon leyb vnd gut /
Vnd ire hend waschen ym blut
Stifft kirchen / clöster / gar zurbrechen
Vnd Monch vnd Pffaffen zu tod stechen /
70 Das hat er offentlich geschriben /
Vnd vleyssig darzu angetriben.
Durch ketzerische Monch vnd Pfaffen /
Falsch prediger / vnd ander affen
Die sich nennen Ecclesiasten /
75 Vnd sunst durch mancherley fantasten /
Als etzlich schulmeister / statschreyber
Glöckner / Meßner / vnd alte wyber /
Durch die er euch so lang gepfiffen
Bis das ir habt tzum schwert gegriffen /
80 Vnd gmeint ir thut gar wol daran /
Weyl sie euch das gelernet han /
Man hat euch aber das maul geschmirt
Mit falscher lehr vnd grob verfurt.
Wie ir alleyn aus dem vermerckt /
85 Das Luther itz die herschafft sterckt.
Widder euch armen vnderthan /
Heyst stechen wurgen wer do kan /
Vnd spricht ir seyt yns keysers acht /
Die er doch vorhin selbst veracht.

---

53 har *Heer.*   54 am außkern *beim Kehraus, an der Schlußabrechnung;*   erfindet
zeigt.   56 *Matthäus 27, 24.*   60 vorhin *vorher;*   verschmecht *verachtete.*   62 ma-
den sack *Mensch mit verweslichem Leib.*   63 leucken magk *leugnen kann.*   64 auff-
rur *Unruhe, Aufruhr.*   74 Ecclesiasten *Prediger.*   75 fantasten *Schwärmer.*   82 das
maul geschmirt *schöne Worte gegeben.*   85 herschafft *Obrigkeit.*

90   Vnd will euch nu auffs ergst außmessen
      Ewrn eid / des er selbst ouch vergessen.
      Den er seyn obern thon vnd Got.
      Vnd damit ouch verdint den todt /
      Wie er das vrteyl euch gestelt.

95   Vnd yhn seyn eygen gruben felt /
      Darumb ich bit vmb Gotes Ehr
      Das ein itzlich Furst oder Herr
      Dasselbig bey ym woll gedencken
      Vnd so ir euch sust werdet lencken /

100   Sich ewr erbarmen vnd verschonen
      Vnd den andern dester bas lohnen
      Die euch gefurt in dises spil /
      Denen ir dann ouch all zu vil
      Getrawet vnd geglewbet habt /

105   Zur sach geeylt vnd eynher plapt.
      Daran ist doch nit vil gewonnen
      Solts billich vor han bas besonnen
      Vnd nit so leychtlich zugeplatzt
      Wer euch die hawt nit so tzur kratzt.

110   Den spot müst ir tzum schaden tragen /
      Ich weys euch warlich nit zuclagen
      Weyl ir zuuor verwarnet seyt
      Durch mich vnd ander fromme leuth
      Die ir veracht habt als die stöck

115   Vnd vns genannet Sew vnd Böck
      Wolan ich meyn ir werdt schir finden
      Welcher teyl euch vnd ewern kinden /
      Das best glert vnd geraten hab.
      Dann dis spil gehet also nit ab.

120   Vnd ist noch kom recht angefangen /
      Es sint noch vil die itzo brangen /
      Mit Luthers lehr vnd Euangeli
      Die danach singen werden Heli
      Got last die sach nit vngestrafft /

125   Vnd gibt den Fursten sig vnd crafft.
      Seyn vnd seyner heyligen Ehr /
      Dartzu der kirchen alte lehr.

---

97 itzlich *jeder.*   98 ym *sich.*   99 sust *sonst;*   lencken *wenden, umkehren.*   101 dester bas *um so besser, mehr.*   105 plapt *plappert.*   107 vor *vorher.*   108 zugeplatzt *plump dreingefahren.*   114 stöck *Blöcke um die Füße der Gefangenen.*   116 schir *sofort.*   119 gehet also nit ab *geht ganz so nicht zu Ende.*   120 kom *kaum.*   123 danach *später;*   Heli *Anspielung auf Matthäus 27, 46.*

Czu schützen vnd darumb zu kempffen /
Vnd alle ketzerey zu dempffen /
130 Die Luther aus der gans gesogen /
Den Montzer hat seyn geist betrogen
Der ist nun hin vnd auffgeflogen.
Sie haben beyd gut ding gelogen.
Thomas der itzgenante geister /
135 Vnd Luther aller lügen meyster
Das Christlich volck schentlich verfurt
Derhalb yn gleycher lohn geburt.
Mit Zwingel / Straus / vnd Carolstat /
Vnd wer mit yn geschwermet hat
140 Den soll man ynen nit vorhalten
Sonder die sach Got lassen walten /
Vnd der herrschafft trewlich beyston.
Damit ein reformation
Verfast vnd irthum werd vermitten
145 Im glouben vnd yn guten sitten
Dartzu ein yeder der beschwerdt
Seyns rechten vndertruckt vnd gferht
Durch list / gunst / gab / oder finantz
Der aduocaten alefantz.
150 Durch geistlich oder weltlich gwalt /
Wyder zu friden werd gestalt
Vnd sich ein yeder laß benügen /
An gleych vnd recht on all betriegen.
Was gleych ist das thut lang weren /
155 Czu vil ist vngsund vnd bricht geren.
Wir hon zu weyt hynüber ghawen /
Beyde die man / vnd ouch die frawen.
Geistlich vnd weltlich / arm vnd reich /
Edel vnedel all zu gleych.
160 Keyner seyn stand gehalten recht /
Got sehr ertzornet vnd verschmecht

---

130 gans *Wortspiel mit dem Namen Jan Hus (1370–1415): hus = Gans.* 131 Montzer
und 134 Thomas *Thomas Müntzer (1489?–1525), Theologe, als Führer des Thüringer
Aufstandes am 15. 5. 1525 enthauptet.* 134 geister *Schwarmgeist.* 138 Zwingel *Ul-
rich Zwingli (1484–1531), Reformator der deutschsprachigen Schweiz;* Straus *Jakob
Strauß (1480/85–ca. 1533);* Carolstat *Andreas Bodenstein, gen. Karlstadt (ca.
1480–1541), Anhänger Luthers, Wittenberger Professor und Disputationsgegner Ecks
bei der Leipziger Disputation über Luthers Thesen, in die auch Luther selbst eingriff.*
140 vorhalten *vorenthalten.* 144 vermitten *vermieden.* 147 gferht *gefährdet.*
149 alefantz *Betrug.* 152 benügen *zufrieden sein.* 153 An gleych vnd recht *am
Angemessenen und Richtigen.* 154 gleych *angemessen.* 161 verschmecht *verächt-
lich gemacht.*

Ein gutten schilling woll verschult /
Vns mißgebraucht seyner gedult.
Darumb will er nit lenger schlaffen /
165   Sonder ein mit dem andern straffen.
Gros vnd kleyn nyemant ausgenomen /
Die tzeyt ist hie / die stund ist kommen /
Drumb schickt euch nun gedultig dreyn /
Es kan vnd mag nit anderst seyn.
170   Wir müssen allzu gleych betzalen /
Vnd trincken aus des tzorns schalen /
Da von Joannes hat geschriben /
Wir han die sach zu wild getriben /
An pfaffen fing es örstlich an /
175   Die hefen bleybt dem gmeynen man.
Die werden nun so lang rumoren
Bis das sie alle ding vmbkoren
Vnd einander' selbs ouch verderben
Zu schaden yn vnd yren erben
180   Vnd also wirt es gehen auff erden /
So lang bis das wir frommer werden /
Vnd allen mißbrauch vbergeben /
Got helff vns das wir das erleben.

HANS SACHS

Ein schone Tagweyß / von dem wort Gottes

Jn dem thon / Wach auff meins hertzen schöne.

Wach auff meins hertzen schöne[a] / du Christenliche schar / Vnd hör
5 das süß gethöne / das rain wort Gottes klar / Das yetzt so lieblich

a) Cantico. 2.

DER BOCK   171 f. *Offenbarung des Johannes 15, 5 – 16, 21.*   174 örstlich *zuerst;* hefen *das Schlechteste.*   182 vbergeben *aufgeben.*

EIN SCHONE   2 ff. *Geistl. Kontrafaktur eines sicher sehr viel früher zu datierenden „Tageliedes"; vgl. die hier aufgenommene, vermutlich erste gedruckte Fassung* Wach auff meins Hertzen ein schöne (*S. 224*). – Tagweyß *auch „Tagelied": Lied vom Scheiden zweier Liebender bei Tagesanbruch.*   4 *Die Angaben der Bibelstellen stehen im Original ohne Verweisbuchstaben als Marginalien.* – *Die Abkürzungen bedeuten:* Cantico. Hohes Lied, Johan. *Johannesevangelium,* Psal. *Psalm,* Math. *Matthäusevangelium,* Marci. *Markusevangelium,* 1. Timo. *Erster Timotheusbrief,* 2. Corin. *Zweiter Korintherbrief,* Galath. *Galaterbrief,* Actorum. *Apostelgeschichte.*

klinget / es leucht recht als der helle tag[b] / durch Gottes güt her dringet.

Der Propheten weyssage / hört man yetzt widerumb / Die lang verborgen lage / das Euangelium / man yetzt auch süßlich höret / da wirt manich gewissen frey / das vor war hart beschweret.

Mit vil menschen gesetzen / mit Bannen vnd gebot / Mit gelt strick vnd seelnetzen / die werden yetzt zůspot / Vor yederman zůschande / für eytel lüg vnd finsternüß / durch alle Teütsche lande[c].

Christus vil botten sendet / die verkünden sein wort / Jr vil werden geschendet / gefangen vnd ermort / Die warhayt zů verstecken / O Christenhayt du Gottes Brawt / laß dich nit mit abschrecken[d].

Kaim gleyßner thů mer trawen / wie vil jr ymmer seind / Vor menschen leer hab grawen / wie gůt sy ymmer scheint[e] / Glaub dem wort Gots alleine[f] / darinn vnns Got verkündet hat / den gůten willen seine.

Dem wort gib dich gefangen / was es verbieten thůt / nach dem hab kain verlangen / was es dich haist ist gůt / was es erlaubt ist freye / wer anders lert wie Paulus spricht / vermaledeyet seye[g].

Das wort dir wendet schmertzen / für sündt vnnd helle pein / Gelaubstu jm von hertzen / du würst von sünden rein / vnd von der helle erloste / es leret dich allain Christus / sey dein eyniger troste[h].

Selig sey tag vnd stunde / darinn das götlich wort / dir widerumb ist kunde / der selen höchster hort / nichts liebers sol dir werden / kain Engel noch kain creatur / in hymel noch auff erden.

O Christenhait merck eben / auff das war Gottes wort / Jn jm so ist das leben[i] / der selen hie vnd dort / Wer darinn thůt abscheyden / der lebet darinn ewigklich / bey Christo in den freüden.

b) Johan. 1.   c) Psal. 116.   d) Math. 10., Marci. 13., Luce. 12.,
Johan. 16.   e) 1. Timo. 4.   f) Marci. 1., Johan. 1.   g) 2. Corin. 10.,
Galath. 1.   h) Actorum. 15.   i) Johan. 1.

19 jr *ihrer*.   26 wendet *wendet ab*.

NICOLAUS DECIUS*

Dat gloria in excelsis deo

Allene Godt yn der höge sy eer / vnd danck vor syne gnade /
Darumm dath nu vnnd vort nicht meer / vnns rören mach eyn
5 schade / Eyn wolgeual Got an vns hatt / nu js groth freed ane
vnderlath / alle veyde nu hefft eyn ende.

Wy lauen prysen anbeden dy / vor dyn eer wy dy dancken / Dat
du Godt vader ewichlick / regerest an alle wancken / Gantz vn-
gemeten ys dyne macht / vort geschüt wat dyn wyll hefft gedacht /
10 wol vns des fynen Heren.

O Jesu Christ sön eyngebarn / dynes hemmelschen vaders / Vor-
söner der de weren vorlarn / du styller vnses haders / Lam Gades
hylge Herr vnd God / nym an de bede van vnser noth / Vorbarm
dy vnser Amen.

15 O Hyllige geyst du gröteste gudt / du alder heylsamste tröster /
Vor düuels ghewalt vordann behödt / de Jhesus Christus vor-
lösede / dorch grote marter vnd bytteren dod / affwend all vnsenn
yamer vnd nodt / Dar tho wy vns vorlaten.

1527

HEINRICH VOGTHERR*

Der .cxxxix. Psalm.
Domine probasti me.

[Melodie]

5 Herr gott der du erforschest mich / erkenst mein gantzes leben /
Mein auffersteen vnd sitzen ich / bekenn von dir würt geben / All
mein gedancken so ich hon / vor dir o gott eroffet ston / erkenst
mein thůn vnd lassen / Denn du stetz bist vmb meynen pfadt / der
ringweyß vmb mein leger gat / Spehest auß all mein strassen.

DAT GLORIA   2 ff. *Vgl.* EKG *Nr. 131.*   4 rören *rühren.*   6 veyde *Fehde.*   7 lauen
loben.   8 f. vngemeten *unermeßlich.*   12 weren vorlarn *waren verloren.*
13 Vorbarm *erbarm.*   16 vordann *fortan.*
DER .CXXXIX. PSALM   3 *Herr, du hast mich geprüft.*   7 eroffet *offen.*   9 leger
Lager.

10 Es ist kein wort in meinem mund / noch red auff meyner zungen /
Das dir nit alles vor sey kundt / Ee sye wern gret noch gsungen /
Ich gehe stee was ich jmmer thů / so bistu da vnd sichst mir zů /
on dich nit gůts volbringe / Du richtest dann vor in mir an / dein
hand mich krefftig / für auff ban / mir mag sunst nit gelingen.

15 Ich binn zů schwach in meym verstand / solch heymlicheit zůr-
langen / Vernunfft treybt darauß nur ein thandt / im glauben
würts empfangen / wo sol ich hin gen vor deim geyst / der aller
hertzen dancken weist / dein angesicht weyßt mein fliehen / far ich
gen hymel so bistu do / auch in der hell vnd anderswo / kan mich
20 deyn nit entziehen.

Nem ich flügel der morgen röt / vnd blyb am end des meres / deyn
hand mich würt auß aller nöt / erhalten vnd erneeren / sprech ich /
finsternüß decken mich / so gilt der tag vnd nacht dir gleich / die
nacht leücht wie der tage / bey dir finster nicht finster ist / all heym-
25 lich sünd zů aller frist / dir nyemandt mag verschlagen.

Mein nieren hast in deyner gwalt / auch all mein heymlich lüste /
Wie ich in mütter leib was gstalt / on mich hasts zů gerüste / deyn
rechte hand stets was ob mir / von hertzens grund des dancke dir /
deynr wunderlichen thate / darmit du mich machst wundersam /
30 mein seel solch gůtthat wol vernam / das es gefiel deym rhate.

All mein gebeyn hastu gezelt / do ich solt bildet werden / Deyn
augen auch auff mich gestelt / do ich lag in der erden / Jn mütter
leib noch vnbereyt / des kein vernunfft nit weist bescheyd / mein
tag vor dir send zelet dauon noch zů kein mensch mag thůn / vff
35 deim bůch all geschriben ston / wie lang dus hast erwelet.

Wie kostlich send vor mir o gott / deyn vilfeltig gedancken / Jr
summ des sands am mere hat / von dir würd ich nit wancken / so ich
vom tod auch sunst auff wach / deyn gnad mich helt in aller sach /
bey dir wurd ich beleyben / Die gottloß rott o höchster gott / die töd
40 thilg auß vnd machs zů spott / das blind volck gar vertreybe.

Sye reden stets vnrecht von dir / was dient zů jren sachen / So bald
deyn wort klar wil herfür / on vrsach sich auffmachen / ich hass ja
herr die hesser deyn / die dir vnd deym wort zů wider seyn / dar-
wider alzeyt streben / darumb sye mir all werden feynd / vil
45 schmach vnnd leyds erzeygen seynd / wölst mir das sigen geben.

---

11 gret *geredet.* 15 heymlichkeit *Geheimnis.* 15 f. zůr langen *zu erlangen.*
16 thandt *Spielerei.* 25 verschlagen *verbergen.* 28 ob *über.* 29 wunderlichen
staunenswert; machst wundersam *auf unbegreifliche Weise [groß] machst.* 33 vn-
bereyt *unfertig.* 34 send *sind;* zů *dazu.*

Erforsch mich herr erfar mein hertz / versůch all mein gedancken /
vnd syh ob mein thůn hynderwertz / auff eynig seyt wöll wancken /
ob ich sey tretten ab der ban / laß mich o gott nicht fürbas gon /
auff rechten weg mich leytte / der dir gefall vnnd ewig sey / meyn
50 gwissen leyb vnnd seel dir frey / ewig stetz sey bereytte.

1529

HELIUS EOBANUS HESSUS

Eobanus Hessus Lectori.

Qui noua Teutonidos famæ studiose requiris
  Hic ueteris patriæ iam noua facta uides.
5 Cur noua, mille retro Tacitus quæ scripsit ab annis?
  Quod splendore nouo scripta uetusta nitent.
Hic patriæ agnosces mutata uocabula linguæ
  Mores, ingenium, res, loca, regna, situs.
Althamere tibi debet Germania quicquid
10 De prisco Taciti tempore lucis habet.
Perlege Germane noua facta Encomia famæ
  Quæ sua tam fructus, quam bona floris habent.

EOBANUS HESSUS 2 Eobanus Hessus an den Leser [*des Germaniakommentars von
Andreas Althamer*]. 3 Der du mit gelehrtem Interesse auf Neuigkeiten der germani-
schen Überlieferung aus bist, hier siehst du noch neue Begebenheiten des alten Vater-
landes. Wieso ist das neu, was Tacitus vor tausend Jahren schrieb? Weil sich die uralten
Schriften in neuer Ausstattung glänzend präsentieren. Hier wirst du an vertrauten
Wörtern den Sprachwandel wahrnehmen und Erkenntnisse über die Gebräuche, die
natürliche Beschaffenheit, öffentliche Angelegenheiten, Örter, Reiche und die geogra-
phische Lage des Vaterlandes gewinnen. Dir, Althamer, verdankt Deutschland alles,
was es über die altehrwürdige Zeit des Tacitus an Erkenntnissen besitzt. Betrachte,
Deutscher, die rühmlichen Zeugnisse der Überlieferung in ihrer neuen Ausstattung
genau; sie haben ihre Qualitäten gleichermaßen was den nützlichen Inhalt betrifft wie
in stilistischer Hinsicht.

DER .CXXXIX. PSALM 46 versůch *untersuche.* 47 hynderwertz *rückwärts;* ey-
nig *irgendeiner.* 48 tretten ... ban *vom Wege abgekommen;* fürbas *weiter.*
EOBANUS HESSUS 2 ff. *Widmungsgedicht zu Althamers Germaniakommentar (s.
Anm. zu 9).* 3 Teutonidos *griechischer Genitiv zu einem Adjektiv „teutonis", das
hier den „alten Germanen" bezeichnet im Gegensatz zum zeitgenössischen „Deut-
schen" (vgl. 9 und 11 und die Übersetzung).* 5 Cornelius Tacitus *(um 55 – um 120
n. Chr.), röm. Geschichtsschreiber, bekannt durch die* Germania. 9 Andreas Altha-
mer *(1500 – ca. 1540), Humanist und Theologe, schrieb 1529 einen Kommentar zu
Tacitus'* Germania.

ULRICH ZWINGLI

Ein geistlich lied vmb hilff vnd bystand Gottes in kriegs gfaar.

[Melodie]

5 Herr nun heb den wagen selb / schelb wirt sust all vnser fart / das
bräch lust der widerpart / die dich veracht so fräuenlich.

Gott erhöch den Namen din / in der straaff der bösen böck / dine
schaaff widrumb erweck / die dich / liebhabend innigklich.

Hilff das alle Bitterkeit / scheide feer / vnd alte trüw / widerkeer /
10 vnnd werde nüw / das wir / ewig lobsingind dir.   *[1540]*

SEBASTIAN FRANCK

Von vier zwiträchtigen Kirchen, deren jede die ander verhasset vnnd verdammet.

Jm Thon, Mag ich vngluck nit widerstan.

5   Jch will vnnd mag nicht Bäpstisch sein:
             der Glaub ist klein
             bey München vnnd bey Pfaffen,
             Es wirdt beim eüsserlichen schein
             ihr hertz nicht rein,
10   sie machen dleüt zu affen;
                 Der Kirchen brauch
             nehrt iren Bauch,
             der ist ihr Gott:
             ich merck den Spott,
15   will mich nitt da vergaffen.

             Jch will vnnd mag nitt Luttrisch sein:
             ist trug vnnd schein
             sein Freyheit die Er lehret,

EIN GEISTLICH   2 ff. *Signiert:* H. Z. *Das Kappelerlied Zwinglis entstand 1529 und
ist zuerst in einer Handschrift, die möglicherweise in demselben Jahr geschrieben
wurde, überliefert. Vgl. M. Jenny:* Geschichte des deutschschweizerischen evangeli-
schen Gesangbuches im 16. Jh., *Basel 1962, S. 336 (mit Faksimile der Handschrift).*
5 schelb *schief.*   6 widerpart *Gegner;*   fräuenlich *freventlich, frech.*   9 feer *fern;*
trüw *Treue, Zuverlässigkeit.*

Ann Gottes hauss sie nur abbricht,
20   vnnd bawet nicht,
das Volck wirt mer verkehret:
   Er lehrt Glaub! Glaub!
macht damit taub
vnnd werckloss leüt,
25   am tag ligts heüt,
kein besserung man höret.

Jch will vnnd mag nit Zwinglisch sein:
seind auch nitt rein,
ihr glaub last sich nit bschirmen,
30   Kein bessern mitt Buss fahens ahn,
ir Erste Baan
ist das sie Göttzen stürmen;
   Kein Göttlich krafft
noch Geistlich Safft
35   da wird gespürt,
seind auch verirt
mitt andern Secten schwirmen.

Kein Widerthauffer will ich sein:
ihr Grund ist klein,
40   steet auff dem Wassertauffen:
Die andern Secten schreckens ab,
da kein Gotts gab,
drumb in bsonder Kirchen lauffen,
   Leiden drob nott,
45   Welt hass vnnd Todtt:
desshalb ohn spott
neher bey Gott
dan ander all drey hauffen.

Ein jede Sect sich Christi rüempt,
50   sich mitt verblüempt,
doch nitt auff rechter strassen,
Der warheit seind sie nit geneigt,
die sich erzeigt,
Christum sie gemeinlich hassen:
55   Für Gott vnnd Herrn
ihn nicht verehrn,
nicht beeten ahn,
fehlen der Bahn,
wenig die warheit fassen.

60 Wer nun Jn Gottes Reich will gohn,
der flieh daruon,
nach Christo soll Er trachten.
Er bleib in demut vnnd gedult,
such Christi huldt,
65 lass sich die welt verachten:
Ob ihm schon feind
all Menschen seind,
die Welt im gram
vmb Christi Nam,
70 sein Kron wirdt nit verschmachten.

1530

HANS WITZSTAT VON WERTHEYM

Diß Lied bericht all handtwercks gsellen
Die die wochen schlemmen wöllen
Es zeygt jn auch gar fleyssig an
5 Was eim darauß werden kan
Auf die Letzt můß ern spot zům schaden han.

Jm thon / Es geet ein frischer Summer.

[Holzschnitt]

Welcher vil frölicher tag wil han / der soll zů Sanct Reblinus gan /
10 zům hoch gebornen Fürsten / welcher vil pfenning im Seckel hat /
der trincket wann jn dürstet / ja dürstet.

Er setzt das gläßlein an den mundt / vnd trinckt es auß biß auf den
grund / den edlen safft von Reben / des wöll wir Got danckbar
sein / der vns den hat geben / ja geben.

15 Also gehn wir inns Wirttes hauß / der schwanckt kandel vnd glä-
ser auß / empfacht vns mit grossen eeren / bringt vns den rechten
Reblinus gůt / zů dem thůn wir vns keren / ja keren.

Nun Wirt so trag vns her den Wein / bring vns auch würffel vnd
karten herein / vmbs gelt darffst du nicht sorgen / welcher kein
20 pfenning im seckel hat / dem selben solt du borgen.

DISS LIED 2 bericht *unterweist.* 9 *und* 17 Reblinus *Jargonwort für Wein.*
15 f. schwanckt ... auß *spült sauber.* 15 kandel *Kannen.* 16 empfacht *empfängt.*

Nym kreyden schreybs vns an die wand / der Wirt spricht gůtt
Gsell reych mir ein pfandt / darbey ich mag dein gedencken / so
nym ich kandel in die handt / thů dir frolich einschencken.

Also lebn wir den tag im brauß / wir trincken zů halben gantzen
25 auß / wir leben inn reychem schalle / was ein yeder bey dem wein
anfecht / thůt im selber wol gefallen.

Darumb lob ich den Wein für das byer / wenn ein gůt gsell spricht
es gepürct dir / ich thů dir ein freundtlichs bringen / welcher zům
andern kein kundtschafft hat / beym wein thůt ern erkennen.

30 Also für wir den tag ein leben / auff den abent solln wir dem Wirt
gelt geben / die örtten thůt er machen / welcher die örtten borgen
will / warumb saufft er nit wasser auß der flaschen.

Also haben wir die zech gethan / auff den abent wöllen wir ein
Schlafftrunck han / den abent als den morgen / wir essen / trincken /
35 vnd haben ein gůtten můt / wir lassen die vögelein sorgen.

Nun wil ich von dem schlafftrunck lan / auff den Montag fahens
wider an / wir habens nicht vergessen / ein gůt gesell zům andern
spricht / wir wöllen ein süplein essen.

Der ein spricht ich darf nicht gan / mein Meyster wil gearbeyt
40 han / wil mir kein gelt mer leyhen / Ey so sprich du wölst wandern
schier / wölst nicht lenger bey jm bleyben.

Also bringt einer den andern inns badt / des werdt den Montag
auch den tag / wir leben in reychen schallen / die Meyster dörfften
der arbeyt wol / vnser weyß thůt jn nit wol gefallen.

45 Die Meyster dörfften der arbeyt wol / auf den Dienstag sein wir
noch vol / die arbeyt wil sich in vns nicht flichten / so gon wir wi-
der zů dem wein / wir wöllen die Köpff einrichten.

Damit werden wir vol vnnd selten wan / auffd abent fahen wir
etwan ein hader an / wir thůn einander schlahen / auf Mitwoch
50 wöllen wir wider zůsamen gan / wöllens bey dem wein vertragen.

Das werd die Mitwochen auch den tag / auff den Donnerstag wöl-
len wir ins bad / wir leben inn reychem schalle / damit geht sich
die wochen weg / thůt dem Meyster nit wol gefallen.

---

24 trincken zů halben gantzen *trinken aus halbvollen und vollen Kannen.* 26 anfecht
anfängt. 28 ein freundtlichs bringen *zutrinken.* 29 kundtschafft *Bekanntschaft.*
31 örtten *Zechen, Rechnungen.* 41 schier *sofort.* 42 werdt *währt.* 43 dörfften
bedürften. 44 weyß *Lebensweise.* 46 flichten *halten, richten.* 47 einrichten *ord-
nen, zurechtsetzen.* 48 wan *leer.*

Der Freytag geht sich auch daran / zů trachten was wir dwochen
55 haben gethan / wir thůn vns erst besinnen / wir lůgen in die seckel
neyn / kein gelt finden wir darinnen.

Wo nichts ist da nimpt man nichts auß / wir wöllen hyn inns Mey-
sters hauß / wir kummen hynein gegangen / so sicht er vns vber
dachsel an / thůt vns nicht schon empfangen.

60 So denck ich in dem synne mein / ich will wider zů dem wein /
will mich nit lassen betrüben / es můß nun volends gewaget sein /
den Sack wol an die Ruben.

Das treyben wir die gantz wochen an / es lert den seckel es fült den
man / wir füren ein freyes leben / wir essen trincken vnd haben ein
65 gůten můt / es wirdt leyder nit lang weren.

Das liedlein ist darumb gemacht / sol ein yeder Handwercks gesel
betracht / rath ich in gantzen trewen / der bleybt die wochen in
seinem berůff / es wirdt jn nicht gerewen.

Der vns das liedlein new gesang / Hans Witstat von Wertheym
70 ist ers genant / er hats so wol gesungen / ist jm ein Weingart durch
den bauch gefarn / kein Reb hat jn gekrummen.

Er singt vns das villeycht noch mer / kein gsell der thů das nym-
mer mer / an mich solt jr euch stossen / da ich der sach verstendig
was / von der lieben můst ich lassen.

75 Mein lieb das můst ich schnell verlan / sie streych mir die narren-
kappen an / das liedlein wil ich enden / ist yergend ein frummer
handtwercks gsell hie / der thů mir ein freündtlichs bringen.

---

55 lůgen *schauen.* 58 f. vber dachsel *über die Schulter.* 62 Ruben *Rüben;* den
Sack wol an die Ruben [wagen] *die Mittel einsetzen, um den Zweck zu erreichen.*
70 Weingart *Weinberg.* 71 jn gekrummen *ihm Bauchgrimmen verursacht.* 73 sich
stoßen an *stutzig werden über.* 75 f. sie streych mir die narrenkappen an *sie setzte mir
Hörner auf, machte sich lustig über mich.*

UNBEKANNTER VERFASSER

Ein schön lied von eynem Jäger /
Es jagt ein Jäger wolgemůt / er jagt auß.

Es jagt ein Jäger wolgemůt / er jagt auß frischem freyem můt /
5 wol vnter ein grüne Linden / er jagt derselben thierleyn also vil /
mit seynen schnellen winden.

Er jagt vber berg vnd tieffe thal / vnder ein stauden vnd vberal /
seyn hörnlein thet er blasen / Sein lieb vnder eyner stauden saß /
thet auff den Jäger losen.

10 Er schweyfft seyn mantel in das grüne graß / er bat sie das sie zů
jm nider saß / mit weissen armen vmbfangen / So gehab dich wol
meyn trösterin / nach dir steet mein verlangen.

Hat vns der reiff hat vns der schne / hat vns erfrört den grünen
Klee / die blümlein auff der Heiden / Wo zwey hertze liebe sind /
15 die zwey soll niemandt scheyden.

Es ist kein Jäger er hat ein hund / meyn feins lieb kost mich wol
hundert pfund / mich vnd meyne geselle / Jch will vnd můß ein
bůlen han / es kost recht was es wölle.

Feines mein lieb gehab dich wol / mein seckel ist kreutzer vnd
20 plappart vol / vnd gib mir keynen nit wider / sein feins lieb vnter
der stauden saß / es schwang jm seyn gefider.

Der vns das Liedleyn newes gesang / ein freyer Jäger ist ers ge-
nant / er hats gar wol gesungen / zů Augspurg gehet er ein vnd auß /
es hat jm wol gelungen.

EIN SCHÖN LIED 2 f. *Nach dem Deckblatt der zugrundeliegenden Quelle.* 6 win-
den *Windhunden, Hetzhunden.* 7 stauden *Strauch, Gebüsch.* 9 losen *lau-
schen, horchen.* 10 schweyfft *schwingt, breitet.* 17 pfund *allgem. Meßeinheit.*
20 plappart *Groschen.* 24 *ihm geht's gut.*

JÖRG GRAFF

Ein ander lied von eim Jäger /
Es jagt ein Jäger geschwinde / dört oben vor dem holtz.

Im thon als man singt das Frawen lob Der Waldt hat sich entlaubet.

5 Es jagt ein jäger geschwinde / dört oben vor dem holtz / mit seynen
schnellen winde / jagt er ein wild was stoltz / er het vornen vnd
hinden / gerichtet für das holtz.

Auff eyner weyten Heyden / do er das wild ersach / mit seynen
winden beyden / beist er jm hinden nach / von dem gespor jch
10 nit scheyde / derselbig Jäger sprach.

Seyn hörnleyn er erschellet / das in dem wald erhall / das wild was
wol gestellet / sprang vber berg vnd thal / bis das ers nider fellet /
bey eynem prunnen qual.

Heyst zů der Büchinklingen / von Megeldorff nicht weyt / Do er
15 daßselb wild fienge / es het newlich geschneyt / man spürts wol wo
es ginge / pracht dasselb wild in leyd.

Das wild hat keinen namen / heist nicht anders dann Ee / bey der
hand er es name / schwangs in den grünen klee / Ein kuß gieng
vmb den andern / darbey groß freud verstehe.

20 Das wild nam er mit eyle / vnd schwangs hinder sich auffs Roß /
er fürts nit gar ein meyle / keyn namen hat das schloß / do triben
sie kurtzweyle / jr beyder freud was groß.

Gar bald můsten sich scheyden / die zwey gar minnigklich / ge-
schach mir nie so leyde / redt sich die seuberlich / Wie wee ge-
25 schicht vns beyden / sprach der Jäger deß geleych.

Do sie kam heim gegangen / in jrer můter hauß / sie ward nit schon
empfangen / sie jagt sie wider auß / Ey wie bist du so lange / nach
graß gewesen auß.

Sie sprach meyn liebe můter / laß ab von deynem zorn / Jch bring
30 den küen fůter / mich stach ein hagendorn / jch weiß ein freyen
Jäger / er erfrewt mich mit seim horn.

EIN ANDER LIED   2 ff. *Nach dem Deckblatt der zugrundeliegenden Quelle.*
6 winde *Jagdhunden.*   6 f. er het ... holtz *er hatte das Gebüsch zu beiden Seiten mit
einem Gatter versperrt.*   8 ersach *erblickte.*   9 beist *hetzt;*   gespor *Spur, Fährte.*
11 erschellet *läßt ertönen.*   13 qual *Quelle.*   17 Ee *kann als Abkürzung eines Na-
mens, aber auch als „zuvor" gelesen werden.*   24 die seuberlich *Freundliche.*   30 ha-
gendorn *Hagedorn, Weißdorn.*

Mûter mir liebt der jäger / jch wil zů jm dahin / samer gölle vnd
weger / er leyt mir in dem sin / er ist meins leibs ein pfleger / sein
eigen jch allzeit bin.

35 Obs wider zůsamen kamen / dasselbig weiß jch nicht / Jörg Graff
heist er mit namen / der machet das gedicht / als jn der Jäger Schrot
den dreck / von bissigen hat bericht.

UNBEKANNTER VERFASSER

Ein ander Lied.
Ein Frawen lob / Im Marners gulden thon.

Ich gieng spacirn durch einen waldt
5   Ich fand ein frewlein wol gestalt
Ich sprach du freuden pringerin
Was thůstu hie alleyne.
   Got grüß dich zartes frewleyn
Ich sprich es auff die trewe meyn
10   Du bist wol meynes hertzen schreyn
Mit trewen jch dich meyne.
   Got grüß dich lieb Got grüß dich zart
Got grüß dich außerweltes weib
Nun laß mich nit verderben
15   Wann mir kein mensch nie lieber ward
Vnd wirt mir nit dein stoltzer leib
So wiß das jch můß sterben
Dein lieb die wil mich machen kranck
Mir steet hertz můt vnd mein gedanck
20   Wann jch kan nit vergessen dein
Laß mich dein huld erwerben.

Weib schönes bild du blüender ast
Ich lob dich für der Sunnen glast
Ich lob dich für den liechten tag
25   Vnd für den morgen steren.

EIN ANDER LIED   32 liebt *gefällt.*   32f. samer ... weger *Bekräftigungsformel.*
36 Schrot den dreck *etwa:* „Scheißeschneider"; *Spitzname mit Anspielung darauf, daß
Jäger auf Pirschjagd die Losung des Wilds untersuchen.*   37 bissigen *der schwäbische
Ort Bissingen.*
EIN ANDER LIED   3 *Nach dem Deckblatt der zugrundeliegenden Quelle.*   11 *Ich
liebe dich aufrichtig.*   23 glast *Schimmer, Glanz.*   25 steren *Stern.*

Daran gedenck du junger man
Solt frewleyn feyn in ehren han
Vnd sprich jr zů freundtliche sag
Wir künn jr nicht entperen.

30 Ich lob dich für der vögel gsang
Lob dich für alle seytenspil
Für pfeyffen trummel geygen
Weyb aller freud ein eynigung
Vnd wer das recht erkennen wil
35 Man sol den frewlein neygen
O weib du plüendes mandelreyß
Ich lob dich für das Paradeiß
Got schůff kein edler creatur
Das mag jch nicht verschweygen.

40 O weib ob dir do schwebt ein kron
Du hast erleucht den höchsten thron
Manch creatur so heilig ward
Das hab jch wol vernummen.
O frewlein fein verlaß mich nit
45 Thů mich gewern mit gůter sit
Mach dich zů mir wol auff der fart
In freuden zů mir kumme.
O frewleyn feyn hilff mir auß peyn
Des bit jch dich wol also schon
50 Laß mich der bit geniessen
Des bit jch dich mag es geseyn
Gib mir zart fraw wol deynen lon
Mit ermlein weyß vmbschliessen
Merck schöns meyn lieb was jch dich bitt
55 Vnd laß mich keyns entgelten nit
Meyn hertz ist aller freuden vol
Keyn gang thůt mich verdriessen.

UNBEKANNTER VERFASSER

Es wolt ein Rayger fischen / auff eyner grünen heide / do kam der
Storch / vnd stal jm seyne kleyder.

EIN ANDER LIED   28 sag *Rede, Worte.*   29 jr *ihrer, sie.*   35 neygen *sich um die*
Gunst bemühen.   50 geniessen *Nutzen haben [von], froh werden.*
ES WOLT EIN RAYGER   2 Rayger *Reiher.*

Do kam der Sperber here / vnd bracht vns newe märe / wie das
5 die braut / schon außgegeben were.

Fraw Nachtigal die was die braut / der Kolman gab seyn tochter
auß / der Widhopff / derselbig tropff / der hupffet vor der braut
auff.

Die Troschel hat die heyrat gmacht / vor eynem grünen walde /
10 die Amschel / mit jrem gesang / die lobt die Braut mit schalle.

Der Gümpel was der Preutigam / der Adler auff die hochzeit kam /
der Faßhan / die zwen die waren vornen dran.

Der schwartze Rab der was der koch / das sach man an seyn kley-
dern wol / der Grünspecht / der war des Küchenmeysters knecht.

15 Die Alster die ist schwartz vnd weiß / die bracht der braut die
hoffspeiß / der Fincke / der bracht der braut zů trincken.

Der Pfaw mit seinem langen schwantz / der fürt die Braut wol zů
dem tantz / der Emerling / der bracht der braut den mehelring.

Die Henn wol zů dem tantze gieng / der Han der fürt den rayen /
20 der Greiffe / můst auff der hochzeit pfeyffen.

Der Gutzgauch was der kemmerling / der fürt die braut zů schlaffen /
der Baumheckel / kam auch hernach gelauffen.

Der Stiglitz mit seyner witz / der wolt die braut ansingen / der
Rotkropff / mit seynem kopff / der wer auch geren drinnen.

25 Der Eyßuogel was wol geziert / das Behemlin der braut hofiert /
der Schnepfe / der wolt die braut anzepffen.

Der Sittig was ein frembder gast / der kam auff die hochzeyt gla-
den / der Stare / wolt mit der braut nur baden.

Da kam sich auch die Turteltaub / vnd bracht der braut ein grüne
30 schaub / die Meise / wolt mit der braut außreysen.

Die Ganß mit jrem langen kragen / die fürt der braut den kammer-
wagen / die Endte / die fürt das Regimente.

Noch weiß jch eynen Vogel gůt / den darff jch euch nicht nennen /
ja wenn jrn secht / jr würdt jn all wol kennen.

---

4 newe märe *Neuigkeiten.*   6 Kolman *Kohlmeise.*   16 hoffspeiß *Hauptgericht.*
18 emerling *Goldammer;*   mehelring *Trauring.*   21 Gutzgauch *Kuckuck;*   kem-
merling *Kammerdiener.*   22 Baumheckel *Specht.*   24 Rotkropff *Rotkehlchen.*
25 Behemlin *Bergfink.*   26 anzepffen *zu nahe treten.*   30 schaub *Oberkleid.*
31 f. kammerwagen *Ausstattungswagen bei Hochzeiten.*

UNBEKANNTER VERFASSER

Die alte Trumpel /
Im thon / Es het ein biderman ein weib / jr dück wolt sie nit lan

Do jch meyn altes weyb nam / die alte Trumpel / jch kundt jr nie
5 geniessen / sie was versuncken / sie was versuncken.

Jch gieng wol in die Kirchen / vnd rüffet laut zů Got / ach
reycher Christ von himel / vnd wer meyn alte todt / vnd wer meyn
alte todt.

Vnd do jch wider heyme kam / mein alte die was todt / was het jch
10 mir erworben / groß jamer vnd groß not / groß jamer vnd groß
not.

Jch spannet für einen wagen / vier starcke gůte Roß / vnd ließ
meyn alte füren / wol auff den Kirchhoff / wol auff den Kirch-
hoff.

15 Vnd do jch auff den Kirchoff kam/ein grab was jr bereyt/vnd solt
jch aber weinen / es was mir doch nit leid / es was mir doch nit
leid.

Jch küssets auff jr blawes maul / recht wie ein putter vaß / jr zeen
waren jr dürre / jr lefftzen warn jr naß / jr lefftzen warn jr naß.

20 Nun scharret zů/nu scharret zů das alte böse weib/bey jr hab jch
verzeret / mein jungen stoltzen leib / mein jungen stoltzen leib.

Ach jr lieben leutte / nun scharret weidlich zů / vnd solt sie wider
aufferstan / wie wolt jch armer thůn / wie wolt jch armer thůn.

Jch ließ auff jr grab füren / viertzig fůder stein / jch het keyn
25 grösser sorge nie / meyn alte kem wider heim / mein alte kem
wider heim.

Vnd do jch wider heime kam / vergangen was mir mein leid / do
es des nachtes finster ward / jch legt mich zů der meid / jch legt
mich zů der meid.

30 Jch ließ jr das kupffer schwingen / recht wie man den todten thůt /
Jch ließ jr ein Seelmeß singen / vnd befalch sie Got in hůt / vnd
befalch sie Got in hůt.

DIE ALTE   2 Trumpel *Dirne.*   2f. *Nach dem Deckblatt der zugrundeliegenden
Quelle.*   5 sie was versunken *sie hatte einen Scheidenvorfall.*   7 reycher *mächtiger.*
16 aber *wieder.*   21 verzeret *verbraucht.*   24 fůder *Wagenladungen.*   28 meid
Magd   30 das kupffer schwingen *die Glocke läuten.*

UNBEKANNTER VERFASSER

T. Stoltzer

Entlaubet ist der walde / gen disem winter kalt /
Beraubet werd ich balde / meins liebs / das macht mich alt /
5   Das ich die schön mŭß meiden / die mir gefallen thŭt /
    pringt mir manchfältig leiden / macht mir fast schweren mŭt.

Lestu mir nichts zur letze / schwartz / brauns / weiß / meydelein /
Das mich die weil ergetze / so ich von dir mŭß sein /
    Hoffnung mŭß mich erneren / nach dir so werd ich kranck /
10   Thŭ bald erwider keren / die zeit ist mir zu lang /

Sei weiß laß dich nit affen / der kläffer seind so vil /
Halt dich gen mir rechtschaffen / trewlich dich warnen wil /
    Hütt dich vor falschen zungen / darauff sei wohlbedacht /
    Sei dir schöns lieb gesungen / zu einer gŭtten nacht.   *[1534]*

1531

HEINRICH MÜLLER

Ein neu lied von Gottes wort
zu singen / Ym thon:
Möcht ich von hertzen singen / mit lust eine tage weis.

5 Hilff Gott das mir gelinge / du edler schöpfer mein / Die silben
reimen zwingen / zu lob den ehren dein / Das ich mag frölich heben
an / von deinem wort zu singen / Herr wöllest mir beistan.

Ewig dein wort thut bleiben / wie Jesaias melt / Yn seinem buch
thut schreiben / ehe würd vergen die welt / Vnd was Gott selber
10 ie beschuff / solt es alles verterben / er thet kein widder ruff.

Jhesus das wort des vaters / ist komen ynn die welt / Mit grossen
wunder thaten / verkaufft vmb schnödes gelt / Durch Judas seiner
Jünger ein / ward er ynn tod gegeben / Jhesus das lemelein.

ENTLAUBET   2 *Thomas* Stoltzer *(1480?–1526), Domvikar in Breslau.*   3 ff. *In
stark abweichender Fassung schon im* Lochamer Liederbuch *(um 1450); vgl. Bd. 2
dieser Sammlung, S. 232.*   11 affen *zum Narren halten.*

EIN NEU   5 ff. *Ein Akrostichon. Die Anfangsbuchstaben des ersten Wortes einer
jeden Strophe ergeben den Namen des Dichters.*

Nach dem sie hetten gessen / vernempt das Osterlam / Da thet
15 er nicht vergessen / das brod ynn sein hand nam / Sprach / esst das
ist mein leichnam lind / der für euch dar wird geben / zu vergebung
der sünd.

Reicht ihn auch dar zu trincken / ynn wein sein blut so rodt /
Sein tod solt ihr verkünden / Paulus beschrieben hat / Wer wirdig
20 isst von diesem brod / vnd trincket von dem kelche / wird nicht
sehen den tod.

Jhesus wusch ihn ihr füsse / wol zu der selben stund / Lert sie
mit worten süsse / aus seim Göttlichen mund / Liebet aneinander
alle zeit / darbey wird man erkennen / das ihr meine Jünger seit.

25 Christus der Herr ym garten / da er gebetet hat / Der Jüden thet
er warten / von ihn gepunden hart / Sie fürten ihn zum Richter
dar / gegeisselt vnd gekrönet / zum tod verurteilt war.

Hoch an ein creutz gehangen / den hochgeporn Fürst / Noch
vns thet ihn verlangen / darümb sprach er mich dürst / Vernim
30 noch vnser seligkeit / darümb ein mensch geporen / von einer
reinen magd.

Mit seinem haubt geneiget / er seinen geist auffgab / Als vns
Johannes zeiget / er ward genomen ab / Vom creutz yns grab
ward er geleit / am dritten tag erstanden / wie er vor het geseit.

35 Vnd ynn den selben tagen / Jhesus seine Jünger lert / Allein
sein wort zu tragen / predigen aller welt / wer glauben thut vnd
wird getaufft / der hat das ewig leben / ist ihm durch Christum
kaufft.

Lucas thut gar schön schreiben / von seiner himelfart / Doch
40 alweg bey vns bleiben / wie er versprochen hat / Vernim durch
sein Göttliches wort / widder das kan nicht sigen / kein gewalt der
hellen pfort.

Ein tröster thet er senden / das was der heilig geist / Von Gott
der thet sie lenden / yn warheit allermeist / Den selben wöl wir
45 rüffen an / der wird vns nicht verlassen / vnd vns treulich beistan.

Recht last vns alle biten / Christum fur die Oberkeit / Ob wir
schon von ihn lidten / gewalt auch fur alle feind / Das ihn Gott
wol gnedig sein / hat Heinrich Müller gesungen / ynn dem ge-
fengnis sein.

---

28 *und* 30 Noch *Nach.*   44 lenden *lenken, hinwenden.*   48 Heinrich Müller *sächs.*
Bergmeister, Anhänger der evang. Lehre, weshalb er ins Gefängnis kam.

Unbekannter Verfasser

Jch sahe mir den Maien mit rotten röslein vmbher stan / dazu
mit manchen hermlein die sind·klar / wie das die roten röslein
solten stan / die kleinen walt vögelein die haben sich auffgethan.

5 Jch hort mir der liebsten frau nachtigal gesang / sie sang so wol
das ich ihr vernam / wol zwischen zweyen pergen vnd einen tieffen
thal / hort ich mir erklingen viel manchen edlen schal / Der ieger
der nam des klanges eben war / er iagete dem Einhorn gantz lieb-
lich vnd offenwar / der Einhorn wost sich edle er wost sich gantz
10 hochgeporn / Gott hat ihn auserkoren.

Der Einhorn wost sich edle er wost sich weis / er hilt sich eben
auff einen schmalen steig / wie das ihn kein man auff erden solte
fahen / es wer denn zumal ein seuberliches iungfraulein / Nu höret
wunder ding vnd die sein gros / fur freuden schwang er sich / Maria
15 der iungfrau wol ynn die schos. ihr freud vnd die ward gros.

Der Einhorn warff sich zurück wol yn den grünen walt / sein
gelb braun das ist mannich tausent falt / sein künheit die kan nie-
mand ausglosiren / sein weisheit ist aller welt ein zil / da war er
20 recht als ein lemelein / vnd gepar sich Maria zu Weihenachten / ynn
kalder zeit / es hatte geschneit.

Wer vns dieser Einhorn nicht geporn / so weren wir arme tod
sunder gar verlorn / so empfahen wir ihn so gar vnwirdigleich /
Gott helff vns allen mit einander / yn seines vaters reich / Gott helff
25 vns allen zugleich.

Wolt ihr wissen wer dieser Einhorn ist / es ist vnser liebster
Herr Jhesu Christ / von dem man hört singen vnd lesen ynn der
schrifft / der für vns an dem heiligen creutze / fur vns gestorben ist /
sein namen heist Jhesu Christ.

Jch sahe   3 hermlein *Hermelin, Christussymbol.*   8 Einhorn *Christussymbol.*
Der Jäger in der Einhornjagdallegorie ist der Erzengel Gabriel.   9 wost *wußte.*
11 eben *genau.*   13 fahen *fangen.*   19 ausglosieren *erklären, auslegen;*   aller welt
ein zil *über die ganze Welt hinausreichend.*   20 gepar sich Maria *gebar sich [der]
Maria.*

UNBEKANNTER VERFASSER

Jungfrau du thust mich drucken / gantz freundlich wol an dein
brust / Darnach thut sich entzucken / meines hertzen ein solche
lust / Wol zu der selbigen fart / ihr mündlein vnd das ist rodt /
5 widder nirgent kein röslein ward.

Dein kan ich nicht vergessen / die hertz allerliebste mein / Jch
schlaff trinck odder esse / dem iungen hertze mein / Wenn ich sie
loben mus / vnd allen kumer den ich trag / brengt sie meinigen
hertzen ein lust.

10 Jhr eugelein die sind klare / ihr wenglein sind liligen farbe /
Zwey blancken ermelein schmale / die tregt sie gantz offenbar /
Jhre brüstlein vnd die sind hart / recht als sie weren geschnitzet /
sie sein sich von hocher art.

Grau engelisch wil ich mich kleiden / braun gibt mir einen guten
15 radt / Gegen einer schöne iungfrauen / ich dienet ihr frü vnd spat /
Jch dienet ihr frü vnd spat / der ehren tregt sie ein krone / ey sie
ist sich gantz hübsch vnd zart.

Aude ich sol mich scheiden / von der allerliebsten mein / Ge-
schach mir nie so leide / ei dem iungen hertze mein / Wenn ich
20 nicht bey ihr bin / gesegen dich Gott mein schönes lieb / Aude
ich far dahin.

UNBEKANNTER VERFASSER

Es solt ein meidlein früe auff stan / es solt ynn wald noch Rös-
lein gan.

Da sie ynn den grünen wald kam / da fand sie ein verwundten man.

5 Ey feines lieb erschrick du nicht / ich bin verwund es schat mir
nicht.

Ich bins yn einen finger wund / bind mich feines lieb ich werd
gesund.

Wamit sol ich dich binden / Jch gehe mit einem kinde.

JUNGFRAU   2 dein *im Original* mein.   5 widder *dagegen, verglichen damit.*
11 blancken *weiße;*   offenbar *offen, unbekleidet.*   14 Grau engelisch *in graues Tuch
aus England.*   18 Aude *Ade!*

10 Gehestu mit einem kindelein / wolt Gott solt ich der vater sein.

Er greiff wol ynn sein teschelein / er gab ihr roter gülden drey.

Die gülden die waren von golt so rodt / ehe sie ihn gepand so war er tod.

Wolt Gott het ich zwen heuers knaben / die mir mein lieb zu grabe
15 hülffen tragen.

Ehe sie das wort recht ausgesprach / beschert ihr Gott zwen heuers knaben.

Ey die heuers knaben sind hübsch vnd fein / sie hauen das silber aus herten stein.

20 Sie hauen das silber das rote golt / wolt Gott das sie mein eigen solt.

Es gehet ein storch auff gener wissen / es ist kein storch es ist mein lieb.

Es wuchssen drey lilgen auff seinem grab / es kam ein bauer er
25 brach sie ab.

Er nam sie vnd stackt sie auff seinen hut / er tregt ein frischen freien mut.

Ey guter mut ist halber leib / ey hüte dich nar vnd nim kein weib.

Ey nimpstu ein weib so mustu es haben / vber ein iar mustu ihr
30 die wiegen nach tragen.

MICHAEL WEISSE

[Melodie]

Christus der vns seligmacht / kein böß hat begangen / wart für
vns zur mitternacht / als ein dieb gefangen / gefurt vor gotlosse
5 leut / vnnd felschlich verklaget / verlacht verhönt vnd verspeit /
wie denn die schrieft saget

Es solt 18 heuers *Hauer.* 22 gener wissen *jener Wiese. Die folgenden Strophen
stammen wohl aus anderen Liedern.* 28 leib *Leben.*
Christus 1 *Der vor der Melodie stehende Sammeltitel lautet:* Folgen geseng auf
die tagczeiten Zum ersten die / so des morgens söllen gesungen werden. 2 *Vor dem
Liedanfang am linken Rand* Patris sapiencia oben C. vij. notiert. Blatt C 8 b findet sich
die Melodie zu Patris sapiencia *mit dem Text* Christus warer gottes sohn. 6 ff. *Vgl.
Matthäus 27, Markus 14 und 15, Lukas 22 und 23, Johannes 18 und 19.*

Inn der ersten tages stund / wart er vnbescheiden / als ein mörder
dargestelt / pilato dem heiden / der jhn vnschüldig befandt / vnd
on sach des todes / yhn derhalben von sich sandt / zum könig
10 herodes

Vmb drey wart der gotes sohn / mit geysseln geschmissenn / vnnd
seyn haupt mit einer kron / von dörnern zurissen / gekleydet zu
hohn vnnd spot / wort er ser geschlagenn / vnnd das krewtz zu
seynem tod / must er selbest tragen

15 Vmb sechs wart er nakt vnd blos / an das kreutz geschlagen / an
dem er sein blut vergos / betet mit weklagen / die zuseher spotten
sein / auch die bey jhm hingen / biß die sonn auch yhren schein /
entzoch sölchen dingen

Jhesus schrey zur neunden stund / klaget sich verlassen / bald
20 wart gall jnn seinen mundt / mit essig gelassen / da gab er auf sei-
nen geyst / vnd die erd erbebet / des tempels vorhang zureys / vnd
manch fels zurklübet

Da man het zur vespertzeit / die schecher zurbrochen / wart jhesus
jnn seine seyt / mit eim sper gestochen / daraus blut vnd wasser
25 rahn / die schrieft zu erfüllen / wie johannes zeyget an / nur vmb
vnsret willen

Da der tag sein ende nahm / der abent war kommen / wart jhesus
vons kreutzes stamm / durch jozeph genommen / herlich nach
judischer Art / jnn ein grab geleget / alda mit hüttern verwart /
30 wie matheus zeiget

O hilf christe gotes sohn / durch dein bitter leiden / das wir dir
stetz vnterthan / all vntugent meiden / deinen todt vnd sein vrsach /
fruchtbarlich bedenckenn / da für wie wol arm vnnd schwach / dir
danckopffer schenckenn   Amenn

---

7 vnbescheiden *ohne Angabe von Gründen (vgl. Johannes 18, 30).*   22 zurklübet
spaltete sich.   23 schecher *Verbrecher.*   25 johannes *vgl. Johannes 19, 34ff.*   28 jo-
zeph *Joseph von Arimathia.*   30 matheus *Matthäus 27, 57ff.*

Hoc festum venerantes.

[Melodie]

Die zeit jst jtzt gantz freudenreich / o brüder lobet den herren alle
gleich / der den himmel zieret / vnd nach seinem willen regiret /
5 leuchtet mit der sonnen schicket wolcken vnd giebet regen / vnser
zu pflegen

Die erd jst fruchtbar vnd gebiert / wirt mit graß blumen vnnd
bewmen fein getziert / die waltuogel singen / yhrem schepffer für
allen dingen / der yhn giebet dass sie sich des frosts vnd hungers
10 erweren / also erneren

Ey nu auch brüder lobet got / vnd christum der für ewch so einn
bittern todt / am kreutz erlieden hat / vnd nu vberwunden alle
not / vnd thut fleis das jhr möchtet seines verdiensts hie auf erden /
teilhafftig werden

15 Höret wie dieser hirtte schreyt / spricht kompt her zu mihr / die jr
beschweret seit / gebt euch vnter mein joch nempt ewer kreutz
vnd folget mjr nach / so kompt jr gewislich durch den schmalen
steig gerade zu / zur ewigen rhu

Ey nu keren wir vns zu jhm / vntergeben jhm vnsern willen vnd
20 sihn / bieten aus hertzengrund / das er vns regir jnn seinem bund /
geb vns das wir jhn volenden vnd die kron der herlikeit / dort
finden bereit

[Melodie]

Es geht da her des tages schein / o brüder last vnns danckbar sein /
dem güttigenn vnd milten got / der vnns dise nacht bewart hat

Last vns got bieten dise stund / hertzlich singen mit gleichem
5 mund / begeren das er vns auch wolt / bewaren heut jnn seiner
huld

Sprechen o got von ewikeit / der du vnns aus barmhertzikeit /
mit deiner grossenn kraft vnd macht / bewaret hast jnn diser nacht

Du woltest vns durch deinen sohn / an disem tag auch hülffe thun /
10 die feind vns nicht lassen fellen / so vnsern selen nachstellen

---

HOC FESTUM VENERANTES   2 *Anfangsworte des zugrundeliegenden Himmelfahrts-
leichs.*

O herre got nihm vnser war / sey vnser wechter jmmerdar / vnser
schützherr vnd regirer / ja auch könig vnd heerfürer

Wir opffern vns dir herre got / das du vnser hertz wort vnd that /
woltest leiten nach deinem mut / dass für dir sey ausbündig gut

15 Das sey dir heut jnn deinem sohn / zum früopfer für deinen
thron / darauf wir nu zu deinem lob / mügen geniessen deiner gab

1533

UNBEKANNTER VERFASSER

Ein Reye / Jch stundt an eynem morgen etc.

Jch stundt an eynem morgen / heymlich an einem ort / do het
ich mich verporgen / ich hört klegliche wort / von eynem Frew-
5 lein hubsch vnd fein / das stundt bey seinem bulen / es must ge-
scheyden sein.

Hertz lieb ich hab vernumen / du wolst von hinnen schier /
wenn wilt du widder kumen / das solt du sagen mir / so merck
feins lieb was ich dir sag / mein zukunfft thust du fragen / ich weis
10 kein stundt noch tag.

Das Frewlein weynet sere / sein hertz was vnmuts vol / nun gib
mir weysz vnnd lere / wie ich mich halten sol / ich setz für dich
was ich vermag / Vnd wiltu hie bleiben / ich verzer dich iar vnd
15 tag.

Der knab der sprach aus mutte / dein willen ich wol spür / So
verzerten wir dein gute / ein iar wer bald hinfür / dennoch müst
es gescheyden sein / ich wil dich freundlich bitten / setz deinen
willen darein.

20 Das frewlein das schrey mordte / mort vber alles leyd / mich
krencken deine worte / hertz lieb nicht von mir scheyd / Für dich
so setz ich gut vnd ehr / vnd solt ich mit dir ziehen / kein weg
wer mir zu ferr.

EIN REYE   2 ff. *Vgl. die geistliche Fassung* Ein schon geystlich liedt von dem Todt
(s. S. 45).   9 zukunfft *Wiederkehr.*   12 weysz *Weisung, Rat;*   setz *setze ein, setze
aufs Spiel.*   13 verzer *unterhalte, verköstige.*   15 mutte *Entschlossenheit.*

Der knab der sprach mit züchten / mein schatz ob allem gut /
25 Jch wil dich freundtlich bitten / schlach dirs aus deinem mut /
Gedenck wol an die freunde dein / die dir keins argen günnen /
vnd teglich bey dir sein.

Do kert er sich hynume / er sprach nicht mehr zu ir / das
Frewlein das fiel vmbe / ynn einen winckel schier / vnd weynet
30 das es schier verging / Das hat ein schlemmer gesungen / wie es
eim frewlein gieng.

UNBEKANNTER VERFASSER

Ein Bergkreye/Von deinet wegen bin ich hie.

Von deinet wegen bin ich hie / hertz lieb vornim mein wort /
All mein hoffnung setz ich zu dir / doraus treib ich kein spot / Las
5 mich der treu geniessen / dein steter diener ich sey / Thue mir dein
hertz auff schliessen / schleus mich hertz lieb darein / dein eigen
ich wil sein.

Sie haben vns beide belogen / das weistu hertzlich wol / Das
haben die falschen kleffer gethan / die seind vns beiden nicht holt /
10 Wir wollen yns widder vorgelden / du mein edeler schatz / Erst
wil ich dich lieb haben / dem kleffer zu neid vnd has.

Jn meines Bulen garten / do stehen viel edler schmack / Wol
Gott solt ich ir warten / das wer meins hertzen kron / Die edlen
rösslein brechen / dann es ist an der zeit / Jch traw sie wol zu er-
15 werben / die mir am hertzen leidt.

Jn meines Bulen garten / do stehen zwey Beumelein / Das eine
tregt muschkaten / das ander die negelein / Muschkaten die seind
süsse / die Negelein die seind frisch / Die geb ich meinem feinen
buln das er mein nicht vorgist.

20 Zu meines bulen füssen / do stet ein Brünlein kalt / Wer des
brünleins trincket / der iunget vnd wird nicht alt / Doraus hab ich
getruncken / gar manchen stoltzen trunck / Viel lieber wolt ich
mir wünschen / meins bulen roten mund.

EIN REYE   23 züchten *Höflichkeit.*   25 freunde *Verwandten;*   keins argen *nichts
Böses.*
EIN BERGKREYE   2 ff. Vgl. *die geistliche Kontrafaktur von Hermann Vespasius (s.
S. 214).*   6 schleus *schließ.*   10 widder vorgelden *zurückzahlen.*   12 schmack *duf-
tende Blumen.*   17 negelein *Gewürznelken.*   21 iunget *bleibt jung.*

Zu meines bulen haupte / do leid ein güldener schrein / Darin-
25 nen do leit verschlossen / das iunge hertze mein / Wolt Gott het
ich den schlüssel / ich würff ihn wol yn den rein / Wer ich bey
meinem feinen bulen / wie könd mir bas gesein.

Vnd der vns diesen Reyen sang / so wol gesungen hat / Das
haben gethan zwen hauer / zu Freybergk yn der Stadt / Sie haben
30 so wol gesungen bey met vnd külem wein / Darbey ist gesessen /
der wirttin töchterlein.

1534

Hans Sachs

Ein Tisch Zucht.

Hor mensch wenn du zu Tisch wilt gan
Dein hend solt du gewaschen han
5   Lang negel zimmen gar nit wol
Die man haimlich abschneyden sol
Am Tisch setz dich nit oben an
Der Haußherr wöls dann selber han
Der Benedeyung nit vergiß
10   Jnn Gottes Nam heb an vnd iß
Den Eltisten anfahen laß
Nach dem iß züchtigklicher maß
Nit schnaude oder sewisch schmatz
Nit vngestümb nach dem Brot platz
15   Das du kein gschirr vmbstossen thust
Das brot schneid nit an deiner prust
Das gschnitten brote oder weck
Mit deinen henden nit verdeck
Vnd brock nit mit den zenen ein
20   Vnd greiff auch für dein ort allein
Thu nicht inn der schüssel vmbstürn
Darüber halten will nit gebürn

EIN BERGKREYE   24 leid *und* 25 leit *liegt.*   26 rein *Rhein.*   29 Freybergk *Frei-
berg in Sachsen, bedeutende Bergbaustadt im 16. Jh.*
EIN TISCH ZUCHT   5 zimmen *ziemen sich.*   9 Benedeyung *Segen.*   13 schnaude
pruste.   14 platz *lange.*   20 ort *Platz.*   21 vmbstürn *herumstochern.*

Nemb auch den löffel nit zu vol
Wen du dich trayffst das steht nit wol
25   Greiff auch nach keiner speise mehr
Biß dir dein mund sey worden leer
Red nicht mit vollem mund sey messig
Sey inn der schüssel nit gefressig
Der aller letst drinn ob dem Tisch
30   Zerschneid das flaisch vnnd brich die Fisch
Vnd kew mit verschlossem mund
Schlach nit die zung auß gleich eim hund
Zu eckeln / thu nit geitzig schlincken
Vnd wisch den mund eh du wilt trincken
35   Das du nit schmaltzig machst den wein
Trinck sitlich vnd nit hust darein
Thu auch nit gröltzen oder kreisten
Schütt dich auch nit / halt dich am weisten
Setz hübschlich vngeschüttet nieder
40   Bring keym andren zu bringen wider
Füll kein glaß mit dem andren nicht
Würff auch auff nyemand dein gesicht
Als ob du merckest auff sein essen
Wer neben dir zu tisch ist gsessen
45   Den irre nit mit den Elbogen
Sitz auffgerichtet fein geschmogen
Ruck nit hin vnd her auff der panck
Das du nit machest ein gestanck
Dein füß laß vndterm Tisch nit gampern
50   Vnd hüt dich auch vor allen schampern
Worten / nachreden / gespöt thet lachen
Sey erberlich inn allen sachen
Jnn Bulerey laß dich nit mercken
Thu auch nyemand auff hader stercken
55   Gezenck am Tisch gar vbel stat
Sag nichts darob man grawen hat
Vnd thu dich auch am Tisch nit schneutzen
Das ander leut an dir nit scheutzen
Geh nit vmb zausen in der Nasen

---

24 trayffst *betropfst, vollkleckerst.*   33 zu eckeln *zum Ekeln;*   geitzig schlincken *gierig schlingen.*   37 gröltzen *rülpsen;*   kreisten *kreischen, schreien.*   38 Schütt Schüttele.   39 hübschlich *geziemend.*   40 *Trink keinem anderen zu, damit er dir wieder zutrinkt.*   42 *Starr niemanden an.*   45 irre *behindere.*   46 fein geschmogen *in guter Haltung.*   49 gampern *hüpfen.*   50 schampern *leichtfertigen, unanständigen.*   52 erberlich *ehrbar.*   58 scheutzen *Angst bekommen.*

60   Des zenstürens solt du dich masen
    Jm kopff solt thu dich auch nit krawen
    Dergleichen maid / Jungkfraw vnd frawen
    Solln nach keym floch hinundter fischen
    Ans Tischtuch soll sich nyemand wischen
65   Auch leg den kopff nit in die hend
    Lain dich nit hinten an die wend
    Biß das des mal hab sein außganck
    Denn sag Got haimlich lob vnd danck
    Der dir dein speise hat beschert
70   Auß vetterlicher hand ernert
    Nach dem solt du vom Tisch auffstehn
    Dein hend waschen vnd wider gehn
    An dein gewerb vnd arbeit schwer
    So sprichet Hans Sachs Schumacher.

75   Anno Salutis. M. D. XXXIIII.
    Am XIII. Tag Julij.

Unbekannter Verfasser

[Melodie]

Wol kumpt der May / mit mancherlei / der plumlen zart / nach seiner art / erquicket das / verdorben was / durch winters gwalt /
5 das frewet sich gantz manigfalt.

Als das da lebt / sich ietzt erhebt / der vogelgsang / welches vor lang / verschwigen was / das laub vnd gras / das grunet schon / derhalb ich auch nit trawren kan.

Vnnd sunderlich / erfreu ich mich / heimlichen des / ich weis wol
10 wes / dauon man nicht / vil sunders spricht / noch sagen sol / wil es mir wol / so gets mir wol.

Ein Tisch Zucht   60 zenstürens *Zahnstochers;*   masen *enthalten.*   63 floch *Floh.*   68 haimlich *im stillen.*

Wol kumpt   7 verschwigen *zum Schweigen gebracht.*   9 sunderlich *besonders.* 10 sunders *auf besondere Weise.*

1535

MARTIN LUTHER

Ein lied von der Heiligen Christlichen Kirchen /
aus dem xij. capitel Apocalypsis.

Sie ist mir lieb die werde magd / vnd kan jr nicht vergessen / Lob
5 ehr vnd zucht von jr man sagt / sie hat mein hertz besessen / Jch
bin jr hold / vnd wenn ich solt / gros vnglück han / da ligt nicht
an / Sie wil mich des ergetzen / mit jrer lieb vnd trew an mir / die
sie zu mir wil setzen / vnd thun all mein begir.

Sie tregt von gold so rein ein kron / da leuchten jnn zwelff sterne /
10 Jr kleid ist wie die sonne schon / das glentzet hell und ferne / Vnd
auff dem Mon / jr füsse ston / Sie ist die brawt / dem Herrn ver-
trawt / jr ist weh vnd mus geberen / Ein schönes kind den edlen
Son / vnd aller welt ein Herren / dein ist sie vnterthon.

Das thut dem alten Trachen zorn / vnd wil das kind verschlingen /
15 Sein toben ist doch gantz verlorn / es kan jm nicht gelingen / Das
kind ist doch / gen himel hoch / genomen hin / vnd lesset jn /
auff erden fasst seer wüten / die Mutter mus gar sein allein / doch
wil sie Gott behüten / vnd der recht Vater sein.

UNBEKANNTER VERFASSER

H. F.

Ach Gott wie lanng hab ich gewart / ich meynt du woltst nit
kommen / Kumm heint zu mir / vff thů ich dir / die thür in meinem
5 garten. Halt still vnd weiß / daruff leg ich mein fleiß / das ich nit
werd überladen / ob mann mich spürt / das ich verlür / mein
weiplich ehr / das brecht mir schaden.

O eynigs hertz du bist die reyn / die ich allzeit im hertzen trag /
Nit meyn das sei / darbei ein schein / das ich ein andre lieber hab /

EIN LIED 2 *Offenbarung des Johannes 12.* 6f. da ... an *darauf kommt es nicht*
an. 7 ergetzen *entschädigen.* 11 Mon *Mond.* 14 Trachen *Drache.* 15 verlorn
umsonst. 17 fasst seer *ganz stark.*

ACH GOTT 2 *H. Fritz, bekannt durch dieses und das folgende Lied.* 4 heint
heute nacht. 6 überladen *bedrängt;* spürt *aufspürt.* 9 schein *Anschein.*

10 Wiltu als ich / so hastu mich / so hast du mich überwunden / Be-
halt das ja / du weyst wol wa / so ist mein hertz entbunden.

UNBEKANNTER VERFASSER

H. F.

Jch weyß mir ein feins brauns meydelin / hat mir mein hertz be-
sessen / Es kan mir ein kauserlin mauserlinn sein / ich kan jr nit
5 vergessen. Sie gfelt mir auß der massen wol / Jr weiß vnd berd ist
goldes wert / Es steht jr wol an was sie thůn sol.

Sie hat mir heymlich zůgeseyt / sie wöll mein bülin wesen / Hat
mir mein traurigs hertz erfrewt / meins kommers bin ich gnesen /
Vnglück vergang mit solchem lust / das ich bleib recht / so ist es
10 schlecht / mein freud ist anderst gar vmbsunst.

Freuntliches hertz mein außerwelt / halt dich nach meinen wor-
ten / Mein hertz hat sich zu dir gesellt / vnd brinnt an allen orten.
Das sag ich dir / auß hertzen gir / schrei ich zu dir / mein höhste
zir / schöns lieb setz mir ein gnedigs zil.

UNBEKANNTER VERFASSER

[Melodie]

So wünsch ich jr ein gůtte nacht / zu hundert tausent stunden /
So ich jr lieb erst recht betracht / ist mir mein leyd verschwunden /
5 Wann ich sie sich / so erfrewt sie mich / hat mir mein hertz beses-
sen / darumb ich in meim hertzen brinn / vnd kan jr nit vergessen.

Jn rechter trew ist sie mir lieb / der ich mein hertz hab geben / Zu
dienen jr ich mich stets ieb / dieweil ich hab das lebenn / Wann sie
hat mich / so gar lieblich / mit jrer zucht gefangen / keins men-
10 schen freudt / mir sie erledyt / nach der mich thůt verlangen.

On allen falsch wil ich doch sein / biß an meins lebens ende /
Gegen der aller liebsten mein / von der ich mich nit wende / Mit

---

JCH WEYSS 5 auß der massen *über die Maßen;* weiß vnd berd *Auftreten und
Benehmen.* 10 schlecht *in Ordnung.* 14 gnedigs *liebreich, barmherzig;* zil *Ende.*
SO WÜNSCH 3 ff. *vgl. Nicolai S. 289* 3 stunden *Malen.* 5 sich *sehe.* 8 ieb *übe.*
9 zucht *Höflichkeit.* 10 erleydt *verleidet.* 12 Gegen *gegenüber.*

seufftzen klag / auch nacht vnnd tag / sie mir mein hertz thůt
krencken / darumb hoff ich / sie werd doch mich / in jr hertz lieb
versencken.

UNBEKANNTER VERFASSER

[Melodie]

Nun grüß dich Gott mein edler most / mein süsser most / mein
ziperleter most / Herbei herbei zu disem süssen most / zu disem
5   edlen most.

Trincken wöllenn wir disen most / geb was er kost / das vns der
leib nit rost / Dann wer den kost / bewart er vor dem frost / mit
seiner hitzen glost / diser küle most.

Dann diser most / ist vns ein kost / vnnd gůtter trost / wir werden
10 dursts erlost / Farhin farhin / vff einen gůten gwin / on sunder-
lichen rost / so mit gůter post.

UNBEKANNTER VERFASSER

Jo. Schechinger.

Es wolt ein meydlin wasser holn / über einem külen brunne / ein
weisses hembdlin hett sie an / dardurch scheyn jr die sonne.

5   Es kam ein reutter her gerittenn / er grüßt die jungfraw reyne /
vnnd wöllt jr meinen willen thůn / ich für euch mit mir heyme.

Ewern willen thůn ich nit / bin ein jungfraw versprochen / die
blümlin vff der heyden ston / die sein mir abgebrochen.

Die blümlin vff der heyden seind / die hab ich gar verloren / fernt
10 was ich ein jungfräwelin / Ein frewlin bin ich worden.

NUN GRÜSS   4 ziperleter *wahrscheinlich „dem Zypernwein ähnlich", süß.*   8 glost
Glut.   11 rost *Rast;*   post *Botschaft.*
ES WOLT   2 *Johann* Schechinger *(auch Schachinger) (1485–?), Hoforganist und
Komponist in München.*   3 ff. *Die erste Strophe schon 1534 bei Johann Ott und 1535 in
den* Gassenhawerlin. *Später veränderte Fassungen mit mehreren Strophen (s. Uhland
Nr. 113).*   7 versprochen *durch ein Versprechen gebunden.*   9 fernt *voriges Jahr.*

1536

Unbekannter Verfasser
Heinrich Finck

Ach hertzigs hertz mein schmertz   erkennen thu ich hab keyn
rhu   nach dir steht mein verlangen   ist wunder nicht   dein
5 freuntlich gesicht   hat mir mein hertz gefangen.

Nun byn ich dir mit gir von hertzen geneygt / auff meinen eydt /
sol mir kein liebre werden dann du allein / merck wie ichs meyn /
du bist mein trost auff erden.

Nym an von mir / zu dir / mein willigs hertz / an allen schertz /
10 hab ich mich dir ergeben / schaff vnd gebeut / kein dienst mich
rewt / will freuntlich mit dir leben / ich hab mich dir ergeben.

Unbekannter Verfasser
B. Ducis

Ellend pringt pein / dem hertzen mein / so ich dich lieb müß
meiden /
Mein hertz schreit ach / vor leyd der sach / der kläffer mich thůt
neiden /
5   Mit seiner macht / hat er mich bracht / in trauren vnd in
schmertzen /
das er erblind / der mirs nit gündt / das wünsch ich jm von
hertzen.

Laß drumb nit ab / mein stoltzer knab / ker dich nit an des klafferß
schwatz /
Bleib alzeit mein / so sprich der reim / du schöner ausserwelter
schatz /
Kum her zů mir / mit gantzer gir / mein hertz thůt nach dir
streben /
10   Gantz eygen dein / wil ich stetz sein / dieweil ich hab das leben.

ACH HERTZIGS   2 Heinrich Finck *(um 1445–1527)*.   3 ff. *Die erste Strophe ist der
Melodie unterlegt; da die gliedernden Satzzeichen fehlen, wurden die Pausen der Melo-
die durch größere Abstände angezeigt.*   6 gir *Verlangen, Begierde.*   9 an *ohne.*
10 schaff und gebeut *beide Worte bedeuten „befiehl", „gebiete".*
ELLEND   2 *Benedictus Ducis (?–1544), Komponist der süddeutsch-alemannischen
Schule, seit 1535 Pfarrer in Schalckstetten bei Ulm.*   3, 11, 18 *Akrostichon:* Els.   3 El-
lend *im Ausland leben.*   4 neiden *hassen.*   10 dieweil *solange.*

Schöns lieblichs bild / in eren mildt / hast du mein hertz besessen /
Keyn stund am tag / ich treib mein klag / vnd kan dein nit
vergessen /
Stetz wer mein wil / bei dir in still / noch lust hertz lieb alzeit
zusein /
Glück füg vnd schick / al augenplick / wunsch ich mich dir ins
hertze nein.

UNBEKANNTER VERFASSER

Math. Greitter.

Des spils ich gar kein glück nit han / der vnfal thut mir zorne.
Hab ich gůt spil inn henden schan / noch ist es als verlorne.
5   Was ich auff setz / ich würff drei hertz / thet hertz würffs wider
warten /
Da was kein blat / noch hertz noch radt / gen mir in irer karten.

Wie wol sie doch inn henden hett / hertz / schellen / graß vnd
eycheln /
Gar bald sie schellen werffen thet / mir zů eim narren zeychen /
Eyn blatt von graß / das deutet das / sie mir keyn gmüt will
tragen /
10   So wirff ich hertz / vnd denck mit schmertz / ich soll keyn glück
erjagen.

Noch ist es dem eyn schwere pein / den spilsucht hat vmbfangen /
Das denck ich itz imm hertzen mein / vnd geht mir selbs zů handen/
Das ich nit kan / mein spielen lan / vnd trag sein gar keyn
gfellen /
An disem ort / mir gworffen wurdt / vff mein drei hertz zwo
schellen.

15   Da kam fraw Venus mit jr kunst / wolt mischen baß die karthen /
Nun wil ich lenger wol vmb sunst / noch jrer gnaden warten /

ELLEND   11 mildt *freigiebig.*   13 in still *heimlich;*   noch *nach.*   14 füg vnd
schick *Gelegenheit.*
   DES SPILS   2 Matthias Greitter (*um 1490–1550*), *Musiker am Straßburger Dom.*
3 vnfal *Unglück;* thut mir zorne *erzürnt, ärgert mich.*   4 schan *schön;* noch *den-*
noch.   5 auff setz *aufs Spiel setze;* warten *erwarten.*   6 radt *Wortspiel: „Rot"*
(*Kartenfarbe*)/*„Rat, Hilfe";* gen mir *für mich.*   7 hertz / schellen / graß vnd ey-
cheln *deutsche Spielkartenfarben; ihnen entsprechen im französischen Spiel Herz, Karo,*
Pik und Kreuz.   9 sie ... tragen *sie will mir nicht gewogen sein.*   12 geht ... handen
ich bin selbst verantwortlich dafür.   13 gfellen *Nutzen, Gewinn.*   15 Venus *Göttin*
der Liebe.

Es ist verlorn / Jupiters zorn / hat mich mit vnfal troffen /
Das ich mein bladt / das hertz vnd radt / vergeblich hab
verworffen.

Nun hilfft mich doch als sehen nit / dann glück hat mich verlassen /
20 Ich binn zů keynem heyl geschickt / künt ich mich spilens massen /
Es deucht michs best / noch wil ich fest / wiewol vergeblich
harren /
Jr diener sein / glück gib mir schein / ob sie mich schon thůt
narren.

1537

CASPAR QUERHAMER*

Ein geystlich Bitlied gezogen aus dem Psalmen /
Verba mea auribus. etc.

[Melodie]

5   Mein wort o Herr zu oren nym
    Vff mein geschrey doch mercke
    Hab acht vff meines hertzens stym
    Mein Gott vnd meine stercke
    Ach Gott zu dir ich betten will
10   Jm hertzen mein gantz in der styll
      Bald wyrst du mich erhören.

    Jch wil des morgens bey dir ston
    Gantz fleissig auff dich sehen
    Altzeyt auff deinen wegen gon
15   Dar zu die boßheyt fliehen
    Ein Gott bist du dem nit gefelt
    Was vbels thut die böße welt
      Die sunder wirst du vortreyben.

    Vor dir bleybt nit der vngerecht
20   Er darff nit vor dein augen
    Die vbelthetter synt verschmecht
    Du thust ihn feindtschafft trawen

DES SPILS   17 Jupiter *Gott des Rechtes und der Sitte.*   19 als *alles.*   20 heyl
Glück;   massen *mäßigen, enthalten.*   22 gib mir schein *zeig dich mir.*
EIN GEYSTLICH   4 Verba mea auribus [percipe Domine] *Herr höre meine Worte.* –
Beginn des 5. Psalms.   21 verschmecht *verdammt.*   22 trawen *[an]drohen.*

All lügner du vmbringen wirst
Vor dir Herr auch ein grewel ist
25   Blutdurst / vntrew des hertzens.

Dein hauß soll meine zuflucht sein
Vff dein gnade wil ich bawen
Anbetten in dem tempell dein
Jn deiner forcht dir trawen
30   Nach deim gesetz regyr du mich
All meine weg richt Herr auff dich
      Vmb meiner feinden willen.

Die warheyt fleucht ihr böser mund
Das hertz ist aller boßheyt voll
35   Wie ein grab stinckt ihrs rachen schlundt
Jhr zung redet gar niemant woll
Falscheyt ist ihr beste kunst
Ach Herr gib ihrm betrug keyn gunst
      Jhr radtschlech mach du zu nichte.

40   Jhr vbertrettung ist sehr groß
Ach vmb der selben willen
Lieber Herr du sie doch verstoß
Auch bald thu ihr reytzen stillen
Das sie wider dich getrieben han
45   Laß sich des frewen jederman
      Alle so recht in dich hoffen.

Dein wohnung wirstu haben Herr
Bey allen so in dich glauben
Auß lieb dir geben Göttlich ehr
50   Vnd dich deren nit berauben
Du lest sie ewig frölich sein
Die da preysen den namen dein
      Des wir vns ehrlich berhümen.

Segnen wirst du die gerechten
55   Nu vnd fort an in ewigkeyt
Auch wirst du krönen dein knechte
Mit der kron der sicherheyt
Durch den gnedigen willen dein
Der allweg vnser schildt wirdt sein
60   Jn diesem armen jamerthal.

---

39 radtschlech *Ratschläge.*   43 reytzen *Heraufbeschören von Unglück.*   53 berhümen *berufen.*   57 sicherheyt *Gewißheit, Zuversicht.*

Ehr sey dem vatter vnd dem sohn
Dem heylgen geyst darneben
Der vns bereyt die ewig kron
Jm hymmelreych zugeben
65 Der vom anfang gewesen ist
Bleybt ewig vnd ist auch ytzt
Den wollen wir ewig loben.

GEORG WITZEL*

Ein Gesang aus der Heyligen Schrifft
vom Christkindlein /

ym Ton / Ein kyndelin so lobelich. etc.

5 Die Propheceyen sind erfüllet / so manche zeytte stunden / Weill
Christus sich yns fleisch gehült / auff erden ist erfunden / Jmmanuel
ist er genant / bey den Juden woll bekant / sein mutter heist
Maria / zu Bethlehem geboren tzwar / zu Nazareth erzogen war /
Nu singet Alleluia.

10 Er ist ein kleyner vns geborn / ein sohn ist er vns geben / Er hat
ihm selber außerkorn / das Regiment gar eben / Sein name ist
groß / Starcker Gott / Er allein hilfft auß der not / auff Dauids
stull thut sitzen / Ein König der gerechtickeyt / von nu ann biß in
ewigkeyt / die Gottloßen wirdt er schmitzen.

15 Darumb so last vns frölich sein / alle die wir gläuben / Vnd bitten
vnser kindlen fein / auff das er wolt beteuben / den alten Adam in
vns gantz / durch der gnaden hellen glantz / vnd vns auß sich ge-
beren / O du zartte freundlikeyt / Laß vns vnser Sunde werden
leyd / woltes vns den hymel bescheren.

EIN GESANG   1 ff. *Signiert:* G. W.   5 so ... stunden *die lange bestanden.*
10 ff. *Paraphrase von Jesaja, 9, 6 f.*   10 ein kleyner *als ein kleines Kind.*   11 gar eben
ganz gleich, genauso.   14 schmitzen *schlagen, züchtigen.*   16 beteuben *unschädlich
machen.*

UNBEKANNTER VERFASSER

Junckfrewlein sol jch mit euch gan / in ewern rosen garten / vnd
da die roten röselein stan / die feynen vnd die zarten / Vnd auch
ein baum der blüet / von eschten ist er weyt / vnd auch ein küler
5 prunne / der auch darunter leyt.

Jn meynen garten kumpstu nit / zů disem morgen frü / den
garten schlüssel findestu nicht / er ist verporgen hie / Er leyt so
wol verschlossen / er leyt in gůter hůt / der knab darff weyser lere /
der mir den garten auff thůt.

10 Mein garten ist gezieret / mit manchem blümlein schon / darinn
da gehet spacieren / ein schöne junckfraw / jch dorfft nit vmb sie
werben / es was alleyn meyn schuld / vil lieber wolt jch sterben /
wenn jch verlür jr huld.

Jn meynes bůlen garten / da stehen der blümlein vil / wolt Got
15 solt jch jr warten / es wer mein fůg vnd wil / die roten rößlein
brechen / denn es ist an der zeyt / Jch hoff jch wöls erwerben / die
mir im hertzen leyt.

Jch kam zů jr in garten / wie manch gůt gsell mer thůt / do
stund dasselbig Junckfrewlein / so gar in gůter hůt / Es sang von
20 heller stimme / das es in dem garten erklang / die vögel in den
lüfften / gabens den widerhal.

Jch kam zů jr getretten / wie manch gůt gsell mer thůt / jch wolt
sie han gebeten / jch bot jr meynen grůß / jch ward zů eynem
stummen / vor scham do stund jch rot / bey allen meynen tagen /
25 leid jch nie grössere not.

Gůt gesell darumb mich betten hast / das kan vnd mag nit sein /
du woltest mir zertretten han / die liebsten blümlein mein / so ker
dich widerumb hin / vnd gang du widerumb heym / du brechtest
doch mich zů schanden / fürwar ist mir nit kleyn.

30 Dört hoch auff jhenem berge / do steet ein mülerad / das malet
nichts dann liebe / die nacht biß an den tag / die müle ist zerpro-
chen / die liebe hat ein end / so gesegen dich Got mein feines lieb /
yetz far jch ins elend.

JUNCKFREWLEIN 4 eschten *Ästen.* 5, 7, 8 leyt *liegt.* 8 darff *bedarf.* 15 war-
ten *pflegen.* 15 f. die ... brechen *stehende Wendung für „entjungfern".* 16 wöls
werde sie. 26 darumb *worum;* betten *gebeten.* 27 zertretten ... mein *Vgl. Zei-
le 15 f.* 27 f. ker dich ... hin *scher dich fort.*

Jch keret mich widerumb her / jch gieng bald wider heym /
35 Da stund dasselbig junckfrewlein / in seynem garten alleyn / sie
pflantzt jr gelbes hare / von gold hat es ein farb / mit jrem roten
munde / sie mir den segen gab.

BALTHASAR VON HEILBRUNN

Fuchs wild bin jch / drumb sehne jch mich / so gar in frembde
land / Auff wilder heyd / such jch mein weyd / das leyt mir schwer-
lich an / Tag vnde nacht hab jch kein rhů / wie ich im thů / allzeyt
5 es gilt / jch bin fuchs wild.

Jch bin nicht zam / sie sind mir gram / die pauren wo sie stan /
Sie meynen allzeyt / jr haß vnd neid / sol grossen fürgang han /
Sie stecken voller arger list / jch wünsch mir glück / zů eynem
schilt / jch bin fuchs wildt.

10 Jch armer knecht / bin vil zů schlecht / jch kan mich nymmer
ernern / Jn aller welt / fragt man nach gelt / wo jch bey dem Wirt
thů zern / Von der haußmeyd hab jch keyn stewr / der weyn ist
thewr / ist süß vnd mildt / jch bin fuchs wildt.

Wol auff wol hin / ein andern syn / der leyt mir schwerlich an /
15 So wöllen wir / ob Got wil schir / ziehen ins Niderland / Der win-
ter hat mich gar verschneyt / des Mayen zeyt / herwider gilt / jch
bin fuchs wild.

Der vns das lied sang / von newem gesungen hat / das hat ge-
than ein reyter gůt / Got geb jm ein feyn gůt jar / Balthas von
20 Haylprunn hats gedicht / er saumbt sich nicht / wo es jm gilt / er
ist fuchs wild.

JUNCKFREWLEIN   36 pflanzt *ziert, schmückt.*
FUCHS WILD   3 weyd *Nahrung, Jagd.*   3 f. das leyt ... an *das liegt schwer auf mir,*
macht mir Sorge.   4 im *immer.*   5 es gilt *kommt es darauf an.*   7 fürgang *Fort-*
schritt, Erfolg.   10 knecht *Landsknecht;*   schlecht *schlicht, aufrichtig.*   12 stewr
Geldhilfe.   16 herwider gilt *vergilt es mir wieder.*   20 saumbt *hält auf.*

GEORG SABINUS

Apollo.

Vt quando Oceano roseis Titonia bigis
Surgit ouans, mundumque nouo splendore salutans
5 Obuelat radijs stellas per inane micantes,
Sic quemcunque abeat tua fama Melanthon in orbem
Virtutis propriæ, propriæ sibi conscia lucis
Regnat, et exuperat reliquorum nomina uatum
Quotquot habent meritæ non ultima præmia laudis.
10 Huc ades ô summi dijs acceptißime cœli
Digne sed in terris fato meliore morari,
Atque hæc legitimi dum sancis fœdera lecti
Quæ tibi flauentes resonamus ad Albidos undas
Carmina, non aliquo prius hic audita susurro,
15 Gratantes natæque tuæ generoque Sabino
Accipe, sincerum non auersatus honorem.

APOLLO.   Gleich wie Titonia, wenn sie vom Ozean im rosigen Wagen triumphie-
rend aufsteigt und – indem sie die Welt mit neuem Glanz begrüßt – mit strahlendem
Licht die durch den [Welt-]Raum funkelnden Sterne verdeckt, so soll dein Ruhm,
Melanchthon, in jedes Land hinausgehen im Bewußtsein seines besonderen Werts,
seines ihm eigenen Glanzes; er beherrscht und übertrifft die Namen der übrigen Dich-
ter – bei allem wohlverdienten Lob haben sie doch nicht den höchsten Preis. Hier bist
du erschienen, du Hochwillkommener den Göttern im höchsten Himmel, um jedoch
dank einem besseren Geschick, Erhabener, auf Erden zu weilen, und nun, da du den
Ehebund heiligst, empfange die Lieder, die wir dir an den gelblichen Wogen der Elbe
erschallen lassen – vorher waren sie hier nicht einmal als ein Flüstern zu hören –, wir,
die deiner Tochter und deinem Schwiegersohn, dem Sabinus, Glück wünschen, der du
dich von aufrichtiger Verehrung nicht abwendest.

APOLLO   2 Apollo *Apollon, griech. Gott der Künste.*   3 Oceanus *Name des die
Erde umfließenden Weltstroms.*   Titonia *Tithonia, Göttin der Morgenröte.*   6 Me-
lanthon *Philipp Melanchthon (eigentl. Schwarzerd) (1497–1560), dt. Humanist und
Reformator, Freund Luthers.*   15 Georg Sabinus *(1508–1560), Schüler und Schwieger-
sohn Melanchthons.*

1539

HELIUS EOBANUS HESSUS

Quemadmodum desiderat. Psal. 42.

Argumentum Viti Theod.

Est precatio contra tristiciam spiritus quæ tum solet oriri, cum
5 pijs antea satis afflictis etiam insultant impij tanquam à Deo deser-
tis sicut Iudei Christo in cruce, orat igitur ut Deus faciem suam
ostendat et contra hanc tristiciam uerbo suo soletur, habet autem
additas suaues consolationes.

Argument.

10 Quo desyderio Dominum suspiret, et intus
Ardeat, hinc cerui sumpta figura docet.
Tristiciæ spectris tenebrosa afflictus in hora,
Solari uerbo uiuificante cupit.

Vincenti erudiens canticum filiorum Corah.

15 Vt uagus absentes aspirat ceruus ad undas[a],
Vt cursu nimio languida membra leuat.

a) Aptissima similitudine, pingit affectum suum, Narrat .ii. tentationes et
postea petit liberationem.

QUEMADMODUM   2 Wie [der Hirsch] sich sehnt. Psalm 42.   Interpretation des
Vitus Theodorus.   4 Es ist ein Gebet gegen die Traurigkeit des Geistes, die gewöhn-
lich entsteht, wenn die Gottlosen fromme Menschen, die zuvor in große Bedrängnis
geraten sind, als gleichsam von Gott verlassene Menschen verspotten, wie es die Juden
mit Christus am Kreuz taten. Es bittet also darum, daß Gott sein Angesicht zeige und
durch sein Wort diese Traurigkeit lindere. Es enthält darüber hinaus süße Tröstun-
gen.   9 Interpretation. Mit welchem Verlangen er nach dem Herrn schmachtet und im
Innern vor Sehnsucht brennt, lehrt die Figur des Hirsches, die dafür genommen wird.
In finsterer Stunde wird er von den Bildern der Traurigkeit heimgesucht und begehrt
danach, durch ein lebenspendendes Wort getröstet zu werden.   14 Ein Lied für einen,
der überwindet, zur Erziehung der Söhne Korah.   15 Wie ein umherirrender Hirsch
nach fehlendem Wasser sucht, wie er nach langem Lauf seine ermüdeten Glieder
ausruht
zu a: In einem sehr treffenden Gleichnis malt er seine Gefühlslage, erzählt zweitens
seine Versuchungen und bittet schließlich um Befreiung [davon].

QUEMADMODUM   2ff. *Vgl. die Fassungen desselben Psalms von Fischart S. 231,
Gamersfelder S. 147, Geletzky S. 201, Nicolai S. 289, Ulenberg S. 244, Waldis S. 169
und Winnenberg S. 252.*   3 *Vitus* Theodorus *(eigentl. Veit Dietrich) (1506–1549),
Nürnberger Theologe, Sekretär Luthers.*

Omnibus impatiensque; iugis et uallibus errat,
  Arida ut inuento pectora fonte riget.
Sic sitit hic animus uiuum, sua gaudia, fontem,
20 Sic mea uiuentem mens sitit ægra Deum.
Quando erit ut ueniam et uultus ferar ante beatos,
  Ante creatoris numina sancta Dei?
Quæ manant lachrymæ mihi nocte diéque profusæ,
  Sæpe meo fiunt lentus in ore cibus.
25 Dum mihi non cessant sic insultare superbi,
  Nunc Deus ille tuus qui meedatur, ubi est?
Hæc mecum reputans, anima uelut exuor ipsa,
  Quæ tunc in curas effluit ægra meas.
Quàm uellem ex animo, cœtu comitante bonorum,
30 Limina diuinæ læta subire domus.
Quàm cuperem lætas audire et reddere uoces,
  Quæ celebri plausu carmina læta canant.
Quàm turbæ comes esse uelim festiua ferentis
  Iubila, quæ soli est turba dicata Deo.
35 Cur sic mœsta iaces anima ô mea?[b] corda tumultu,
  Quid mea conturbas anxia facta nouo?
Quin potius confide Deo, namque ille salutem
  Reddet, et hoc grates nomine rursus agam:
Quàm sit nunc deiecta animi uis anxia nostri,
40 Omnia qui genitor conspicis, ipse uides.

b) Erigit se spe misericordiæ diuinæ

---

und ungeduldig alle Berge und Täler durchirrt, um dann, wenn er eine Quelle gefunden hat, sein ausgedörrtes Inneres daraus zu erquicken, so dürstet dieser Geist nach einer lebendigen Quelle, dem Gegenstand seiner Freude, so dürstet mein krankes Herz nach dem lebendigen Gott. Wann wird es sein, daß ich hinkomme und werde vor das gesegnete Angesicht und vor die heilige Machtfülle des Schöpfergottes gebracht? Die Tag und Nacht vergossenen Tränen, die mir fließen, werden oft in meinem Mund zu einer schalen Speise, weil die Hochmütigen nicht aufhören, mich so zu verhöhnen: „Wo ist nun jener, dein Gott, der dir hilft?" Das erwäge ich bei mir selbst, lege gleichsam die Seele selbst ab, die dann in ihrem kranken Zustand meine Sorge ausfließen läßt. Wie gerne möchte ich aus Herzenslust im Zug der Guten als Begleiter mitgehen und die frohmachenden Schwellen zum Hause Gottes betreten! Wie sehr wünschte ich, die vergnügten Stimmen zu hören und selbst einzustimmen, die mit feierlichem Klatschen frohe Lieder singen! Wie gerne wäre ich ein Teilnehmer der Schar, die Jubellieder darbringt und dem alleinigen Gott geweiht ist. Warum liegst du so traurig da, meine Seele? Warum verwirrst du mein ängstliches Herz mit ungewöhnlicher Unruhe? Vertraue vielmehr auf Gott, denn er wird dir Rettung gewähren, und ich will ihm aus diesem Grund wiederum Dank erstatten. Wie geschwächt nun die Kraft meines ängstlichen Geistes ist, siehst du, Schöpfer, der du alles siehst, selber.

zu b: Er richtet sich auf in der Hoffnung göttlicher Barmherzigkeit.

Propterea memor ipse tui, tua numina uotis
  Suspiro patriæ de regione meæ.
Quàm rapidus multa, fœcundat Jôrdanis unda[c],
  Qua colles Hermon despicit exiguos.
45 Vasta uaroga alia ex alia uelut ædita fertur[d]
  Murmura dum fluctus insonuere tui.
Sed me ceu toto grassantibus aëre nymbis,
  Tempestatis agens obruit unda tuæ
Nulla dies pietate Dei uacat, ipsius ergo
50 In laudes omni carmina nocte canam.
Illum omnes iustis precibus uenerabor in horas.
  Qui Deus est uitæ præsidiumque meæ.
Conquerar, ô nostræ rupes et petra salutis
  Mi pater oblitus cur potes esse mei?
55 Tristior et solito cur sum deiectior, hostis
  Dum miserum, dextram te retrahente, premit?
Ossa penetranti ceu uulnerer intima ferro,
  Sic audita dolent auribus ista meis.
Dum mihi non cessat male sanus dicere liuor:
60 Nunc Deus illæ tuæ cura salutis ubi est?
Cur nunc deprimeris nuper generosa animi uis[e],
  Quæ te sic tristem deprimit anxietas?
Perfer et obdura Domino confisus, ab illo
  Iam ueniet certo reddita fine salus.

c) Descriptio iudeæ.   d) Vicissitudines afflictionum.   e) Consolatio.

Deswegen denke ich an dich und seufze nach dir mit Gebeten aus dem Gebiet meines Vaterlandes, das der reißende Jordan mit seinen mächtigen Fluten fruchtbar macht, und wo der Hermon auf niedrige Hügel herabblickt. Große Wogen stürzen von Abgrund zu Abgrund, und deine Fluten donnern laut brausend daher. Mich bedecken deine vorwärtsstürmenden Wogen, und die Luft ist erfüllt mit dahineilenden Dunstmassen. Kein Tag ist ohne Gottes Güte, und die ganze Nacht lang singe ich Lieder zu seinem Lob. Ihn, der Gott und der Schutz meines Lebens ist, werde ich allezeit mit würdigen Gebeten verehren. Mein Vater, du mein Berg und Fels meines Heiles, laß mich dir klagen: Wie kannst du mich vergessen? Warum bin ich trauriger und niedergeschlagener als gewöhnlich, da mich Elenden der Feind bedrängt und du deine Hand von mir zurückziehst. Ein Schwert dringt mir tief ins Innere meiner Gebeine und verwundet mich, wenn meine Ohren mit Schmerzen dies anhören müssen: „Wo ist nun der Gott, der sich um dein Wohl kümmert?" Mißgünstige Menschen und sinnbetörte hören nicht auf, diese Schmähworte an mich zu richten. Warum bist du nun bekümmert, mein starker Geist, der du dich einst so vortrefflich fühltest? Welche Angst bedrückt dich und macht dich so traurig? Halte aus und harre aus im Vertrauen auf Gott. Von ihm wird schon zu einem fest bestimmten Zeitpunkt die Rettung kommen.

zu c: Beschreibung Judäas.   zu d: Die Reihe der Anfechtungen.   zu e: Tröstung.

65   Namque ille est iterum grata mihi mente canendus,
            Qui Deus est uitæ præsidiumque meæ.

                    IOANNES NICOLAI SECUNDUS

                    Quis te furor, Neæra,
                    Inepta, quis iubebat
                    Sic inuolare nostram,
5   Sic vellicare linguam,
                    Ferociente morsu?
                    An, quas tot vnus abs te
                    Pectus per omne gesto
                    Penetrabileis sagittas,
10   Parum videntur istis?
                    Nil dentibus proteruis,
                    Exerceas nefandum
                    Membrum nefas in illud,
                    Quo sæpe sole primo,
15   Quo sæpe sole sero,
                    Quo per diésque longas,
                    Nocteisque, amarulentas,
                    Laudes tuas canebam.

                    Hæc est, iniqua, nescis?
20   Hæc illa lingua nostra est,
                    Quæ tortileis capillos,
                    Quæ pœtulos ocellos,
                    Quæ lacteas papillas,
                    Quæ colla mollicella
25   Venustulæ Neæræ,

QUEMADMODUM   Ihn werde ich dann wieder mit dankbarem Herzen preisen;
denn er ist Gott und der sichere Schutz meines Lebens.

QUIS TTE   2 Welch ein Anfall von Wahnsinn ließ dich, unmögliche Neaera, so
meine Zunge anfallen, sie mit wütenden Bissen so mißhandeln? Genügt es etwa nicht,
daß ich so viele Pfeile allein trage, die du auf mich abgeschossen hast und die mein
ganzes Herz durchbohrt haben? Mußt du mit diesen dreisten Zähnen einen gottlosen
Frevel an dem Glied begehen, mit dem ich oft am frühen Morgen, mit dem ich oft
spätabends, mit dem ich die langen Tage und bitteren Nächte hindurch dein Lob sang?
19 Dies ist, du Böse, (weißt du es nicht?) dies ist meine Zunge, welche die lockigen
Haare, welche die verliebt blinzelnden Augen, welche die weißen Brüste, welche den
zarten Hals der lieblichen Neaera

QUIS TE   Vgl. Bd. 6 dieser Sammlung S. 83. An den Geist des Johannes Secundus
und Liebesbedürfniß Bd. 6, S. 214.

Molli per astra versu,
Vltra Iouis calores,
Cœlo inuidente, vexit:
Quæ te meam salutem,
30   Quæ te meamque vitam,
Animæ meæque florem,
Et te meos amores,
Et te meos lepóres,
Et te meam Dionen,
40   Et te meam columbam,
Albamque Turturillam,
Venere inuidente, dixit.
An verò, an est id ipsum
Quod te iuuat superba,
45   Inferre vulnus illi,
Quam læsione nulla,
Formosa, posse nosti
Ira tumere tanta,
Quin semper hos ocellos,
50   Quin semper hæc labella,
Et, qui sibi salaceis
Malum dedêre denteis,
Inter suos cruores
Balbutiens recantet?
55   O vis superba formæ!

Quid vultus remouetis hinc pudicos,
Matronæque, puellulæque castæ:
Non hic furta Deùm iocosa canto,
Monstrosásue libidinum figuras,

QUIS TE in zärtlichen Versen über die Sterne nach des Tages Hitze zum Neid des Himmels erhoben hat. Sie hat dich besungen, du mein Glück, mein Leben, die Blume meiner Seele, meine Liebe, meine Freude, meine Dione, *[hier: anderer Name für die Liebesgöttin Venus]* meine Taube und mein weißes Turteltäubchen. Venus ist deswegen neidisch auf dich. Aber vielleicht macht es dir, du Stolze, gerade Vergnügen, meine Zunge zu verwunden, die du, meine Schöne, (du sollst es wissen!) durch keine Verletzung so in Zorn bringen kannst, daß sie nicht immer diese Äuglein, nicht immer diese Lippen, nicht diese geilen Zähne, die ihr Böses zugefügt haben, im eigenen Blute liegend, stammelnd besänge? O stolze Gewalt der Schönheit!

QUID VULTUS 2 Warum wendet ihr eure züchtigen Blicke ab, ihr keuschen Ehefrauen und Mädchen? Ich singe hier nicht von den spaßigen Heimlichkeiten der Götter und den abenteuerlichen Gestalten der Lüste.

5   Nulla hîc carmina mentulata, nulla
           Quæ non discipulos ad integellos,
           Hirsutus legat in schola magister.
           Inermeis cano basiationes,
           Castus Aonij chori sacerdos:
10   Sed vultus adhibent modò huc proteruos
           Matronæque, puellulæque cunctæ,
           Ignaræ quia fortè mentulatum
           Verbum diximus, euolante voce,
           Ite hinc, ite procùl, molesta turba,
15   Matronæque, puellulæque turpes:
           Quanto castior est Neæra nostra,
           Quæ certè sine mentula libellum
           Mauult, quàm sine mentula Poëtam!   *[1561]*

                    UNBEKANNTER VERFASSER

                            G. Peschin

     Fraw ich bin euch von hertzen hold / o mein o mein / ich thet euch
     gern was ich solt / o mein o mein / wan jrß von mir annemen wolt /
   5 o mein o mein / bin ich doch dein / möchts müglich sein / ich geb
     mich dir inß hertz hinein.

     Fraw mir gefelt wol ewer weis vnd berd / o mein o mein / so ich er-
     welt han hie auff erdt / o mein o mein / wann hertz vnd gmüt sich
     zu euch kert / o mein o mein / bin ich doch etc.

  10 Fraw ich verhoff in kurtzer zeyt / o mein o mein / ich werd von
     euch gesetzt in freudt / o mein o mein / dann ich keins wegs mer
     lenger peit / o mein o mein / bin ich doch etc.

───

QUID VULTUS   Ich schreibe hier keine phallischen Gedichte, keine, die ein bärtiger
Lehrer seinen unverdorbenen Schülern nicht vorlesen dürfte.   9 Als keuscher Priester
des aonischen *[musischen]* Chores singe ich nur von Küssen, die niemanden verletzen.
Aber jetzt eben werfen alle Ehefrauen und Mädchen schamlose Blicke her [zu mir],
weil ich zufällig und ohne mir dessen bewußt zu sein ein ungehöriges Wort sprach, das
mir aus meinem Munde flog.   14 Geht fort von hier, geht weit weg, lästiger Haufen,
ihr schändlichen Ehefrauen und Mädchen!   16 Um wieviel keuscher ist meine Neaera,
die mit Sicherheit ein Buch ohne Glied lieber will als einen Dichter ohne Glied.

FRAW ICH   2 *Gregor* Peschin *(um 1500–nach 1547), Motetten- und Liederkompo-
nist in Heidelberg.*   3 o mein *wahrhaftig.*   7 weis vnd berd *Auftreten und Beneh-
men.*   12 peit *warte.*

UNBEKANNTER VERFASSER

[Melodie]

Ein wächter gut / in seiner hůt / rüfft an den lieben morgen / Wo
lieb bey lieb / in Venus üb / beyligen one sorgen / Die sehen auff /
5 verlast den schlauff / das jr nicht kombt in leyden / die nacht die
weycht / der tag her leucht / will lieb von liebe scheiden.

Ein bůl erhort / des wächters wort / erschrack vast ser von hertzen /
Das er nicht mer / nach seim beger / künd mit seim bůlen schert-
zen / Er weckt sie leiß / mit allem fleiß / das ers nit thet erschrek-
10 ken / mein auffenthalt / mach dich auff baldt / der Wechter thut
vns wecken.

Das frewlein fein / vom bůlen sein / must sich als baldt thun schei-
den / Der helle tag / bracht leyd vnd klag / vil jamers jnen beyden /
Das weiblin schön / zum gsellen kön / sprach tugentlich mit züch-
15 ten / behüt dich Gott / mein mündlein rot / vermer mein eer mit
nichten.

UNBEKANNTER VERFASSER

H. Isaac.

Jsbruck ich muß dich lassen / ich far do hin mein strassen / in
fremde landt do hin / mein freud ist mir genomen / die ich nit
5 weiß bekummen / wo ich im elend bin.

Groß leid muß ich yetz tragen / das ich allein thu klagen / dem
liebsten bůlen mein / ach lieb nun laß mich armen / im hertzen
dein erbarmen / das ich muß von dannen sein.

Meyn trost ob allen weyben / dein thu ich ewig pleyben / stet trew
10 der eren frumm / nun muß dich Gott bewaren / in aller thugent
sparen / biß das ich wider kumm.

EIN WÄCHTER 4 in Venus üb *in Ausübung der Liebe.* 5 schlauff *Schlaf.* 7 vast
gar. 10 auffenthalt *Epitheton für die Geliebte.* 14 kön *kühn.* 15 vermer *bring in
schlechten Ruf.*
JSBRUCK 2 *Heinrich* Isaac *(um 1450–1517), niederländischer Komponist, Organist
in Florenz, Hofkomponist Maximilians I.* 3 ff. *Das Lied gab es schon im 15. Jahrhun-
dert; dies ist die Fassung des frühesten Drucks. Geistliche Parodien aus der Mitte des
16. Jahrhunderts vgl.* O Welt ich muß dich lassen *(s. S. 171). Die Melodie liegt auch
Paul Gerhardts* Nun ruhen alle Wälder *1648 zugrunde, vgl. Bd. 4 dieser Sammlung,
S. 170.* 4 f. die ich nit weiß bekummen *die ich nicht zu erlangen weiß.* 11 sparen
bewahren.

Unbekannter Verfasser

Erasmus Lapicida

Ach edles N. mein eynger trost / nach dir mich thut verlangen /
Ein artlich wesen an dir hast / das hat mich gar gefangen / Hertz
5   mut vnd sinn / stent zu dir hin / on vnterlas muß dencken / an dein
schön gstalt / die thut mit gwalt / mich ellenden ser krencken / zu
dir vmb hülff / schrey ich vnd gülff / send trost meim schwachen
hertzen / sunst andre kein / kan stillen mein schmertzen.

Bey dir allein ist die ärtzney / die mir mein hertz mag heilen / Auff
10 dein genad verlaß mich frey / zu helffen mir thu eilen / Ee ich ver-
gee / das senlich wee / thut mir mein hertz ser schwächen / thu auff
den schrein / der ärtzney dein / hülff bald meinem gebrechen / ein
freundtlich gruß / ein lieplich kuß / kan mich vom todt erquicken /
darzu thu mich / gantz innigklich anplicken.

15 Mein trauter knab / bey mir suchst lab / der will ich dich geweren /
Doch halts in still / das ist mein will / thu mich nieman vermeren /
Zu helffen dir / nach deinr begir / will ich nicht vnterlassen / mich
zu dir ker / vnd dich gewer / thu mich in dein arme fassen / druck
brust an brust / nach hertzens lust / ich will dir nichts versagen /
nach hertzens gir / wil ichs mit dir wagen.

Unbekannter Verfasser

Erasmus Lapicida

Nie grösser lieb mir zu handen kam / von wunniglichem schertzen /
Dardurch mein gmüt in freuden schwam / vnd frewt mich in meim
5   hertzen / Tag vnd auch nacht / kurtz vnbedacht / was ich gantz
vnuerdrossen / zu aller zeyt / on wider streit / trieb ich mein
schwenck vnd possen.

Freundtlicher weil vnd kurtzweil vil / hab ich nie mer gesehen /
Singen sagen vnd andre spil / ich wil jr guts veriehen / Mit hertz
10 vnd mund / auß hertzem grund / dieweil ich leb auff erden / vnd
glaub fürwar / in weibes schar / mag mir nit liebers werden.

ACH EDLES N.   2 Erasmus Lapicida *(um 1445/50?–1547), Wien, wahrscheinlich
Hofkaplan oder Kapellsinger am Habsburger Hof.*   3 N. *Abkürzung für lat. Nomen
= Name, anstelle des Namens der Geliebten.*   4 artlich *anmutig.*   7 gülff *wimmere.*
10 frey *ganz.*   11 senlich *schmerzlich.*   13 erquicken *erwecken.*   16 vermeren *ver-
raten.*
NIE GRÖSSER   8 weil *Zeit.*   9 jr guts veriehen *ihren Vorteil bekennen.*

Ey trewes hertz vnd weiblich zucht / solt ich bey dir pleiben / So
würd gewend verlanges glück / vnd dürfft nicht briefflein schrei-
ben / Yetz hin dann her / vnd weiß nit wer / vns beyde möcht ver-
15 sagen / het ich die wal / gantz überal / ich wolt nicht weiter fragen.

UNBEKANNTER VERFASSER

[Melodie]

Mit willen gern / in zucht vnd ern / Dein hertz vnd trew / on alle
rew / ich nimm vergut / in steter hut / vnd bin erlost / durch man-
5 lich trost / der güte dein / von qual vnd pein ; drumb frew dich
du lieber schlucker mein.

Mit willen gern / on all verkern / mein weiblich zir / versprich ich
dir / kein mensch sunst / mit lieb vnd gunst / höchlich bewart / stet
vest von art / bhalt nur den schrein / der liebe dein / gleich mir du
10 liebster schlucker mein.

Mit willen gern / mein morgen stern / erbiet ich mich / alles des
sich / in eren zimbt / kumm her vnd nimm / mein freundtlich gruß /
vnd lieblich kuß / druck an dich fein / zwey brüstelein / du aller
liebster schlucker mein.

NIE GRÖSSER   14f. versagen *verleumden*.
MIT WILLEN   4 vergut *fürlieb*.   4f. manlich *männlichen*.   6 schlucker *scherzhaft
für den Geliebten*.

Adam Reusner*

Der .xlv. Psalm Heb.

Eructauit cor meum uerbum.
Vom Rych Christi.

5 *[Melodie]*

Min hertz hat gůtes wort betracht / vnd mine werck ein künig
gmacht / Deßhalben sol die zunge myn / eins schnellen schrybers
feder syn.

Der schönst ob allen menschen bist / din mund voll gnad vnd
10 lieplich ist / Darumb hat Gott gesegnet dich / vnd hoch begaabet
ewigklich.

Din schwärdt an dine syten gürt / O starcker held mit schmuck
vnd zierd / Darinn dir wol gelingen sol / gerecht bist milt vnd
warheit vol.

15 Groß wunder thůt din rechte hand / sy bringt die fynd in gfaar vnd
schand / Din pfyl sind scharpff / verwundend bald / die völcker
kommend in din gwalt.

Din Göttlichs rych bstaat ewig frist / din stab vfrecht vnnd
billich ist / Gerechtigkeit du liebest zwar / boßheit vnd args ver-
20 hassest gar.

Darumb min Christe Herr vnd Gott / mit fröuden vol dich gsalbet
hat / Gott vatter mit der völle sin / mer dann sunst all verwandten
din.

All kleider din wolriechend syn / vß luter helffenbeinem schryn /
25 Die künigklichen töchtern all / die fröuwen sich in dinem saal.

Die brut stadt an dinr rechten hand / in guldim stuck vnd rychem
gwand / Dem küng o tochter ghorsam biß / dins volcks vnd vat-
ters huß vergiß.

Der .xlv. Psalm   2ff. *Signiert:* A. R. – *Vgl. Nicolai S. 286.*   2 Heb. *Diese An-
merkung weist auf die für Zeitgenossen ungewöhnliche Psalmenzählung hin, die auch
Luther benutzte, die Zählung nach dem* Psalterium iuxta Hebraeos *der dritten Psal-
menübersetzung des Hieronymus. Nach der gängigen Zählung des* Psalterium galli-
canum *und* Psalterium romanum, *die die* Vulgata *benutzte, ist dies der 44. Psalm.*
3 *Mein Herz hat ein Lied gedichtet.*   13 dir ... sol *du erfolgreich sein wirst.*   16 bald
schnell.   19 billich *gerecht.*   22 völle *Fülle.*   26 stuck *Kleiderstoff.*   27 biß *sei.*

So wirt der künig hon zů dir / vnd zů diner schöne lust vnnd
30 bgir / Hab acht vff jn er ist din Herr / fall jm zů füß bewyß jm eer.

Vff disem grossen hochzyt fest / vereeren dich die rychen gest /
Gantz kostlich ist die künigin / künsch rein im gwüssen / hertz
vnd sinn.

Sy wirt dem künig zůgefürt / mit jren gspilen wol geziert / Ind
35 kammer vnnd ins küniges saal / kumpt sy mit fröudenrychem
schaal.

Für die verlaßnen eltern din / din kinder werdend fürsten syn /
Den künig wil bekennen ich / brysen vnd eeren ewigklich.

AMBROSIUS BLAURER*

Ein tütsch Veni sancte für die kinder.

[Melodie]

Kumb mit güte / Heiliger geist / füll vnser gmüte / mit glouben
5 allermeist / die erbsünd vns verwundt / mache kundt / im touff
versprochnen pundt / Din nüwe burt vns bkere / ernere vnd lere
Jesum Christ recht erkennen / den vatter mit glouben nennen
sunst wir Adams kind / verloren sind.

Kumb mit wyßheit / Heiliger geist / brenn vß all thorheit / mit
10 dines fhüres gneist / gib glernigs hertz zur kunst / mit brunst / vor
Gott vnd menschen gunst / vnd das wir zieren mögind / die
jugend / mit tugend / liebind die vns gůts leerend / straaffend vnnd
alles böß weerend / Setz vns zů hůt / die engel gůt.

Kumb mit stercke / Heiliger geist / erzeig din wercke / ver-
15 sprochne gnad vns leist / Nimb vnserm fleisch vnnd blůt / sin
wůt / gib recht hertz sinn vnd můt / biß vnserm zarten alter / ein
bhalter / verwalter / das wir vns Gott ergebind / in zucht vnd
ghorsam läbind / Gib hie frombkeit / dört säligkeit.

DER .XLV. PSALM   29 schöne *Schönheit.*   32 künsch *keusch.*   34 Ind *In die.*
38 brysen *preisen.*
EIN TÜTSCH   2 ff. *Signiert:* A. B. – *Vgl. Georg Witzel* Metaphrasis *S. 146.*   2 Veni
sancte [spiritus] *Komm heiliger Geist.* – *Anfangsworte der Pfingstsequenz (Sequenz =
zur Liturgie gehörender Gesang).*   6 nüwe burt *neue Geburt;*   ernere *errette.*
10 gneist *Funken.*   16 wůt *Unverstand, Tollheit.*   17 bhalter *Retter, Heiland.*

JOHANNES ZWICK

Ein abent gsang für die kirchen.

Mag ouch gsungen werden in der melody: Jetz ist aber ein tag dahin.

[Melodie]

5 Nun wil sich scheiden nacht vnd tag / Damit der Mensch sin rûwe
hab / Das laß Gott walten vns zů gůt / der halt vns gnädig in sinr
hůt.

Es ist vnghür vnd grosse gfar / des nachts im finstren das ist war /
Ach Gott so sorg vnd halt die wacht / so sind wir bhüt ja tag vnd
10 nacht.

Verzych die sünd der so vil ist / zur bessrung gib ouch zil vnd
frist / vnd leer vns vor den ougen din / wandlen mit allen züchten
fyn.

Behüt das bett vor vppigkeit / vnnd leer vns rechte bscheidenheit /
die schwären tröum verletzind nichts / vnd aller trug des bösen
15 wichts.

Was ich dann wyter schuldig bin / für mich oder den nächsten
min / zůbittende sich gnädig dryn / vnnd laß dirs alls befolhen
syn.

JOHANNES LORICHIUS

Quæro notas inter ualidißima litera cunctas
Quæ sit, congerro mihi nunc lepidißime dicas.

Responsio.

5 Apud Germanos O. et E. Hoc enim significatur matrimonium,
quod indissolubili uinculo coniungit homines, ut postea rescindi
nequeat. O uero quo aurigæ utuntur, sistit equos et ingentia
plaustra.

QUAERO   Welches ist der stärkste Buchstabe unter allen bekannten? Zechgenosse,
sag es mir auf eine möglichst witzige Art!   4 Antwort.   5 Bei den Deutsch das „O"
und „E". Dieses bezeichnet nämlich die Ehe, welche die Menschen mit nicht zu lösen-
der Fessel zusammenbindet, so daß sie danach nicht wieder aufgelöst werden kann. Das
„O" aber, das die Wagenlenker verwenden, bringt Pferde und riesengroße Lastwagen
zum Stehen.

EIN ABENT GSANG   2 *Signiert:* J. Z.   5 rûwe *Ruhe.*   11 Verzych *Verzeih;*   zil
Raum.   13 vppigkeit *Übermut, Leichtfertigkeit;*   bscheidenheit *Einsicht.*   17 sich
sieh.

Aliud ἄδηλον

Dic mihi quis sonitu primum crepidante pepedit.

Responsio.

Emisit crepitum podex, ut primus opinor.

UNBEKANNTER VERFASSER

[Melodie]

Owe der zeyt / die ich verzert / hab in der buler orden / Nachrew
ist worden mein gefert / ich byn zum thoren worden / Mich rewt
5 mein vleiß / mein blůtig schweyß / Den ich darauff gewendet / Ich
bawt auff eiß / vnd was schier gar verblendet.

UNBEKANNTER VERFASSER

ALIUD   Ein anderes unbekanntes [Rätsel]   2 Sage mir: wer ließ zuerst mit dröh-
nendem Getöse einen Wind streichen?   3 Antwort   4 Ich wähne, daß der Hintern
als erster den Knallfurz fahren ließ.

OWE DER ZEYT   3 ff. *Vgl. die Fassung in* Des Knaben Wunderhorn, *s. Bd. 7 dieser
Sammlung, S. 122 f.*   3 Nachrew *Späte Reue.*

ich dar für ein fundt / wie ichs ver - trey -
stinckt jm das maul / recht wie ein ac -

ich dar für ein fundt / wie ichs ver - trey -
stinc-ket jm das maul / recht wie ein ac -

ich dar für ein fundt / wie ichs ver - trey -
stinckt jm das maul / recht wie ein ac -

ich dar für ein fundt / wie ichs wie ichs ver - trey -
stinckt jm das maul / recht wie recht wie ein ac -

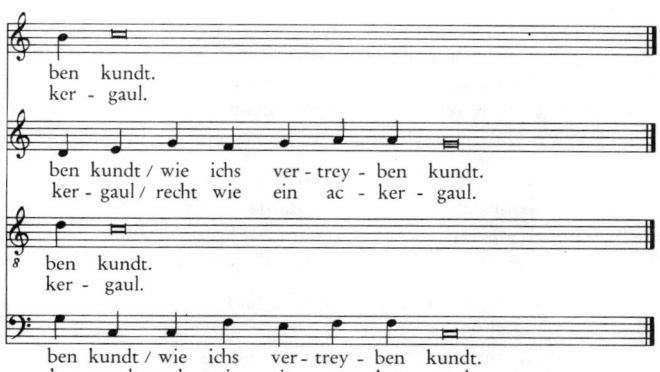

ben kundt.
ker - gaul.

ben kundt / wie ichs ver - trey - ben kundt.
ker - gaul / recht wie ein ac - ker - gaul.

ben kundt.
ker - gaul.

ben kundt / wie ichs ver - trey - ben kundt.
ker - gaul / recht wie ein ac - ker - gaul.

Unbekannter Verfasser

[Melodie]

Es warb ein schöner jüngling / vber ein braiten see / vmb eines
Königes tochter / nach leid geschach jm wee.

5 Ach Elßlein liebes Elßlein mein / wie gern wer ich bey dir / so
fliessen zwey tieffe wasser / wol zwischen mir vnd dir.

ES WARB   3 ff. *Fragment eines Liedes von den zwei Königskindern, vgl. ein weiteres*
Bruchstück Da schreyb er ihr hierüber *(s. S. 278). Dieses Lied steht bereits in Hand-*
schriften des 15. Jh. und auch im 16. Jh. von vielen Komponisten aufgegriffen.

UNBEKANNTER VERFASSER

[Melodie]

Der Pfarher von sant Veit / der pfarher von sant veit / der hat ein
schöne köchin die gern am rucken leyt / die gern am rucken leyt.

1541

GEORG WITZEL

Metaphrasis des Sequentzes auff Pfingsten /
Veni sancte spiritus.

    1. Komm heiliger Geist warer Got /
5   Bedenck vns in all vnser not /
    Send herab deines liechtes glantz /
    Damit wir scheinend werden gar vnd gantz.

    2. Komm Vater der armen vnd verachten /
    Kom geber der gaben / darnach wir trachten.
10   Komm liecht der hertzen / die so finster sind /
    Hey / vertreib die schwartze nacht schwind.

    3. Du allerbester tröster vnd anreger groß /
    Du süsser gast der selen / aus des Vaters schoß /
    Du süsse ergetzung vnd frid allein /
15   Ach erfrew vnser gemüt wol vnd fein.

    4. Du bist die ruhe / wenns vns sawr wirt /
    Du bist der schatten / wenn vns die hitze rirt.
    Du bist der krefftig Trost / wenn wir weinen heis /
    O volbring solchs in vns durch dein weben leiß /

20   5. Du seliges liecht / füll deine gläubigen innerlich /
    Geus vor aus / was nicht dein ist lauterlich.

    6. On dich Gottes geist / ists nichts mit vns /
    Hie ist nichts guts / scheins noch grunds.

METAPHRASIS   *2ff. Vgl. Ambrosius Blaurer* Ein tütsch Veni sancte für die Kinder,
S. *141.*   2 Metaphrasis *Übertragung;* Sequentzes *Sequenz, zur Liturgie gehörender
Gesang.* *3 Komm heiliger Geist.* 17 rjrt *berührt.* 21 Geus vor *gieß vorher.*
23 scheins noch grunds *weder offensichtlich noch der Grundlage nach.*

7. Darümb heb an / wasche vnser vnfletiges rein /
Begeus vnser dürres / heil wo wir wund sein.

8. Lenck was halsstarrig ist zu bösem rhat /
Werm was kalt ist / richt was irre gehet vom pfat.

9. Gib den gläubigen / so sich auff dich verlassen /
Dich / weisheit / verstandt / rhat / sterck / kunst / forcht
nach massen.

10. Gib das wir wolthun / gib einen seligen abscheid /
Gib nach disem leben die ewige seligkeit / Amen.

1542

HANS GAMERSFELDER

Quemadmodum desid.
Psalmus XLII.

[Melodie]

Wie der hirsch schreyet nach dem bach /
Nach frischem wasser sere /
Also schreyet mein seel vrwach /
Zu dir Gott jmmer mere.
Nach Gott dürstet meyn seel geleich /
Wenn wird ich kommen zu dem reich /
Das ich Gots angsicht schawe.

Mein zäher sind auch offt mein speis /
Bey tage vnd bey nachte.
Wenn ich daran gedenck mit fleis /
Vnd Herr bey mir betrachte.
Das meine feind mir sagen offt /
Wo ist dan Gott / darauff man hofft?
Heiß dir denselben helffen.

METAPHRASIS 29 Vgl. Martin Luther Der Hymnus Veni creator, S. 82, Anm. zu 12; nach massen angemessen.
QUEMADMODUM 2 Quemadmodum desid[erat cervus] Wie der Hirsch sich sehnt. 2 ff. Vgl. die Fassungen desselben Psalms von Fischart S. 231, Geletzky S. 201, Hessus S. 131, Nicolai S. 289, Ulenberg S. 244, Waldis S 169 und Winnenberg S. 252. 7 vrwach schlaflos. 12 zäher Zähren, Tränen.

20
Wann ich den solches jnnen wier /
So kumm ich her gelauffen.
Vnd schüt mein hertz selb auß bey mir /
Denn ich wolt mit dem hauffen.
Gern wallen gehn zu Gottes hauß /
Mit den so feyren nach der paus /
25
Mit frolocken vnd dancken.

Mein seele was betrübstu dich /
Vnd bist in mir so krancke?
Harre auff Gott das rathe ich /
Vnd sag dem selben dancke.
30
Das er mit seinem angesicht
Mir hilffet / vnd mich lesset nicht /
Jm vnglauben verderben.

Vnd deine flüt rauschen daher /
Das sie vor tieffe prausen.
35
All deine wasser wogen Herr /
Die wöllen mich behausen.
Der Herre hat sein güt des tags
Verheyssen / jm sing ich des nachts /
Vnd bett zů Gott meins lebens.

40
Jch sag zu Gott dem felse mein /
Warumb hast mein vergessen?
Warumb muß ich so traurig sein?
Du kanst Herr selb ermessen /
Wie meine feind mich dringen hart /
45
Vnd sagen täglich auff der fart /
Wo ist dein Gott vnd helffer?

Mein seele was betrübstu dich /
Vnd bist vnrühig gare?
Harre auff Gott / dem werde ich
50
Noch dancken jmerdare.
Das er mit seinem angesicht
Mir hilff allein hat zugericht /
Vnd das er mein Gott seye.

---

19 wier *werde*.   23 wallen *wallfahren*.   24 nach der paus *nach Herzenslust*.
27 krancke *schwach*.   36 behausen *beherbergen*.   44 dringen *bedrängen*.

Martin Luther

Ein Kinderlied /
zu singen / wider die zween Ertzfeinde Christi vnd seiner heiligen
Kirchen / den Bapst vnd Türcken / etc.

5   Erhalt vns HErr bey deinem Wort /
Vnd steur des Bapsts vnd Türcken Mord
Die Jhesum Christum deinen Son /
Wolten stürtzen von deinem Thron.

Beweis dein Macht HERR Jhesu Christ /
10   Der du HErr aller HErren bist.
Beschirm dein arme Christenheit /
Das sie dich lob in ewigkeit.

Gott heiliger Geist du Tröster werd /
Gib deim Volck einrley sinn auff Erd.
15   Sthe bey vns in der letzten Not /
Gleit vns ins Leben aus dem Tod.

1545

Martin Luther

Wie GOtt das gering nicht veracht,
Sondern etwas groß daraus macht,
Jst alle Welt Exempel voll,
5   Auch lert uns solches die Schrifft wol.
Was ist groß worden auf Erden,
Das nicht zuvor klein must werden?

Ein Kinderlied   2 ff. *Vgl. Johann Leisentrit S. 210. – In einem Druck von 1545 erscheint dieses Lied mit zween Gesetzen [Strophen] vorbessert. Die beiden zusätzlichen Strophen eines unbekannten Verfassers haben folgenden Wortlaut:*
Jhr Anschleg HERR / zu nichten mach / las sie treffen die böse sach / vnd stürtz sie jn die gruben ein / die sie machen den Christen dein.
So werden sie erkennen doch / das du vnser Gott lebest noch / vnd hilffst gewaltigk deiner schar / Die sich auff dich verlesset gar.

Jerusalem, die heilge Stadt,
Wie der Psalter verkündigt hat[a],
10 Ein kleiner Berg dazumahl war,
Hat nun die Welt begriffen gar.
Jr Rinckmaur und Grentze wendet[b],
Da die weite Welt sich endet.
Alle Völcker drin gebohren werden[c],
15 Wie sie heissen hie auf Erden.
Wittenberg, die kleine arme Stadt,
Einen grossen Nahmen itzund hat
Von GOttes Wort, das heraus leucht
Und viel Seelen zum Himmel zeucht.
20 Damit sie ein Glied wird genannt,
Der Stadt Jerusalem verwand,
GOtt geb ihr, daß sie danckbar sei
Und ewiglich bleibe dabey,
Und so gnung thu ihrem Namen,
25 Daß sie selig werde, Amen.

a) vgl. Ps. 42[,7]   b) vgl. Ps. 19[,5.7]   c) vgl. Ps. 87[,4]

JOHANN SPANGENBERG

Das ander frölich Ostergesang / Victime Pascali laudes /
im selben Thon

1.

Victime Pascali laudes.
5 Jr Christen singt mit lobgesanck
Dem Osterlichen Opffer danck.

2.

Agnus redemit Oues.
Das Lamb hat die Schaff erlöst /
Christi vnschuld hat mich tröst /
10 Den Vatter versönt er.
Vil der Sünder.

WIE GOTT 11 begriffen *in Besitz genommen.* 16f. *Der Name* Wittenberg
volksetymologisch als „Berg der Weisheit" gedeutet. 24 gnung *Genüge.*
DAS ANDER 2ff. *Übersetzung der Ostersequenz des St. Gallener Mönchs Wipo
(1. Hälfte 11.Jh.); die Abschnittsanfänge des lateinischen Originals stehen hier als Stro-
phenüberschriften.* 3 im selben Thon *wie das erste Lied dieses Druckes* Erstanden ist
der heilig Christ.

3.
Mors et Vita duello.

15 Tod vnd leben kempfften gleich /
Ein harter kampff wunderleich /
Des lebens Herr starb tod /
Lebt nun mit Gott.

4.
Dic nobis Maria.

20 Zeig vns an Maria /
Was sahest du heut frue da?
Das ler Grab Christi vor handen /
Sein Glori sah ich Er ist erstanden.

5.
Angelicos Testes.

25 Der Engel zeigt sein stat /
Das schweißtuch vnd die Leinbat /
Christ ist erstanden mein Heiland /
Der wirt euch vorgehn ins Gallileisch land.

6.
Credendum est magis.

30 Vil mer sollen wir glauben /
Dem wort Marie vertrawn.
Dann falschen liegen /
Vnd Juden triegen.

7.
Scimus Christum Surrexisse.

35 Wir wissen warlicher frist /
Vom tod Christ erstanden ist /
König vberwinder /
Erbarm dich vnser.
Alleluia.

---

26 Leinbat *Leinwand.*

VEIT DIETRICH

Das viert frölich Ostergesang /
verdeutscht durch Vitum Dietrich / Prediger zu Nürmberg.
Victime Pascali laudes.

5   *[Melodie]*

     Wir Christen all yetz frölich sein /
     Vnd Gott ye billich loben /
     Denn gopffert ist für vnser sünd /
     Vnd am Creutz hoch erhoben /
10   Das Osterlamb /
     Welchs von vns nam /
     Den Tod vnd Gottes zoren.

     Das Lamb on alle sünde ward /
     Das für vns ist gestorben /
15   Wir arme schaff verirret gar /
     Weren also verdorben /
     Wo diß Opffer /
     Nicht von Got wer /
     Zu vnserm heil verordnet.

20   Diß ist doch ye ein wunder ding
     Das leben mit dem tode /
     Gar hefftig kriegt / vnd manlich ringt /
     Das zletzt in solcher note /
     Des lebens Herr /
25   Stirbt in vnehr /
     Doch entlich wider lebet.

     Denn Jesus Christ ist Gottes sun /
     Ein Fürst vnd Herr des lebens /
     Was nun der tod an jm hat thon /
30   Jst gantz vnd gar vergebens /
     Denn Gottes macht /
     Schwecht teuffels krafft /
     Das der tod nichts kan schaffen.

     Der tod hat gsigt ein kleine zeyt /
35   Nit gar drey gantze tage /

DAS VIERT   2 ff. *Paraphrase der Ostersequenz des St. Gallener Mönchs Wipo (1. Hälfte 11. Jh.). – Ein Druck von 1543* Das frölich Ostergesang / Victime pascali laudes genandt / verteuscht durch Vittum Dietrich Predicanten zu Nürnberg *war nicht erreichbar.*   2 viert *s. u. Nr. 65 im Verzeichnis der Quellen.*

Der Teufel het darob groß freud
Das Christus im grab lage /
Hie hör / was geschicht /
Christus durch bricht /
40 Wol auß dem tod zum leben.

Sag vns du liebe Magdalen /
Da du vom grab weg lieffest /
Sahstu nit bald hinder dir stehn /
Jesum den du so liebest /
45 Erstanden war /
Auß todes gfahr /
Der yetzt herscht vber alles.

Das grab steht öd / kein Hüter mer /
Darbey sich yetz lest finden /
Zwen Engel von Got traten her /
50 Die gute meer verkünden /
Der Creutzigt Christ /
Nit im grab ist /
Vom tod ist erstanden.

Solchs ist gewiß / derhalb jetz wir
Von hertzen frölich singen
55 Vnd schreyen all / O Christ zu dir /
Laß vns im tod gelingen /
Das wir mit dir
Vom tode schier /
Zum leben durch hin dringen.

PHILIPP MELANCHTHON

Parva Domus viduae vatem quae pavit Eliam,
    Vix bene Sidonio littore nota fuit,
Inde tamen late divini semina verbi
5   Auspice per populos sparsa fuere Deo:

PARVA DOMUS 2 Das kleine Haus der Witwe, die den Propheten Elias beherbergte
[vgl. 1. Könige 17, 9ff.], kannte kaum jemand genau am Sidonischen Gestade.   Dennoch gingen von hier Samenkörner des göttlichen Wortes aus, die unter Gottes Führung über die Völker ausgestreut wurden.

DAS VIERT   41 Magdalen *Maria Magdalena, vgl. Johannesevangelium 20, 11–18.*
50 meer *Neuigkeit, Nachricht.*

Sic patriam Senones ubi sedem habuere vetusti,
  Quae nunc Saxonico subdita terra Duci est,
Urbs non magna quidem gelida Viteberga sub Arcto,
  Adiacet ad ripas Albi vadose tuas.
10 Hinc tamen extremi sub turbida tempora mundi
  Lux Evangelii sustulit orta jubar.
Claraque divino radios augente favore
  Per multas passim lucet in orbe plagas.
Da Deus ulterius successum et suffice vires,
15 Et tua contra omnes adsere dona minas.
Atque Evangelii plures ut voce vocati,
  Sincera facias te pietate colant.
Et velut hospitium servasti vatis Eliae,
  Doctrinae quod tunc arx fuit una tuae,
20 Sic etiam ut celebrent secla hic venientia Christum
  Albidis in ripis templa scholamque tege.

Ebenso liegt die nicht gerade große Stadt Wittenberg im kühlen Norden an deinen Ufern, du an Untiefen reiche Elbe. Dort bewohnten die Senonen ihre väterlichen Wohnsitze, die nun der Regierung des Herzogs von Sachsen unterworfen sind. Dennoch entstand hier und verbreitete sich von hier der Lichtglanz des Evangeliums, als die Zeiten unruhig waren und sich die Welt im Krisenzustand befand. Es vermehrt mit Hilfe der göttlichen Gnade seine Strahlen und leuchtet hell, weit und breit auf der Erde in vielen Ländern. Gib o Gott weiteren Erfolg, und gib ausreichende Kräfte, und gewähre deine Geschenke trotz aller Bedrohungen. Laß mehr Menschen durch die Stimme des Evangeliums gerufen werden, auf daß sie dich in reiner Frömmigkeit verehren. Und gleichwie du die Herberge des Propheten Elias sicher bewahrt hast, weil sie damals die einzige Festung deiner Lehre war, so beschütze auch jetzt die Kirchen und die Schule an den Ufern der Elbe, auf daß dort alle noch kommenden Jahrhunderte Christus preisen.

PARVA DOMUS   6 Senones *Lesart für Semnonen, Elbgermanen, die Tacitus in der Germania Kp. 39 erwähnt.*   7 Saxonico *in der Vorlage* Saxonici.   9 ad *in der Vorlage* et.   20 celebrent *in der Vorlage* celebret.   21 Albidis *in der Vorlage* Albidos;   tege *in der Vorlage* rege.

UNBEKANNTER VERFASSER

Pasquillus vf den protestirenden Krig

Heitz ein Landgrafi, gieß ahn Sachs, Schertle beschers wol,
Reibs auß Carle Pater, soluite Reichstettites
5   Reichsstettites Narri, quos Cippus et Amphora duxit
Saxonica Ins Schwaisbad, ferre quod hi nequeunt
Gallia nunc vobis, Kuemaul, nunc Marcus, et æger
Consilij Danus, Anglia uerba dedit.
Nec qui Gottswortum uestrum beschirmere vellet
10   Turcus erit, ho ho perfida Gselliditas.
Spes erat in Bauris auflauffos machere doctis
Protulit ad Spiesos rustica turba feros.
Witz habuit Nürmberg achßla tragauit utraque
Ratschlägijs vestris sensit inesse metum
15   Eya agite in witzis seruando Cæsari glauben
Ne Senecæ Badum wermere conueniat.

PASQUILLUS   2 Pasquill auf den protestierenden Krieg.   3 Heiz ein, Landgraf!
Gieß ein, Sachse! Schertle, barbier sie gut! Reib sie ab, Vater Karl! Bezahlt, Reichs-
städte! Die närrischen Reichsstädte, die ein Schanzpfahl und sächsischer Krug ins
Schweißbad bringt was sie nicht vertragen können.   7 Eben gab euch Kuemaul,
Frankreich, nun der Märker, der entschlußlose Däne und England seine leeren Worte.
Wer euer Gotteswort nicht beschützen wollte, galt als Türke, ho, ho, gottlose Gesell-
schaft! Es bestand Hoffnung, unter den gelehrten Bauern Aufstände hervorzurufen.
Die Haufen der Bauern verfochten es mit Spießen und Schwertern.   13 Nürnberg
bewies Klugheit, es trug mit beiden Achseln; es merkte, daß euren Ratschlägen die
Angst innewohnte. Auf, handelt schlau dadurch, daß ihr eurem Kaiser den Glauben
haltet, damit ihr nicht in die Lage kommt, einem Seneca ein warmes Bad zu bereiten.

PASQUILLUS   *Eine andere Fassung nennt in ihrer Überschrift einen Autor:* Epi-
gramma macaronicum de consiliis et eventis belli Schmalcaldici. Authore, ut dicitur,
Henrico Glareno. – *Makkaronisches Epigramm über die Pläne und Ereignisse des
Schmalkaldischen Krieges, vom Autor, wie man sagt, Heinrich Glarean (d.i. Heinrich
Loriti, 1488–1563, schweizerischer Humanist).*

1547

UNBEKANNTER VERFASSER

Diese gegenwertig wunderberlich Kindszgepurt mit zweyen leib-
lin vnter einem Haubt / mit iiij ermelein / iiij beynlein / vnd mit
zweyen hertzlin etc. ist zu Löuen im Niderlandt / acht meil von
5   Antdorff / bey nahent hundert meyl von Nürnberg / von einem
Weybsbildt / Margaretha genant / am grünen Donnerstag 1547.
geborn / des kindts vater heysset Anthoni Hefftelmacher ein Bur-
ger daselbst / welcher diß kind Conrad Rätschen himelreycher /
Burgern zu Nürnberg / vmb reichliche widergeltung geschenckt /
10 vnd hat gemelter vatter / des kindes beyde hertzen / dieweyl man
es hat außweyden müssen / zum gedechtnuß behalten / Diß Kind
hat vier stund gelebt / vnd nach der jachtauff ist es bald gestorben /
etc. solchs ist beweyßlich zu Löuen.

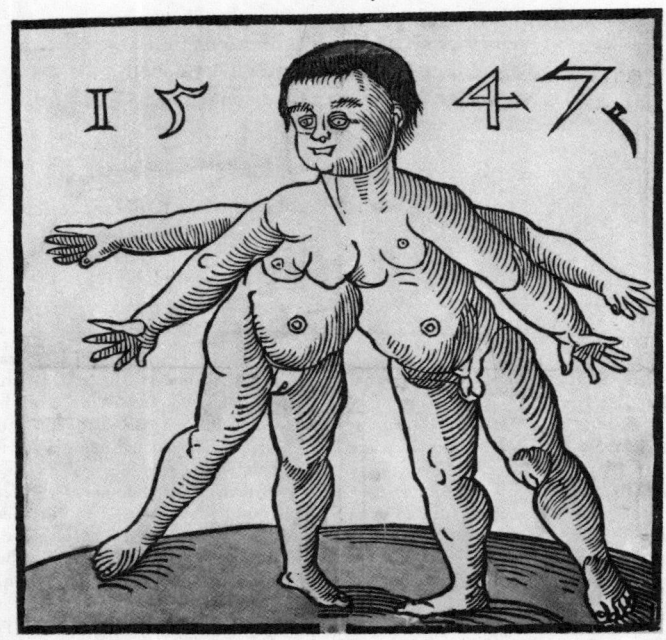

DIESE GEGENWERTIG   1 *Signiert:* C. S. A.   2 wunderberlich *seltsam.*   12 jach-
tauff *Nottaufe.*

Diß Kind wie droben ist vermeldt
15 Hat Got zur besserung diser welt
An tag hat lassen komen nur darumb
Das wir vns bekeren vnd werden frumb
Dann es warlich erschrecklich ist
So mans betracht on arge list
20 Es zeyget ein straff der sünden an
Das etwan Frawen vnd die Man
Vor Gott / der solches alzeyt sicht
Ohn zucht vnnd forcht / dahin gericht
Allein den fürwitz da zu büssen
25 Tretten ehr vnd scham mit füssen
Als dann thut Gott nach seinem willen
Furmiert verborgen vnd inn stillen
Ein vnnatürlichs menschen bildt
Das er vil lieber gerecht erhielt
30 Dann vonn dem obgenanten Weyb
Sindt auch zuuor zwen kindes leyb
Geboren mit allen gliedern zart
Die Beuch zusammen gewachssen hart
Sonst alle gliedmaß ledig vnd frey
35 Vonn dem man steet solt nemen bey
Ein abschew / vnnd sich bessern thun
Das helff vnns Gott durch seinen Son.

---

24 fürwitz *Leidenschaft, Sinnlichkeit.*   27 Furmiert *formt.*   29 gerecht *gerade, rich-
tig.*   33 hart *eng.*

UNBEKANNTER VERFASSER

Benedictio Mensæ in Pancketum.

Vix benedix vobis qui Schlemmitis atque prassatis
Aderit, qui miseram fressitis Germaniam.
5 Qui semper est Sauff aus, fiet postremo Spei multum,
Ructabit crudas, nec dawet ille dapes.
Frest ergo dum vobis fressendi copia datur
Sauffite non semper copia talis erit.

Mense Augusto 1548.

UNBEKANNTER VERFASSER

Folget ein feiner Reimspruch auff die Buchstaben des INTERIMS gemacht.

I NTERIM das ist ein buch
5 N ichts besser dan ein bschiessen bruch /
T euffels drecks vol vnde Babstes greull /   INTE-
E in recht Rohrvogel vnd Hueull /   RIM.
R umb zu rücken fromme Christen
I st drumb erticht von Papisten /
10 M ich dünckts haben sich befisten.

BENEDICTIO   2 Tischsegen beim Bankett.   3 Segen werdet ihr kaum ernten, die
ihr schlemmt und praßt, und die ihr das arme Deutschland auffreßt.   5 Wer immer ein
Saufaus ist, wird schließlich ein Vielkotzer und die rohen, unverdauten Speisen aus-
rülpsen.   7 Freßt also, so lange ihr fressen könnt. Sauft, denn dazu werdet ihr nicht
immer die Gelegenheit haben. Im August 1548.

BENEDICTIO   2ff. *In der Handschrift geht ein aus 25 Distichen bestehendes* Pan-
cketum Cæsarum *aus der gleichen Zeit voraus. Abdruck bei G. Kawerau:* Eine macca-
ronische Dichtung vom Jahre 1548. *In:* Archiv für Literaturgeschichte *10 (1881),
S. 453f. Die* Benedictio Mensæ *nimmt darauf Bezug, obwohl sie in einer anderen
Handschrift des* Pancketum *fehlt (vgl. Kawerau a.a.O., S. 437).*
FOLGET   4ff. *Die Wörter am Rande bedeuten: Das Interim wird, indem es unter-
geht, untergehen. – Eine Polemik gegen die vom Augsburger Reichstag verordnete
vorläufige Regelung (interim = vorläufig) der Religionsausübung in protestantischen
Gemeinden bis zu einer endgültigen Konzilsentscheidung.*   5 bruch *Hose.*   7 Hueull
Eule.   10 befisten *befurzt.*

I hr trödelmarckt kom widder schir
N icht anders hoffen sie / gleub mir /
T rutz das sie anders Gleuben all
E s sol jhn feylen alltzumal /
15 R echt sollen sie mich doch verstehn
I hr vnglück sol nu erst angehn
M an sols erfarn vnd balde sehn.

INTERE-
VNDO.

I hr INTERIM das Geht jns badt
N icht darffs hoffen einiger Gnad /
20 T rechtig gehts mit viel grossem greull
E s sol aber gebern ein feil /
R ein ab rein ab sagen wir widder
I hr schwinget wol ewer gfidder /
M üst doch bald liegen darnidder.

INTERI-
BIT.

25   AMEN.

1549

ERASMUS ALBERUS

Ad cenam agni prouidi
das mag man singen / bey des Herrn Abendmal.

[Melodie]

5 Nun last vns Christum loben fein / vnd mit einander frölich sein /
der Tyrann ist mit seinem heer / ersoffen in dem roten meer.

Wir stunden all in grosser far / da er vns wolt vertilgen gar / da
halff Christ vnser lieber Herr / vnd furt vns durch das rote Meer.

Das Lamm mit seinem blut vnd todt / halff vns bald aus der gros-
10 sen not / da für vns streit der Herre Christ / der böse feind ersoffen
ist.

Dis ist das rechte osterlamm / gebraten an des Creüttes stamm /
dauon niedlich zu essen ist / das ist der lieb herr Jhesu Christ.

FOLGET   11 kom *kam.*   14 feylen *mißlingen.*   21 feil *Fehlgeburt.*
AD CENAM   2 *Zur Abendmahlzeit des vorsorgenden Lammes.*   7 far *Gefahr.*
13 niedlich *angenehm.*

Dis ist das rechte süsse brodt / welchs von vns treibt den ewigen
15 todt / des Lamms blut trincken wir da bey / so sind wir fürm Ti-
rannen frey.

Ach lieber Gott wie kümmer wir / für sölch opffer voldancken dir /
dadurch wir von dem wüterich / erlöset sind gewaltiglich.

Du Lamm bist aller ehren werdt / darumb man dich billch rhümt
20 vnd ehrt / es sagt dir deine Christenheit / lob / ehr / vnd danck in
ewigkeit.

Amen.

Scriptum 24. Aprilis. quo ante duos annos illustriss. dux Saxo. Joh. Frideri-
cus / princeps elector / a suis Jschariotis in manus papistarum traditus est /
Numerus anni est in hoc disticho.

Pastor pascit oues / at mercenarius ille
Falsus linquit oues / triste lupus stabulis.

Allusum est ad Euangelicam lectionem de bono pastore et mercenario ne-
quam / quam eo die quo traditus est Princeps / pastores suae quisque Ecclesiae
interpretari solent. Allusum est etiam nomen supremi proditoris. Erasmus
Albertus D.

---

17 kümmer *mühevoll.* 19 billch *angemessen, gerecht, verdientermaßen.* 22 ff. *Ge-
schrieben am 24. April, an dem vor zwei Jahren der berühmte Herzog von Sachsen,
Johann Friedrich, gewählter Fürst, von seinen Ischarioten [= Verrätern] in die Hände
der Papisten übergeben wurde. Die Jahreszahl steht in diesem Distichon [Es handelt
sich um ein Eteostichon oder Chronogramm: die Buchstaben, die römischen Ziffern
entsprechen, – hier* i = I, u = V, l = L, c = C *und* m = M – *werden mit den
entsprechenden Zahlenwerten addiert; ihre Summe ergibt eine Jahres- oder Datums-
zahl. Vgl. die Beispiele S. 190 f.].*

*Der Hirte weidet die Schafe, aber der falsche Mietling
verläßt die Schafe, Verderben bringt der Wolf den Ställen.*

*Angespielt ist auf den Evangelientext über den guten Hirten und den nichtsnutzigen
Mietling, den an dem Tage, an dem der Fürst verraten wurde, die Seelsorger jeder
seiner Kirchen auszulegen pflegen. Angespielt ist auch auf den Namen des obersten
Verräters. Erasmus Alberus Doktor. – Kurfürst Johann Friedrich von Sachsen wurde am
24. April 1547 in der Schlacht von Mühlberg von kaiserlichen Truppen gefangengenom-
men. Nach damaliger Ansicht war Verrat im Spiel, dabei fiel der Verdacht auf Johann
Friedrichs Vetter, Moritz von Sachsen, den „Judas von Meißen" (vgl. 23 Ischariotes).*
26 stabulis *im Original* stabulus.

UNBEKANNTER VERFASSER

G. F.

Jch bin ein weißgerber genant / mein arbeyt geht mir wol von
handt / Wann ich gerb auß einem gantzen fel / so geht mein arbeit
5 gring vnd schnel / ob schön ein kleinß löchlein hat / ich gerb vnd
schab get fein von stat.

Wirt mir zu theyl ein alte haut / zu gerben mir sere darob graut /
dann sie will vil zu schaben han / ein junge haut ich gerben kan /
zumal wann sie ist schon vnd weyß / ich gerb vnnd schab brauch
10 guten vleyß.

Sunst kommen mir der heut viel zu / die besten ich da gerben thu /
schon lind vnd rauch die nem ich an / zerrissen stincket laß ich
stan / ich paiß sie ein all stund vnd tag / vnd gerb vnd schab wann
ichs vermag.

UNBEKANNTER VERFASSER

L. Lemblin

Lust freud thet mich vmbgeben gar / darvon mir noch mein
hertz ist wundt / Dasselb ein weiblich bildt nam war / die gantz
5 freuntlich mich trösten kundt / Das was ich fro / vnd meint also /
es sol die sach verschwigen sein / ein kleyne zeit / het ich die freud /
der klaffer seet sein samen drein.

Thut mir in meinem hertzen wehe / das ich nicht mehr der blüm-
lein brach / vnterweyln vnnd grünen kle / vergiß mein nicht auch
10 wachssen sahe / vnd wolgemut / in voller blut / Darzu ye lenger
ye lieber ist alß verwend / in groß ellend / der blümlein find ich
keines mehr.

Vil kürtzweyl ist mir benommen / seydt klaffer hat geschnitten ab /
die blümblein all / vnd wunsam zir / wiewol ich tröstlich hoffnung
15 hab / die wurtzel sey verletzung frey / werd blüen zu des meyen
zeyt / mein hertz mir sunst / durch liebes brunst / allzeit in sorg
vnd jammer leydt.

JCH BIN   2 *Georg Forster (ca. 1510–1568), Arzt und Komponist.*   5 gring *leicht*
11 heut *Häute.*   12 schon ... rauch *schön weich und pelzig.*   13 paiß *beize.*
LUST FREUD   2 *L. Lemblin (um 1485), belg. Komponist.*   10 blut *Blüte.*   7 *und*
13 klaffer *Bezeichnung für den Verleumder heimlicher Liebesbeziehungen.*   11 ver-
wend *umgewendet, verkehrt, verändert.*

1549

Unbekannter Verfasser

G. Forsterius

Ach meidlein fein / möcht es gesein / heimlich an einem orte /
Deucht mich das best / das niemand west / so kämm es nicht zu
5 weyte / Es deucht mich also gut / vnd brecht mir falschen mut /
hast mir mein hertz vmbfangen / zu dir mein schönes meidelein /
trag ich gar groß verlangen.

Das edelst kraut / hat sie gebaut / welchs wechst in jrem garten /
sie spilt mit mir / vnnd ich mit jr / drey schantz auff einer karten /
10 die schantz vnd die was groß / wie bald sie mich vmbschloß / mit
weyssen armen vmbfangen / sie truck mich freundlich an jren
brüst / küst mich an beyde wangen.

Holdtseligs weyb / dein stoltzer leyb / findt man nicht baldt seinß
gleychen / was ich dich bit / versag mir nit / von dir will ich nit
15 weychen / halt dich noch stet wie vor / vnd das dich Gott bewar /
hüt dich für falschen zungen / das liedt sey dir zu guter nacht / inn
deinem dienst gesungen.

Unbekannter Verfasser

Steffa Zyrlerus

Sie ist mein trost / vnd auffenthalt / gepflantzt in meynem hertzen /
Die mich erlöst / hat mit gewalt / gar offt von pein vnd schmertzen /
5 darumb ich jr / mit gantzer gir / will sein bereyt / in dinstbarkeyt /
vnd auch versprich / inbrinstigklich / gantz wie sie wil / so find
sie mich.

Billich sols sein / dweyl ich sie lob / vor alle weyb auff erden / das es
erschein in solcher prob / jr holdtselig geperden / ja zucht vnd
10 weyß / die sie mit vleyß / höfflich erzeygt / mir sein geneygt /
drumb ich versprich / jr emsiglig / gantz wie sie will / so find sie
mich.

Last glück vns beydt / frisch vnd gesunt / wider zusamen kom-
men / hoff ich alß leyd / zur selben stundt / sol vns werden benom-

---

ACH MEIDLEIN   2 *Siehe* Jch bin ein weißgerber *S. 161, Anm. zu 2.*   4 west *wüßte.*
5 brecht *berichtigte.*   9 schantz *günstige Gelegenheit.*

SIE IST   2 *Stephan* Zyrlerus *(um 1520–1568), Heidelberg, wahrscheinlich Schüler*
Lemblins (vgl. das Lied Lust freud ... S. 161), Mitglied der Heidelberger Kantorei.
3 auffenthalt *Schutz, Stütze.*   9 prob *Beweis.*

162

15 men / darinn mein gmüt / yetz tobt vnd wüt / vnd stet mein gir /
allein zu jr / das schafft das ich / ewig versprich / gantz wie sie will /
so find sie mich.

Erasmus Alberus*

Herr Grickel lieber Domine / von wannen kumpt jr her / man solt
euch sagen / parcite / wer der frum Grickel wer.

Du hast ein schöne new gepurt / mit dir von Augspurg bracht /
5 wie bistu doch so gar vorhurt / hast nie an Got gedacht.

Du bringst mit dir ein neues lex / ein nequam in der haut / vnd bist
ein rechter narrifex / darzu des teuffels braut.

Du bist ein toller essels kopff / man hört die esel stim / denn du nar
vnd heiloser tropff / kumpst mit dem Jnterim.

10 Man wirt dich forthin nennen / magister Jnterim / ein ieder wirt
dich kennen / bey deiner esel stim.

Wiltu vns reformiren / wie kumstu doch darzu / vnd wilt die leut
uexiren / der narr lest dir kein ruhe.

Du bist gleich wie der Bariehu / beim Landtuogt Sergio / der leidig
15 geitz lest dir kein rhu / wie auch dem Julio[a].

Zu Meintz dem fladen weiher / hastu gestanden bey / es machen
vff einer leier / der bösen buben drey.

Wo ist doch Witzel bliben / das er nit bey euch war / nhun hat er
doch geschriben / lenger den zwentzig jar.

20 Er macht ein reformation / zu Lupnitz ists geschehen / die sol sein
auss den bunden schon / wir möchten sie gerne sehen.

---

a) Act. 13. [*Apostelgeschichte 13, 6ff.*]

HERR GRICKEL   1 Herr Grickel *Johann Agricola (deutsch: Sneider, Schnitter,
1494–1566). Anhänger Luthers, nach Zerwürfnis mit ihm im Antinomismusstreit (Aus-
einandersetzung um Gesetz und Evangelien) Hofprediger in Berlin;*   Domine *Herr.*
3 parcite *hütet euch.*   4 *Der Reichstag in Augsburg verabschiedete am 15. 5. 1548
eine vorläufige Regelung der Religionsausübung in den protestantischen Gemeinden;
vgl. auch die Polemik gegen dieses* Interim *S. 158.*   6 lex *Gesetz;*   nequam in der haut
ein durch und durch schlechter Kerl.   7 narrifex *Narrenmacher.*   13 uexieren *quälen.*
16 fladen weiher *Bischof. Spottname der Bischöfe, weil sie das Ostergebäck weihen.*
18 *Georg* Witzel *(1501–1573), bekannte sich anfangs zur lutherischen Lehre, kehrte
aber wieder zum Katholizismus zurück.*   20 Lupnitz *Wenigenlupnitz, dort war Witzel
vorübergehend evangelischer Pfarrer.*   21 auss ... schon *außerordentlich schön.*

Der Babst liess einen streichen / der Grickel war nit faul / du wirst
mir nit entweichen / er fast in mit dem maul.

25 Vom Jnterim Eisleben / vom bebstlichen gestanck / wolt er vns
auch gern geben / des im der Teuffel danck.

Er ist vom Euangelio gefallen wol zehen mal / drumb wirt er cum
Diabolo / leiden hellische quall.

Er kan sein hertz nicht stillen / tracht tag vnd nacht nach geldt /
vmb eines groschen willen / verriet die gantze welt.

30 Die Marck wirt er verrhaten / wert jhr erfaren all / mit seinen bösen
thaten / er ist vol bitter gall.

Er ist ein rechter Simonist / ein falscher prediger / drumb felt er zu
dem Antichrist / der grosse lügener.

Er ist der rechte Elimas / dauon S. Lucas schreibt[b] / der sein gespöt
35 on alle mas / mit vnserm hern got treibt.

Judas vmb dreissig silberling / Christum verraten hat / darumb er
sich auch selbst erhing / vnd folgt des Teuffels rhat.

Was wirt dir denn geschehen / fur dein verreterey / das wirstu
noch wol sehen / die straff naht sich herbei.

40 Dir ist nicht wol zu raten / man hats gar offt versucht / hast Chri-
stum offt verrhaten / bist ewiglich verflucht.

Er schempt sich nicht zu ligen / denn er der warheit schondt / das
sich die balcken bigen / er ist sein nhun gewondt.

Die warheit hat er verloren / vnd findt sie nimmer mehr / die lügen
45 auserkoren / ist jm ein grosse ehr.

Erbar leüt zuuerspotten / hat er beflissen sich / mit seinen losen
zoten / das kan er meisterlich.

Er schreibt sich visitator totius Marchie / ja wol ein viltzitator /
die hoffart thut jm wehe.

50 Was solt der esel visitiren / er ist ein rechter fantast / die Marck wil
er verfüren / ist jhr ein schwere last.

b) Act. 13 [Apostelgeschichte 13, 6ff.].

26f. cum Diabolo *mit dem Teufel.*   30 Marck *Mark Brandenburg.*   32 Simonist
einer, der kirchliche Ämter und Würden verkauft bzw. kauft.   48 visitator totius
Marchie *Aufseher der ganzen Mark Brandenburg;*   viltzitator *Wortspiel mit* viltzet
geizig und ungehobelt, bäuerisch.

Grickel kan nicht studiren / er ist vol tag vnd nacht / noch will er
reformiren / vom Babst hat er die macht.

Grickeln das hellische feür / schon aus den augen dringt / das
55 lachen wirt jm theür / wiewol er darnach ringt.

1550

UNBEKANNTER VERFASSER

Die brunnen die da fliessen / die sol man trincken. Vnd der ein
lieben Bulen hat / der sol im wincken / wincken mit den augen /
vnd tretten auff den fuß / es ist ein herter orden der seinen Bulen
5 meiden muß.

Jch weiß mir ein kleines waldtvögelein / das ist hübsch vnde fein.
Es flog sich nächten spate / für liebes fensterlein / es flog jr auff
den geren / es flog jr in die schoß / sie bschrit jm sein gefider /
jr beyder freud vnd die was groß.

10 Nun fleug nu fleug gut vögelein / von meiner zynnen. So kan ich
doch kein rhu nit han / vor deiner stimmen / so fleug du hin zu
walde / vnd rür des baumes ast / ich sach jn nechten spate / der mir
der aller liebste was.

Wo soll ich hine fliegen / du hertzes lieb / Du hast mir abgeschnit-
15 ten / all mein gezierde / du hast mir abgeschnitten / zu kurtz vnd
nit zu lang / der ein lieben bulen hat / der thut gar manchen Affen-
gang.

Ferr inn des Möresgrunde / da schwimbt ein Hechtelein / was tregt
es in seinem munde / von gold ein Fingerlein / es ist das aller beste
20 gold / vnd das ich je gesach / kündest du mirs lieb gewinnen / ich
wolt dich dester lieber han.

Wie kündt ich dirs gewinnen / du hertzes liebe. So kan ich doch
nicht schwimmen / vnd wasser trieben / ich hab doch lieb gerüret /

DIE BRUNNEN   2 ff. *Datierung (1550) unsicher. Der vorliegende Druck wird in die
zweite Hälfte des 16. Jahrhunderts datiert. Das Lied war schon vorher bekannt, aber in
Drucken findet sich nur die erste Strophe. Die übrigen Strophen gehören zu anderen
Liedern.*   4 orden *Bestimmung.*   8 geren *Schoß;*   bschriet *schnitt ab.*   16 f. *Af-
fengang eitlen, vergeblichen Gang.*   19 Fingerlein *Ring*   23 trieben *trüben [um das
Hechtelein zu fangen].*

gerüret keinen grund / wenn ich dir nit gefalle / gib mir vrlaub du
25 roter mund.

Wie kündst mir hertz lieb nicht gefallen / ich hab dich außerwelt.
Für alle ander manne / du hertzes liebe / ich hab dich außerkoren /
in gantzer stätigkeit / ich soll vnd will dich haben / vnd wer es aller
welte leyd.

30 Bey meines liebsten bethe / da stand zwey bäumelein. Das ein tregt
muscat blüte / das ander Negelein / die muscat die ist süsse / die
negelein die seind gut / der ein lieben bulen hat / der tregt ein
frischen freyen mut.

Jn meines Bulen kämmerlein / da stadt ein güldner schrein. Darinn
35 da ist beschlossen / das junge hertze mein / darinn da ist beschlos-
sen / das junge hertze mein / ach het ich lieb den schlüssel / dein
eygen wolt ich jmmer sein.

1553

UNBEKANNTER VERFASSER

Zwüschen berg vnd tief - - fe
Far hin far hin du hast die

Zwüschen berg vnd tief - fe
Far hin far hin du hast die

thal / do lytt ein fry - e stras - se / ij /
wal / ich kan mich din wol mas - sen / ij /

thal / do lyt ein fry - e stras - se / ij /
wal / ich kan mich dyn wohl mas - - sen / ij /

DIE BRUNNEN   24 vrlaub *Erlaubnis [fortzugehen].*   30 bethe *(jiddisch) Haus.*
ZWÜSCHEN BERG   2 f. *Die erste Strophe allein findet sich öfter gedruckt, zuerst 1512*
im Liederbuch des Erhard Öglin.   Lytt *liegt;* ij *Wiederholungszeichen für den*
unmittelbar vorhergehenden Text.

wär si-nen bů - len nit ha - - - ben
jm jar sind noch vil lan - - - ger

Wär sy-nen bů - len nit ha - ben mag /
Jm jar sind noch vil lan - ger tag /

mag / der sol jn fa-ren las - sen /
tag / glück ist an al-len gas - sen /

der můß jn fa-ren las - - -
glück ist in al - len gas - - -

ij /
ij /

sen / ij / wär
sen / ij / im

wär si - nen bů - len nit ha - ben mag /
im jar sind noch vil lan - ger tag /

si - nen bů - len nit ha - - - - ben
jar sind noch vil lan - - - - ger

der sol / jn fa-ren las - - -
glück ist / an al-len gas - - -

mag / der sol jn fa-ren las - sen /
tag / glück ist an al-len gas - sen /

sen / der sol jn fa-ren las - - sen.
sen / glück ist an al-len gas - - sen.

der sol jn fa-ren las - sen.
glück ist an al-len gas - sen.

UNBEKANNTER VERFASSER

Math: Apiar: olim faciebat.

Es taget vor dem walde / stand vff Kätterlin die hassen louffen
balde / stand vff kätterlin holder bül heioho du bist min so bin
5 ich din / stand vff Kätterlin.
Es taget in der ouwe / stand vff Kätterlin schöns lieb laß dich an-
schowen / stand vff kätterlin holder bül heioho du bist min so
bin ich din / stand vff Kätterlin.

ES TAGET 2 *Mathias Apiarius hat es früher gemacht.* – Apiarius *(Humanistenname
für* Biener, *um 1500–1554), Anhänger der Reformation, Buchbinder in Basel, Drucker
in Straßburg und Bern.* 3 ff. *Andere Fassungen des Liedes gab es bereits früher, z. B.
ist eine Fassung nur der ersten Strophe schon in Johann Otts Liederbuch 1534 abge-
druckt.* 3 stand vff *steh auf;* Kätterlin *Käthchen.*

Burchard Waldis

Psalm. XLII. Sicut ceruus.
Ein gebet wider die feind im bezwang der
armen Christen.

5   *[Melodie]*

I.

Gleich wie der Hirsch zum wasser bgert /
Jn seiner bschwerd /
Wann jn die jäger jagen /
So bgert mein seel zu dir O Gott /
10   Jn jrer not /
Wann sie die feinde plagen /
Ach Herr wie lang sols weren noch /
Daß doch /
Dein wort mich möcht erfrewen /
15   Daß mein trübnuß ein ende nem /
Hin kem /
Dein angesicht zu schawen.

II.

Es spricht der feind mit hon vnd spott /
Wo ist dein Got /
20   Der dir möcht hülff erzeygen /
So weyn ich dann mit grossem schmertz /
Vnd schütt mein hertz
Herauß / vnd kans nit schweigen /
Dann rüff ich daß ich werd erlöst /
25   Deinn trost
Jn deiner gmeyn möcht hören /
Da man mit frölichem gesang /
Mit danck /
Dein heylge wort thůt leren.

III.

30   Jch sprech zu meinr elenden seel:
Got ist mein heyl
Was wiltu dich betrüben? /
Zu helffen hat er stedts gericht
Sein angesicht /
35   Gegn all die sein wort lieben.

Psalm   2ff. *Vgl. die Fassungen von Fischart S. 231, Gamersfelder S. 147, Geletzky
S. 201, Hessus S. 131, Nicolai S. 289, Ulenberg S. 244 und Winnenberg S. 252.*

Jch denck der wunder am Jordan
Gethan /
Die deinen zu erretten /
Da du die Heyden alle sant /
40   Jm land /
Mit gwalt hast vndertretten.

IV.

Wie die flůt rauscht im roten meer
Grewlich daher /
Die grossen wasserwagen /
Also hat mich dein zorn jetzund
45   Für meine sünd
Mit schrecken vberzogen /
Doch wiltu HERR / beyd tag vnd nacht /
Dein macht
50   Mit gnad an vns beweisen /
Meins lebens heyl / ich wil dein ehr /
O HERR /
Loben vnd jmmer preisen.

V.

Wie hastu mein O Got mein sterck /
55   Deinr hende werck /
So gar vnd gantz vergessen /
Jn meim elend / der feind mich drengt /
Jn vnglück brengt /
Vnd ist so gar vermessen /
60   Jn meinn beynen ists wie ein mordt /
Das wort /
Das Er zu mir thůt sagen:
Wo ist dein heyland vnd dein Gott?
Zum spott /
65   O HERR / dir můß ichs klagen.

VI.

Ach meine seel was quelstu mich /
So ängstiglich /
Vnd machst meim hertzen bange?
Verzeuch doch noch ein kleine weil /
70   Zu sehr nicht eil /
Vnd laß dich nicht verlangen /

---

41 vndertretten *unterdrückt.* 44 wasserwagen *Wasserwogen.* 54 Wie hastu mein *Wie hast du mich.* 60 beynen *Gebeinen.* 69 Verzeuch *warte.*

Jch weyß / der HERR wirt helffen mir
Gar schir /
Mein antlitz gar erfrewen /
75   So wil ich dann mein leben lang /
Mit danck /
Sein lob allzeit vernewen.

VII.
Das gib Got Vatter alle zeit
Mit gnad vnd freud /
80   Daß wir stedts an dir hangen /
Nach dir in deinem lieben Son /
Dem heyland fron /
Hertziglich lan verlangen /
Dein Geyst an solcher gnad erhalt /
85   Vnd vnser walt /
Wann vns die feind verklagen /
Dann laß vns an deins worts zůsag
Am jüngsten tag
Bestehn / vnd nit verzagen.

1555

UNBEKANNTER VERFASSER

Ein schön Geistlich Lied / von dem Christlichen
abschied diser Welt.

Im thon / Inßbruck ich muß dich.

5 O Welt ich muß dich lassen / ich fahr dahin mein strassen / ins ewig Vatterland / mein Geist will ich auffgeben / darzu mein leib vnd leben / setzen gnedig in Gottes hand.

Mein zeit ist nun volendet / der todt das leben schendet / sterben ist mein gewin / Kein bleiben ist auff Erden / das ewig muß mir
10 werden / mit fried vnd frewd ich fahr dahin.

PSALM   73 *Sofort.*   77 vernewen *erneuern.*   82 fron *heilig, erhaben, göttlich.*
89 Bestehn *fest stehen.*
   EIN SCHÖN   1 *Von* Wackernagel, Kirchenlied *Bd. 3, S. 952, Johann Hesse zuge-*
schrieben.   5 ff. *Vgl. die weltliche Fassung auf S. 137 dieses Bandes.*   8 schendet *zu
schanden macht.*

Ob mich gleich hat betrogen / die welt von Got abzogen / durch
schand vnd büberey / will ich doch nicht verzagen / sonder mit
glauben sagen / das mir mein Sünd vergeben sey.

Auff Gott steht mein vertrawen / sein Angesicht will ich schawen /
15 warlich durch Jesum Christ / der für mich ist gestorben / des Va-
ters huld erworben / mein Mitler er auch worden ist.

Die sünd mag mir nicht schaden / Erlöst bin ich auß gnaden / vmb
sonst durch Christi blut / kein Werck kombt mir zu frommen /
so ich will zu jm kommen / Allein der Christlich glauben gut.

20 Ich bin ein vnnütz Knechte / mein thun ist vil zu schlechte / dann
das ich jm bezal / darmit das ewig leben / vmb sonst will er mirs
geben / vnd nit nach meim verdienst vnd wahl.

Darauff will ich frölich sterben / das Himelreich ererben / wie e
mirs hat bereit / hie mag ich nit mehr bleiben / der todt thut mich
25 vertreiben / mein Seel sich von meim Leibe scheid.

Damit fahr ich von hinnen / O Welt thu dich besinnen / Wann du
must auch hernach / thu dich zu Gott bekehren / vnnd von jhm
gnad begeren / im Glauben sey du auch nicht schwach.

Die zeit ist schon vorhanden / hör auff von sünd vnd schanden /
30 vnd richt dich auff die straß / mit beten vnd mit wachen / sonst all
jrdische sachen / solt du gütiglich faren laß.

Das schenck ich dir am ende / ade zu Gott dich wende / zu ihm
steht auch mein bger / hüt dich vor pein vnd schmertzen / nimb
mein abschied zu hertzen / meins bleibens ist jetzt nit mehr.

[1569]

Konrad Gesner

Es macht alleinig der glaub die gleubige sälig /
Vnd darzů fruchtbar zur lieb': vnnd gütige hertzen
Allwäg inn menschen schafft er. kein mǔsse by jmm ist /
5 Vnd kein nachlassen nienen. er würcket in allen
Rechtschaffnen gmüten alls gǔts vnd übige früntschafft.

EIN SCHÖN   22 wahl *Entscheidung, Wunsch.*
ES MACHT   2 ff. *Die – soweit bekannt – ältesten überlieferten Hexameter in deut-*
scher Sprache.   3 lieb' *das älteste Beispiel für den Gebrauch des Apostroph.*   4 mǔsse
Muße, Untätigkeit.   5 nienen *nirgends.*

Doch schrybt er nüt simm selber zů: sunder er eignet
Dem Herren Gott vnd siner gnad alle die eere /
Durch Jesum Christum Gott vnd mensch vnseren Herren.

Oratio Domini uersibus Hexametris
à nobis expressa

O Vatter vnser der du dyn eewige wonung
Erhöchst inn himmlen / dyn namen werde geheilget.
5   Zůkumm vns dyn rych. Dyn will der thüe beschähen
Vff erd als inn himmelen. Vnsere tägliche narung
Heer gibe vns hüt. Vnd verzych vns vnsere schulde /
Wie wir verzychend iedem der bleidigen vns thůt.
Für vns in kein versůchnuß yn (hilff one dynen:)
10   Sunder vomm bösen erlöß vns gnädiger Heer Gott.

Eadem hendecasyllabis reddita, qui uersus linguæ
Germanicæ aptiores uidentur.

Heer Gott Vatter in himmlen eewig einig /
Dyn nam werde geheiliget geêret.
15   Dyn rych komme genädiklich / begär ich.
Dyn will thüe beschähen vff der erden /
Wie inn himmelen vndren heilgen englen.
Vnser, tägliche narig[a] vns gib hütte.
Verzych vnsere schulden vns / wie auch wir
20   Verzyhend schuldneren vnseren by vns hie.
Versůchnuß sye wyt von vns o Heere.
Löß vns gnädiger Heer von allem übel.

a) Pro narung, propter carmen.

Es macht   7 simm *sich.*
Oratio   1 f. *Herrengebet [= Vaterunser] in Hexameter-Versen von uns [= mir]
zum Ausdruck gebracht.*   5 beschähen *geschehen.*   9 yn *hinein;*   hilff one *steh bei.*
11 f. *Dasselbe in Elfsilblern wiedergegeben; diese Verse scheinen besser zur deutschen
Sprache zu passen.*   17 vndren *unter den.*   Zu a: *Für „Nahrung" wegen des Gedich-
tes. – Dessen Versmaß verlangt nämlich an dieser Stelle die Silbenfolge lang-kurz,
narung aber wäre lang-lang.*

CHRISTOFF WIRSUNG

Zů dem Bastardischen Christenthumb.

O zeit für andere torecht toll /
O welt on witz / blind / viehisch / vnd
Die gantz vnd gar in finstern schlund
Versenckt / verstrickt / vnd mangels voll.

Du ligst ye vergraben wol
Im Chaos / da kein end noch grund
Der jrthumb / gstanck / kot / vngesund /
Da all Gottlosigkeit sein soll.

So gschicht dem der den brunnen klar
Der wahrheit last / vnd sůcht erstert
Cisternen / die on safft vnd leer
Liebt schwartzen nebel / tuncklen gfar
Der lůg: das er das hell liecht werdt
Der warheit nit kan dulden mehr.

1557

HANS SACHS

Der Jungkprunn.

Als ich inn meinem alter war
Gleich im zway vnnd sechtzigsten Jar
Da mich gar in mancherley stücken
Das schwere alter hart was drücken
Da dacht ich mit seufftzender klag
An meiner Jugend gute tag

ZŮ DEM   *Das – soweit bekannt – älteste überlieferte Sonett in deutscher Sprache.
Vgl. die italienische Vorlage von Bernardo Ochino (um 1487–?) Al Christianesimo
Bastardo. Son. In: J. U. Fechner: Das deutsche Sonett, München 1969, S. 385.*   4 witz
Verstand.   12 last *verläßt;*   erstert *zerstörte.*   14 schwartzen *geschwärzten.*

Die ich so vnütz het verzert
10 Das mir geleich mein schmertzen mert
Vnd warff mich im Pett hin vnd her
Dacht / o das ein artzeney wer
Für das Alter oder ein salben
Wie wert würd sie sein allenthalben
15 Jnn dem nach dencken ich gar tieff
Verwickelt ich samb halb entschlieff
Mir traumbt wie ich kem wol besunnen
Zu eynem grossen runden prunnen
Von merbel stain polieret klar
20 Darein das wasser rinnen war
Warm vnd kalt wol auß zwölff rörn
Gleich eym wildpad / thüt wunder hörn
Das wasser het so grosse krafft
Welch mensch mit alter war behafft
25 Ob er schon achtzig jerig was
Wann er ein stund im prunnen saß
So theten sich verjungen wider
Sein gmůt / hertz vnnd alle gelieder
Vmb den prunnen war ein getreng
30 Wann darzu kam ein grosse meng
Allerley Nacion vnd gschlecht
Münnich / Pfaffen / Ritter vnd knecht
Burger / Pawer vnd Handwercker
Der kam on zal zum prunnen her
35 Vnd wolten sich verjungen lassen
Vol zog es zu auff steig vnd strassen
Auß allen landen nach vnd ferren
Auff senfften / schlitten wegn und kerren
Jr viel man auff Radwerben zug
40 Etlich man auff mistpern trug
Vnd jr viel trug man auff dem rucken
Etlich giengen herzu auff krucken
Zusammen kam ein hauff der alten
Wunderlich / endtisch vngestalten
45 Geruntzelt / zanlucket vnd kal
Zittrent vnnd kretzig vberal

DER JUNGKPRUNN   16 samb *gleichsam.*   19 merbel *Marmor.*   36 Vol *vollstän-dig, vollkommen.*   37 nach vnd ferren *nah und fern.*   38 wegn und kerren *Wagen und Karren.*   39 Radwerben *Schiebkarren.*   40 mistpern *Misttragen.*   44 Wunder-lich *auch: launisch, reizbar;*   endtisch *wunderlich.*

Dunckler augen vnd vngehöret
Vergessen / doppet vnnd halb thöret
Gantz madt / pogrucket vnd krumb
50 Da war inn summa summarum
Ein husten / reuspern vnnd ein kreysten
Ein ächttzen / seufftzen vnnd feisten
Als obs in eynem spital wer
Zwölff Man waren bestellet her
55 Die alle alten die sie funnen
Solten helffen inn den junckbrunnen
Die theten sich alle verjüngen
Nach einer stund mit freyen sprüngen
Sprangen sie auß dem prunnen rund
60 Schön / wolgefarb frisch / jung vnd gsund
Gantz leichtsinnig vnd wol geperig
Als ob sie weren zwaintzig jerig
Bald sich ein rott verjünget fein
So stieg darnach ein andre ein
65 Da dacht ich mir im schlaff fürwar
Alt bist auch zwey vnd sechtzig Jar
Dir geht ab an ghör vnd gesicht
Was zeichst du dich das du auch nicht
Wol bald inn den junckbrunnen sitzest
70 Die alten haut auch von dir schwitzest
Abzog ich alles mein gewand
Daucht mich im schlaff alda zuhand
Jch stieg in Jungkprunnen zu paden
Ab zukummen des alters schaden
75 Jnn dem einsteygen ich erwacht
Meins verjüngens ich selber lacht
Dacht mir ich muß nun bey mein tagen
Die alten haut mein lebtag tragen
Weil kein krawt auff erd ist gewachsen
80 Heut zu verjüngen mich Hans Sachsen.
              Anno Salutis. M.D.L.VII. Am v. Tag Nouembris.
                                              [1558]

---

47 vngehöret *schwerhörig, taub.*   48 Vergessen *vergeßlich;*   doppet *nicht bei
Verstand;*   thöret *töricht, verstandesschwach.*   49 pogrucket *gebeugt.*   51 kreysten
kreißen, schreien.   52 feisten *furzen.*   61 geperig *gebärdend.*   67 gesicht *Augen-
licht.*   68 zeichst du dich *wirfst du dir vor.*   71 alles mein gewand *meine sämtlichen
Kleider.*   74 Ab zukummen *zu entledigen.*

Johann Freder

Ein geistlick Ledt / vth der Schrifft gefatet /
im Thon / Kamet her tho my sprickt Gades Soen.

Nv ys de angenemene tydt / de Dach des Heyls vor ogen steit /
5 Ein Christen dartho trachte / Dath he vorgeues nicht de Gnad /
entfange vnnd sick ewich schad / Syn sake hebb in achte.

Wy moethen alle vp de vart / vnd Christo werden apenbart / wenn
he sitt dat Gerichte / Dar wert entfangen yederman / nha synem
arbeidt ock syn lohn / Dath holdt vor neen Gedichte.

10 Ein Bom de nicht drecht früchte gudt / wert affgehowen thor
vůres glodt / darinne thouorderuen / Darümm lath ernstlick bote
dar syn / bekere recht dat leeuend dyn / So du Godts ryck wilt
eruen.

Ydt werden kamen nicht tho glyck / de alle in dath Hemmelryck /
15 de seggen HEre HEre / Sůnder de gern den willen dhon / des Va-
ders in dem Hemmels thron / Tho synem loff vnd ehre.

Dath licht moth lůchten hell vnd klaer / vor allen Lůden apenbar /
de Gloue moth sick bewysen / Dath se de gudenn Wercke seen /
de aen vordreeth / van dy gescheen / Vnd Godt den Vader prysen.

20 De Jhesum Christum angehoern / sick lathen nicht dat Flesck vor
foern / syn willen tho vullbringen / Jm Geist se wandern vnd her-
gaen / de boeß begerd ant Crůtze slaen / De lůste se bedwingen.

EIN GEISTLICK 2 Ein geistliches Lied, aus der Schrift genommen, im Ton: Kommt
her zu mir spricht Gottes Sohn. 4 Nun ist die angenehme Zeit, der Tag des Heils
steht bevor. Ein Christ trachte danach, daß er nicht vergebens die Gnade *[das heilige
Abendmahl]* empfangen möge und sich ewig schade; er achte auf seine Angelegen-
heit. 7 Wir müssen alle auf den Weg und Christus offenbart werden, wenn er zu
Gericht sitzt. Dort wird jedermann entsprechend seiner Anstrengung seinen Lohn
empfangen. Das haltet für keine Erfindung. 10 Ein Baum, der keine guten Früchte
trägt, wird für die Glut des Feuers abgehauen, um darin zu verderben. Deshalb laß da
ernsthaft Buße sein. Verändere dein Leben in richtiger Weise, wenn du das Reich
Gottes erben willst. 14 Es werden nicht zugleich alle die in das Himmelreich kom-
men, die sagen Herr, Herr. Sondern die, die gern den Willen dès Vaters in dem
Himmelsthron tun zu seinem Lob und seiner Ehre. 17 Das Licht muß leuchten hell
und klar vor allen Menschen offenbar, der Glaube muß sich beweisen, daß sie die guten
Werke sehen, die ohne Verdruß von dir geschehen sind und Gott den Vater preisen.
20 Die Jesus Christus angehören, lassen sich nicht das Fleisch verführen, seinen Willen
zu vollbringen. Im Geist wandern sie und gehen hin und her, die böse Begierde schla-
gen sie an das Kreuz, die Lüste bezwingen sie.

Du most dy stellen nicht gelick / der Werld des Dǔuels Brudt vnd
Ryck / sǔnder vorandert werden / Vor nyet moth syn dyn ge-
25 moeth / ydt moeten in dy syn gedoedt / De Ledemath vp Erden.

O Godt dorch Christum dynen Soen / gyff dynen Geist / de moth
ydt dhon / Lath en dar inn vns wercken. Dorch en de Herten recht
bekeer / im leeuendt vns regeer vnnd voeer / Mit trost vnd hǔlp
vns stercke.

30 Dy sy Godt Vader loff vnd ehr / vnd dy O Christe leue HErr /
du benedyede samen. Vnd dy O hilliger Geist tho glyck / vp
Erden vnnd im Hemmelryck / Tho ewigen tyden / Amen.

1560

Nicolaus Herman*

Aus: Drey geistliche Weinacht Lieder /
vom newgebornen Kindlein Jhesu /
Für die Kinder im Jochimsthal.

5   *[Holzschnitt]*
            [Melodie]

1. Lobt Gott jr Christen alle gleich / Jn seinem höchsten Thron /
der heut schleusst auff sein Himelreich / vnd schenckt vns seinen
Son / vnd schenckt vns seinen Son.

10 2. Er kömpt aus seines Vaters schos / vnd wird ein Kindlein klein /
Er leit dort elend / nackt vnd blos / Jn einem Krippelein / in
einem Krippelein.

3. Er eussert sich all seiner gwalt / wird nidrig vnd gering / Vnd
nimpt an sich eins Knechts gestalt / Der Schöpffer aller ding / der
15 Schöpffer aller ding.

Ein Geistlick   23 Du sollst dich nicht gleichstellen mit der Welt, des Teufels
Braut und Reich, sondern mußt geändert werden, erneuert werden soll dein Gemüt, es
sollen in dir getötet werden die irdischen Gliedmaßen.   26 O Gott durch Christus
deinen Sohn gib deinen Geist, der wird es tun, laß ihn in uns wirken. Durch ihn
bekehre die Herzen recht, regiere und führe uns im Leben, mit Trost und Hilfe stärke
uns.   30 Dir sei Gott Vater Lob und Ehre und dir o Christus lieber Herr, du gesegne-
ter Same [*Sohn*], und dir o heiliger Geist zugleich auf Erden und im Himmelreich zu
ewigen Zeiten. Amen.

Drey geistliche   2 ff. *Signiert:* N. H.   4 *Herman war Kantor in St. Joachims-
thal (Böhmen).*

4. Er leit an seiner Mutter brust / jr milch die ist sein speis / An dem die Engel sehn jrn lust / Denn er ist Dauids Reis / denn er ist etc.

5. Das aus seim stamm entspriessen solt / in dieser letzten zeit / Durch welchen Gott auffrichten wolt / Sein Reich die Christen/ heit / sein reich etc.

6. Er wechselt mit vns wunderlich / Fleisch vnd Blut nimpt er an / Vnd gibt vns in seins Vaters Reich / Die klare Gottheit dran / die klare etc.

7. Er wird ein Knecht vnd ich ein Herr / Das mag ein Wechse/ sein / Wie könd er doch sein freundlicher? das hertze Jhesulein / das hertze etc.

8. Heut schleusst er wider auff die thür / zum schönen Paradeis / Der Cherub steht nicht mehr dafür / Gott sey lob ehr vnd preis - Gott sey etc.

[. . .]

Das dritte Lied /
in welchem das Kindlein Jhesus die Kinder vermanet /
das sie vleissig beten vnd studieren sollen / so wolle es jn
bescheren.

Jm vorigen Thon.

1. Hort jr liebsten Kinderlein /
Spricht das hertze Jhesulein /
Seit züchtig vnd lernet fein /
Bett vleissig im namen mein /
So wil ich stets bey euch sein /
Mit mein lieben Engelein /
Euch allezeit behüten fein.

2. Werd jr morgens gern auffstehen.
Vnd vleissig zur Schulen gehn /
Vnd studieren mit gantzem vleis /
Das jr mir singt lob vnd preis /
Werd jr mein Wort gern hören /
So wil ich euch alls beschern /
Was ewr hertz nur wird begern.

29 Cherub *ein Wächter des Paradieses (vgl. 1. Mose 3, 24)*. 31 Ein ander Weihnacht Lied / Jm thon / In natali Domini etc. 36 *Vgl. Anm. zu 31.*

3. Es solln euch mein Engelein
Alltzeit geleiten aus vnd ein /
Das jr nicht stost an einen stein /
Auch nicht falt vnd brecht ein bein /
55 Ewer liebsten Mütterlein /
Vater / Bruder vnd Schwesterlein /
Solln sie auch behüten fein.

4. Ewren Eltern wil ich gebn
Gut Kuckes vnd langes lebn
60 Das sie euch können erneeren /
Vnd auffziehn zu Gottes ehren /
Vnd euch kauffen Kleidr vnd Schu /
Bücher / vnd was jr dörfft darzu /
Das jr lernt mit guter rhu.

65 5. Drümb O liebsten Kinderlein /
Seid gehorsam vnd lernet fein /
Ewr Emanuel wil ich sein /
Hab euch von der Hellen pein
Erlöst durch mein Blut vnd Todt /
70 Drumb halt vleissig mein Gebot /
Vnd rufft zu mir in der not.

6. So solt jr dis newe Jar /
Sicher sein fur aller gefahr /
Kein Krieg / Thewrung / Pestilentz /
75 Sol komen vber ewre grentz /
Seid nur from vnd lernet fein /
O jr liebsten Kinder mein /
So wil ich stets bey euch sein.
AMEN.

---

59 Kuckes *Gesundheit.*   67 Emanuel *„Gott mit uns", Name Christi, vgl. Jesaja 7, 14.*

UNBEKANNTER VERFASSER

So vern yn yennen Franckriken / dar waenth eyn Koeninck ys wol-
gemeit. Den wil de Berner vordriuen / vmme syner froelicheit. He
voert yn synem rike / Steede, / Boerge vnd egen Landt. Tho weem
5 schal ick my holden / gyff radt Meister Hillebrandt.

Ja radt wil ick dy geeuen / ya Radt den schaltu han. Steede vnd
Boerge synt vns auerleegen / se synt vns nicht vnderdaen. De
Koeninck van Armentriken / de ys vns suluen gram. He wil vns
Heren all twoelue / yn den Galgen hengen laen.

10 Wueste ickt wor ick een schold vinden / den Koeninck van dem
Armentriken. By eem so wold ick setten / myn sell vnd ock myn
lyff. By eem so wold ick setten / eyn seeker wisse pant / Dat hoge
huß tho dem Beerne / dar tho myns Vaders egen Landt.

Tohandt sprack sick van der Tynnen / Meister Hillebrandes syn
15 wiff. Tho dem Freysack schaltu een vinden / den Koeninck van
Armentrick. He hefft auer syner Tafeln / wol veerdehalff Hundert
Man. Jck rades dy Dirick van dem Beerne / dat du eem nicht tho
na en gaest.

Suender so verne yn yennen Franckriken / dar waent ein Weedewe
20 stolt. Vnd de hefft eynen soene / de is men twoelff yaer oldt / De ys
twischen synen Winbranen / syner drier spenne widt. Jck rades
di Dirick van dem Beerne / nim een mit dy yn dinen stridt.

Du schalt synen fruenden lauen / sueluer vnd ock rodt Goldt. Vnd
lauen dem yungen Deegen / ock also riken soldt. Du schalt syner
25 Moder lauen / du wult een tho Ridder slaen. So krichstu den
yungen Deegen / mit dy vp dine heerefardt.

SO VERN   So fern in jenem Frankenreich, da wohnt ein König, der ist kühn, den
will der Berner vertreiben wegen seiner Grausamkeit. „Er hat in seinem Reiche Städte,
Burgen und eigenes Land. Zu wem soll ich mich halten, gib Rat, Meister Hilde-
brand."   6 „Ja, Rat will ich dir geben, ja Rat den sollst du haben. Städte und Burgen
sind uns überlegen, sie sind uns nicht untertan. Der König von Armentrik, der ist uns
feindselig gesinnt. Er will uns zwölf Herren alle an den Galgen hängen lassen."
10 „Wüßte ich, wo ich ihn finden könnte, den König von Armentrik, gegen ihn würde
ich meine Seele und mein Leben setzen. Gegen ihn würde ich setzen ein sicheres Pfand,
das hohe Haus zu Bern, dazu meines Vaters eigenes Land."   14 Sogleich sprach von
der Zinne Meister Hildebrands Weib: „In Freysack wirst du ihn finden, den König von
Armentrik. Er hat an seiner Tafel wohl dreihundertfünfzig Krieger. Ich rate dir, Diet-
rich von Bern, daß du ihm nicht zu nahe kommst.   19 Außerdem wohnt so fern in
jenem Frankenreich eine stolze Witwe, und die hat einen Sohn, der ist gerade zwölf
Jahre alt. Der ist zwischen seinen Brauen wohl drei Spannen weit. Ich rate es dir,
Dietrich von Bern, nimm ihn mit in deinen Kampf.   23 Du sollst seinen Freunden
Silber und auch rotes Gold versprechen und auch dem jungen Helden ebenso reichen
Lohn. Du sollst seiner Mutter versprechen, du wirst ihn zum Ritter schlagen, so
bekommst du den jungen Helden mit auf deine Heerfahrt."

De Berner leth sick wapen / suelfftwoelffte syner Man. Sammith
vnde syden / toegen auer eer harnsch an. Se setteden vp er hoeuet
van Fyolen eynen krans. Do stuenden de Heren al twoelue / efft se
30 makeden einen dantz.

Se toegen sick all gar richte / to dem Freisack wol yn dat Landt.
Wat fůnden se by dem weege / einen galgen gebuwet staen. Do
sprack sick de Berner sueluen / wol hefft vns dith gedan. De vns
duessen nyen galgen / bi den wech gebuwet hath.

35 Tohant sprack sick Koeninck Bloedelinck / de alderyuengeste Man.
Dat hefft gedan de koeninck van Armentriken / de is vns suluen
gram. Sege ick een to felde kamen / mit veerdehalff Hundert Man.
Jck reedes dy Dirick van dem Beerne / allene wold ick se vorslaen.

Se toegen sich alle gär richte / to dem Freisack wol vor dat dor.
40 Poertener, sluth vp de porten / vnd lath vns darin gaen. Wy willen
den Koening van Armentrick fragen / wat wi eem hebbn to leide
gedaen. Dat he vns den nyen galgen / by den wech gebuwet hath.

Jck slute nicht vp de porten / ick late yw nicht yngaen. De koe-
ninck dat ys min here / darůmme moth ick dat laen / efft sick vp
45 duesser borch vorhoeue / ein seeker wisse kiff. Vorlaren hed ick
arme reinholt / min fyne yunge lyff.

Scholdestu din liff vorlesen / so bald vnd altohandt. Dat mine wold
ick setten / vor eyn seeker wisse pandt. Dat hoge hus thom Beerne /
darto mins Vaders egen Landt.

50 De gude Reinholt van Meilan / de ginck sick vor den Koeninck
stan. Och Koeninck leue Here / moth ick se wol yn laon. De Berner

---

27 Der Berner ließ sich und noch elf seiner Leute waffnen. Samt und Seide zogen sie
über den Harnisch an. Sie setzten auf ihre Häupter einen Veilchenkranz. Da standen
die Herren alle zwölf, als ob sie tanzten. 31 Sie zogen geraden Weges nach Freysack
in das Land. Was fanden sie am Wege? Einen Galgen aufgestellt. Da sprach der Berner
selbst: „Bestimmt hat derjenige, der uns diesen neuen Galgen am Wege aufgestellt hat,
dies unsretwegen getan." 35 Sogleich sprach König Blödeling, der allerjüngste
Mann: „Das hat der König von Armentrik getan, der uns feindlich gesonnen ist. Sähe
ich ihn zu Felde ziehen mit dreihundertfünfzig Mann, ich verspreche es dir, Dietrich
von Bern, allein würde ich sie erschlagen." 39 Sie zogen alle geraden Wegs nach
Freysack wohl vor das Tor. „Pförtner schließ die Tore auf und laß uns hineingehen.
Wir wollen den König von Armentrik fragen, was wir ihm getan haben, daß er uns den
neuen Galgen an den Weg gestellt hat." 43 „Ich schließe die Tore nicht auf, ich lasse
euch nicht hinein. Der König ist mein Herr, darum darf ich das nicht. Wenn sich auf
dieser Burg ein Kampf erhöbe, hätte ich armer Reinhold mein schönes junges Leben
verloren." 47 „Solltest du dein Leben so bald verlieren, das meine will ich dagegen
setzen als ein sicheres Pfand, das hohe Haus zu Bern, dazu meines Vaters eigenes
Land." 50 Der gute Reinhold von Mailand, der stellte sich vor den König hin: „Ach
König, lieber Herr, darf ich sie wohl einlassen? Der Berner

de holt hir voere / suelfftwoelfte syner man. He wolde yuw gerne
fragen / wat he yuw hefft to leide gedaen. Dat gy eem den Nyen
galgen / by den wech gebuwet haen.

55 Wat hefft de berner to brannen / suelfft woelffte syner Man.
Reinholt sluth vp de porten / vnd lath se kamen an. Er harnsck
willen wy een aff binden / vnse gefangen schoellen se syn. Vnd
willen de Herrn all twoelue / yn den galgen hengen laen.

Reinholt sloth vp de porten / so balde vnd altohandt. Her Dirick
60 van dem Beerne / dar alderersten ynsprangk. Sinen broder van
der stoere / den hadde he by der handt. Vp syner lüchtern syden /
ginck de yunge Hillebrant.

Dar negest ginck sick ein Deegen / des werdigen deegen gudt. He
voerde yn synem schilde / wol drier Louwen modt. Darnegest
65 ginck sick eyn Hoerninck / mit synen hoernen bagen. De ys dem
edlen Foersten / wol doerch syn herte getagen.

Darnegest ginck sick Koeninck bloedelinck / de alder yuengeste
man. De was twischen synen winbranen / syner drier spenne lanck.
Darnegest ginck sick her Lummert vth dem garden / dat was de
70 7. man. Hardenacke mit dem barde / dat was de achte Man.

Darnegst ginck sick wulfffräm dirick / dat was de 9. man / dar-
neegest ginck sick Jsaak / dat was de 10. man / darneegst ginck
sick wulffram diderick / dat was de 11. man / de rasende wulffram
diderick / dat was de 12. man.

---

steht hier vor mit elfen seiner Leute. Er möchte euch gerne fragen, was er euch angetan
hat, daß ihr ihm den neuen Galgen an den Weg gestellt habt." 55 „Was hat der
Berner zu prahlen mit elfen seiner Leute. Reinhold schließ die Tore auf und laß sie
ankommen. Ihren Harnisch wollen wir ihnen abbinden, unsere Gefangenen sollen sie
sein, und wir wollen die Herren alle zwölf an den Galgen hängen lassen." 59 Rein-
hold schloß die Tore sogleich auf, Dietrich von Bern sprang als erster hinein. Seinen
Bruder von der Stör hatte er an der Hand. Auf seiner linken Seite ging der junge
Hildebrand. 63 Dahinter ging ein Kämpfer, des trefflichen Degens würdig. Er führte
in seinem Schild den Mut von drei Löwen sogar. Dahinter ging ein Hörning [Bogen-
schütze] mit seinem hörnernen Bogen, der ist dem edlen Fürsten wohl durch sein Herz
gezogen. 67 Dahinter ging König Blödeling, der allerjüngste Mann. Der war zwi-
schen seinen Brauen drei Spannen weit. Dahinter ging Herr Lummert aus dem Garte,
das war der 7. Mann; Hardenack mit dem Barte, das war der achte Mann. 71 Dahin-
ter ging Wolfram Dietrich, das war der 9. Mann; dahinter folgte ihm Isaak, das war der
10. Mann. Dahinter ging Wolfram Dietrich, das war der 11. Mann; der rasende Wol-
fram Dietrich, das war der 12. Mann.

SO VERN 56 harnsck *Harnisch, die skand. Form beruht wohl auf Einfluß des
Lübecker Druckers J. Balhorn.* 61 störe *Verwechslung Dietleips von Stire (Steier-
mark) mit Dietrichs Bruder Diether. Stire in „Störe" wohl geändert in Anlehnung an
den holsteinischen Fluß Stöhr.*

75 De grep de sloetel yn sine weldigen hant / vnd he sloth to de por-
ten. Vnd dat de borch klanck / dat·dede he all daruemme / dat
eem nemandes scholde affgan / vnd eer de 12. Heren / eeren willen
hadden gedän.

Och se nemen sick by den henden / se gingen vor den Koeninck
80 stan. Och koening leue here / wat hebben wi yw to leide gedaen /
dat gy vns den nien galgen / by den wech gebuwet haen.

De Koeninck de swech gantz stille / alse de auerweldigen doen.
Tohant toech sick her diderick van dem Bern / ein swerdt van
golde so rodt. He gaff dem Koening van Armentriken / einen
85 weldigliken slach. Vnd dat ock yo syn hoeuet / vor eem vp der
erden lach.

Se sloegen sick doch allent dat dodt / wat vp der Borch was. Sün-
der vp den guden Reinholdt / de synem Hern trüwe was / hed he
eem nicht truew geweesen / dat heedd eem kostet syn lyff. Hedd he
90 eem nicht truew geweesen / dat hedd eem kostet syn yunge lyff.

De Beerner schriede syn wapen / o we dat ick hir qwam. Nu hebb
ick yo vorlaren / Koening bloedelinck minen alderyuengsten man.
Nu swiget gy Heren stille ick leeue vnd sy noch gesundt. Ick sta
yn eynem kellerschrade / verdehalff hundert hebb ick vorwundt.

95 Veerdehalff hundert hebb ick vorwundt / mit eyner wapenden
hant. Nu sy ydt Godt gelauet / de 12. Hern de leeuen / vnd syn
noch gesundt / Nu sy ydt Godt gelauet / se leeuen vnd syn noch
gesundt.

---

75 Der griff den Schlüssel mit seiner gewaltigen Hand und schloß die Tore, daß es
durch die Burg hin klang. Das tat er deswegen, daß ihm niemand entkommen sollte,
bevor die zwölf Herren ihre Absicht ausgeführt hatten.   79 Und sie faßten sich an den
Händen und traten vor den König. „Ach König, lieber Herr, was haben wir euch getan,
daß ihr uns den neuen Galgen an den Weg gestellt habt?"   82 Der König schwieg
ganz still, wie es die Überraschten tun. Sogleich zog Dietrich von Bern ein Schwert von
rotem Gold. Er versetzte den König von Armentrik einen gewaltigen Schlag, daß auch
schon sein Kopf auf der Erde vor ihm lag.   87 Sie schlugen alles tot, was auf der Burg
war, bis auf den guten Reinhold, der seinem Herrn treu war. Wär er ihm nicht treu
gewesen, es hätte ihn sein Leben gekostet, wär er ihm nicht treu gewesen, es hätte sein
junges Leben gekostet.   91 Der Berner zerbrach seine Waffen. „Oh weh, daß ich
hierher kam. Nun hab ich doch verloren König Blödeling, meinen allerjüngsten
Mann." „Nun schweigt ihr Herren still, ich lebe und bin noch gesund. Ich steh in
einem Kellereingang, dreihundertfünfzig habe ich verwundet.   95 Dreihundertfünf-
zig habe ich verwundet mit einer bewaffneten Hand." Nun sei es Gott gelobt, die
zwölf Herren leben noch und sind gesund, nun sei es Gott gelobt, sie leben noch und
sind gesund.

HANS SACHS

Cantica Canticorum
Die Gespons mit jrem Freund.

Das fünfft Caput in hohen Lieden
5 Salomo / hat vns klar beschieden /
Wie die Christlich Gespons vnd Brawt /
Red mit jrem Breutgam vertrawt
Christo / vnd spricht: Jch schlieff zu nacht /
Mein Hertz aber noch munder wacht /
10 Da kam der liebe Freunde mein /
Vnd klopffet an meim Kämmerlein /
Vnd sprach mit holdseliger stimm:
Thu auff mein Freundin / vnd vernimm /
Mein Schwester / vnd mein Taube frumm /
15 Mein Haupt ist vol Thaws vmm vnd vmm /
Vnd mein Löck sind Nachttropffen vol.
Die Gspons antwort jm wider wol /
Mein Rock ich außgezogen han /
Soll ich jn wider legen an?
20 Auch hab gewaschen ich mein Füß /
Wo ich sie wider bsudeln müß /
So würd es mir thun also andt.
Aber mein Freund strecket sein Hand
Hinein zu mir / durchs Fensterloch /
25 Daruor mein Leib erzittert doch.
Nach dem auffstund ich an der stet /
Auff daß ich meinem Freund auffteht /
Mit Myrrhen trofen mir mein Hend /
Vber die Finger an dem end /
30 Vber die Rigel an dem Schloß /
Als ich auffthet mit freuden groß /
Da war mein Freund hinweg gegangen
Da gieng mein Seel auß mit verlangen /

CANTICA CANTICORUM   2 Sachs benutzt die etwas ungewöhnliche, im 16. Jh. aber
gebräuchliche Pluralbezeichnung für das Hohelied Salomos, vgl. auch 4.   4 Caput
Kapitel, Abschnitt.   6 Gespons Braut.   7 vertrawt ehelich verlobt.   22 thun also
andt also verdrießen.   26 an der stet auf der Stelle, sogleich.

Zu suchen den ich hertzlieb het /
35   Jhn aber ich nit finden thet /
Jch rüffet jm nach der geschicht /
Er aber antwort mir gar nicht /
Da funden mich die Wächter spat /
Welche vmbgiengen in der Statt /
40   Die schlugen mich von Hertzen wund /
Vnd die Hüter der Mawren rund
Die namen mir den Schleyer mein.
Jch beschwer euch jr Töchter fein
Jn der Statte Jerusalem /
45   Helfft suchen mir mein Freund nach dem /
Findt jr mein Freund / sagt jm zu danck /
Jch sey vor seiner liebe kranck /
O find ich jn wider dermassen /
Jch wil jn nimmermehr verlassen.

50   Alegoria.

Dise Geistlich Gespons erzel
Ich / daß es sey die glaubig Seel /
Die vnserm HErren Jesu Christ
Jn der Tauffe verlobet ist /
55   Sich gentzlich auff jn zuuerlassen /
Den Teuffel vnd all sein Werck hassen /
Allein ist sie Christo vertrawt /
Vnd ist also sein Geistlich Brawt /
Dem sie allein soll hangen an /
60   Gehorsam sein vnd vnterthan /
Seinem Göttlichen Wort vnd willen /
Wenn sie sich aber in der stillen
Also fein helt in diser zeit /
Vnd fellt in stoltze sicherheit /
65   Vnd wird leichtfertig der gestalt
Vnachtsam / vnd in lieb erkalt /
Vnd müscht sich in der Welt geschefft /
Also hinsincket vnd entschlefft
Jn Ehr vnd Gut / freud vnd wollust /
70   Sich sület in jrrdischem wust /
Vnd ligt in vnuerstand der nacht /
Ob gleich das Hertz ein wenig wacht /

---

36 geschicht *Geschehnis.*   70 wust *Unflat.*

Vnd wenn der HErr denn durch sein wort
Lest manen den Menschn an dem ort /
75 Auffzustehn / vnd jn lassen ein /
Nit also gar faulentzen sein /
Mit Himelthaw sein Haupt sey naß /
Voll gnade vnd güt vbermaß /
Der Mensch sol jn lassen einwerts
80 Jn sein Gemüt / Seel / Geist vnd Hertz /
Klopfft also durch sein Predigr an /
Gutwilliglichen auffzuthan.
Der Mensch aber ist faul vnd treg /
Vnd sucht vil außzüg vnd abweg /
85 Weil an jm noch hengt Fleisch vnd Blut /
Das den Geist vnterdrücken thut /
Wo Gott den Geist wil zu jm ziehen/
So thut jn Fleisch vnd Blut doch fliehen
Vnd das Hertz vor jm zu beschleust.
90 Wenn denn mit gnaden vbergeust
Durch seinen Geist deß Menschen Hertz /
Vnd greifft hinein / berürt jnnwertz
Durch seine genedige Hand.
Das Hertz auffwecket vnd auffmant /
95 Erst wird der Mensch wachend vnd munder /
Wil auffsperren sein Hertz besunder
Gantz williglich on alles irren /
So trieffen seine Hend von Myrrhen /
Bedeut den schmertz vnd bittrigkeit /
100 Den der Geist vberkomt die zeit /
Dieweil der HErr vor jm verschwind /
Daß er sein gar nit mehr empfind /
Seines trostes / genad vnd güt /
Denn wird betrübet sein Gemüt /
105 Vnd schreyet von Hertzen nach jm /
Er aber hört nit mehr sein stimm /
Denn laufft er hin / vnd suchet den
Bey der Nacht hin vnd wider gehn /
Bedeut sein Menschliche gedancken /
110 Darmit er thut jnnwendig zancken /
Die Wächter deuten das Gesetz /
Die jn denn fahren an der letz /

---

84 außzüg *Ausflüchte.*   89 beschleust *schließt.*   94 auffmant *aufmuntert, antreibt.*
100 vberkomt *überwindet.*   112 fahen an der letz *schließlich fangen.*

Vnd schlagen die Seel tödlich wund /
Sie durch den Fluch verdamen thund /
115 Weil sie dem Gsetz nit gnug hat than /
Auch fallen sie die Hüter an
Auff der Mawren / vnd sie beschemen /
Deutet / die Propheten jr nemen
Den jren Schleyr mit vngedult /
120 Bedeut jr vorige vnschuld /
Die sie von jrem Gsponsen het /
Der sie am Creutz erlösen thet /
Erst ist die Seel in hertzenleid /
Vnd schreyt vmb hülff on vnterscheid /
125 Zu den Töchtern Jerusalem
Vermeint die Christlich Gmein indem /
Die soll suchen nach dem Heiland /
Mit Gebet / anzeigen zu hand /
Wie sein Gespons in lieb sey kranck /
130 Daß er ein genedigen gang
Zu jr komm / mach sich offenbar
Durch seinen Geist lauter vnd klar /
Daß sie wider sein gnad vnd güt /
Empfind in Hertz / Seel vnd Gemüt /
135 Als denn komt der Gespons geladen /
Mit vberflüssigen genaden /
Vnd setzt sich in den Tempel ein
Der Geistlichen Gesponsen sein /
Die helt sich denn auffs aller best /
140 Jn dem Gelauben starck vnd vest /
Vnd bleibt jm brünstig hangen an /
Jrem Breutgam / vnd lest fortan
All irrdische ding fahren sunst /
Vnd bleibt in jnnbrünstiger brunst /
145 Jn lieb / die stet zunem vnd wachs /
Hie vnd dort ewig / wünscht H. Sachs.
            Anno Salutis / M.D.LXII. Am 10. Tag Junii.

---

136 vberflüssigen *überfließenden.*

JOHANN LAUTERBACH

Ad Germanos.

Dira senescenti gula quòd dominatur in orbe,
    Testatur summam non procul esse diem.
5   Ergo quid excussa uentrem pietate fouemus,
    An nihil ex uitio quod uereamur adest?
Expulit Elysia primæuos sede parenteis,
    Et terræ tanto gurgite mersit opeis.
Deucalionei quantos non secula fluctus
10   Ogygiæ uidit nec grauis unda domus.
Sulphureo ciueis Sodomos quoque perdidit igne,
    Regnaque dispersam per Nabathæa manum.
Sic nisi currenti paßim uitabitur æuo,
    Adducet propero plurima damna gradu.
15   Quàm gladius plureis læto tradit acerbo,
    Ad Stygias turpis crapula ducit aquas.

AD GERMANOS   2 An die Deutschen   3 Die Tatsache, daß unheilvolle Schlemme-
rei auf der älter werdenden Erde herrscht, beweist, daß der Jüngste Tag nicht mehr weit
ist.   5 Warum vertreiben wir nur die Frömmigkeit und huldigen dem Bauch? Oder
gibt es nichts, das wir an Stelle des Lasters verehren könnten?   7 Es vertrieb die
Stammeltern *[Adam und Eva]* aus ihrer elysischen Wohnung *[dem Paradies, vgl.
1. Mose 3]* und begrub die Schätze der Erde in der großen Flut *[der Sintflut, vgl.
1. Mose 6]* –   9 so etwas erlebte weder das Zeitalter der deukalionischen Flut *[Deuka-
lion rettete sich in einer auf den Rat seines Vaters Prometheus hin gebauten Arche
zusammen mit seiner Frau Pyrrha vor der von Zeus zur Vernichtung aller Menschen
gesandten Flut]* noch die schwere Flutkatastrophe des ogygischen Hauses *[Theben soll
zur Regierungszeit seines Gründers und Königs Ogyges von einer Flutkatastrophe
heimgesucht worden sein]* –   11 wie es auch die Bürger von Sodom und das in densel-
ben Gegenden – den nabatäischen – lebende Volk mit schwefeligem Feuer vernichtete
[vgl. 1. Mose 19].   13 Ebenso wird es, wenn das schnell vergehende Jahrhundert nicht
allerorten von ihm abläßt, rasch fortschreitend den größten Schaden anrichten.
15 Schlemmerei liefert mehr Menschen dem bitteren Tod aus als das Schwert, unver-
nünftiges Übermaß führt sie zum Stygischen Fluß *[in die Unterwelt]*.

JOSEPHUS A PINU AUERBACHIUS

Annus obitus Conradi Celtæ I.
Poetæ Germaniæ 1508.

VItaLI est CeLebrIs spoLIatVs LVMIne CeLtes,
    FebrVa VbI aerIo qVarta sVb aXe fVIt.

Vlrichi Hutteni Equitis ac Poetæ 1523.

IgnI fer In tepIDo fVLsIt SoL syDere Libræ,
HVttene Vt CœLI teCta beata CapIs.

Annus obitus Erasmi Roterodami 1536.

HoC fragILI CorpVs bVsto retInetVr ErasMI:
ALta CeLer sVpra spIrItVs astra VoLat.

In tenVes CLarVs Ventos VbI CeßIt ErasMVs,
    HerCVLeI prope SoL sIgna LeonIs erat.

LVstra peraCta VbI bIs septena reCenset ErasMVs,
LVCIfera è terrIs CeßIt In astra seneX.

AstrIs qVot CVstos Vrsæ præfVLget, ErasMo
LVstrIs tot LaChesIs CVrrere fiLa sInIt.

ANNUS OBITUS CONRADI   2 Todesjahr des Conrad Celtes, des hochberühmten
deutschen Dichters 1508.   4 Seines Lebenslichts wurde der gefeierte Celtes beraubt,
als es unter dem lichtblauen Himmelsgewölbe der vierte Februar war.

VLRICHI HUTTENI   1 [Todesjahr] Ulrich Huttens, des Ritters und Dichters 1523.
2 Die feurige Sonne stand im warmen Sternbild der Waage, als 'du, Hutten, in die
beglückenden Wohnungen des Himmels einzogst *[am 29. 8. 1523].*

ANNUS OBITUS ERASMI ROTERODAMI   1 Todesjahr des Erasmus von Rotterdam
1536.   2 Der Leib des Erasmus bleibt in diesem vergänglichen Grabe zurück, sein
Geist fliegt schnell hinauf zu den hohen Sternen.   4 Als der berühmte Erasmus in den
dünnen Äther entwich, stand die Sonne nahe dem Zeichen des herkuleischen Löwen
[am 12. 7. 1536].   6 Als Erasmus vierzehn durchlebte Jahrfünfte zählte, ging er als
Greis von der Erde zu den leuchtenden Sternen.   8 Mit wievielen Sternen der Hüter
der Bärin *[das Sternbild Bootes; die* Bärin *ist das Sternbild des Großen Bären]* hell
leuchtete, so viele Jahrfünfte ließ Lachesis *[eine der drei Schicksalsgöttinnen]* die Le-
bensfäden des Erasmus laufen.

ANNUS OBITUS   2 ff. *Bei diesem und den folgenden drei Gedichten handelt es sich
um Eteosticha oder Chronogramme, d. h. Jahreszahlverse. Die als römische Ziffern zu
lesenden Großbuchstaben geben – als die entsprechenden Zahlenwerte addiert – das in
der Überschrift genannte Jahr an.*

Annus obitus H. Eobani Hessi 1540.

MontICoLa IrrIgVo IaCet Vrbs VICIna VbI Lano,
HeßVs terrestrI CeßIt ab orbe pIVs.

SpIrItVs Hesse Vt te Phœbo saCrate reLIqVIt:
5   CastaLIVs sICCIs arVIt aMnIs aqVIs.

LVCe MInVs qVInta OCtobrIs sVa fata peregIt,
    Phœbo HeßVs gratVs, CastaLIoqVe Choro.

FILa Vt CrVDeLes Hesso seCVere pVeLLæ,
    ArVIt AonII fons peDe faCtVs eqVI.

Annus natiuitatis D. Martini Lutheri 1483.

Annis si Amramidis, primíque parentis in orbe
    Adijcias luces, maxime Nile, tuas:
Signaque Agenoridis iungas Phœnicica Cadmi
5   Astris, Graia ratis quas, et Echidna tenent:
Lutheri, per quem Christi doctrina reuixit,
    Natalis, lector, tempora plena scies.

ANNUS OBITUS H. 1 Todesjahr des H*[elius]*. Eobanus Hessus 1540. 2 Wo eine
Stadt *[Marburg]* auf dem Berge in der Nähe der wasserspendenden Lahn liegt, verließ
der gottesfürchtige Hessus den Erdkreis. 4 Hessus, nachdem dich, den Geweihten
des Apollo, der Geist verlassen hatte, trocknete die kastalische Quelle aus *[Quelle am
Parnassos, dem Sitz der Musen, in der Nähe von Delphi, dem Heiligtum des pythischen
Apollon].* 6 Vor Anbruch des fünften Oktobertags vollendete Hessus, der Liebling
Apollos und des kastalischen Chores *[der Musen]*, seine Schicksale. 8 Als die grausa-
men Mädchen *[die drei Schicksalsgöttinnen]* dem Hessus die Lebensfäden abgeschnit-
ten hatten, vertrocknete die durch den Hufschlag des böotischen Pferdes *[Pegasos]*
entstandene Quelle *[Hippokrene, Musenquelle am Helikon, wie Pegasos und die kasta-
lische Quelle, Sinnbild dichterischer Begeisterung].*
ANNUS NATIVITATIS 2 Geburtsjahr Doktor Martin Luthers 1483. 3 Wenn du,
gewaltiger Nil, den Jahren des Amram *[der Vater Moses wurde 137 Jahre alt, vgl.
2. Mose 6,20]* und denen des Stammvaters auf Erden *[Adam wurde 930 Jahre alt, vgl.
1. Mose 5,5]* deine Tage *[320; an 40 Tagen des Jahres überschwemmte der Nil nach
antiker Auffassung die Unterwelt, die fünf überzähligen Tage sind nicht mit eingerech-
net]* hinzufügst, sowie die phönizischen Zeichen *[das phönizische Alphabet von
16 Buchstaben]* des Agenoriden Kadmos *[der Sohn des Agenor brachte das phönizische
Alphabet nach Griechenland auf der Suche nach seiner Schwester Europa]* mit den
Sternen verbindest, die das griechische Schiff *[das südliche Sternbild Argo bestehend
aus den Sternbildern Kompaß, Segel, Schiffskiel und Hinterdeck mit 63 Sternen]* und
die Echidna *[das Sternbild der Wasserschlange mit 17 Sternen]* enthalten, dann wirst du,
Leser, die vollständige Jahreszahl der Geburt Luthers wissen, durch den Christi Lehre
zu neuem Leben erblühte.

JACOBUS MICYLLUS

Cur pauci poetae boni.

Non benè conueniunt trepidæ cum carmine cunæ,
  Non eadem uersus cura lucrumque facit.
5 Pierides syluas ac otia libera quærunt,
  Et tacitas inter flumina sacra uias.
At fora sollicitæ curæ populosa frequentant.
  Et strepitus uulgi iudiciumque colunt.
Hinc est quòd raros ætas habet ista poetas.
10   Et nostra nullum carmen ab urbe uenit.
Diuitias quando solum spectamus, et aurum,
  Curarum fontes, et caput omne mali.
Nec studium recti, nec fas laudatur, et omnis
  A precio uirtus famaque uicta iacet.

JOHANN FREDER*

Ein geistliek ledeken vor de klenen kinder
by der wegen to singen /

Im ton: Erholt vns Her.

5 Ach leue Here Jesu Christ / de du ein kindlin worden bist / Van
einer junckfrouwn rein gebarn / dat wy nicht möchten syn vor-
larn.

CUR PAUCI   2 Warum es so wenige gute Dichter gibt   3 Dichten und schaukelnde
Wiegen passen nicht gut zusammen. Man kann nicht mit gleicher Mühe und Sorgfalt
Verse machen und Nutzen gewinnen. Die Musen verlangen Wälder, freie Muße und
verschwiegene Wege zwischen Göttern geweihten Flüssen. Aber auf den volkreichen
Märkten herrschen Unruhe und geschäftiges Treiben und sie schätzen den Lärm und
die Ansichten des Pöbels hoch ein. Das ist der Grund, weshalb diese Zeit nur wenige
Dichter aufweist und aus unserer Stadt kein Gedicht kommt. Denn wir richten unsere
Blicke nur auf Reichtum und Geld, die Quellen der Sorgen und Ursprung allen Übels.
Weder das Streben nach dem Guten noch göttliches Recht wird anerkannt, und alle
Tüchtigkeit und Redlichkeit verdirbt das Geld, und der Ruhm bedeutet nichts mehr.

CUR PAUCI   2 ff. *Das Gedicht ist sicher früher entstanden. Ellinger benutzte für
seine Auswahl neulateinischer Dichtung nur die vorliegende Ausgabe.*
EIN GEISTLIEK   2 ff. *Die hochdeutsche Fassung durch Freder lag 1578 vor. Sie findet
sich im* Evangelischen Kirchengesangbuch *als Nr. 149. – Signiert:* J. F.

Du heffst de kinder nicht voracht / do se synt worden tho dy
bracht / Du heffst dyn hend vp se gelecht / se vmmefangen vnd
10 gesecht.

De kinder latet kamen her / tho my en nemant sülkes wehr / Denn
sülken hört dat hemmelrick / de men my bringt beid arm vnd rick.

Ick bidd lath dy beualen syn / ach leuer Her dith kindelin / Be-
höde ydt vor allem leidt / vnd alle in der Christenheit.

15 Dorch dyne Engel se bewar / vor vnfall / vnglück / schäd / vnd
vär / Erbarm dy erer gnedichlick / giff dynen segen mildichlick.

Giff gnad dat se geraden wol / tho dynen ehren vnd wolgefall /
Vpdat se hyr godtsalichlick / hyr nu ock leuen ewichlick.

MARTIN LUTHER

D. Martini Luthers beschreibung des Hoflebens
oder Hofe Vers.

Intus quis? Tu quis? Aperi, Quid quæris? Vt intrem,
5 *Fers aliquid? Non, esto foras, Fero quid? Satis, intra.*
Cantio de Aulis,

Jm Thon ein Leppisch Man

1. Wer sich nimbt an /
Vns redlein kan
10 Hübschs auff der ban
Lan vmbher gan /
Vnd schmeicheln schon /
Find jderman
Ein feil vnd wan /
15 Jst jtzt im Korb der beste han / vel
Der geht zu Hof jtzt oben an / vel /
Der ist zu Hof am besten dran.

D. MARTINI   2 ff. *Im Original am Rand:* Diese Verse sind zuvor nicht gedruckt. –
Signiert: D.M.L.   4 f. *Das Distichon ist nicht von Luther, sondern mittelalterlichen
Ursprungs. Seine Übersetzung: Ist jemand drinnen? Wer da? Mach auf! Was willst du?
Eintreten! Bringst du etwas? Nein. Bleib draußen. [Und] bring ich [doch] etwas mit?
Das genügt, tritt ein! 6 Gesang über die Höfe. 8 nimbt an verstellt. 9 Vns und
das; redlein Rädchen, Abzeichen der Prostituierten.   14 feil käuflich; wan leer.
15 vel (lateinisch) oder.*

2. Denn wer gedecht /
Zu leben schlecht /
20 Gantz from vnd gerecht /
Die warheit brecht /
Der wird durchecht /
Vnd gar geschwecht /
Gehönt vnd gschmecht /
25 Vnd bleibt allzeit der andern knecht.

3. Beim Schmeichelstab /
Gwint mancher Knab /
Gros gut vnd hab /
Gelt / gunst vnd gab /
30 Preis / ehr vnd lob /
Stösst andre rab /
Das er hoch trab /
So geht die Welt jtzt auff vnd ab.

4. Wer solchs nicht kan /
35 Zu Hofe than /
Thue sich dauon /
Jm wird zu lohn /
Nur spot vnd hohn /
Denn Heuchelman
40 Vnd Spötterzan /
Jst jtzt zu Hof am besten dran.

---

21 brecht *berichtete.* 22 durchecht *verfolgt.* 23 geschwecht *beschimpft.*
24 gschmecht *geschmäht.* 30 rab *herab.* 34 than *tun.*

MICHAEL THAM*

Christus resurgens.

[Melodie]

Jhesu Christ du König aller ehren / wollest dich gnedig zu vns
5 keren / las vns deins heiligen leidens recht geniessen[a] / durch dein
krafft tröst vnser gewissen: der du gesieget hast vber sünd, hell
vnd tod / vns erlöst aus ewiger not.

Du bist aufferstanden am Ostertag[b] / da nach der stein auff dem
grabe lag / vnd hast dadurch erweiset dein Göttliche macht / als
10 Gottes Son gleicher ehr vnd pracht[c]: drumb dich der tod, den du
erliedest mit gedult / nicht halten kund in frembder schuld.

Am selben tag machst du dich offenbar / erschienest deiner be-
trübten schar[d]: erstlich im garten der Magdalene allein / vnd den
weibern die du grüssest fein: darnach dem Petro, datzu den zween
15 auff dem feld / hast dich auch den andern vermelde[e].

Nach acht tag hat dich erst gesehn Thomas / darnach am meer bey
Tyberias[f]: auch haben dich gesehn mehr denn fünff hundert man[g] /
denen du aus lieb hast schmecken lan / des newen lebens krafft
ehr, freud vnd herrligkeit / in diesem leid vnd sterbligkeit.

20 Du hast dich nicht allen ertzeigt in gmein / sondern den erwelten
zeugen dein / mit denen du gessen hast[h] vnd freundlich geredt /
viertzig tag lang eh du bist erhöht / auff das sie dich vnd die krafft
der Aufferstehung / erkenten zur rechtfertigung[i].

Nu bist du mit klarheit schön angethan: deim leib kein leid nicht
25 mehr schaden kan / sitzest zur rechten Gottes in vnser natur /
herrschest vber alle creatur[j]: dir müssen sich alle knie mit demut
beugen / vnd Göttliche ehr ertzeigen[k].

a) Röm. 4. d. Philip. 3. b.   b) Mat. 28.a.   c) Röme. 1.a.   d) Psalm. 68. b.
Mar. 16.b.   e) Luce. 24. d.   f) Joha. 21.a.   g) 1.Cor. 15 b.   h) Acto. 10.f.
i) Phili. 3. b.   j) Ephes. 1.d.   k) Philip. 2.a. Psalm. 8.b.

CHRISTUS RESURGENS   2 ff. *Hier und bei den folgenden Stücken bis S. 204 stehen die Hinweise auf die Bibel als Marginalien meist ohne Verweiszeichen. Mit den Buchstaben bei der Kapitelziffer werden die Kapitelabsätze der Lutherbibel gezählt. Verszählung ist noch weitgehend unbekannt.*

Daher sind auch wir tröstlicher hoffnung / das wir in vnser auff-
erstehung / werden erlangen ein schönen geistlichen leib / der
30 krefftig vnd vnuerweslich bleib[l] / vnd dir vnserm Heubt gleich-
formig sey vnd eben / voller freud vnd ewigs leben[m].

Datzu hilff vns allen Here Jhesu Christ / der du vom tod auff-
erstanden bist: damit wir dich dort loben in vnsterbligkeit / vnd
preisen dein grosse herrligkeit / singend von frölichem hertzen
35 leluja / ehre sey Gott haleluja. Amen.

l) 1. Cor. 15.b. Philip. 3.e.   m) Röme. 8.f.

GEORG VETTER*

[Melodie]

Mit freuden zart / zu dieser fart / lasst vns zu gleich frölich singen.
Beid gros vnd klein[a] / von hertzen rein / mit hellem thon frey er-
5 klingen.
Das ewig Heil / wird vns zu teil: denn Jhesus Christ / erstanden
ist / welchs Er lest reichlich verkünden.

Er ist der erst / der starck vnd fest / all vnser feind hat bezwungen[b]:
Vnd durch den tod / als warer Gott / zum newen leben gedrungen[c]:
Auch seiner Schar / verheissen klar / durch sein rein wort / zur
10 himelpfort / des gleichen sieg zuerlangen[d].

Daher jr trost / das sie erlöst / sind, vons Teufels strick vnd ban-
den[e].
Aus seinem raub / verfügt jrm haubt[f] / vnd entledigt aller
schanden.
Denn Jhesus Christ / selbs jr Herr ist[g] / dem sie auch gern leben
zu ehrn / sich opffern zu allen stunden[h].

15 Jn warem fried / durch seinn abschied / hat Er sie all bracht zum
leben[i]:

a) Apo. 19.a.   b) 1. Cori. 15.c. Apoc. 1. b.   c) Röme. 1.a. 2. Co. 13.b.
d) Joh. 16. b.   e) Colo. 1.b. 1. Joh. 3.a.   f) Ephese. 1.c.   g) Actor. 2. e. 5. f.
Apoc. 19.c.   h) Rö. 14.b. 2. Cori. 5.d. 1. Tes. 5.b.   i) Ephes. 2.b. Colos. 2.c.

CHRISTUS RESURGENS   31 eben *genau entsprechend.*
MIT FREUDEN   1 Vetter *tschechisch* Strejc.   3 ff. *Die Anfangsbuchstaben der Stro-
phen ergeben die Worte* Mediator Jesus *Mittler Jesus.*

Sein grechtigkeit / vnd herrligkeit / durch sein vrstend reich-
lich geben[j].

20 Drumb alle not / Sünd, Hell vnd Tod / jr trotz vnd schild / nu
nichts mehr gilt: des wir vns trösten vnd frewen[k].

Ans creutzes schmach / hefft Er sie hoch[l] / durch seinn tod vnd
newes leben:
Wol auff den plan / mit spot vnd hohn / fürt er sie zum schaw-
25 spiel eben:
Bald mit heerscharn / hinauff gefarn[m]: wo alle zung / beid alt
vnd jung / jn herrlich preisen vnd ehren[n].

Tröstliche schetz / sind vnserm hertz / durch diesen sieg dar gege-
ben.

30 Denn vnser leib / sol auch der freud / dort gniessen / nach die-
sem leben[o]:
Er wird erweckt / von Gott gesterckt / ein solche art / schön,
rein vnd zart / vnuerweslich zu empfahen[p].

Ob er gleich jtzt / schwach vnd kranck ist / vnd mus der sünden
35 last tragen:
Der seelen rein / viel schmertz vnd pein / zufügt, vnd thut sie
seer plagen[q]:
Dort wird er jr / zur freud vnd zier / ein frölichs haus[r] / da sie
nicht draus / angefochten wird zufaren.

40 Rhümt solch erbteil[s] / Christ vnser Heil / vnd sagt vns zur freud
vnd wonne:
Das seine schar / gantz hell vnd klar / leuchten sol gleich wie die
sonne:
Jr leben zwar / schweben empor / heilig vnd rein / gleichförmig
45 sein / den Engeln[t]: Das merckt jr frome.

Jn ewig pein / sol gestürtzt sein die verflucht meng der Gottlosen[u]:
Da ist kein trost / kein rhu noch rast / sondern qual vber die
massen[v].
Denn all jr thun / trotz spot vnd rhum[w] / wird gantz gelegt / vnd
50 ausgefegt[x] sie bleiben der hellen gnossen[y].

---

j) Röm. 4.d. k) 1. Cor. 15. g. 2. Tim. 1.c. Ebree. 2. d. l) Colos. 2.c.
m) Ephe. 4.b. n) Philip. 2.b. o) Jesa. 26.d. Johan. 5.e. 6.e. p) 1. Cor.
15.f. Philip. 3.d. q) Galat. 5.e. r) 2. Cor. 5.a. s) Matt. 13.f. Dani. 12.a.
t) Matt. 22.c. Mar. 12.c. u) Mat. 25.d. Röm. 2.b. Ebre. 10.c. v) Apoc. 14.c.
w) Sapien. 5. Jesai. 13.b. 24.b. x) Jes. 28.d. Apoc. 21.b. y) Psal. 49.e.
Jesaie 5.d. Luce 16.c.

---

20 vrstend *Auferstehung*.   41 zufaren *zukommen lassen, bereitstellen*.

Es sol je zwar / die gleubig schar / solcher frücht sich hoch erfrew-
en.

Denn Gottes Son / jr freud vnd kron / erstund, sie all zuuer-
newen.

55 Welchs mit seim Geist / Er jtz geleist / durchs werde wort / vnd
ist jr Hort / drauff sie fest hoffen vnd bawen.

So freien trost / den du bracht hast / gib vns Herr stets zugenies-
sen.

Durch deine güt / sterck vnser gmüt[z] / des zuwarten on ver-
60 driessen:

Das wir die frist / die du vns gibst / mit viel gedult / in deiner
huld / möchten glückselig beschlissen[α].

Vnd dort mit dir / der freuden Chür / in ewigkeit frölich walten:
Wo du selbs bist / Herr Jhesu Christ / las vns von dir nicht ab-
65 spalten:

Vnd jmerdar / sampt deiner schar / dich alle zeit / mit freidigkeit /
preisen, vnd vns an dir halten[β].

Singt lob vnd danck / mit freiem klang / vnserm Herrn zu allen
zeiten.

70 Vnd thut sein ehr / je mehr vnd mehr / mit wort vnd that weit
ausbreiten:

So wird er vns / aus lieb vnd gunst / nach vn- serm tod / frey
aller not / zur ewigen freud geleiten.   Amen.

z) Röm. 8.e.   α) Luce 21.d. Ebre. 10.g. 12.a. Apoc. 13.c.   β) Jesaie 6.a.
Apoc. 4.c./5.d./7.c.

PETRUS HERBERT*

Veni Creator Spiritus.

[Melodie]

Kom Schepffer heiliger Geist Herre Gott[a] / vnd besuch vns mit
5 heilsamer gnad[b] / erfüll vns mit himlischer weisheit / schaff in vns
ein new fleischern hertz / durch deine allmechtigkeit.

a) Jesa. 44.a. Hese. 36.f. b) Joel 2.g.

MIT FREUDEN   61 des *dessen, darauf.*   65 Chür *Wahl;*   walten *besitzen.*
VENI CREATOR   2 ff. *Vgl. Martin Luther* Der Hymnus Veni Creator S. 82, Thomas
Müntzer *Hymnus S. 84 und das anonyme* Am Pfingstag Hymnus S. 85.

Du wirst der gleubigen Tröster genand[c] / ein thewr Gottesgab,
siegel vnd pfand / des lebens wurtzel, samen vnd bron / ein Gött-
liche salb, lieb vnd fewr / gehst aus vom Vater vnd Son[d].

10 Du bist der die Kirch mit viel gaben[e] ziert: Gottes finger[f] der, die
hertz berürt / vnd des Vaters verheissung[g] vnd krafft: die das
gmüt erleucht, sterckt vnd feucht / vnd versiegelt[h] die kindschafft[i].

O zünd in vns auch an dein Göttlich liecht[j] / geus ins hertz die
lieb vnd zuuersicht: erleucht damit all vnser sinnen / das wir
15 starcken glauben haben / vnd recht wandeln darinnen.

Treib von vns fern den feind[k] dempff sein bosheit: gib vns deinen
fried der seelen gleit: auff das wir durch deine sterck vnd krafft /
das bös mögen vberwinden / vben gute ritterschafft.

Ler vns recht erkennen des Lebens bron[l] / Gott den Vater sampt
20 seim lieben Son / datzu dich Tröster heiligen Geist / einen ewigen
waren Gott: wie vns die schrifft gleuben heisst.

Pflantz in vnser hertz solche bewegung / die dir gleich sind vnd
deiner wirckung / wie du selbs bist vnd dir gefallen[m]: wend all
vnser thun zu deinn ehrn / mach wonung bey vns allen[n].

25 Gott Vater vnd dem Son sey lob vnd preis / vnd dir heiligem Geist
gleicher weis / fur die gnad so wir von dir haben: o bewar vns auch
darinnen / das wir dich ewig loben.

c) Joha. 14. b. 2. Cori. 1. d.   d) 1. Joh. 3. b. 2. c.   e) 1. Cor. 12. b.
f) Luce 11. c.   g) Vnd 4. g. Actor 1. a.   h) 2. Cori. 1. d.   i) Ephes.
1. b.   j) 2. Cor. 3. b.   k) Galat. 5. b.   l) Joh. 17. a.   m) Röm. 14. d
Gala. 5. b.   n) Joha. 14. c.

---

8 bron *Brunnen, Quelle.*   12 feucht *befeuchtet;*   versiegelt *besiegelt, bekräftigt.*
13 geus *gieß.*   24 *Nach Wolkan:* Kirchenlied der Böhmischen Brüder *ist hiernach eine
Strophe des Originals ausgefallen.*

Tertij toni.

[Melodie]

HERR Gott send deinen Geist der lieben Christenheit /
    der sie ler vnd leit   in alle warheit.
5 Bespreng vnd feucht die seel mit deinem gnadenthaw /
    auff das sie leben   dig Christum anschaw.
Erfrisch mit heilsamem safft den zur   knirschten geist /
    auff das er dir recht   schaffne früchte leist.
Reinig das hertz durchs lebendigen   glaubens krafft /
10   auff das dein Bild in   vns leuchte vnd schafft.
Treib weg all sünd, jrthum vnd   finsternis /
    auff das in vns schein das liecht   deiner erkentnis.

Lob Gott von hertzengrund du liebe   Christenheit:
    denn er geust auff dich seinen   Geist aus gütigkeit.
15 Erheb vnd rhüm sein trew vnd güt in allem land:
    denn er versiegelt dich mit   dem thewren heilpfand.
Tröst vnd frew dich deins süssen Trösters heimsuchung:
    denn derselb ist des Vaters   thewre verheissung.
Eröffne vnd thu jm auff deines   hertzen thür:
20   denn er kompt selbs vnd wil ewig lich wonen bey dir.
Hilff Gott wie lieblich ist deins Geistes beywonung:
    denn er macht vns teilhafftig   vnser erlösung.

Ehr sey Gott dem Vater vnd Christo   seinem Son /
    vnd dem heiligen   Geist in gleichem thon.
25 Wie es war von anfang, jtzund vnd alle zeit /
    So werd sein rhum ge   mehrt in ewigkeit.
              Amen.

HERR Gott 1 ff. Tertij toni *Im dritten Ton. Die psalmodierende, zweiteilige
Choralmelodie ist vom dritten Psalmton abgeleitet, d. h. ihr Rezitationston („Tuba") ist
c; auf diesem Ton werden die Textsilben der linken Textspalte gesungen (z. B. Zeile 3
HERR bis lieben). Die in der rechten Spalte stehenden Textsilben tragen die Mittelka-
denz („Mediatio") – die im vorliegenden Fall auch als Interpunktion syntaktisch glie-
dert: als „Flexa" bei Virgel (z. B. Zeile 3 Christenheit) als „Metrum" bei Doppelpunkt
(z. B. Zeile 13 Christenheit:) – bzw. die Schlußkadenz („Punctum" z. B. Zeile 4 in alle
wahrheit.) 3 Die drei ersten Buchstaben dieser Zeile und die Großbuchstaben der
folgenden Zeilen ergeben den Namen des Dichters* Herbert. 21 beywonung *Nähe.*

JOHANNES GELETZKY*

Psal. 42. Quemadmodum desiderat ceruus.

[Melodie]

Gleich wie der Hirsch zum wasser eilt / wenn er hart wird ge-
jaget:
5 Also mein seel zu Gott auch schreit / wenn sie hie wird geplaget:
Sie dürstet sehr nach jrem Gott / denn on jn ist sie kranck vnd
mat / vor grossem leid verzaget.

Mit threnen ich mich teglich speis / das ich nicht sol mit fromen:
Dir Herr erzeigen lob vnd preis / vnd rhümen deinen Namen.
10 Jch mus stets hören diesen spot / wo ist nu dein Helffer vnd Gott/
des du dich stets thust rhümen?

Wenn ich solch schmach von jnen hör / so möcht mein hertz zu-
springen.
Denn ich wolt gern sampt deinem heer / mit freuden dir lob-
15 singen:
So hindert mich die Gottlos schar / das ich dich Herr nicht loben
thar / wil mich von dir abdringen.

Jch sprech offtmals zu meiner seel / las deinen kummer faren:
Traw Gott denn er kennt deine fehl / vnd thu auff jn verharren.
20 Jch weis wol er vergisst mein nicht / wird mir zeigen sein ange-
sicht / sein wort nach lassen hören.

Ob gleich schon vber mich sein flut / schwere anfechtung komen:
Vnd die Feind mit grimmigem mut / wider mich hefftig brumen:
Dennoch kan Er in solcher not / mich wol erretten von dem tod /
25 schützen mit allen fromen.

Des tags hat er mir seine güt / zur zeit des frieds versprochen.
Derhalb ich jn des nachts auch bitt / wenn meine feinde wachen.
Er wöll mir beystehn in der not / das mich der feind mit hohn vnd
spot / dem tod nicht stoss in rachen.

30 Er ist mein fels, mein schirm vnd schutz / er wird mein sach aus
füren:
Vnd zu nicht machen der welt trutz / die sein werck wil zustören.
Ah Gott dempff die heilose schar / die deinem Volck hie jmerdar /
fewrige brend zuschüren.

PSAL. 42   Vgl. die Übertragungen desselben Psalms von Fischart S. 231, Gamersfel-
der S. 147, Hessus S. 131, Nicolai S. 289, Ulenberg S. 244, Waldis S. 169, Winnenberg
S. 252.   8 mit fromen *in gottgefälliger Art.*   17 thar *wage.*

35 Nu meine seel betrüb dich nicht / Gott wird nach seine warheit:
Frey lassen komen an das liecht / dir zeigen seine klarheit.
Jch werd noch seine wunderwerck / sehen auff seim heiligen berg /
vnd preisen seine zierheit.

Alda wirstu von seim altar / geniessen seiner gaben:
40 Jm fur sein Heil dort jmerdar / mit freud vnd wonn dancksagen:
Das gib Herr Gott in kurtzer zeit / wend vnser trübsal schier in
freud / das wir dich ewig loben.   Amen.

UNBEKANNTER VERFASSER

Von der ewigen Pein vnd Qual der Gottlosen
in der Helle.

[Mel.]

5   Hort freche sünder /
       jr Gottlose kinder /
       Gott lesst euch sagen /
       wie Er euch wil plagen /
       dort[a] in der helle /
10   beid an leib vnd seele[b]
       wo jr nicht vmbkert.

       Ah nemt zu hertzen /
       ewig pein vnd schmertzen:
       gebt Gott die ehre[c] /
15   das Er euch bekere[d]:
       eh Er wird richten /
       ewer thun vnd tichten /
       ewig vernichten.

       Hört die Propheten[e] /
20   Christum, seine Boten:
       Gott[f] ist zwar gütig /
       vberaus langmütig /

a) Sapie. 5. Hiob 24.b. Psalm 9.c. 11.a. 140. b. Matt. 5.d. Luce 10.b. 2. Thes.
1.b.   b) Mat. 3.b. 7 Luce 13.a.   c) Apoc. 14.b.   d) Jesai. 66.c.' 25.c.   e) Luce
16.d.   f) Psal. 86.a. Joel 2.c. Jona 3.b. 4.a. Ròm. 2.a.

PSAL. 42   38 zierheit *Herrlichkeit*.

doch nicht den frechen:
denn Er wil[g] auffbrechen /
jrn freuel rechen[h].

Jren mutwillen[i] /
im zorn vnd grimm stillen:
sein gnad verkürtzen[j] /
sie zur hellen stürtzen /
das sie drinn ligen[k] /
vnd zu lohn dort kriegen /
den fewerofen[l].

Welcher bereitet[m] /
ist, den bösen Engeln /
den Gott erweitert /
das Er straff die menschen /
in dem gefengnis /
ewigem bedrengnis /
mit dem verdamnis.

Sih Gott wil erndten[n] /
bald die dürre erden /
vnd den vnglauben /
schneiten wie die drauben /
sicheln vnd hippen /
das[o] schwerd seiner lippen /
thut Er schon scherffen.

Da wird stets fressen[p] /
jr wurm jr gewissen /
das fewer brennen /
jmer on auffhören[q] /
ewiglich quelen /
beide leib vnd seelen /
wer kans erzelen?

Gott wird sie schrecken[r] /
finsternis bedecken /

g) Joel 1.c. 2.a. Zacha. 2.b. h, i) Psal. 2.a. Heseki. 6.c. Jesai. 34.a. 35.a.
Ebree. 10.e. j) 2. The. 1.c. k) Psalm 49.c. l) Matt. 3.b. 13.e./25.d. Judas.c.
Apoc. 14.c. m) Mat. 25.d. n) Apoc. 14.d. o) Psalm 7.d. Apoca. 1.c. 19.c.
p) Jes. 66.g. Marci. 9.g. q) Jesai 30.g. Matth. 3.c. r) Matt. 8.b. 22.b./25.c.

---

44 hippen *Winzermesser.*   53 erzelen *aufzählen.*

drinn sie verzagen /
werden ewig klagen /
erbermlich schreien /
mit zeenklappen weinen /
60 vnd grausam heulen.

Als wird gerochen[s] /
keim nichts abgebrochen /
jeder wird finden /
nach der grös der sünden /
65 so viel der streiche[t] /
das die straff sich gleiche /
jr mas erreiche.

Die gewalt vben[u] /
vnd das vnrecht lieben /
70 werden gewaltig /
sehr gestrafft vnd hefftig /
niemand verschonet /
jederman gelohnet /
wie ers verdienet[v].

75 Darumb denckt eben /
hie in diesem leben /
wie jr euch schadet /
leib vnd seel beladet[w] /
wie wolt jrs lösen /
80 vnd hernach genesen /
mit solchem wesen?

Wo jr vmbkeret /
wie selbs Christus leret /
an jn recht glaubet /
85 euch selbs nicht beraubet /
hilfft euch sein[x] Namen /
von des fewers flamen:
das geb Gott, AMEN.

s) Apoc. 6.b.   t) Luce 12.c.   u) Sapi. 6.b.   v) Psal. 62.b. Matt. 7.b. 26.d.
25.d. Röme. 2.b. 2. Petri 1.c. Apo. 20.d. 22.d.   w) Matt. 16.b.   x) Act. 10.g.

61 Als *alles;*   gerochen *gerächt.*   62 abgebrochen *verweigert.*   65 streiche *Schläge.*

HANS SACHS

Der Handmaler.

Die Kunst der perspectiff ich pur
Bericht bin/ vnd Contrafactur/
Dem Menschen ich mit farb kan gebn
Sein gstalt/ als ob diß Bild thu lebn
Stätt/ Schlösser/ Wasser/ Berg vñ Wäld/
Ein Heer/ sam lig ein Fürst zu Feld/
Kan ich so eigentlich anzeygn/
Als stehe es da leibhafftig eign.

G ij   Der

JOHAN LEISENTRIT*

Ein ander Geistlich Lied /
Dorinne die Historia der Geburt Christi begriffen ist.

[Melodie]

5 Jhr Christen jtzundt frölich seit / singet Gott lob in ewigkeit /
sagt danck mit freud vnd jnnigkeit / dem Kind so in der krippen
leit.

Heut ist geboren Gottes Sohn / des Vaters radt jm himels thron /
hat vns erlost von todt vnd pein / versünet vns dem Vater sein.

10 Den hirtten auch ward botschafft bracht / ein licht jn schien zu
mitternacht / bald eroffnet sich Englisch schar / fingen mit freud
zu reden an.

Fürchtet euch nicht jhr hirtten gut / seit freuden voll vnd wol-
gemut / lobt Gott semptlich mit reichem schall / denn sein barm-
15 hertzigkeit trifft all.

Euch ist Christus der HERR geborn / von einer Junckfraw ausser-
korn / in der Stad genant Bethleem / des frewet sich Jerusalem.

Auff das jhr habt ein zeichen recht / jn krippelein vnd windlein
schlecht / findet jhr das Kind gelegt klein / geboren von Marien
20 rein.

Baldt samlet sich die Englisch schar / huben frölich zusingen dar /
Ehr sey Gott jm himlischen thron / frid auff erd den menschen
wolgethon /

O Jesu new gebornes Kind / erleuchte vnser hertzen blind / das
25 wir dich lern erkennen recht / vnd dir dienen als trewe knecht.

Zu dir schrein wir mit grosser gir / laß vns auch schir kommen zu
dir / nim auch auff vns arm diner dein / das wir ewiglich bey dir
sein.

Gott Vater dir sey lob vnd ehrn / durch CHRJSTVM dein Son
30 vnsern Herrn / sampt heilgen geist zu aller zeit / von nu an biß in
Ewigkeit.

EIN ANDER   19 schlecht *einfach.*   11, 21 Englisch schar *Schar der Engel.*

CHRISTOPH HECYRUS*

Das Gaudia magna, hæc dies lētabunda, Deutsch.

[Melodie]

5 Die Osterlich zeit bringt vns gantz hertzliche frewd / Dann alle
Creaturen bezeugen mit herligkeit / das Jesus Christ am dritten
tag / erstanden sey gwaltig vom Todt / den er vor vns gelitten hat.

Die Erde die alls ernehrt was da lebet / die im leiden Jesu Christ
erzittert vnd erbibet / Kan Gottes gwalt nit vorschweigen / Thut
10 auch jhr gros frewd erzeigen / vnd sich gentzlich ernewen.

Mit Beumen/Blumen vnd Gras herlich gezieret/wird klerlich jr
fröligkeit erkennet vnd gespüret / die Beum Kreuter auch Laub
vnd Gras / das im Winter vertorben was / Vernewt sich herlicher
maß.

15 Die Sonne thut auch jhr fröligkeit beweisen / Gottes gnad vnd
herligkeit in gehorsam zu preisen / die Vögelein frölich singen /
Loben Gott vor allen dingen / das alles thut erklingen.

Der vornünfftig mensch durch Gots gnad ernewet / billich sich
von hertzen gar die zeit hertzlich erfrewet / Das jhn Christus
20 durch seinen Todt / vons Teuffels gwalt erlöset hat / Vnd jhn also
hoch begnadt.

Der Vogl Pelican mit seim blut erwecket / seine junge jemmerlich
von den Schlangen ertödtet / Also mit seinem blut vns hat / Jesus
erlöst aus aller not / vom Teuffel vnd ewign Todt.

25 Jesu der du bist am drittn tag Erstanden / Vnd hast vns erlöst von
des Teuffels vnd todes banden / Gib das wir abstehn von sünden /
vnd all boßheit vberwinden / vnd ewige ruh finden.

DAS GAUDIA   2 *Um welche lateinische Vorlage es sich hier handelt, konnte nicht*
ermittelt werden.   5 alle *in der Vorlage* allen.   10 vnd *in der Vorlage* von.   11 kler-
lich *klar, offen.*

RUTGER EDINGIUS*

Das Dritte stück berürtes Hymni Festum
nunc celebre,
in vorgehendem Thon.

5 Das Fest vnd herrlich zeit / darzu die grosse frewd / Treiben die
gmüt mit zwang / zu singen Lobgesang / da Jhesus Christus fron /
auffuhr ins Himels Thron / der getrew vnd selig schiedman.

Er ist auffgfarn mit schall / frölich ins Himels Saal / drumb der
heiligen gmein / Lobt vnd preist jn gar fein / deßgleich der Engel
10 schar / Lobsinget vmmer dar / die ehr des guten sigers klar.

Der in die höch gfaren / hats gfengnus gfürt gfangen / Vnd viel
gaben vnnd gnad / den menschen geben hat / er wird gestreng
kommen / zu richten allsamen / der sanfft ist von hin auffgfaren.

Wir bitten dich O HErr / du herrlicher Schöpffer / sih an vnd be-
15 schütz recht / dein andechtige Knecht / das nicht des Teuffels neidt /
vns verterb aus boßheit / vnd versenck in das ewig leidt.

Mit Fewrwolcken wider / wann du kompst hernider / Zrichten
nach grechtigkeit / der Menschen heimligkeit / Nicht gib erschreck-
lich pein / vns die wir Sünder sein / sonder blohn die gerechten
20 dein.

Das vorleih Gott Vater / zu deinem Lob vnd Ehr / durch dein Son
allermeist / sampt dem heiligen Geist / der gleicher herrligkeit /
ein Gott in der Dreyheit / herrschst vnd regierst in ewigkeit.

DAS DRITTE   2 f. *In der Quelle wird der Himmelfahrtshymnus des Abts von Fulda
(822–842) und Bischofs von Mainz (847–856), Hrabanus Maurus (776–856), in vier
Übersetzungsfassungen abgedruckt.*   6 fron *als Herr, erhaben.*   7 schiedman
Richter.

JOHAN LEISENTRIT*

Von heiliger Christlicher Kirchen der 11. Psalm
Saluum me fac,
im Thon Verba mea auribus folio 226.
5   oder wie De profundis, folio 243. oder aber wie volget.

[Melodie]

Ach Gott von Himel sich darein / vnd lass dich das erbarmen /
Wie wenig sind der heilgen dein / verfüret seind die armen / Durch
list der Ketzer vmmer dar / der glaub der wil vorleschen gar / Jn
10 diesen vnsern Landen.

Erstanden sind der klugel viel / ein jeder weiß es besser / Nie-
mandt dem andern weichen wil / sie treibens wie die bsessen / Was
die alt war Kirch gelehrt hat / das ist bey jn nur eitel spot / Sie las-
sen sich nicht lencken.

15 Sie lehren eitel falsche list / was eigen witz erfindet / Jhr hertz
nicht eines sinnes ist / in recht warheit gegründet / Der predigt dis /
der ander das / sie trennens volck ohn alle maß / Der klügst acht
sich ein jeder.

Es wird das Volck aus dieser lehr / wie Sodom vnd Gomorren /
20 Man acht kein ehr noch zucht nicht mehr / es ist eitl scheltn vnd
schnorren / Das sauffen vnd fressn nimbt vber hand / es wird nur
alls an bauch gewant / der sel wird wol vergessen.

Der arme wird verlassen gar / mit raht vnd hülff zu gleichen / Vbr
jn erbarmbt sich niemandt zwar / allein dient man dem Reichen /
25 Vor zeiten man dem Mammon nicht / also nachtzachte gwissiglich /
wie jtzt die werlet pfleget.

Die heilthumb vnd die Sacrament / das leiden Gotts vnnd Namen /
Die werdn jtzt vberall geschendt / was sol ich dauon sagen / es
leufft nur alls die breite ban / Wer liegn triegen vnd lestern kan /
30 der helt sich vor den besten.

Gott wolst außrotten alle lahr / die das arm Volck vorkeren / Dar-
zu jhr Maul stoltz offenbar / spricht trotz wer wils vns weren /
Beim volck habn wir die macht allein / was wir Lehren / das gilt
gemein / Wer ist der vns solt meistern?

VON HEILIGER   *Vgl. Martin Luther* Der .xj. Psalm. Saluum me fac *S. 75.*   4f. *An-
fangsworte der Psalmen 5 und 130.*   11 klugel *Siebengescheite, Neunmalkluge.*
15 eitel *und* 20 eitl *nur.*   21 schnorren *poltern, schelten.*   26 werlet *Welt.*   27 heil-
thumb *Reliquien.*   31 lahr *Lehre;* vorkeren *verleiten.*

35 Darumb spricht Gott ich muß auff sein / mein Kirch ist schier zur-
störet / Jhr seufftzen dringt zu mir herein / ich hab jhr klag erhöret /
Die alt war lehr soll auff dem plan / die Ketzer weidlich greiffen
an / wie vor alters auch gschehen.

Das Silber im Fewer siebn mahl / bewert wird lauter bfunden / An
40 Gottes wort man warten soll / deßgleichen alle stunden / An auß-
lag ist der zanck allein / die hat die alte Kirch gar rein / Die Sect
aber nimmermehr.

Die alte lehr bewar Gott rein / vnd dempff die vielen Secten / Die
sach las dir befohlen sein / der Bischoff hertz erwecke / Das grew-
45 lich leben das sich findt / do etlich lose leute sind / Las das die lehr
nicht dempffen.

Ehr sey Gott Vater allezeit / auch Christ dem eingebornen / Vnd
dem Tröster heiligem Geist / gar hoch in Himels kohren / Wie es
im anfang vnd auch jtzt / gewesen ist vnd bleibet stets / Jn der welt
50 ewig AMEN.

Ein kinder Liedt
zusingen wider die zwene Erbfeindt der heiligen Algemeinen
CHristlichen Kirch / Als den ketzer / vnd Türcken.

[Melodei]

5 Bey deiner kirch erhalt vns Herr / Behüt vns vor allr Sectenlehr /
dein Kirch ist einig, vnzertrent / Bey deinem Rock man sie erkent.

Der Secten lehr seindt menschen fundt / Sie sein zertheilt vnd han
kein grundt / Vorführen manches frommes hertz / vor Gott ist es
fürwar kein schertz.

10 Der Türck auch schrecklich morden thut / vnd tilget aus der Chri-
sten Blut / durch deinen schweren bittern Todt / Erlöset aus der
Hellen noth.

Beweis O HERR dein gwaldig krafft / Damit der Türck an vns
nichts schafft / Hilff das die Secten außgerott / Werden durch dein
15 Göttliches Wort.

Ach HErr dich es erbarmen las / der du hilffest ohn alle maß / die
hertzlich dir vertrawen thun / vnd Jesu Christo deinem Sohn.

VON HEILIGER   37 weidlich *tüchtig.*   40f. An außlag *um die Auslegung.*
EIN KINDER LIEDT   1 ff. *Parodiert Martin Luther* Ein Kinderliedt S. *149.*   6 *Nach*
Joh. 19, 23 ist Jesu Rock ohne Naht in einem Stück gewebt.   7 fundt *Erfindung.*

Gott heilger Geist du tröster werdt / Erhalt dein Kirch eins sins
auff Erd / Steh bey jr in der letzten noth / Gleiz vns ins leben aus
10 dem Todt.

1569

JOHANNES STIGELIUS

De castitate Monachi.

Per Lunam Monachus gradu citato
Spe feruens auidæ nimis palestræ
5   Sub sparsa meretriculam cuculla
Gestabat tacitum petens cubile.
Cui quidam emeritus senexque frater
Et Diuæ veteranus impudicæ,
Fit casu obuius, ac propensa crura
10   Et mechæ niueos pedes latentis
Agnoscens, quid amice frater, inquit
Aut quò sic properas? quid aut amabo
Sudans sub tremula geris cuculla?
Mox ille esse sui iugum caballi
15   Et se cras aliò parare abire,
At ridet senior dolum, ac faceté
Mox Ephippion hoc, reconde dixit,
Si fratres etenim tui videbunt,
Omnes hoc equitare concupiscent.

DE CASTITATE   2 Über die Keuschheit eines Mönchs.   3 Ein Mönch, den bren-
nendes Verlangen nach einem lüsternen Ringkampf erfüllte, schritt eilends im Mond-
licht dahin. Unter seiner weiten Kutte trug er ein Hürchen und strebte seiner ver-
schwiegenen Zelle zu.   7 Zufällig begegnete ihm ein alter Bruder, der im Ruhestand
lebte und im Dienst der schamlosen Göttin wohl erprobt war Als dieser die heraus-
hängenden Beine und weißen Füße der verborgenen Hure erblickte, sagte er: „Na,
mein lieber Bruder, wohin so eiligen Schrittes? Was trägst du schwitzend, bitte schön,
unter deiner zitternden Kutte?"   14 Hierauf entgegnete jener, es sei Sattel und Zaum-
zeug seines Pferdes, er treffe Vorbereitungen, morgen irgendwohin zu reiten.
16 Aber der Alte lachte über diese List und sagte launig: „Verstecke nur gleich den
Sattel; wenn deine Brüder ihn nämlich sehen, wollen sie alle gern auf ihm reiten."

UNBEKANNTER VERFASSER

Ein schöns Lied / von der alten Schwiger /
vnd jrer Schnur / sampt jrem Son Heintzen /
Jn seiner weiß.

5 Mein Man der ist in Krieg zogen / vor leyd so müß ich sterben.
Nimmer komb / was geb ich drumb / ein andern wolt ich werben.

Jch will dir meinen Son geben sprach die alte Schwiger. Wil ers
sein / so ist er mein / sprach die jung hinwider.

Heintz wilt du Christa haben / sprach die alte Schwiger. Auwe ja /
10 da da da / sprach der Son herwider.

Wenn wölt jr denn Hochzeit haben / sprach die alte Schwiger.
Gilt vns gleich / wenn es sey / sprach die Schnur hinwider.

Was soll ich euch ins Hauß schencken / sprach die alte Schwiger.
Dein newer Peltz / mir gefelt / sprach die Schnur hinwider.

15 Was wölt jr für ein Handtwerck treiben / sprach die alte schwiger.
Gelt mein Heintz / wir treyben keins / sprach die Schnur hinwider.

Wie wölt jr euch denn nehren / sprach die alte Schwiger. Mit käß
vnnd Brodt / vnnd was man hat / sprach die Schnur hinwider.

Wo wölt jr denn heint ligen / sprach die alte Schwiger. Vnterm
20 Härdt / auff der Erd / sprach die Schnur hinwider.

Jnn welches Hauß wölt jhr ziehen / sprach die alte Schwiger. Jnn
dein Haüß / du müst drauß / sprach die Schnur hinwider.

Das hauß das ist mein eygen / sprach die alte Schwiger. Jst es dein /
es wird noch mein / sprach die Schnur hinwider.

25 Wolst auff mein todt hoffen / sprach die alte Schwiger. Lebst du
lang / so ist mir bang / sprach die Schnur hinwider.

Gib mir mein Peltz wider / sprach die alte Schwiger / der peltz ist
mein / ist nimmer dein / sprach die Schnur hinwider.

EIN SCHÖNS 2 ff. *Überschrift nach dem Deckblatt. Das genaue Druckdatum ist*
nicht bekannt. 2 Schwiger *Schwiegermutter.* 3 Schnur *Schwiegertochter.* 8 hin-
wider *dagegen.* 10 herwider *zurück.* 19 heint *heute nacht.*

Wolst du mich denn pochen erst / sprach die alte Schwiger. Jch
30 bin Herr / vnnd du nit mehr / sprach die Schnur hinwider.

Jch dörfft dir eins an schleyer geben / sprach die alte Schwiger.
Wenn du wilt / nu es gilt / schlug die Schnur hinwider.

Auwe meines armen Kopffs / sprach die alte Schwiger. Liebe
Schnur / halte nur / ich gib dirs alles wider.

35 Also nam diser Krieg ein end / mit der alten Schwiger. Jst es nit
noch der sit / buck sich einer wider.

UNBEKANNTER VERFASSER

Ein anders Lied / von dem Rautenstöckelein.

Gar hoch auff jenem Berge / da steht ein Rauten stöckelein / ge-
wachsen auß der Erden.

5 Vnnd da entschlieff ich vnter / da traumet mir ein seltzamer
traum / zu der selbigen stunde.

Mir traumet wie ich hette / so gar ein wunder schönes Kind / bey
mir an meinem Bethe.

Vnd da ich nun erwachet / da stund ein altes grawes Weib / vor
10 meinem Beth vnd lachet.

So wolt ich das es were / das man siben alte Weyber / vmb ein
junge gebe.

So wolt ich auch die meine / so wolt ich auch die meine / geben
vmb ein Bratwurst / vnd vmb ein seydel Weine / geben vmb ein
15 Bratwurst / vnd vmb ein seydel Weyne.

EIN SCHÖNS   29 pochen *verhöhnen*.   31 eins an den schleyer geben *eine Ohrfeige
geben*.   36 sit *Sitte, Brauch;*   buck *bücke, beuge.*
EIN ANDERS   2 *Die Überschrift nach dem Deckblatt. In der Vorlage steht vor der
ersten Strophe* Ein anders Lied.   3 ff. *Die ersten beiden Strophen schon bei Forster:*
Der Ander theil, guter frischer Teutscher Liedlein ... *1540, Nr. 21.*

HERMANN VESPASIUS

Van den woldaden / vns van Christo wedderuaren.

Jm Tone / Vm dynent willen byn ick hyr / etc.

Christus tho dem Sünder.

5 Vm dynent willen byn ick hyr / Vnd drag dyne Sünde swar: Sülck
grothe leue heb ick tho dy / Dat gelöue du my vörwar: Myn Dodt
kümpt dy tho gode / Vnd alles lydent myn: Dyn Hert O Minsch
vplute / fluth myn vördenst darin.

Vm dynent willen kam ick hyr / O Minsche tho my kum: Einen
10 grothen Schadt bring ick mit my / Dat Euangelium: Dardörch ick
dy vörkünde / Du hebbst dörcht lydent myn: Den waren Godt tho
fründe / Bist fry vör Helscher pyn.

Vm dynent willn vhar ick van hin / Dat ick dyn Vörsprack sy: Dar
ick thouörn gewesen bin / Vnd blyue dennoch by dy: Des thom
15 gewissen pande / send ick dy mynen Geist: Jm Crütze menger-
hande / He sterckdt vnd trost dy leist.

Vm dynent wiln ick wedder kaem / Tho holdn dat jüngst Gericht:
Dath ick dy mit den Schapken fraem / lath in der Wöste nicht:
Sünder in den Schapstall bringe / De dy vnd ehn is bereidt / Dar
20 alle Engel singen / Loff Godt in ewicheit.

Vm dynent willen kum tho my / Vnd merck wat ick dy lheer: All
Sünd ond bößheit leg van dy / Tho my dy recht beker: Vnd süme
dar mith nicht lange / Dat is myn trüwe raedt: Dath dy nicht
werde bange / Ewich in Helscher glodt.

VAN DEN WOLDADEN   2 ff. *Vgl. den Bergreihen* Von de.net wegen bin ich hie
S. 116.   8 fluth *flöße;*   vördenst *Verdienst.*   10 Schadt *Schatz.* ·   11 dörcht lydent
durch das Leiden.   12 Helscher *höllischer.*   13 Vörsprack *Anwalt.*   15 f. menger-
hande *auf mancherlei Weise.*   17 kaem *komme; – das* e *bezeichnet nur die Länge des
vorhergehenden Vokals,* ae *repräsentiert einen Langvokal zwischen* a *und* o, *vgl. den
Reim* raedt / glodt *Z. 23/24.*

PAUL SCHEDE*

Der XXIII psalme. Iehova pastor meüs.
Mon Dieu me pait. M.

5 Ær singët vonn gŭtern ŭnt wolfart di ær hặt: ŭnt verspricht ym wŭnderliches
vertrauëns, dàs Got, von welchem dis glŭk hærkœmmet, ym alwegen sœlches
wærde zŭ gŭtem kommen lặssen.

[Mel.]

Got waidet mich ŭf der hŭt seiner hærde,
Ær ist mein hirt, kainn mangël haben wærde.
10   2. Mich rasten lest ŭf grŭner aŭen ranfte,
Ŭnt bringët mich zŭn stillen wassern sanfte:
3. Labt meine sẹl, ŭnt ŭf gerechten wegen
Fŭret ær mich, ŭm seines names wegen.

II.

4. Unt wan ich schon wandret im finstren tale
15   Des hærben dots, förcht ich doch kainn ŭnfale.
Dan stets bei mir bistŭ, mich lẹssest nimmer:
Dein stekken Herr' ŭnt stab mich trösten immer.
5. Fŭr mir beraitst ainn disch mit notdŭrft zeitlich,
In gegenwært meiner feinden ŭnleidlich.

DER XXIII PSALME   *2 ff. Vgl. die Fassungen desselben Psalms von Lobwasser S. 218
und Spangenberg S. 247. Schedes Übersetzungsvorlage war ein französisches Psalmen-
Gesangbuch, das in calvinistischen und hugenottischen Gemeinden gebraucht wurde.
Es enthielt die Psalmenübertragungen des französischen Humanisten Clément Marot in
französische Verse, die von dem Schweizer Gelehrten Théodor de Bèze fortgeführt und
vollendet wurden. Den Abschluß eines Psalms bildete das jeweils passende Gebet aus
den Oraisons des Augustin Marolat. Zwischen Psalmenlied und Gebet setzt Schede
noch eine genaue Übersetzung des Psalmentextes nach der hebräischen Bibel. – In der
Vorlage sind die verschiedenen, zu einem Psalm gehörenden Teile auch typographisch
unterschieden: Die Prosateile der französischen Vorlage – die Inhaltsangabe (argumen-
tum) (4–6)·und das Gebæte (40–47) – sind aus einer geraden Antiquaschrift gesetzt, der
Liedteil (8–25) aus einer kursiven und Schedes Übersetzung aus dem Hebräischen aus
einer Frakturschrift.   2 Die lat. Anfangsworte des Psalms gibt Schede aus einer nach
dem Hebräischen revidierten Psalterausgabe (vgl. den gebräuchlichen lat. Wortlaut
z. B. bei Lobwasser S. 218.   3 Anfangsworte der Übertragung von Marot;   M. Ma-
rot.   8 hŭt Platz zum Hüten des Viehs.   10 ranfte Rand, Einfassung.   15 ŭnfale
Unglück, Gefahr.   18 notdŭrft zeitlich irdischer Lebensunterhalt.*

III.

20   Salbest mein haubt mit gůtem öl getrenket,
        Bis oben an mein kelch ist vol-geschenket:
        6. Wirst machen auch dàs deiner gůnst gelaite
        Ůnt gůtikait mein' lebtag mich belaite:
        Dàs ich also tů gůter hofnůng streben,
25   Im haus des Hern lang fůr-ůnt-fůr zů leben.

1. Ain psalme Davids.

Der Herre ist mein hirt: mir wird nichtes mangeln.

2. Er lesset mich rasten ůf grünen auen: ůnt füret mich zů stillen wassern.

30 3. Er erquikket meine sele: er laitet mich in den laisen der gerechtikait / üm seines namens willen.

4. Vnt ob ich schon wanderte in ainem tale des dotes schatten / so fürchtet ich kain ůnglükke / dan dů bist bei mir: dein stekken ůnt stab di trösten mich.

35 5. Dů beraitest für mir ainen dische / zůgegen meinen feinden: dů salbest mein haupt mit öle: mein becher ist vol eingesehenket.

6. Darzů gůtes ůnt barmhertzikait werden mir folgen alle di tage meines lebens: ůnt werde zů růe bleiben im hause des Herren lange zeit.

40   Gebæte.

Himelischer vater, aller wolfart stifter, wir tůen ůns gegen dir hærtzlich bedanken, das dů dich erzaiget hast ůnsern treuen hirten ůnt beschutzer, in dæm dů ůns erloesest von der gewalt aller ůnser feinde. Verlei ůns gnade, das wir, alle fůrcht ůnt schrekken des
45 dotes hindan geworfen, deiner warhait folgen, ůnt diselbe bekennen, welche dů ůns geoffenbaret hast důrch ůnseren Herren ůnt obersten maister Iesů Christ. Amen.

---

23 belaite *führe, begleite.*   30 laisen *Fahrspuren.*   35 zůgegen *gegenüber, zugewandt.*

BALTHASAR FROE

Auff einem Fluss sag ich ein Nimph trawret sehre /
Welch jre hände vranck met gestaltnus wunderbare /
Die plagt sich selbs vnd zog sich sehr mit jrem Hare /
5 Mengd auch jr klag in Wassers gestüm seltzam gebäre
Letzt: ṿa ist nun das angsicht klar der schon maniere /
Wa ist nun diss Hochzeit vnd lob (sprach sie) so klare.
Darin beschlossen Ehr vnd Glück mit frewden ware /
Do alle Menschen mich ein Gott anbetten schiere?
10 Wars nit gnug das mich die zweitracht vnd meutereie /
Gaben gemein der gantzen Welt zur Raubereie?
Sonder das diss Hydra wol wirdig hundert straffen /
Siebenköpfig / würsch vnd starck sunst nit zu erhengen /
Mich noch auff diesem Fluss fort hab müssen brengen /
15 So viel Caligulen, Nerons vnd Teuffels waffen.

AUFF EINEM FLUSS   1 ff. *Übersetzung eines der „apokalyptischen Sonette"* des
*brabantischen Calvinisten Jan van der Noot. Balthasar Froe, Rechenmeister in Köln,
kam es bei der Übersetzung offenbar besonders auf die Alexandriner – es sind die ersten
genau datierten in deutscher Sprache – und die Reime seiner Vorlage an. – Zum Inhalt
vgl. die Kapitel 17 und 18 der Offenbarung des Johannes bezogen auf die zeitgenössi-
schen Ereignisse.*   2 sag *sah.*   3 vranck *rang;*   met gestaltnus wunderbare *in abson-*
derlicher Weise   5 gestüm *Brausen;*   seltzam gebäre *ungewöhnliches Verhalten.*
6 *In der brabantischen Vorlage beginnt das zweite Quartett: Laes! Helas! O weh!;*
das angsicht ... maniere *der strahlende Anblick feiner Lebensart.*   7 Hochzeit *Zeit des*
Feierns.   10 f. *Anspielung auf den „sacco di Roma", die Plünderung Roms durch*
meuternde deutsche und spanische Truppen Karls V. 1527/28.   13 würsch *schlimm.*
14 f. *Die Übersetzungsvorlage hat:* My hier op desen vloet noch voorts heeft moeten
brenghen / So veel Caligulen, Nerons, en duuels slauen? – *Mir hier an diesen Fluß*
außerdem noch so viele Caligulas, Neros und Teufelsknechte bringen mußte?
15 *„Caligula" und „Nero" sind auch Teufelsnamen.*

Ambrosius Lobwasser

Dominus regit me. Psal. XXIII.

Er beschreibet seine wolfart vnd glückseligkeit / ꝗertröst sich durch einen
wunder starcken vertrawen / das Gott / von dem solchs herkömpt / jhn darbey
5 erhalten / vnd jhm dergleichen mehr forthin verleihen werd. Diese verß sind
zehensylbig / vnd zum teil vberschüssig.

[Melodie]

Mein hüter vnd mein hirt ist Gott der Herre /
10 Drumb fürcht ich nicht das mir etwas gewerre /
Auff einer grünen Awen er mich weydet /
Zu schönem frischen wasser er mich leytet /
Erquickt mein seel von seines namens wegen /
Gerad er mich fürt auff den rechten stegen.

15 Solt ich im finstern thal deß todts schon gehen /
So wolt ich doch in keinen forchten stehen /
Dieweil du bey mir bist zu allen zeiten /
Dein stab mich tröst / mit dem du mich thust leiten /
Für meiner feind gesicht du mir mit fleise
20 Zurichtest meinen tisch mit füll der speise.

Mein heubt du salbst mit öl / vnd mir einschenckest
Ein vollen pecher / damit du mich trenckest /
Dein mildigkeit vnd güt mir folgen werden /
So lang ich leben werd allhie auff erden.
25 Der Herr wirt mir mein lebetag vergünnen /
Das ich in seinem Hauß werd wonen künnen.

Gebet.

Himlischer Vater / der du aller wolfart bist ein anfang / wir dancken
dir / das du dich vns erzeiget hast / als vnsern Hirten vnd schützer /
5 vnd vns von der gewalt vnserer widersacher erlöset / Thue vns so

---

Dominus regit   2 ff. *Lobwasser benutzte die gleiche Vorlage wie Schede, s. S. 215
u. die Anm. dort. – Vgl. die beiden Fassungen von Spangenberg S. 247 u. 248.*   3 Er
David.   7 vberschüssig *überschießend, d. h. Satz- und Versende fallen nicht zusam-
men (Enjambement).*   10 gewerre *stört, zustößt.*   16 forchten *Befürchtungen.*

wol / das wir hindan setzende alle furcht vnd erschrecken des
todes / dir folgen / vnd deine warheit bekennen / welche du vns
offenbaret hast durch vnsern Herrn vnd fürnemsten Meister Jhe-
sum Christum / Amen.

JACOBUS FISCHER

Anno Domini · 1 · 5 · 7 · 3 · den · 8 · Septembris starb der Ehr-
wirdig Vnnd wolgelart Herr Magister Jacobus Fischer dieser
Graueschafft wertheim pfarher vnnd SVPERINTENDENS
D·G·G·A·

5   NE PISCATORIS SINE REBVS NOMEN HABEREM
      MVNERE PISCATVS SVM TRIA LVSTRA MEO
      RETE DEI VERBVM, CHRISTO GENS CREDVLA PISCES,
      CYMBA MARIS TEMPLI SANCTA CATHEDRA FVIT

1574

PAUL MELISSUS SCHEDIE

Italis, Gallis, Hispanis poetis.

Perfacile est vobis, cultissima turba poëtæ,
  Iungere disparibus verba Latina modis.
5 Sugitis immulso nutricis ab ubere, quæ nos
  Vix bibimus brumis aure patente novem.

ITALIS   2 An die italienischen, französischen und spanischen Dichter.   3 Hochge-
bildete Schar, ihr Dichter, spielend leicht fällt es euch, lateinische Wörter in ungleichen
Verszeilen miteinander zu verbinden.   5 Ihr saugt es aus den vollen Brüsten der
Amme, was wir neun Winter lang die Ohren gespitzt nur gerade eben aufnehmen.

ANNO DOMINI   2 Septembris *das Schluß – s ist beim Original fast völlig zerstört.*
5 D.G.G.A. *Dem Gott Genad Amen.*   6 ff. *Übers. von O. Langguth in der Vorlage:*
Um den Namen Fischer nicht ohne Ursach' zu führen, Hab' ich in meinem Amt
fünfzehn Jahre gefischt, Gottes Wort war mein Netz, die Fische die gläub'ge Gemeinde,
Und als Fischerkahn dient' mir der Kanzel Gestühl.   7 LVSTRA *in der Vorlage* LVSRA.
9 FVIT *in der Vorlage* FVI.

Haud tamen abjungens exotica pectora Phœbus
Arcet ab Aonij cælite fontis aqua.
Francia Germanis celebres tria sidera vates
10   Celtin, et Huttenum, Lotichiumque tulit.
Additus his patriæ numerer nisi quartus, ut inter
Sidera perpetuo stella decóre micem;
At stellam referens, aliquo quæ tempore saltem
Duret, honorifica luce cometa fruar.

FELIX FIDLERUS

Sprea.

Finit inaccessos ubi sylua Bohemica montes,
Et petit æquato Slesica rura solo;
5   Lubricus exiguo Sprea fonte regurgitat undas,
Marchiacosque vago flumine findit agros.
Auctus aquis cursu clariſſima dividit urbis
Mœnia, cui nomen Parrhasis ursa dedit:
Heic ubi magnificas Ioachimus Marchio sedes
10   Struxit, et arx mira stat fabricata manu.

ITALIS   7 Keineswegs hält Phoebus *[der Gott der Sprache und Dichtkunst]*, wenn er
sie auch trennt *[scil. nach Raum, Zeit und Muttersprache]*, fremdländische Gemüter
vom himmlischen Wasser der aonischen Quelle *[die Musenquelle Aganippe am Berg
Helikon in Böotien, das nach dem Stammvater seiner Bewohner auch Aonien heißt]*
fern.   9 Franken brachte den Deutschen berühmte Dichter, drei leuchtende Gestirne,
hervor: Celtis, Hutten und Lotichius *[vgl. Verzeichnis der Autoren und ihrer Gedichte
am Ende des Bandes]*.   11 Wenn ich diesen auch nicht als vierter aus demselben
Vaterlande hinzugezählt werde, daß ich zwischen den Gestirnen als Stern für ewige
Zeiten ehrenvoll glänzte, so mag ich dennoch, ein Ebenbild jenes Himmelskörpers, der
doch wenigstens eine Zeitlang existiert, als Komet, mich des Ansehen verleihenden
Glanzes erfreuen.
   SPREA   2 Die Spree   3 Wo der Böhmische Wald unzugängliche Berge umgrenzt
und sich durch ebenes Land bis nach Schlesien hinstreckt, sprudelt die leicht dahinglei-
tende Spree aus der engen Quelle hervor und zerteilt mit ihrem regellos geschwunge-
nen Flußbett die Äcker der Mark.   8 Wasserreicher geworden, teilt sie in ihrem Lauf
die hochberühmten Mauern der Stadt *[Berlin]*, der die parrhasische Bärin *[Kallisto,
Königstochter aus dem südarkadischen Parrhasia, Geliebte des Zeus, wird von Artemis
in eine Bärin verwandelt und von Zeus an den Himmel versetzt als Sternbild des
großen Bären. Hier mit dem Wappentier der askanischen Gründer Berlins identifiziert]*
den Namen gab: 9 Hier, wo sich Markgraf Joachim großartige Sitze erbaute, steht
auch eine wunderbar kunstreich errichtete Burg *[unter Joachim II. Hektor (1505–1571)
wurde seit 1540 mit dem Um- und Neubau des Berliner Schlosses, ehemals ein Burgle-
hen, begonnen]*.

Fama, Mycenæi sic facta palatia Regis,
Vrbs ubi clarebat Sparta, fuisse refert.
Hanc Sprea præteriens oculis rorantibus arcem
Suspicit, et tecti culmina summa notat.
15   Heic foribus capitur rutilo fulgentibus auro;
Heic domus Oebalio marmore fulta nitet.
Materiam commendat opus; iam sistere cursum
Vellet, et haud aliqua mobilis esse via,
Ni natura vetet, lentumque sequentibus undis
20   Obruat, et tardas non sinat esse moras.
Non tamen inde procul socio miscetur Havelo,
Cui tam regificas narrat in amne domos;
Et quondam rigido præstantes milite Suevos
Commemorat ripas accoluisse suas.
25   Quærenti duplici cur nomine gaudeat unus,
Se vetus à Suevis nomen habere refert.

UNBEKANNTER VERFASSER

Jch erfrew mich eins / des ich mich billich frewen soll / ja soll. Das ich ein schlaffgesellen hab / ja hab. Mit dem so will ichs wagen.

Mich batt ein Fraw / ich solt jr dienen manigfalt / ja falt. Nach
5 Weiber lust vnd jhr begier / schlaff heint bey mir / ja mir. Wie soll ich das vollenden.

SPREA   11 Die öffentliche Meinung behauptet, von solcher Art seien auch die Paläste des mykenischen Königs *[Agamemnon]* dort, wo die Stadt Sparta erglänzte, gewesen.   13 Zu dieser Burg blickt die vorbeifließende Spree feucht schimmernden Auges empor und nimmt die höchsten Giebel des Daches wahr.   15 Hier wird sie gefangen von den in rötlichem Gold leuchtenden Toren. Hier funkelt ein Haus, getragen von öbalischem Marmor *[tarentinisch: Tarent soll von Spartanern unter deren König Oibalos gegründet worden sein]*.   17 Das Werk macht sein Baumaterial angenehm. Gern würde sie den Lauf anhalten und ganz und gar unbeweglich verharren, wenn es die Natur nicht verböte und den zögernden Lauf mit nachfolgenden Fluten überstürzte, auch langdauerndes Verweilen läßt sie nicht zu.   21 Doch von dort nicht mehr weit vermischt sich die Spree mit ihrer Gefährtin, der Havel, der sie dann von diesem Königspalast am Strom erzählt;   23 Auch erinnert sie sich, daß an ihren Ufern einst die abgehärteten, im Kriege vortrefflichen Sueben wohnten.   25 Dem der fragt, warum er, der eine, sich zweier Namen erfreue, antwortet der Fluß, daß er seinen alten Namen von den Sueben habe.

SPREA   15 foribus *in der Vorlage* fororibus.
JCH ERFREW   5 heint *heute nacht.*

Es jagt ein Fraw ein Hirsch / Woll vber ein Heyd was breit / ja
breit. Der scharpffen vnd der grossen Hörner het er nicht / ja nicht.
Er war geloffen sehre.

10 Der Hirsch war weiß / er barg sich vndter ein grünes Reiß / ja reiß.
Woll bey der Junckfrawen allein nun stehe. nun stehe. Mein
Hirschlein / woll auff der rechten spore mein.

Jst einer hie der gewacht hat / die Winter lange nacht / ja nacht.
Der lege sich jetzundt nieder schlaffen es ist Zeit / ja Zeit. Schwerdt
15 soll dich nicht scheiden.

Jch will woll lenger sitzen / vnd wer der Winter noch so kalt / ja
kalt. Darzu hat mich bracht ein schönes Junckfrewlein jung /
ja jung. Vnd wern wir auff dem kalten gefrornen Eyß, ja eyß.
Vor frewden müst ich schwitzen.

20   Gesellen sindt mir lieb vnd werdt.
            Jedoch noch eins mein hertz begert.

UNBEKANNTER VERFASSER

Wer ich ein wilder Falcke / Jch wolt mich schwingen auß / vnd
wolt mich nider lassen / für eins reichen Burgers hauß.

Da ist ein Meidlein in mit züchten / Magdalena ist sie genandt / so
5 hab ich all mein lebe lang / kein schöner brauns Meidlein erkandt.

An einem Montag es geschach / an eim Montag sehr frü / do sach
man die schöne Magdalena / zur öbern thür auß gehn.

Do fragten sie die zarten / Magdalena wo wilt du hin / In meines
Vatters garten / do ich nechten gewesen bin.

10 Do sie nun in den Garten kam / wol undter die Linden lieff/do lag
ein freyer Berckgesell / darunder süß vnd schlieff.

Woll auff mein Berckgesell geschwinde / dann es ist an der zeit /
ich hör die schlüssel klingen / mein Mutter ist nicht weit.

JCH ERFREW   7 *Diese Strophe stammt aus einem anderen Lied, vgl.* Es jaget eine
Fraw *S. 223.*   9 geloffen *gelaufen.*   12 spore *Spur, Fährte.*   14 Schwerdt *Beschwer-*
nis.   20f. *Ein Zwischentext, der zu dem in der Quelle folgenden Stück überleitet.*
    WER ICH   2ff. *Vgl. Bd. 7 dieser Sammlung S. 120 mit der Fassung aus* Des Knaben
Wunderhorn.   9 nechten *gestern nacht.*

Hörstu die schlüsselein klingen / vnd ist dein mutter nicht weit /
15 so zeuch mit mir von hinnen / woll vber die Heyden breit.

Er nam sie bey der hende / bey jrer schnee weissen handt / Er fürt
sie ahn ein ende / do er ein Herberg fandt.

Do lagen die zwey in frewden da / biß auff dritt halbe stundt /
kehr dich rumb schön Magdalena / beut mir dein roten Mundt.

20 Du sagst mir viel von keren / sagst mir von keiner Ehe / vnd wer
es nit geschehen / es geschech doch nimmer mehr.

Vnd der vns dieses Liedlein sang / von newen gesungen hat / ein
freyer Berckgesell ist er genandt / auff Sanct Annaberg in der
Stadt.

25 Er hats so woll gesungen / bey Mäth vnd külem Wein / darbey
da ist gesessen / der lieb Vrseln töchterlein.

Wiltu mich so will ich dich /
Ob schon mein Mütterlein schülte mich.

UNBEKANNTER VERFASSER

Der Sechste Bergkreyen
von einem Hirschen.

Es jaget eine Fraw einen Hirschen / vber eine Heyd vnnd die war
5 breyt / der scharpffen Hörner hett er nicht / er war gelauffen sehre.

Die Fraw die hielt auff mit jren Hunden / auff einer wegen scheid /
sie schelt ein horn auß rotten munde / das bracht dem Hyrschen
keine schwere / auff jagen Hett sich die zarte Fraw / verpflicht / jr
Netz jr garn warn auffgericht / vor einem grünen Walde / jre diener
10 hielten sonderlich / jhr Rößlein war wol beschlagen / es lieff gar
wunder balde.

WER ICH   17 ende *Ort, Gegend.*   18 dritt halbe stundt *nach Kirchenzeit: halb*
sechs.   20 keren *Umkehr, Abkehr.*   27 f. *Ein Zwischentext, der zu dem in der Quelle*
folgenden Stück überleitet.
DER SECHSTE   2 ff. *Von diesem Lied gibt es ein fliegendes Blatt, das möglicherweise*
vor 1574 gedruckt wurde.   6 hielt auff *hielt an, sonst auch: stellte nach;*   wegen
scheid *Wegscheide.*   7 schelt *ließ ertönen.*   8 schwere *Beschwernis.*   10 hielten son-
derlich *paßten besonders auf.*   11 wunder balde *wunderbar schnell.*

Die Fraw jaget auß an einem Morgen frü / jr wurd ein blick wenn
sie sprach iren Hunden zu / Hirsch mein Hundt bleib dus auff der
rechten spor / Kompt vnns der Hirsch in grünen walde / fürwar
15 er laufft vns allen schnellens jagens vor.

Der Hirsch war frey / Er sprang vber berg vnd tieffe thal / der
Wölffelein vnd der Waldtfögelein Hundt / Der achtet er gar
kleine / auß seinem halß da gieng jhm gar ein süsser hal / Wie

baldt die Fraw sein stimm vernam / Sie gedacht wer ichs alleine /
20 Wol bey dem Hirschen inn dem Thal / mit jhm da wolt ich frew-
den han / nach lust vnnd meinen sinnen / fieng ich den Hirschen
so wer mir wol / Jch hoff er sol mir nicht entgan / Er soll mir
nicht entrinnen.

Der Hirsch trat in Waldt / das sag ich euch fürwar / die Fraw
25 war weiß / wenn sie kam auff das Hyrschen spor / an jhrem Hoff
het sie ein Jeger der ward erlegen / wann er was alt was niemands
nütz / er kund vnd mocht des jagens nimer pflegen.

Die Fraw die trat auff / da sie den Hirschen alleine fandt / er ver-
barg sich vnder ein grünes Reiß / sein Haar war geel wie seyde /
30 Die Fraw sprach Gott grüß dich wolgemuht / stehe mir mein
Hirschlein gantz offenbar / mein Schwerdt sol dich nicht schnei-
den / der Hirsch ward einem Jüngling gleich / Klug / Adlisch /
Jung / war seuberleich / war lieblichen nach der Frewlein sitten /
den schloß die Fraw in jhre schneweisse Ermelein / Da lagen die
35 zwey die lange nacht / biß vber sie schein / der helle liechte morgen
frü.

UNBEKANNTER VERFASSER

Der Achte Bergkreyen
Wach auff meins Hertzen.

Wach auff meins Hertzen ein schöne / zart aller liebste mein. Jch
5 hör ein süß gedöne / von kleinen Waldvögelein / Die hör ich so
lieblich singen / Jch meint es wer des tages schein / von Orient her
dringen.

DER SECHSTE   12 wurd ein blick *trat ein Glanz [in ihre Augen].*   13 dus *still,
heimlich.*   14, 25 spor *Fährte.*   18 kleine *wenig, gering;* hal *Schall.*   26 erlegen
außer Dienst gestellt.   29 geel *gelb.*   33 sitten *Gefallen.*
DER ACHTE   2 ff. *Vgl. die geistliche Kontrafaktur von Hans Sachs S. 92, die eine
frühere Fassung dieses Liedes schon voraussetzt. Zwei vielleicht vor 1574 liegende
Drucke sind nicht genau datierbar.*

Jch hör die Hannen kräen / vnd spür den tag dabey. Die külen
Windlein wehen / Die Sternen leuchten frey / Singt vns Fraw
10 Nachtigalle / Singet vns ein süsse Melodey / Sie nennet den Tag
mit schalle.

Der Himel thut sich ferben / auß weisser farb in blaw / Die wolcken
thun sich gerben / auß schwartzer farb inn graw / Die morgen röt
thut entweichen / Wach auff mein lieb vnnd mach mich frey / Der
15 tag wil mich erschleichen.

Jch solt dir einen botten senden / der mir die potschafft würb. Jch
förcht er thu sich wenden / Das vnser Lieb verdürb / schick dich
zu mir alleine / feins Lieb biß vnuerzagt nit wank / in trewen ich
dich meine.

20 So darff ich niemandt vertrawen / hertz lieb in disem fal. Die klaf-
fer machen vnns ein grawen / Der ist ein grosse zal / Wann vnser
lieb sich sol meiden der klaffer findt man vberal / noch will ich
mich nicht scheiden.

Du hast mein hertz vmbfangen / mit aller inbrünstiger lieb. Jch
25 bin so offt gegangen / feins lieb nach deiner zier / Ob ich dich
möcht ersehen / so würd erfrewet das hertz in mir / die warheyt
muß ich jehen.

Mein Hertz das leidet schmertzen / darzu vil kleglicher pein. Wo
zwey hertz lieb thun schertzen / die an ein ander nicht mügen sein /
30 Keins thut dem andern versagen / so wird erfrewt das hertz in mir /
die warheit muß ich sagen.

Selig ist der Tag vnd stunde / darinn du bist geboren / Gott grüß
mir dein roten munde / den ich mir hab außerkoren / kan mir kein
liebere nicht werden / feins lieb schaw das mein lieb nit sey ver-
35 loren / du bist mein trost auff erden.

Feins lieb merck auff mein singen / es geschicht inn keinnem
schertz / Der klaffer wil mich verdringen / mit seinem falschen
hertz / Das bringet mir grosses leiden / Gott geb dir tausent gutter
nacht / von hinnen wil ich mich scheiden.

---

13 gerben *bereiten, kleiden.*   15 erschleichen *überrumpeln.*   16 würb *bestellte.*
17 schick *begib.*   18 biß *sei;*   wank *fehlt in der Vorlage, nach einem späteren
Druck ergänzt.*   21 grawen *unheimliche Empfindung, Grauen.*   22 noch *dennoch.*
25 zier *Schönheit.*   27 jehen *sagen.*   29 an *ohne.*   30 versagen *absagen.*

Johann Fischart*

An Ehr vnd Billigkeit liebende Leser.
Etlich Sonnet.

I.

Jn dem Hauß / spricht man / stehts nicht wol
5   Vnd muß gewiß was böß gemanen /
      Wann die Henn kreht vber den Hanen /
Da sie doch dafür gachsen soll
Zu leuchtern jhren Eyerstoll:
      Also wie viel mehr muß es hön
10   Jn einem Regiment dann stehn:
Welchs grösser ist vnd sorgen voll:
      Wann die Henn wil die Hanen führen:
      Da muß sie die gewiß verführen:
Dann es ist wider die Natur
15   Daß das schwächer das stärcker führt
      Das vnzierlichst das zierlichst ziert:
Welch vngleicheit dient zur auffruhr.

II.

Dann jedes rechtes Regiment
      Soll gleichsam gstimmt sein wie die Seiten
20   Die sich all in einander leiten.
Wann aber auff dem Jnstrument
      Die gröbst Seit sich von andern trennt /
      Vnd wolt nicht mit jhn stimmen ein /
Sondern derselben exlex sein /
25   Da ist die Music schon geschändt /
      Also wann auch in Königreichen
      Das weiser soll dem albern weichen
Vnd das nicht herrschen sol wil gebieten
      Da nemen solche Regiment
30   Oder ein enderung oder end
Dann vneins Hirten nicht wol hüten.

An Ehr 1 ff. *Datierung nach A. Hauffen:* Johann Fischart *1922, Bd. 2, S. 269.* – *Erster bekannter Sonettenzyklus in deutscher Sprache. – Autorenangabe* Huldrich Wisart. 5 gemanen *bedeuten.* 7 gachsen *gackern.* 8 leuchtern *erleichtern;* Eyerstoll *Eierstock.* 9 hön *verächtlich, böse.* 24 exlex *Rechtsterminus für den Geächteten, den „Outlaw".* 30 Oder ... oder *Entweder ... oder.*

III.

                Wie jhr dann solchs in Franckreich secht /
                Da nur ein Florentinisch Henn /
                Ein alte seyt vnd faule senn /
35   Die Gallos vnd das Hanengschlecht
                Wil zu Capaunen machen schlecht /
                Vnd aus den Galliern Galliner /
                Aus freyen Francken Frauendiener /
                Aus Musicseyten sennengflecht:
40   Darumb weil sich die rein Quintseyten
                    Nicht nach dem alten Trummscheit leiten /
                Vnd der han sich seins Kamß ermant /
                    Vnd nicht die Henn zum meister leidt /
                    So sicht man heut ein solchen streit
45   Die Henn zutreiben in jrn standt.

                                IIII.

                Dann welches schreit aus seinem stand /
                    Dasselb zerreist das Menschlich band /
                    Schafft vnwill vnd groß mißverstandt /
                Vnd verunrühigt Statt vnd Landt /
50   Weil hochmuth findet widerstandt:
                    Darumb Gott alles recht erschuff
                    Ein jedes geschlecht in seim berüff /
                Den Mann dapffer mit Rath vnd Hand /

---

32 secht *seht.* 33 Florentinisch Henn *Katharina von Medici (1519–1589), war von 1560 bis 1563 Regentin von Frankreich für ihren Sohn, den späteren Karl IX. und bestimmte auch danach noch weitgehend die Politik des französischen Hofes.* 34 senn *Binse.* 35 Gallos *Das Wortspiel der folgenden Zeilen setzt gallus „Hahn", Gallus „Gallier", „Franzose" und gallina „Henne" voraus.* 39 sennengflecht *Weidenge-flecht.* 40 rein Quintseyten „Quinta" *oder* „Quintsaite" *heißt die oberste Saite auf der Laute; sie ist die Melodiesaite und nur einfach vorhanden, während die übrige Besaitung doppel- oder mehrchörig ist. Der Ton der Quinta ist insofern rein gegenüber den tieferen, die aus je zwei oder mehr Tönen gemischt sind.* 41 Trummscheit *häufig nur einsaitiges Streichinstrument, das in geringem Ansehen stand, wurde in Nonnenklöstern seines knarrenden Klanges wegen als Trompetenersatz gespielt (Nonnentrompete).* 42 ermant *erinnert.* 46 schreit *schreitet, geht.* 46 ff. *Anspielungen auf die Homosexualität Heinrichs III. (reg. 1575–1589), sein offensichtliches Desinteresse an den Regierungsgeschäften, die seine Mutter, Katharina von Medici, bestimmte. – Gret und Nöt, Prostituierte und Zuhälter;* Sardanapalus, *der sagenhafte assyrische König, der es liebte, Frauenkleider zu tragen und in seinem Harem zu spinnen, der Name ist gleichbedeutend mit „Weichling"; die sagenhafte assyrische Königin* Semiramis *führte für ihren minderjährigen Sohn Ninyas die Regierung (s. o. Anm. zu 33).*

Das Weib blöd still zu der Haußhaltung /
55 Vnd je stiller ist jhr verwaltung
Je besser ist dieselb bestellt:
Dann ins Hauß ghört kein Rechten / fechten:
Es wird sonst böses Garn sich flechten:
Sondern auffs Rahthauß vnd ins Feldt.

v.

60 Vnd wie es eim Mann vbel steht
Wann er sich Weiber gschäfft annimpt:
So vbel es sich auch gezimpt /
Wann ein weib Mannsgeschäfft hie thet /
Der Mann ein Gret / das Weib als nöt /
65 Wann Sardanapalus wil spinnen /
Semiramis die Landt gewinnen:
Welchs Tyranney ist all zu schnöd /
So die Leut machet widersinnig:
Drumb list man vom Egypten König /
70 Der / das er sein Volck Weibisch schafft
Ließ Männer thun der Weiber gschäfft /
Weiber anmassen Männerkräfft /
Damit keins behielt sein eigenschafft.

VI.

Solchs that er / weil er sich befahrt
75 Sein Volck möcht jhn vmb tyranney
Bekriegen / sich zumachen frey:
Vbt aber nicht auch solche arth
Die Königin / wie man erfahrt /
Die daß man nicht jrm mutwill stewr
80 Außrotten wil die Mannschafft thewr:
O da wehrt all / so tregt ein Bart.
Gleichwol sag ich nicht / daß nicht auch
Ein Weib mög herrschen nach Landsbrauch /
Fürnemlich wann sie in jrm stat
85 Pflegt der Männer Rhat vnd that:
Dann solches man noch lieber hat
Als Herrn / die Weiber han zu Rath.

---

54 blöd *schwach, furchtsam, schüchtern.* 67 schnöd *verächtlich, gering.* 69 ff. *Schon nach antiker Auffassung (vgl. Herodot 2, 35) ist in Ägypten alles anders und viele Gebräuche der Ägypter denen anderer Menschen entgegengesetzt.* 74 sich befahrt *für sich befürchtet.* 80 Mannschafft *Mannestum.* 82 ff. *Anspielung auf Elisabeth I. von England.*

VII.

Sonder die frechlich vnterstahn
  Sich wider gsatz vnd ohn all wal
90   Zustecken in geschäfft vberal /
Den / sag ich / soll man widerstahn /
Weil jhn der gwalt nicht zu wil stehn.
  Darumb nur jr Frantzosen dran /
  Er weist das Hanen muth jr han:
95 So wird euch alles glück zugahn /
         Er weist das jhr von Teutschen kommen /
         Von Francken frey / den alten frommen.
Dann so kein frembden Han jhr duldet /
Der euch hersch / wann er euch nicht huldet /
100   Wie solt jhr nicht die Henn verdammen
         So frembd / die Hanen hetzt zusammen /
         Daß sie einander selbs erlamen /
         Vnd gar ausrotten jhren Stammen /
         Derhalben dran ins Herren namen /
105   Secht ob man ein wild Henn mag zamen /
         Vnd jhren grimmigen Eyersamen.

1576

GREGORIUS BERSMANUS

In Emblema Volucrum et Asinorum.
Il mondo alla riuersa.

Qvisquis humi volucres, in ramis cernis asellos:
5   Si libet, hinc æui discere fata licet.
Haud aliter transuersa rotat mort alia mundus,
    Nec rectam vitæ pars tenet vlla viam.

IN EMBLEMA 2 Auf ein Emblem über Vögel und Esel. Verkehrte Welt.   4 Wer
du auch bist, du erblickst auf dem Boden die Vögel und in den Zweigen die Esel: Wenn
es beliebt, hieraus kann man den Lauf unserer Zeit erkennen.   6 Genauso schleudert
die Welt die durcheinanderliegenden, vergänglichen Dinge herum. Nirgendwo hält sich
das Leben auf gerader Bahn.

AN EHR 92 stehn *O. Schade in* Weimarisches Jahrbuch *2. S. 62, bessert in* stahn.
94 han *habt.* 97 frommen *tüchtigen.* 99 huldet *huldigt, schmeichelt, schöntut.*

Omnia præcipit ante ruunt præpostera raptu,
Mutantur summis ima, rotunda quadris.
10 Qui cupis ergo animo contra tua secula recto
Pergere, naturæ præuia signa legas.

HIERONYMUS RHUDENUS

Εὐφημία

Hieronymi Rhudeni Lunæburgensis
in Nuptias Clariss. et Ornatiss. viri D. M.
5   Gregorij Bersmani
professoris poëmatum in celeberrima Academia Lipsica.
Anno 1575. septimo die Februar.

Clare vir ingenio, studijs, pietate, labore,
Integritate, honoribus:
10 Dum lateri iam sponsa tuo, reuerende Magister,
Puella pulcra iungitur.
Id tibi coniugium sincero pectore felix,
Tuæque sponsæ comprecor.
Plurima sint vobis felicis gaudia sortis,
15 Fatum procul sit asperum.
Sit sine lite torus: suauis concordia regnet,
Blandis iocis assuescite.
Sæpius et pulcra faciat te prole parentem,
Vxor pia atque amabilis.
20 Inque domo vestra superi plantaria regni,
Plantetis ad laudem Dei.

IN EMBLEMA   8 Alles stürzt verkehrt durcheinander und wird kopfüber ins Verderben gerissen. Das Unterste wird nach oben gekehrt, das Runde eckig.   10 Wenn du also mit der richtigen Gesinnung, abweichend von deiner Zeit, leben möchtest, so lies die vorausgehenden Zeichen der Natur!

Εὐφημία   2 Glückwunsch des Hieronymus Rhudenus aus Lüneburg zur Hochzeit des hochberühmten und ausgezeichneten Mannes, des Herrn Magister Gregor Bersmann, Professor für Dichtkunst an der weitbekannten Universität Leipzig. Am 7. Februar 1575.   8 Du durch Geist, Gelehrsamkeit, Frömmigkeit, Eifer, Redlichkeit und Ansehen berühmter Mann: Während deine Braut, ein schönes Mädchen, mit dir, verehrungswürdiger Lehrer, verbunden wird, erbitte ich für dich und deine junge Frau aus aufrichtigem Herzen eine glückliche Ehe.   14 Zahlreich seien für euch die Freuden eines glücklichen Loses. Fern bleibe euch ein hartes Geschick. Ohne Streit sei eure eheliche Gemeinschaft. Liebevolle Eintracht möge zwischen euch herrschen; gewöhnt euch an zärtliche Spiele.   18 Deine gottesfürchtige und liebenswerte Frau mache dich oft auch durch die Geburt eines schönen Kindes zum Vater, und in eurem Haus möget ihr eine Pflanzstätte des Himmelreichs errichten.

Hæc rata vota velit totius conditor orbis,
λόγοςǫ́ue patris vnicus.
Qui costam exemit lateri stertentis Adami,
25   Et inde fecit virginem.
Adducensǫ́ue viro primus paranymphus eandem
Sanxit sacrum connubium:
Ille pijs sponsis quoque nunc volet hospes adesse,
Vocatus has ad nuptias.

JOHANN FISCHART*

Der XLII. Psalm.
Quemad. desiderat cervus.

Inn der weis: Inn dich hab ich gehoffet HERR / etc.

5 Gleich wie ain Hirz nach wassern schreit / Wann jn die Hund ver-
jagt han weit / Also mein Söl auch schreiet / Nach dir O GOT /
Jnn diser Not / Da jren Feind sie scheuet.

Nach GOT dürst mein Söl nun zur Not / Ja nach dem lebendigen
GOT / Wan wird ich dahin kommen? Da ich anseh / GOTS An-
10 gsicht meh / Jm Tempel aller Frommen?

Mein tränen sint mein speis alltag / Weil täglich ich hör dise sag /
Wa jzunt mein Got pleibe? Wan ich hör dis / Mein herz ich gis /
Bei mir selbs aus meim leibe.

Dan ich gern ging aus sonderm gfalln / Mit Gots Volk zum Haus
15 GOTES walln / Mit danken vnd frolocken. Da der Hauf gern / Feiret
dem HERRN / Da wer ich vnerschrocken.

Ach mein Söl / was betrübst dich doch? Bist inn mir so vnruig
noch / Harr auf GOT / dan ich werde / Im danken schir / Das er
hilft mir / Mit seim Gsicht aus beschwerden.

Εὐφημία   22 Der Schöpfer der ganzen Welt und „des Vaters einiges Wort" wolle,
daß diese Wünsche in Erfüllung gehen.   24 Der aus der Seite des tief schlafenden
Adam die Rippe nahm und daraus das Weib schuf, und den heiligen Ehebund stiftete,
indem er sie dem Mann als erster Brautführer zuführte, der wolle auch jetzt als Gast bei
dem gottesfürchtigen Paar sein, herbeigerufen zu dieser Vermählung.

DER XLII. PSALM   2 ff. *Vgl. die Fassungen desselben Psalms von Gamersfelder
S. 147, Geletzky S. 201, Hessus S. 131, Nicolai S. 289, Ulenberg S. 244, Waldis S. 169,
Winnenberg S. 252.*   4 *Signiert:* J.F.G.M. *Johann Fischart Genannt Mentzer [Main-
zer].*   10 meh *künftig.*   14 f. ging ... walln *wallfahrtete.*

20 Mein GOT / mein Söl ist mir betrübt / Darum mir dan zu dir gelibt /
Vom Jordanischen Lande / Vnd vom Hermon / Auf dein Sion /
Da mir dein Trost beistande.

So förcht ich mich for kainer flut / Wie tif sie ist / vnd schrecklich
thut / Vnd vnglücks Abgrund were / Sehr rauscht vnd praußt / Mir
25 doch nicht graußt / Wann ich dein Wort nur höre.

Dan der HERR verhaißt vnd gebit / Das des tags aufgang seine
Güt / Das ich des Nachts jm singe / Vnd bett vm gnod / Meins
Lebens GOT / Welcher schaft / das mir glinge.

Zu GOT meim Felsen ich dan sag / Warum vergißt mein / das ich
30 klag / Mein Fels sei mir gewichen? Warum mus ich / Gehn traurig-
lich / Wan mich mein Feind trängt gschlichen?

Inn meim gebain ists als ain Mort / Wann ich mus hören dise
Wort / Von meinen Feinden sprechen / Wa ist dein GOT? Ach wie
ain spott / Der mir das herz möcht prechen.

35 Nun mein Söl / was betrübst dich noch? Bist inn mir so vnruig
doch? Trau GOT / dan ich will sehnlich / Jm danken schir / Das er
hilft mir / Als mein GOT augenscheinlich.

JACOB REGNART

[Melodie]

Venus du vnd dein Kind /
seid alle beide blind /
5 vnd pflegt auch zu verblenden /
wer sich zu euch thut wenden /
wie ich wol hab erfaren /
in meinen jungen jaren.

Amor du Kindlein bloß /
10 Wem dein vergifftes Gschoß /
Das hertz ein mal berüret /
Der wird als bald verfüret /
Wie ich wol hab erfaren / etc.

DER XLII. PSALM   31 trängt gschlichen *umschleichend bedrängt.*
VENUS   3 Kind *Amor, der Gott der Liebe, ist der Sohn von Liebe (Venus) und
Krieg (Mars).*

Für nur ein Freud allein /
15   Gibstu vil tausent pein /
Für nur ein freundlichs schertzen/
Gibstu vil tausent schmertzen /
Wie ich wohl hab erfaren / etc.

Drumb rath ich jederman /
20   Von lieb bald abzustahn /
Dann nichts ist zuerjagen /
In Lieb / dann weh vnd klagen /
Das hab ich als erfaren /
In meinen jungen jaren.

1577

DANIEL SUDERMANN

Der gelt hat ist in hoher acht.

Ein lied Jm thon: Vatter vnser Jm himmelreich etc.
auch: Wenn ich in angst vnd noten bin etc.

5   1. Der gelt hatt ist in hoher acht,
dargegen wird der arm verlacht;
Jst er schon aller tugend reich,
gottfürchtig vnd recht from zugleich,
10   Hilfft im wenig in diser welt,
das gut vnd gelt den preiß behelt.

2. Also hatt sich alles verkert
das der Gottloß, zur zeit geert,
Mit seinem zergänglichen gut
für jederman bestehen thut:
15   Keiner fragt nach der tugent mehr,
sonder man sucht gelt, nach vnd verr.

3. Nur gelt der Welt allein gefelt,
die doch verghett sampt gut vnd gelt,

DER GELT   5 ff. *Die Anfangsbuchstaben der ersten sechs Strophen und die Anfangs-*
worte der beiden letzten ergeben den Namen des Dichters. In der Handschrift findet
sich die Jahreszahl 1577 und die Bemerkung: ist mein erst gedicht.   16 nach vnd verr
nah und fern.

Noch trachtett ieder tag vnd nacht
20   mitt aller krafft, verstand vnd macht,
Jn regen, schne, zwasser vnd land,
wie er gelt mög brengen zur hand.

4. Jst dan das nitt ein gross blindheit
das der mensch hofft vnd sich erfreüd
25   Auff gelt, vnd helts für seinen Gott,
biß einst geschlichen kompt der tod,
Vnd nimpt in hin, nackend vnd bloss,
ob schon sein gut wer noch so gross?

5. Ein exempell zeigt Christus an,
30   wie es gieng einem reichen mann,
Da einst waz ein gut früchtbars jar
vnd seine scheüwr gefüllett war,
Dessgleichen di keller mitt wein,
drümb er gedacht im hertzen sein.

35   6. Liebe seell, rhue, hab guten muth,
iß vnd trinck was dir schmecken thut.'
Ehe das wort kam auß seinem mund,
ein stim darauff antwort zur stund
'O grosser thor: noch heind vor mir
40   wirt die seel gefordert von dir.'

7. Sund, vnruhe, sorg vnd alle nott
vnd zuletst gar der ewig tod
Brengt vns das gelt und gut offt mitt,
darümb soll mans gar lieben nitt,
45   Dan vnmöglich ists einem knecht
zugleich dienen zween herren recht.

8. Erman hiemitt frauwen vnd man,
von geitz vnd wucher abzulan,
Dan welcher darauff hoffet gar
50   vnd daruon woll lebt immerdar,
Der muß endlich ein kurtze freüd
büssen mitt langwirigem leid.

---

29 ff. *Vgl. Luk. 12, 16–20.*   39 heind *heute nacht.*

CASPAR FRANCK

Herrn Caspar Franckenṣ Pfarers
in S. Jochimßthal Grabschrifft
von jhm selbs gestellet / der Anno 1578. den 16. Junij /
5   58. jar alt / seliglichen eingeschlaffen.

Willig hab ich mein Geist auffgebn / Christi tod ist mein ewigs
lebn / welchs mir sein wares Wort verspricht / wer gleubt / der
wird zu schanden nicht.

Mit angst bracht ich mein leben zu / Jm Grab hab ich nu fried
10 vnd ruh / Erwart da ewig frewd vnd lebn / das Christus mein
HErr mir wird gebn.

Vmb mich darff niemand trawren zwar / Jch leb vnnd bin aus aller
gfahr / alles was ich verlaß nach mir / befehl ich ewiger Vater dir.

Stad / Kirch / Freund / Weib / vnnd Kinder mein / laß dir HErr
15 Christ befohlen sein. Mit frewd kömmn wir für dein Angsicht /
wenn der frölich Jüngst tag anbricht.

> Inueni portum, mors, peccatumque facesse:
> Nunc vita æterna, iustitiaque fruor.

An sichern port ich kommen bin / Todt / Sünd / all jammer fahr
20 dahin. Ich leb jetzt inn ewiger frewd / Mit Christo inn Gerechtig-
keit.

> εὖ σὺ θανεῖν ποθέων, ὁσίως κ᾽εὖ μάνθανε ζώειν:
> εὖ διάγειν δὲ θέλων, μάνθανε εὖ θανέειν.

Vṭ tibi mors felix contingat, viuere disce:
25   Vt felix possis viuere, disce mori.

HERRN CASPAR   13 verlaß nach mir *hinter mir lasse.*   19ff. *Übertragung von* 17f.
22f. *Griechische Fassung von* 24f. *Wenn du begehrst gut zu sterben, lerne gut zu leben:*
Wenn du gut leben willst, lerne gut zu sterben.

JOHANNES CLAIUS VON HIRZFELD

Exemplum Carminis Heroici.

Ænigma.

Ein Vogel hoch schwebet / der nicht als andere lebet /
5   Nach keim Thier strebet / sich in allen Winden erhebet.
Vnd wenn die wüten / muss er denn fleissiger hüten /
Wechst in fewers glüten / darff nicht als andere brüten.
Er zeugt nicht jungen / der nie sein tage gesungen /
Wird doch gedrungen / das offt mit schalle geklungen.
10   Er braucht kein Essen / wird von keim Thiere gefressen /
Kanst jn nicht messen / weil er dir ferne gesessen.

[1587]

JOHANN FISCHART

I.

Keyn gröser freud
Als wo zwey gleiche Herzen
Eynander lieben beyd:*//*:
5   Keyn gröser leyd
Dan mit vndank vnd schmertzen
Lieb haben on bescheyd.
Dan gleich vnd gleich
Gesellt sich gleich :*//*:
10   Vngleich gepräuch
Trennen eyn Reich.
Derhalben wol :*//*:
Eyn jeder soll
Seins gleichen jm erlesen
15   Das auch die Lieb steh:*//*:
Dan bei vngleichem wesen
Sint vngleich Sinn vnd Eh.

EXEMPLUM   2 Exemplum Carminis Heroici *Beispiel für ein Gedicht in Hexametern. Der Hexameter wird „heroischer Vers" genannt.*   3 *Rätsel. – Des Rätsels Lösung: der Turmhahn.*   6 denn *desto.*
KEIN GRÖSER FREUD   7 on bescheyd *ohne Erwiderung oder: ohne daß es einem zukommt.*

II.

Es schicken sich
Nicht gleich allerhande Blumen
20   Zusammen ordenlich: //:
Sonder man sicht
Das fein zusammen kummen
Die Gruch und farb verpflicht.
Dan so die eyn
25   Solt riechen reyn: //:
Die ander sein
Stinckend on schein.
So schändt je eyns :/:
Dem andern seins.
30 Also ist mit der Bulschaft
Da mus eyn gleicheyt sein ://:
Vnd eyn anmut zur Huldschaft
Sonst kommts nicht vbereyn.

III.

Dan wer ist der
35 So eyn vngleich par Rinder
Kan zwingen vngefär ://:
Das es daher
Ziecht gleich / keyns meh noch minder
Dem will ich folgen sehr.
40   Aber ich halt
Das man nicht bald ://:
Find solcher gstalt
Eyn ders verwalt.
Also ist auch :/:
45   Jnn lieb der prauch
Da spannt man nicht zusammen
Zwey vngleich Herzen nur :/:
Sonder die zsammen kamen
Aus Anmut der Natur.

IIII.

50   Alsdan wird leicht
Alls was sie jn fürnemmen /
Weil sich jr Gmüt vergleicht ://:

---

23 verpflicht *verbindet.*   32 anmut *Geneigtheit;*   Huldschaft *Ergebenheit.*   36 vn-
gefär *mühelos.*   40 halt *meine.*   43 ders verwalt *der dazu die Kraft hat.*

All vnwill fleucht
Thut keyns sichs andern schämen /
Die Lieb all fäl verstreicht.
Vnd keyns rupft auff
Dem andern den kauff :∥:
Das es zu hauff
Gezwungen lauff:
Sonder sie seind :/:
Fridsam verfreundt
Gedencken das sie beyde
Gott so zusammen fügt :/:
Auß der Natur bescheyde
Welche dan nicht betrigt.

v.

Derhalben aus
Was sich nicht recht vereynet /
Es macht sonst eng das Haus :/:
Aber voraus
Jst eynigkeyt das Kleynet /
Welchs macht das man wol haußt.
Dan wie solln secht
Zwey tantzen recht :∥:
So das eyn schlecht
Nicht folgen möcht.
Also wie soll :/:
Die Lieb stehn wol /
So das eyn sicht gen Norten /
Das ander sicht gen West :∥:
Wie Adler auf den Orten.
Eyns schirt / das ander lescht.

vi.

Aber wie süs
Wo gleich Mensurlich tretten
Zur Melodei die Füs :/:
Dan je gewiß
Der Tanz der ist eyn Schätten
Wie lieb und Eh sein müs.

55 fäl *Fehler;*   verstreicht *glättet, beseitigt.*   56 rupf auff *wirft vor.*   58 zu hauff *zusammen, gemeinsam.*   64 bescheyde *Übereinkunft, Bestimmung.*   66 aus *hinaus.* 69 voraus *vor allem.*   70 Kleynet *Kleinod.*   72 secht *seht.*   74 schlecht *eben, einfach.*   80 auf den Orten *auf den Spitzen (von Bäumen oder Felsen).*   81 schirt *schürt.* 83 Mensurlich *im Takt.*   85 je *ja.*   86 Schätte *Schatten, Abbild.*

Das wie der gang
Geht nach dem Klang :/:
90   Also on zwang
Jr Herz auch gang
Nach beyder will :/:
Gestimmt inn still.
Wo dan sich eyns so stimmet
95   Nachs andern Sinn vnd stimm :/:
Alsdan der sprüch sich gzimmet
Das was sich reimt sich rüm.

VII.

Drumm hab ich mir
Meins gleichen eyn erwehlet /
100   So ist die Blum vnd zir :/:
Vnd nur nach jr
Mus sein mein Herz gestellet
Von nun an für vnd für.
Sie ist der Klang
105   Nach dem ich gang :/:
Sie ist das Gesang
Nach dem ich hang.
Sie ist die Lieb :/:
Jnn der ich leb.
110   Sie ist mein Rhu vnd Friden
Inn der ich rhu auf Erd :/:
O Gott / geb du eym jden
Das jm sein Eva werd.

1579

NATHANUS CHYTRAEUS

Germania degenerans.

Quid sibi uult quam cernis anus macilenta tremensq́ue,
Cœca oculos, vultum pallida, cana comas,

GERMANIA   2 Deutschland entartet.   3 Was hat die abgemagerte und zitternde
Greisin, die du siehst, im Sinn? Ihre Augen sind blind, ihr Gesicht ist bleich und grau
ihre Haare.

5   Ferali ingluuie ptisanam quæ sorbet, vt ægrum,
        Quod Libitina vocat postuma, corpus alat.
       Hæc illa est veteri amißo Germania flore,
        Elumbis macie, turpis, inermis, iners.
       Nulla pericla videns, quamuis sint proxima, quamuis
10   Omnia perniciem mox ruitura trahant.
       Luxuriæ interea indulget Bacchoque gulæque,
        Fortiter vt reliquæ dilapidentur opes.
       O miseram patriæ faciem! ô miseranda, veternum
        Aufferet ex oculis quæ medicina tuis?

1580

UNBEKANNTER VERFASSER

Jacobus Regnart

I.

Du hast mich sollen nemen / ja wann der Sommer kem / Nun ist
der Sommer kommen / du hast mich nit genommen / ach lieber
5 nimm mich noch / ach lieber nimm mich noch.

Der ander Theil.

Ach Meidlein jung von jaren / verzeuch nur noch ein zeit / es kan
dir widerfaren / kein fleiß will ich nit sparen / auff daß du werdst
erfreut / zu diser Sommerzeit.

10   Der dritte Theil.

Auch wöll vns Gott bescheren / da wölln wir bitten vmb / daß wir
in zucht vnd ehren / vns mögen zsammen keren. Das hab ich jr
gemacht / da ich ritt auff der jagt.   [1586]

GERMANIA   5 Sie schlingt mit tierischer Gefräßigkeit ihre Gerstengrütze in sich
hinein, um ihren kranken Körper zu ernähren, den schon die letzte Bahre ruft.
7 Dies ist Deutschland, das seine alte Blüte verloren hat. Lendenlahm, mager, häßlich,
waffenlos und träge ist es und erkennt keine Gefahren, obwohl sie ganz nahe sind,
obwohl alles kurz vor der Zerstörung steht und ins Verderben stürzt.   11 Indessen
widmet es sich der Ausschweifung, dem Bacchus *[dem Saufen]* und Fressen, um sein
restliches Vermögen nur so zu verschleudern.   13 O erbärmliche Gestalt des Vater-
landes! Wie bemitleidenswert ist es! Welche Medizin könnte die Schläfrigkeit aus
deinen Augen entfernen?

DU HAST   2 Jacobus Regnart *(um 1540–1599), niederländischer Musiker in habs-
burgischen Diensten.*   2 ff. *Die Melodie ist schon 1577 vorhanden und als Tanz bear-
beitet* (Erk/Böhme, *Deutscher Liederhort Bd. 2, S. 377). – Der Text ist dem Discant-
Stimmheft entnommen unter Auslassung der Wiederholungen.*   7 verzeuch *warte.*

MATHIAS HOLTZWART

Emblema. I.
Ad hederam domui suae adnascentem

Falleris ô hedera et frustrà fastigia spectas,
    Nec te digna procax scandere tecta paras.
Aedibus his namque haud habitat sublime Maronis
    Ingenium, has Naso nec uelit esse suas.
Nec uelit argutum hîc Flaccus suspendere plectrum,
    Ipse nec hinc cultas ferre Tibullus opes.
Rustica Musa latet, nec tanto munere digna,
    At carex potius quam tegat atque felix
At quoniam libuit tibi rustica scandere tecta,
    Fausta diu serpas perpetuumque uirens.

5

10

EMBLEMA. I   2 ff. *Die Übersetzung des lateinischen Teils und die Anmerkungen bei diesem und dem folgenden Stück entstammen der Ausgabe von P. v. Düffel und K. Schmidt, Stuttgart 1968. 3 ff. An den Efeu, der an seinem Hause wächst. – Du täuschst dich, o Efeu, und vergebens strebst du zum Giebel, voreilig schickst du dich an, das deiner nicht würdige Haus zu erklimmen. Denn in diesem Haus wohnt nicht das erhabene Genie des Maro [Vergil], und Naso [Ovid] will nicht, daß es das seine ist. Auch Flaccus [Horaz] will hier seine witzige Leier nicht aufhängen und Tibull seine gebildeten Schätze nicht hierher tragen. Die ländliche Muse – unwürdig einer so großen Gabe – ist hier verborgen und sollte besser vom Riedgras und Farnkraut bedeckt werden. Aber da es dir beliebt, das bäuerliche Dach zu ersteigen, mögest du – glücklich und immer grün – lange ranken.*

Das Erste Emblema bedeutung oder Zeichen
Matheis Holtzwarter von Harburg.

Redet die Ebhew an so an seyner behausung auffwachst.

O Ebhew du sehr freches kraut
Du hast an die Recht maur nicht bawt
Dan hie Vergilius nit wont
Deßgleich Ouidius nicht gront
Horatius mit seyner leyren
Sagt selb es thu jhm nicht gepüren
Zu wohnen hie jnn disem hauß
Tibullus hatt auch drab ein grauß
Vnd sonst alle Poeten zmal
So ye sind gwesen vberal
Dan vnser gsang gantz schlecht vnd ring
Durchaussen ist / drumb baß vmbfing
Diß hauß / das aller wenigst kraut
So auff der Erden würt erbawt.
Weil aber ye wilt wachsen hie
So wachß Glückselig spat vnd frue.

---

15 Harburg *Horburg im Oberelsaß.*   17 freches *üppiges.*   20 gront *grünt.*   24 drab
darüber, davor.   27 schlecht vnd ring *schlicht und einfach.*   28 durchaussen *durch
und durch, ganz und gar.*

Emblema. XLVI.
Non in verbo, sed in potestate.

Lusciniae quondam Cuculus contendere cantu
    Arbitrio certi iudicis ausus erat.
5   Accedunt Asinum, quem rem decernere posse
    Ob longas aures, cantor uterque putat.
Lusciniae negat is sese oblectarier arte,
    Sed cuculi potiùs carmina grata sibi.
Saepe quis ob longas sic Iudex dicitur artes,
10   Qui statuit contra iusque bonumque rudis.

      Es sindt nitt alle die Doctores
        die rote hüt auffhaben.

      Ein Guckgauch zů einer Nachtgall kam
      Vnd hůlt bey jhr mitt wortten an
15   Sie solt mit jhm singen zů wett
      Dasselbig sie mit willen thet

EMBLEMA. XLVI   2 ff. *Nicht im Titel, sondern in der Fähigkeit. – Einst wollte der Kuckuck unter dem Schiedsspruch eines zuverlässigen Richters mit der Nachtigall sich im Gesang messen. Sie traten an den Esel heran, von dem beide Sänger glaubten, daß er – wegen seiner langen Ohren – den Streit entscheiden könne. Dieser behauptet nun, daß er nicht durch die Kunst der Nachtigall ergötzt werde, sondern daß ihm die Lieder des Kuckucks angenehmer seien. So wird oft jemand wegen seiner langen Studien zum Richter ernannt, der unerfahren wider Recht und Tugend entscheidet.*   13 Guckgauch Kuckuck.   14 hůlt *hielt.*

Ein Esell sie zum richter machten
Für einen weisen sie jhn achten
Die weil er grosse ohren hett
20 Ein yeder sein gsang offnen thet
Der Esell sprach er hett mit nichten
Sich künden auß dem gsang berichten
Der Nachtgallen vnd gab das lob
Dem Gauch der hett gepfiffen grob
25 Das doch was ein sehr grosse schand
Also gschichts noch in manchem land
Das man vmb langer ohren willen
Offt einem auffsetzet die brillen
Vnd müß sein vornen an dem bret
30 Wan er schon voller Narrheit steckt
Der arm aber dahinden sitzen
Vnd hett er schon aller welt witzen.

1582

CASPAR ULENBERG

Der XLI Psalm.
Quemadmodum desid.
Carm. gen. 35.
5   *[Melodie]*

Wie ein hirsch girlich schreien thŭt /
Nach frischen wasserbrunnen gŭt /
So sehnet sich die seel in mir /
Schreit Herr zŭ dir mit gantzer gir.
10 Nach dir sie gros verlangen hat /
Dem lebendigen starcken Got /
Wenn soll ich zu dir kommen ein /
Erscheinen für den augen dein?

EMBLEMA. XLVI 20 offnen *eröffnen.* 22 Sich ... berichten *etwas von ...*
verstehen können. 28 *als Zeichen der Gelehrsamkeit.* 29 *und muß einen Ehren-*
platz (Richterplatz) einnehmen. 30 Wan er schon *obgleich er.* 32 witzen *Verstand.*
    DER XLI. PSALM 2ff. *Nach der Zählung der Lutherbibel Psalm 42. - Vgl. die*
Fassungen von Fischart S. 231, Gamersfelder S. 147, Geletzky S. 201, Hessus S. 131,
Nicolai S. 289, Waldis S. 169 und Winnenberg S. 252. 4 *Carminis genus, der „Ton"*
des Liedes, d.h. die Melodie, Silbenzahl und das Reimschema einer Strophe. Für die
Umdichtung und Vertonung der 150 Psalmen benutzt Ulenberg 80 solche „Töne".

Den tag vnd auch die gantze nacht /
15 Hab ich mit weinen zůgebracht /
Daß auch die bittern threnen mein
Mein speis vnd brot gewesen sein /
Dieweil ich hie an diesem ort
Teglich anhör die lesterwort /
20 Daß man mir sagt mit hohem spott
Ey lieber wo ist nu dein Got?

Doch schüt ich aus das hertz in mir /
Mein seel für frewd zerfleusset schir /
Wenn ich bei mir gedenck daran /
25 Was mir für zůsag ist gethan:
Denn ich zů Gottes hause fein
Mit grosser schar wil kommen ein /
Jauchtzen vnd loben wolgemůt /
Vnter dem volck das feiren thåt.

30 Ei denn du liebe seele mein /
Was mag dir angelegen sein /
Daß du in mir so trawrig bist /
Heltst dich vnrůhig dieser frist?
Traw auff den Herren rechter weis /
35 Denn ich wil ihm noch sagen preis /
Daß seines antlitzs heilsam schein
Mir hilffe thůt in nöten mein.

Ach weh mein Got der schweren pein /
Erschlagen ist die seele mein /
40 Mein hertz in diesen engsten schwer
Jst schir in mir versuncken Herr /
Darum ich dencken wil an dich
Jm land am Jordan stetiglich /
Wil nimmermer vergessen dein
45 Bei Hermon / bei den bergen klein.

Ein tieff der andern růffen thůt /
Es rauschen einher deine flůt /
Vnglück mit hauffen auff mich dringt /
Ein leid das ander mit sich bringt /
50 All deine wasserwagen Herr /
Vnd vngestümmen wellen schwer
Mir schrecklich vbergangen sein /
Mit vberfal des grimmen dein.

Got thůt mir gůts / daß ich bei tag
55 Sein gnad empfindlich spůren mag /
Dafür bei nacht sein ehrenzier
Sangweis gefüret wirt von mir.
Jch wil anrůffen meinen Got /
Der mir das leben geben hat /
60 Wil zů ihm sagen wolgemůt:
Du bist mein fels / mein stercke gůt.

Warum hastu vergessen mein /
Vnd ich můß trawrig gehn herein
Dieweil mein feind mit ernstem můt
65 Mich vnauffhörlich plagen thůt?
Ein schwert durchschneidet mein gebein /
Wenn mich so schmehn die feinde mein /
Vnd teglich mit mir treiben spott /
Sprechen: Wo ist denn nu dein Got?

70 Eja du liebe seele mein
Was mag dir angelegen sein /
Daß du in mir so trawrig bist /
Machst mich vnrůhig dieser frist?
Traw auff den Herren steter weis /
75 Denn ich wil ihm noch sagen preis /
Daß er mir ist ein trewer Got /
Meins antlitz heil in aller not.

CYRIACUS SPANGENBERG

Der XXIII. Psalm.

Ein Psalm Dauids

Ist ein Danckpsalm / darinnen ein Christlichs Hertz / Gott lobet
5 vnd dancket / daß er jn lehret vnd erhelt auff rechtem wege / vnd
tröstet / vnd schützet in aller not / durch sein heyliges Wort / wel-
ches er neben allen wolthaten Gottes / hoch rühmet vnd preiset.
Thut auch darauff seins Glaubens bekenntniß / Vnd lehret / welchs
die beste rüstung sey / wider alle Feinde.

1 Dancksa-
gung.
2 Ruhm
3 Bekanntniß.
4 Lehre.

10   Pastor bonus.
                Der HErr Christ ist ein guter Hirt /
                Sein Völcklin er wol weyden wirt /
                Gleiten / speisen / vnd trösten wol /
                Kein gutes jnen mangeln sol.

15   Jm Thon / Erhalt vns HERR bey / etc.

Der HERR der ist mein guter Hirt / darumb mir auch nichts man-
geln wirt / Er weydet mich auff grüner Aw / fürt mich zum fri-
schen Wasserthaw.

Darzu erquickt die Seele mein / führt mich auff rechter Straß her-
20 eyn / Vmb seines heylgen Namens willn / drumb kan ich mein
Hertz gar fein stilln.

Denn ob ich gleich im finstern Thal / muß wandern / doch fürcht
ich mit all / Kein vnglück weil du bey mir bist / dein Steck vnd
Stab mein tröster ist.

25 Für mir hast du ein Tisch bereit / gegen mein Feind vnd mir zur
freud / Mein Häupt gesalbt mit gutem öl / vnd mir geschencket
eyn gar voll.

Drumb Gutes vnnd Barmhertzigkeit / mir folgen werden allezeit /
Vnd werd im Hauß deß HERREN mein / bleiben biß an das Ende
30 fein.

DER XXIII. PSALM   2 ff. *Vgl. die Fassungen desselben Psalms von Schede S. 215*
und Lobwasser S. 218.   22 mit all *in allem, dabei.*

Vorgehender drey vnd zwentzigst Psalm /
auff ein ander weise.
Jm Thon / Jesus Christus vnser Heylandt der für vns / etc.

Jesus Christus vnser Heylandt / seinen Gläubigen wol bekant /
5 Wil ein trewer Hirte seyn / führen sein Schäflein auß vnd eyn.

Weil er denn nun ist vnser Hirt / kein gutes mir mangeln wirdt /
Er weydt mich auff grüner Aw / daß man sein reiche Gnade schaw.

Zum frischen Wasser führet mich / meine Seel erquicket gnädig-
lich / Vnd führt mich auff rechter Straß / vmb seines Namens
10 willn thut er das.

Ob ich wandert im finstern Thal / fürcht ich kein vnglück vberal /
Denn du bist bey mir mein HERR / dein Stab vnd Stecken tröst
mich sehr.

Für mich bereitest du ein Tisch / gegen mein Feindt vnnd salbest
15 frisch / Mit gutem öl das Häupt mein / Schenckst mir darzu reich-
lich voll eyn.

Viel gutes vnd Barmhertzigkeit / mir werden geben das geleyt /
Mein lebenlang / vnnd werde seyn / ewig im Hauß deß HERREN
mein.

UNBEKANNTER VERFASSER

Was wöllen wir singen und heben an,
das best das wir gelernet han,
ein newes lied zu singen,
5 Wir singen von einem edelman,
der heist Schmidt von der Linden.

Der Lindenschmidt hat einen sohn,
der schwang den rossen das futer vor,
uber eine kleine weile,
10 Er lag dem marggraffen in dem land,
und war jm viel zu geschwinde.

WAS WÖLLEN 2 ff. *Das Lied vom Raubritter Lindenschmidt gibt es seit dem Ende
des 15 Jh. in vielen Fassungen, jedoch immer im selben, auch für andere Lieder häufig
benutzten „Ton".*

Fraw wirtin ist der wein hier gut,
ist hie noch stallung und futer gnug,
viel wägen werden kommen,
15 Sie fahren von Augspurg ab und zu,
frenckisch gut haben sie galaden.

Alhie ist der küle wein gut,
hie ist auch stallung und futer gnug,
drey rößlein stehn darinnen,
20 Sie komen eim reichen edelman zu,
der heist Schmidt von der Linden.

So bald als er das wort aussprach,
juncker Caspar in die stadel trat,
den Lindenschmid wolt er fangen,
25 Er schlug und stach alles was er sach,
Lindenschmid gib dich gefangen.

Sol ich dein gefangener sein,
das klag ich Gott vom himmelreich,
und seiner werden mutter,
30 Wer ich drey meilen jenseid dem Rhein,
wolt ich dir wol entreiten.

Auff jenseid den Rhein komstu nicht,
das ist dir desto lieber nit,
es ist dir misselungen,
35 Du hast mir grossen schaden gethan,
darumb gib dich gefangen.

Wirtin zapfft uns an külen wein,
und last uns frisch und frölich sein,
last uns essen und trincken,
40 Auff das dem hübschen Lindenschmid jung,
sein junges hertz nicht versincke.

Was sol ich frisch und frölich sein,
es trifft mir an das leben mein,
ich mag trincken noch essen,
45 Ich bitt nur umb das wasser allein,
das ich mein wunden mag waschen.

---

15 ab und zu *hin und her.*   23 stadel *Scheune.*   34 *Du hast Pech gehabt.*

Ach Lindenschmid sey wolgemut,
das wasser sol dir sein bereit,
damit du dein wunden solt waschen,
50 Bis freytag kompt der meister ins land,
der führt das wasser in der scheiden.

Ach kan und mag es nit anders gesein,
so bitt ich für den jüngsten sone mein,
der ritter ist noch junge,
55 Hat er euch etwas leids gethan,
darzu ist er gedrungen.

Juncker Caspar der sprach nein darzu,
das kelblein mus folgen der kuh,
das wird nicht anders gesprochen,
60 Und wenn der jüngling sein leben behielt,
seines vaters todt wird er rechen.

Auff einen freitag das geschah,
das man den Lindenschmid richten sach,
so fern an grüner heiden,
Da sach man den Lindenschmid,
65 von guten gesellen scheiden.

PHILIPP VON WINNENBERG

Ein Gesang vom H. Ehestand.

[Holzschnitt]

[Melodie]

I.

Mir ist ein liebes Meidelein /
5 Gefallen inn meinen sinn /
Ach Gott möcht sie mein eigen sein /
Mein trauren wer dahin /
Den Tag vnd Nacht dahin ich tracht /
10 Wie ich jm jmmer thue /
Daß sie mir werde zugepracht /
Damit ich habe rhu.

WAS WÖLLEN   50 meister *Henker.*
EIN GESANG   10 *Wie auch immer ich etwas dazu tun kann.*

II.

Dan Gott stets solches wolgefelt /
Zur halten dise Welt /
15 Das keines on das ander sei /
Eins wohn dem andern bei /
Darumb auch Gott erschaffen hat /
Beide Mann vnd auch Weib /
Damit entsteh kein Missethat /
Brauchen sich reiner lieb.

20 ## III.

Vnzucht Huren verbotten ist /
Daß weiß ein Christ gewiß /
Darumb soll er stets seinen sinn
Mit fleiß richten dahin /
25 Daß er auff Erd nichts mehr begert /
Dann recht Ehelich zu sein /
Vnkeuschheit flieh auff diser Erd /
Dann solchs ist nur vnrein.

IIII.

Welch jederzeit der ware Gott /
30 Mit ernst gestraffet hat /
Dann solchs ist gegen sein gebott /
Wie inn Paulo es stat
Hurer / Säuffer / Geitzen darbei /
Wol Gott straffn allzumal /
35 Behüt mich Gott für diser drei /
Bring mich nicht inn die quall.

V.

Hab drumb mein Hertz dahin gericht /
Kein Creutz mich hie an ficht /
Vnd ob es schon beschwerlich ist /
40 Dem Ehestand vil gebrist /
Weiß doch das solches nit weren soll /
Mich nicht beschweren wird /
Der alle Thier erhaltet wol /
Derselb mich auch ernert.

---

14 Zur halten *zu erhalten*.   20 Brauchen *befleißigen*.   32 *Wie es in den Briefen – z. B.
1. Kor. 6, 9ff. – des Apostels Paulus steht*.   40 gebrist *mangelt, fehlt*.   41 weren
währen, dauern.

VI.

45 Bitt drumb mein trewer Gott vnd Herr /
Mir ein solchs Weib bescher
Darbei ich möge seliglich /
Leben auch rhüwiglich /
Die Welt sich mehr /
50 Auch mich erner /
Kein ärgernuß ich geb /
Also erfülle dein beger /
Christlich vnd selig sterb.

VII.

Mein Gott im Himmel Vatter werd /
55 Dein Nam geheilget werd /
Dein ewigs Reich vns komme zu /
Darinn wir haben rhu /
Dein will geschehe auff diser Erd /
Das täglich Brot vns geb /
60 Was wir verschuld / nit gerechnet werd /
On betrübnuß ich leb. Amen.

Wider die falsche Lehrer vnd Feind
der Christlichen Kirchen /
daß Gott jhnen wehren wöll etc. Psalmus 42.

Quemadmodum desiderat Ceruus etc.

5 *[Melodie]*

I.

Wie der Hirsch der da durstig ist /
Begert der frischen Trencken.
Also mein Seel zu aller frist /
Sich klagt vnd thut sich krencken /
10 Zu dir o Gott dürsten thût /
Zu dir schreit mit hertz vnd mut /
Ach Gott wanneh ach Gott wanneh /
Solls sein ich dein Angesicht seh.

EIN GESANG   48 rhüwiglich *bußfertig.*
WIDER DIE   1 ff. *Vgl. die Fassungen desselben Psalms von Fischart S. 231, Gamers-felder S. 147, Geletzky S. 201, Hessus S. 131, Nicolai S. 289, Ulenberg S. 244 und Waldis S. 169.*   12 wanneh *wann.*

II.

Tag vnd Nacht nicht mehr thů essen /
Dann mein Trehn so ich außschütt /
Mein Feind fragen mich vermessen /
Wo ist Gott: Der dich behüt /
   Wann ich daran gedencken /
So thut sich mein hertz krencken /
Daß ich zum Tempel Reiset binn /
Frölich singend mit heller stimm.

III.

Warumb beschwert sich die Seel mein
Jemerlich sich thut klagen /
Auff Gott stell all die hoffnung dein /
So wirstu nicht verzagen /
   Noch will ich Gott lob sagen
Dann er mit seinen Augen /
Mir genediglich beistehet /
Ach Herr ohn dich mein Seel vergeht.

IIII.

Dann Herr mein hertz deiner gedenckt
Von dem Land da der Jordan /
Fleußt / vnd der Berg Hermon sich lenckt
Ein tieff der andern hangt an /
   Ein tieff thut schrecklich prauschen /
Die ander grewlich rauschen /
Vber mich gehn Wasserwogen /
Schwartz wolcken vnd Regenbogen.

V.

Gott hat sein güt mir zugesagt /
Des tags an mir bewisen /
Drumb sing ich jhm die gantze Nacht /
Lob mein Gott ohn verdriessen /
   Du bist der da mich ernehrt /
Von dir ich erhalten werd /
Von dir allein hab das leben /
Dir will ich stets die Ehr geben.

VI.

Zu Gott meinem Felssen ich sag /
Wie hastu mein vergessen /

---

34 prauschen *brausen*.

Warumb geh ich trawrig vnd klag /
Wann mein Feind seind vermessen /
50 Wie ein scharpff schneident Schwert seind /
Wann mein Feind ist gesint /
Zu spotten mein in meiner noht /
Sagen wo ist nun jetz dein Gott.

VII.

Mein Seel / warumb bist vnruhig /
55 Betrübt vnd thust dich krencken /
Auff Gott allein verlasse dich /
Der wirdt gewiß dich stercken /
Dann ich will Gott erheben /
Jn meim gesang lob geben /
60 Dann er meins Angesichts Heil ist /
Er steht mir bei zu allerfrist.

Gebett.

Herr der du in den Himmlen bist /
Alls durch dich ist erschaffen /
Dein Nam hoch vnd zu loben ist /
Deins Reichs begern rechtschaffen /
Dein will gescheh / wie du wildt /
Vnser Speiß geb dein Hand mildt /
Vnser schuld vergib gnediglich /
Dann deiner gnaden tröst ich mich /
Amen.

1583

UNBEKANNTER VERFASSER

Ein truncken Man / ohn abelan der fürt eines Marterers leben /
Er hat kein ruh / weder spat noch fru / nach vnfal thut er streben /
Er saufft in sich / gantz geitziglich / das Bier vnd auch den
5 Weine / Denn wird er vol / thumb taub vnd thol / Recht wie
ein wildes Schweine.

EIN TRUNCKEN   2 ff. *Die Überschrift nach dem Deckblatt lautet:* Das Ander / Ein
truncken Man'der fürt eiri Marterers leben.   2 abelan *Unterlaß, Ablassen.*   3 unfal
Unglück, Unheil.   4 geitziglich *gierig.*   5 taub *närrisch.*

Ein grosse plag / on wider sag / das einer sich nicht kan füllen /
Eins Ochssen Bauch / eins Esels Schlauch / kan man mit Wasser
stillen. Ein raucher Beer / der trinckt nicht mehr / denn das jm
10 zugehöret / Ein truncken Man nicht ab wil lan / Er sey denn gar
bethöret.

Er kan nicht gehn / auff füssen stehn / sein Sinn sein jhm ge-
schwechet / Es geht alles vmb / Er siehet krumb / Wann er zu
viel hat gezechet / Feld offt zur Erdt / der Krieger werdt / thut
15 sich mit Kott beschmieren / Recht wie ein Schwein solchs Straff
sol sein / Die Wein vnnd Bier gern thun schlingen.

1584

JOHANN BELTZ

Ein andre Christliche Grabschrifft des frommen /
lang geübten / vnnd mit Geistlichen anfechtungen
wol probierten Lehrers / Johann Beltzij /
5 die er jhm auch selbs gestellet / vnd Anno 1584. am tage Inno-
centum den 28. Decembris 55. Jahr alt / zum Wendelstein in Dü-
ringen / nach dem er 32. Jahre in ministerio gewest / seliglich
eingeschlaffen.

J   ch hab O Gott von Hertzen grund /
10   O   fftmals gewundscht die selig stund.
H   ie von des Todes Leibe mein /
     A   bzscheiden vnd bey dir zu sein.
N   ach deinem Wort bin ichs gewert /
     N   u hab jch was mein Hertz begert.
15 E   rlöst bin ich aus aller noth /
     S   anfft ruhg ich hie in dir mein Gott /
B   iß du durch der Posaunen schall /
     E   rwecken wirst die Todten all.
L   eiblich werd ich denn aufferstahn /
20   T   reten zu deiner rechten schon.

EIN TRUNCKEN   8 Schlauch *Schlund.*   9 raucher *behaarter, struppiger.*   11 be-
thöret *zum Toren geworden.*
EIN ANDRE   4 probierten *erprobten.*   5/6 Innocentum *der Unschuldigen (Kinder).*
7 in ministerio *im Amt.*   13 bin ichs gewert *wurde es mir gewährt.*

Z um ewign leben gehen ein /
    J n grosser frewd vnd wonne sein.
V nd also lobn vnd preisen dich /
    S ampt allen selign Ewiglich.

25

Jtem:

J m fried thet ich die Augen zu /
    O   Christe durch dein Leiden nu.
H at meine Seel empfangen frewdt /
    A uch wart der Leib zur Ewigkeit /
N ewlich ein frölichs aufferstehn /
    N ach deinem Wort wird es geschehn.
B ehüt für vbel diese Gemein /
    E in Lehrer der trewlich vnd rein.
L ehret dein tewres wares Wort /
    T hue geben jhr jetzt vnd hinfort.
Z u samlen dir ein grosse zahl /
    S o dich fürchten vnd loben all / Amen.

[1587]

1585

JOHANN LAUTERBACH

Psalm XIII.
Vsquequo DOMINE obliuisceris.
Precatio pro liberatione ærumnarum.

1.

Quousque Rector nos boné
Vis destitutos linquere?
Quousque vis abscondita
Nobis habere lumina?

EIN ANDRE   29 wart *erwartet.*   30 Newlich *in neuer Art.*
PSALM XIII   2 ff. *Im Original sind lateinische und deutsche Fassung parallel ge-*
druckt. Nach Wackernagel, Bibliographie S. 412 *handelt es sich bei den lat. Strophen in*
der Regel um eine von Lauterbach herrührende Übersetzung der dt. Psalmenbearbei-
tung.

2.

Quousque mens, cor languidum
Mœroribus sit obrutum?
Quousque fractos opprimat,
Cristas et hostis erigat?

3.

Audi, DEVS nos respice,
Ne sopiamur à nece,
Ne gaudeat, ne reprobus
Iactet relicti quod sumus.

4.

Quod sis benignus nouimus
Iuuesque promtus. Dicimus
Ergò tuæ quàm maximas
Benignitati gratias.

Der xiij. Psalm.
HErr wie lang wiltu mein so gar vergessen?
Ein gebet vmb errettung in betrübnis.

i.

Wie lang wiltu / O lieber HErr /
   Vergessen vnser in der ferr?
   Wie lang wilst für vns gantz vnd gar
   Dein gsicht verbergen jmmerdar?

ij.

Wie lang sol doch mein seel vnd hertz
   Sich engsten in so grossem schmertz?
   Wie lang sol übermütig sich
   Der feind erheben vber mich?

iij.

Schaw Gott vnd hör / in seiner gwalt
   Das vns des todes schlaff nicht halt /
   Noch sich der feind mög rühmen fast /
   Das vns so druckt sein grawsam last.

iiij.

Das du bist gnedig / wissen wir /
   Vnd gerne hilffst / drumb wollen dir /
   Das du vns wol thust / alle frist
   Wir dancken / weil ein leben ist.

BARTHOLOMÄUS RINGWALDT

Klage vber der Teutschen Geseuffe.

Ach wenn die Teutschen Knecht vnnd Herrn
Nicht leider so versoffen wern /
5   So wer kein schöner Nation /
Vnter des weiten Himmels Thron.

Aber das sauffen macht sie gar /
Zu Narren / das sie Gott bewar /
Das sie nicht können jhre Krafft /
10   Nach angeborner Eigenschafft /
Beweisen / noch mit jhrem Degn /
(Als wol vor zeiten) Ehr einlegn.

Sondern das sauffen (wie man hört)
Sie offt im Kopffe so bethört /
15   Das sie einander selber schwechn /
Verlehmen vnd zu tode stechn.

Vnd weil das sauffen (wie jhr wist)
Ein Mutter aller Laster ist /
Daraus viel Hertzenleid entspringt /
20   Wie die Erfahrung mit sich bringt.
Als rath ich einem jederman /
Von solcher Sünden abzulan /
Eh dann jhm eins in voller weiß /
Der Teuffel einen possen reiß.

Ein beschließliche Vermahnung /
zur Buß / Vnd einfeltige Propheceyung
vom Jüngsten Tage.

Ach lieben Christen werdet from /
5   Eh denn der HErr von oben kom /
Vnd euch mit Schrecken vberall /
Wie Vogel auff dem Herd befall.

KLAGE   2 ff. *In der zugrundeliegenden Ausgabe datiert die Vorrede von Ringwaldt
auf 1585. In diesem Jahr soll auch ein Druck erschienen sein (Wackernagel*, Bibliogra-
phie S. 412). *Das benutzte Exemplar ist wohl später als 1588 zu datieren.*   16 Verleh-
men *verstümmeln.*   21 Als *also.*   23 eins *einmal.*

EIN BESCHLIESSLICHE   2 einfeltige *eindeutige.*   7 Herd *Vogelherd, freier Platz
mit Futter und Lockvögeln, die Vögel wurden mit einem Schlagnetz gefangen.*

Denn sein Gericht das ist nicht weit /
Vnd könt wol kommen vmb die Zeit /
10   Wenn man wird schreiben diese Summ:
VenI VeA oXIVDICIVM.
ALs Denn Des VVaren Vaters Son
AVszIehen VVIrD In seIner Cron /
Dieweil fast auch ein solche Frist /
15   Von Adam biß zur Sündflut ist.

Doch red ich als ein Menschenkind /
Dem solche ding verborgen sind /
Vnd supputir in meinem Sinn /
Nur also nach Geduncken hin.

20   Denn mir bewust / daß diesen Tag[a]
Kein Creatur erforschen mag /
Sondern allein mit Wissenschafft /
Steht in des lieben Vaters Krafft.
Darumb ich auch mit diesem Schreibn /
25   Gar keinen Fürwitz wil betreibn /
Zu setzen / was die Majestat
Jm Himmel jhr behalten hat.

Sondern ich wil die hohen Sachn
Hiemit nur etwas rege machn /
30   Vnd alles Fleisch erjnnern fein /
Daß Christus bald werd bey vns sein.

Denn weil nu sechst halb tausent Jar
Vnd acht-vnd-viertzig offenbar /[b]
Wol von der Werlet Schöpffung klar /
35   Seind biß auff vns verflossen gar /

a) Actor. 1. Marci 13   b) Anno 1586. script.

---

11 *Komm schnelles Gericht. – Ein Chronogramm, die Buchstaben I, V, X, L, C, D und M werden als römische Ziffern gelesen, die Summe ihrer Zahlwerte ist 1684.* 12f. *Ebenfalls ein Chronogramm, das die Zahl 1684 enthält.* 14f. *Nach 1. Mose 5 und 1. Mose 7, 6 vergingen 1656 Jahre.* 18 supputir *berechne.* 19 Geduncken *Gutdünken.* 20 *Vgl. Apostelgeschichte 1, 7 und Markus 13, 32 ff.* 22 Wissenschafft *Gewißheit.* 32 ff. *Die Festsetzung des Schöpfungsdatums in der biblisch begründeten Spekulation hängt von der Interpretation der biblischen Zeittafeln und Herrscherregister ab. Hier werden 5548 Jahre vom Anfang der Welt bis 1586 angenommen. – Zur Datierung in der Fußnote b – im Jahre 1586 geschrieben – vgl. die Anm. zu 2 ff. des vorhergehenden Gedichts.*

So kan man ja wol nemen ab^c /
Daß Christus bald werd kommen rab /
Dieweil die Welt nicht rechte voll
Sechs tausent Jahr bestehen soll.

40 Darumb jhr Christen Jung vnd Alt /
Euch alle Stunden nüchtern halt.

Vnd nempt mit Beten jmmerdar /
Des aller grösten Richters war /
Der / vnversehns mit grosser Pracht /
45 Wird kommen als ein Dieb zu Nacht /
Vnd also richten Jederman /
Wie er jhn wird gefunden han.

Vom jtzigen Zustand der Kirchen.

Betrachtet auch / in welchem Leid
50 Jtzt steht die gantze Christenheit /
Von wegen vieler losen Leut /
Von der erdichten Heiligkeit /
Die vnsern Glauben / Leib vnd Gut /
Wie eine starcke Wasserflut /
55 Jm Lande sampt der Kinder Schar /
Gedencken zu / vertilgen gar.

Ach büsset / büsset Es ist zeit /
Last ab von aller Eytelkeit /
Vnd rufft den allerstercksten Mann
60 Jesum / den Son des Höchsten an.

Auff daß er vns nicht wie das Gras /
Die groben Ochssen fressen las /

c) Ma. 11. 24.

36ff. *Matthäus 11 und 24 beziehen sich auf die Zeit vor dem Jüngsten Gericht, eine Zeit, die „verkürzt" werden soll (vgl. Matth. 24, 22). 6000 Jahre als Dauer der Welt stehen u.a. in Analogie zu den sechs Schöpfungstagen, denn vor Gott sind 1000 Jahre wie ein Tag (vgl. Psalm 90, 4). Eine von mehreren Möglichkeiten, die Jahreszahl des Jüngsten Gerichts zu berechnen, ist: 354 · 15 + 336 + 354 = 6000. Die Zahl 354 gibt die Anzahl der Jahrestage nach dem jüdischen Kalender an. 15 repräsentiert u.a. die Vollkommenheit der Schöpfung sowohl als Zahl des Lichts als auch als Summe der Zahlen von 1 bis 5 (1 Gott; 2 Vater und Sohn, 3 Vater, Sohn und Heiliger Geist, 4 das endliche Universum, 5 der Mensch). 336 repräsentiert die „verkürzten Tage" berechnet aus 6 · 7 · 8, wobei 6 für die Anzahl der Schöpfungstage, 7 für den geheiligten Tag der Gottesruhe und 8 für den Tag der „neuen" Schöpfung, der Wiederauferstehung Christi steht. Die noch übrige Zahl 354 repräsentiert die Dauer des Tages des Jüngsten Gerichts.* 52 erdichten *eingebildeten.* 58 Eytelkeit *unwichtige Dinge.*

So da / mit auff gespertem Mund /
Vns tretten wollen gar zu grund.

65 Sondern daß er mit seinem Arm /
Zureiß deß Fressers Hungers Darm /
Vnd von dem rothen Drachen / fett /
Sein hochgeliebte Kirch erret.

Oder wenn er in mitler weil
70 Von oben / wie ein Donnerkeil /
Die alte Schlang zu richten kem /
Vnd seine Glieder zu sich nehm.

Jhr auch / die jhr hett Buß gethan /
Bald möchtet zu der weissen Fahn
75 Gesamlet werden / vnd alda
Recht singen / *Deo gloria.*

Derwegen euch gar wol bereit /
Vnd dencket an die Ewigkeit /
Die dort in Frewden oder Pein /
80 Wird gar gwiß zu gewarten seyn.

Auff daß jhr nicht ins ewig Fewr
Möcht fahren / wie die Vngehewr
Noch mit den bösen Feinden tragn
Ein Marter / die nicht außzusagen.

85 Sondern daß jhr deß Himmels schein
Möcht mit den Engeln nehmen ein /
Vnd bey Gott leben ohn Gebrechen /
Jn freuden / die nicht außzusprechen.
Das helff vns allen Jesus Christ /
90 Der zu der Rechten Gottes ist /
Vnd eh wird kommen auff den Plan /
Den man sichs möcht versehen han /
Amen.

---

66 Zureiß *zerreiß.*   67 *Der Drache der Apokalypse (s. Offenbarung 12, 3).*   69 in
mitler weil *inzwischen.*   84 nicht außzusagen *etwa: nicht zureichend und vollständig
zu beschreiben (s. auch Z. 88).*   91 eh *früher.*

BARTHOLOMÄUS RINGWALDT

Ein Lied vom Jüngsten tage /

in seinem eignen thon / von Barthel Ringwald gebessert.

Es ist gewißlich an der zeit / das Gottes Son wird kommen / Jnn
5 seiner grossen herrligkeit/zu richten böß vnnd frommen /Denn
wird das lachen werden tewr/wenn alles wird vergehn im fewr/
wie Petrus dauon schreibet.

Posaunen wird man hören gehn / an aller Werlet ende / darauff
bald werden aufferstehn / all Todten gar behende. Die aber noch
10 das leben han / die wird der HErr von stunden an / verwandeln
vnd vernewen.

Darnach wird man ablesen bald / ein Buch darin geschrieben / was
alle Menschen jung vnd alt / auff Erden han getrieben / Da denn
gewiß ein jederman / wird hören was er hat gethan / in seinem
15 gantzen leben.

O weh demselben / welcher hat / des HErren wort verachtet / vnd
nur auff Erden früh vnd spat / nach grossem gut getrachtet / Er
wird fürwar gar kalt bestehn / vnd mit dem Sathan müssen gehn /
von Christo in die helle.

20 O Jesu hilff zur selben zeit / von wegen deiner wunden /Das ich
im Buch der seligkeit / werd angezeichnet funden/Doran ich denn
auch zweiffel nicht / denn du hast ja den feind gericht / vnd meine
schuld bezalet.

Derhalben mein Fürsprecher sey / wenn du nu wirst erscheinen /
25 Vnd liß mich aus dem Buche frey / darinnen stehn die deinen/Auff
das ich sampt den Brüdern mein / mit dir geh in den Himmel nein /
den du vns hast erworben.

O Jesu Christ du machst es lang / mit deinem Jüngsten tage / Den
Menschen wird auff Erden bang / von wegen vieler plage /Kom
30 doch / kom du Richter gros / vnd mach vns in der genaden loß /
von allem vbel / Amen.

[1607]

EIN LIED   7 Petrus 2. *Petrus 3, 7.*   9 behende *schnell.*   11 vernewen *erneuern.*

NICOLAUS SELNECKER*

Aus dem 128. Psalm /
Wol dem / der den HERRN fürchtet.
Für den heiligen Ehestand.

5 Wol dem / der lebt in Gottes forcht / auff rechtem weg seim wort
gehorcht / dem wird der HErr genug beschern / der arbeit sein sol
er sich nehrn.

Es wird sein Weib gantz Fruchtbar sein / gleich eim Weinstock
voll Drauben fein / vnd seine Kind vmb seinen Tisch / gleich wie
10 die Balsamzweige frisch.

Vom HErrn wird er den segen han / durch Jesum Christum aus
Zion / sein Gschlecht sehen zu Kindes Kind / glück / fried vnd
heil er stetigs find.

Amen das gib HERR Jesu Christ / der du vnser Erlöser bist / Laß
15 vns auff deinen Wegen gehn / vnd bey deim Wort allzeit bestehn.

Du hast den Ehestand selbs gestifft / wenn vns nu HERR ein elend
trifft / Jn vnserm Ehestand / steh vns bey / du Schutzherr vnd
Nothelffer sey.

Bhüt vnser liebe Kinderlein / hilff / das sie sind dein zweiglein
20 klein / Jn deiner furcht erzogen fein / zu lob vnd ehr des Namens
dein.

Gib vns dein liebe Engelein / die allzeit bey vnnd vmb vns sein /
Vnnd bhüten vns für pein vnd qual / vnnd führn vns in des Him-
mels Saal.

25 Amen / spricht vnser Hertz vnnd Mund / mach vns an Seel vnd
Leib gesund / Laß vns mit vnsern Pflentzlein fein / durch dein
Blut / dir befohlen sein.

AUS DEM   2 ff. Vgl. die Fassung desselben Psalms von Luther S. 81. – Die ersten vier
Strophen schon 1564 in Selneckers Das Dritt Buch vnd letzte Theil des Psalters Dauids
.... In Selneckers Der Psalter mit kurtzen Summarien ... 1578 gehen die Strophen 5–7
dem vierstrophigen Lied als Gebet voraus. Erst 1587 werden die Strophen vereint und
die achte hinzugefügt. (Vgl. Wackernagel, Kirchenlied Bd. 4, S. 240). – Signiert:
D. N. S. Doctor Nicolaus Selnecker.

UNBEKANNTER VERFASSER

1. Es ist ein röeß endsprungen
Auß einer würtzelen zart
Alß vns die alten sungenn
Auß Iesse kam der art
5
Sie hat vns ein blumlein bracht
In mitten in dem winter
Woll zu der halben nacht. In mitt etc.

2. Vnß besreibt der Cantzelleher
Lucas ist ers genandt
10
So wie der Engel hörer
Maria beschlossen fandt
Got gruß dich ein Iunckfraw fein
Du bist mit gott empfangen
15
Furwar das glaub du mir. Du bist etc.

3. Maria war sehr erschrocken
Si dachtet in Irem sin
Wer hat dich her geschicket
Das saltu sagen mir
20
Do sprach der Engell zu ir
Du bist nun volgenaden
Der her wil bey dir sein. Du bist etc.

4. Daß Röeßlein das ich meine
Alß vns Zacharias beschrebt
25
Das ist Maria die reine
Die vns das blumlein hat bracht
Der Engel gab ir den radt
Sie solt en kindlein geberen
Vnd bleiben ein reine maigt. Sie solt etc.

30
5. Nicht laß dich wunder haben
Alle ding Got mueglich sein

ES IST 2 ff. *Nach der Trierer Handschrift 2363/2304 des Fraters Conradus, Proku-rators der Kartause zu Mainz, aus den Jahren 1582–1588, Blatt 169. Die älteste Druck-fassung findet sich in:* Alte Catholische Kirchengesäng. Cöln M.D.C. *(vgl. Wackerna-gel, Kirchenlied Bd. 2, S. 925 f.). Entgegen den Prinzipien der Ausgabe wurde die Handschrift berücksichtigt, weil es sich um die erst kürzlich entdeckte und noch aus dem 16. Jahrhundert stammende Fassung des Liedes handelt.* 2 röeß *Reis, Zweig.* 5 Iesse *vgl. Jesaja 11, 1; art Geschlecht.* 9 Cantzelleher *Kanzellehrer, Evangelist.* 11 hörer *Heer (vgl. Z. 50).* 14 mit *in der Vorlage doppelt.* 20 Engell *die hier zugrundeliegende Quelle (vgl. Verzeichnis der Quellen) hat* Engen; *dazu die Fußnote des Herausgebers:* „Engen" *mit Blei verbessert in* „Engell".

Elisabeth die alte
Solte geberen en kindt
Zu irrer alten zeit
35 Si solts noch trei moant dragen
Ehe sie ires kindes geleit. Si solts etc.

6. Alda ward sie auffgeschlossen
Fur war ein lebendiger bandt
Gar willig unverdrosen
40 Sie gab sich gantz in die hantt
Sie ließ den fursten zu ir
Sich herr dein arme dienerin
Dein will geschehe an mir. Sich herr etc.

7. Alda empfieng Maria
45 Den Edlen fursten schon
Also sprach Zacharias
Woll in dem öbersten thron
Neun monat war er bey ir
Da wardt sie volle kommendt
50 Ir dienet alles himlisch höer. Da wardt etc.

8. Darnach in kurtzer weyle
Sie gab sich auff die fardt,
In schnellendlicher eyle
Zu ihrer waßen zardt
55 Die warheit war ir gar kundt
Sie solt sich der verplegen
Bis das sie wurdt gesund. Sie solt etc.

9. Vndt das sie kam gegangen
Vor Zacharias hauß,
60 Wie lieblich wardt sie empfangen
Sie trath mit freuden heraus
Die Edle Iunckfraw zardt
Sie rieff mit lautter stimme
Gesegnet sey dein fardt. Sie rieff etc.

65 10. Eliesabeth die alte
Si redet Marien zu
So balt als sie da kaldet
So was da kindlein fro,

---

35 moant *Monate.* 36 ires kindes geleit *im Kindbett liegt.* 38 bandt *Buch (Maria als Buch ist eine häufig verwendete Metapher).* 50 höer *Heer.* 54 waßen *Base.* 56 der verplegen *dort aufhalten.* 67 kaldet *herbergt.*

Damit sie schwanger gieng
70 Si kandt den Edlen fursten. Damit etc.

11. Da gieng die Edle maigte
Bis auff dritten monendt
Da gieng sie vnverzagte
Als vns die glerte sagent
75 Ghen Nazaret gar still
Do wolt sie sich verplegen
Vnd das war gottes wil. Do wolt etc.

12. Darnach in kurtzen zeyden
Bey ainem keyser guth
80 Er thett sein volck besreiben
Er hat die gantz welt in hudt.
Er gebot ienen all bei ein
Iosepf vnd auch Maria
Si zogen gehn Bethlehem. Iosepf etc.

85 13. Die herberig waren theure
Sie hatten keinen endthalt
Man wieß sie in ein scheure
Die lufft gieng also kaldt
Woll zu der halben nacht
90 Sie gebar ein Edlen fursten
Der vns den freden hat bracht. Sie geb etc.

14. Die hirten bey den schaffen
Der Engel erschien in klar
Ir solt mit nichten schlaffen
95 Das sag ich euch furwar.
Wan ein kleines kindelein
Itzund ist es geboren
Von einer Iunckfraw fein. Itzund etc.

15. Will in der warheit sagen
100 Ghen Bethleheim zigt ir hin
Ein kindtlein werdt ir finden
Gewickelt inn duchelein
Als in ein krippe gelägt
Die nacht die schien vil klarer
105 Alß war es der heller tagh. Die nacht etc.

---

82 bei ein *beieinander, zusammen*. 86 endthalt *Aufenthalt, Unterkunft*. 102 du-
chelein *Tüchlein, Windeln*.

16. Die hirten das befunden
Woll zu der selben zeit
Wer hört ich grösser wunder
Der schall gieng also weit
110 Die Engel die sungen schon
Sie lobten gott im himell
Woll in dem öbersten thron. Sie lobt etc.

17. Das kindtlein wardt beschnitten
Woll auff den Achten tagh
115 Woll uff den Iudischen sitten
Das war nit sonder sagh
Das war sein erste pein
Sein blutt solt er vergiessen
Vmb vnsere sunde willen. Sein etc.

120 18. Das kindtlein wardt genennet
Woll nach des Engels beger
Sein nam ist weit bekennet
Im himel vnd auch auff erdt
Iesus wardt es genandt
125 Wol durch den selben namen
Wirdt vns als gott erkandt. Wol durch etc.

19. Geehret sey der vatter
Maria ir vil liebes kindt
Der heilig geist vil guter
130 Will vnser tröster sein
Vndt aller Engell schar
Wan wir von hinden scheiden
Mit freuden furen sie vns dar. Wan etc.

---

116 sonder *ohne;*   sagh *Bedeutung.*   133 furen *führen;*   dar *dahin.*

FRIEDRICH BEER

Faustus verzaubert zwölf studenten.

Jnn der grundtweyß Frauenlobs.

1.

Eins malß zu Witenberg im Doringerlande
War ein doctor bekandte,
Der war Johan Faustus genenet clar.
    Es erhub sich alda ein wilder strauße
Zu negt bey Fausto hauße
Mit zwolff studenten; das nembt eben war,
    Wie es erging,
Vernembt die ding:
Der gröste hauff
Warn sieben wider funff, an allen scheüen
Theten einander bleüen.
Wie sich der hader endt, merckt eben drauff!

2.

Doctor Faustus thete den zwolff studenten
Jre augen verblenden,
Das keiner den andren nicht sehen kundt.
    Schlugen also blinder weiß allesander
Jm zorn sich miteinander,
Keiner den andern kendt zu stundt,
    Auch wust gar nicht
Jn der geschicht,
Wer sein feindt war.
Schlugen doch sehr ein ander nach der bause
Jn dissem blindem strauße,
Biß der scharmutzel ein endt name gar.

3.

Alß der hader war verichtet durchauße,
Führt man sie heimb zu hauße
Von disser schlacht gar wol gebleüt alsam.

FAUSTUS 2 ff. *Dieses Lied ist, wie fast alle Meisterlieder, handschriftlich überliefert.*
4 Doringerlande *Thüringerland.* 7 strauße *Kampf, Streit.* 8 negt *Nacht.* 13 an
allen scheüen *ohne Rücksicht.* 14 bleüen *schlagen.* 19 allesander *jeder dem andern.*
25 nach der bause *nach Herzenslust, mit vollen Händen.* 30 alsam *alle zusammen.*

Alßbaldt do in sein hauß kame ein ider,
Da kundt er sehen wider,
Welchs eim idem gar wol zu gutem kam.
   Auß der geschicht
35 Merckt den bericht:
Jn lieb vnd leit,
Es sey in schlagen, zancken oder rauffen,
Vertrau keim großen hauffen!
Vntrew triefft iren herren allezeit.
40   Anno 1588 dichts Fridrich Beer den 1. junij.

BARTHOLOMÄUS RINGWALDT

Ein fein Sommerlied /

Jm vorigen Thon.

Gott lob es ist vorhanden / die frölich Sommerzeit / der schnee
5 in vnsern Landen / nicht mehr so heuffig leit / Das Eiß ist gar zu-
gangen / der Rohreiff felt nicht mehr / Es haben angefangen / die
Bäum zu knospen sehr.

Die Aw vnd auch der Anger / recht schaffen grünen fein / das erd-
reich geht hoch schwanger / durch Krafft der Sonnenschein /
10 schawt doch wie rausser kriechen / die schönen Blümlein zart /
vnd so gar lieblich riechen / jedes nach seiner art.

Die Welt sicht jtzt verjünget / vnd wird auffs new gemacht /
welchs denn zu wegen bringet / des ersten Wortes krafft / da Gott
also gesprochen / Es werde diß vnd das / das bleibt noch vnge-
15 brochen / vnd treibet laub vnnd Graß.

Die Sate auff dem Felde / jtzund gar nichtes acht / des Winters
schwere kälte / sie steht daher vnd lacht / vnd wechst verborgner
weise / all stunden fort vnd fort / jrem Schöpffer zu preise / vnd
seinem starcken wort.

FAUSTUS   33 zu gutem *zugute.*   35 bericht *Lehre.*
EIN FEIN   2 ff. *Die Vorrede des zugrundeliegenden Drucks ist 1589 unterzeichnet.*
Nach Wackernagel, Kirchenlied *Bd. 1, S. 561, ist er auf 1590 zu datieren, während die*
erste Ausgabe mit gleichem Titel 1588 erschienen ist (Wackernagel, Bibliographie
S. 421)   3 *Das voraufgehende Stück hat die Tonangabe:* Hertzlich thut mich erfrewen /
die liebe Sommerzeit / *etc.*   5 f. zugangen *zergangen, geschmolzen.*   6 Rohreiff
Rauhreif.   10 rausser *heraus.*   12 sicht *sieht aus.*

20 Als wir denn auch so werden / mit gaben hoch gezirt / erwachen
aus der Erden / wenn Christus kommen wird / vnd vns von allem
bösen / des Teuffels haß vnd neid / gewaltiglich erlösen / durch
sein gerechtigkeit.

Die Lerch sich hoch erhebet / vnd fliget vber sich / mit jren Flü-
25 geln webet/vnd singet seuberlich/der schal erklinget ferne / vnnd
lautet mechtig wol / die Menschen hörens gerne / vnd seind der
frewden voll.

Der Storch ist widerkommen / darzu die Schwälmelein / ja man
hat auch vernommen / die Turteltäubelein / so wol die Gänß vnnd
30 Spechte / Widhopff vnd Kranich fein / vnd allerley geschlechte /
der lieben Vögelein.

Die denn Gott semptlich ehren mit jrem Lobgesang / vnd sich frey
lassen hören / in Wälden breit vnnd lang / Ach last vns auch Gott
preisen / wir sein ja mehr denn sie / dieweil er vns thut speisen /
35 viel besser denn das Vieh.

Jm strauche sitzt der Hase / vnd zu dem Hafer springt / das
Rindtvieh geht im grase/der fromme kukug singt/Die Bienlein
thut man spüren / an manchem thal vnd berg / wenn sie zu samen
füren / jr süsses wunderwerck.

40 Die Hirschen vnd die Hinden / darzu die leichten Reh / sich wissen
wol zu finden / im Pusch zum grünen kleh / Die Schäflein auff der
Awen / sich weiden hin vnd her / dem lieben Gott vertrawen /
vnd hupffen in die quer.

Jtzt frewt sich alles sehre / was Creatura heist / verkündigt Gottes
45 Ehre / vnd jm gehorsam leist / Die Fisch im Wasser streichen /
die Hüner wild vnd zahm / vermehren sich dergleichen / vnd hal-
ten sich zusam.

Die erbarn Jungfern alle / auch inn die Blumen gehn / erheben
Gott mit schalle / züchtig beynander stehn / Reden von Ehren-
50 sachen / nach frommer hertzen weis / vnd schöne Kräntzlein ma-
chen / von eytel ehr vnd preis.

Sie winden auch darüber / das kraut Vergis nicht mein / je lenger
vnd je lieber / pflegt auch darbey zu sein / Welchs sie bedechtig
tragen / als wol erzogene kind / vnd nichts nach Leuten fragen /
55 die falsches hertzens sind.

20ff. *Vor dem ersten Wort dieser Strophe steht in der Vorlage eine runde Klammer.*
28 Schwälmelein *Schwälbchen.*   40 Hinden *Hirschkühe.*   51 ehr vnd preis *Ehren-
preis.*

Solch Kräntzlein hat mir geben / ein Edles Jungfräwlein / ich wil
bey meinem leben / gentzlich jr eigen sein / Vnd mich von jhr
nicht scheiden / es scheid vns denn der tod / das helff vns allen
beyden der frombgetrewe Gott.

60 Der Medicus im Meyen / viel gute wasser brent / verhofft einmal
zurfrewen / gar manchen Patient / durch diese mittel wunder /
von seiner kranckheit scharff / die doch nie seind gesunder / als
wann man sein nicht darff.

Jr etlich Aderlassen / mit einem solchen grund / Das man zu guter
65 masse / solt bleiben lang gesund / Jch aber daraus schliesse / vnd
sag bey meiner Ehr / Wenn man von sünden liesse / das hülffe gar
viel mehr.

Derhalben last von Sünden / jetzt vnd zu jeder zeit / Vnd lobet
alle stunden / den HErrn von Ewigkeit / Der vns nach allem kum-
70 mer / vnnd mancher kalten Nacht / Den frewdenreichen Sommer /
hat frölich widerbracht.

Welchs den ist ein figure / das Christus vnser Hirt / Die hoch ver-
derbt Nature / noch eins formiren wird / Vnd einen Sommer ma-
chen / der ewig wird bestehn / Jn dem wir werden lachen / vnd
75 nimmer vntergehn.

O HErr vns thut noch frieren / auff Erden manigfalt / wil sich
denn schier verlieren / der rauche winter kalt / kom doch vnd thu
vertreiben / des Teuffels werck vnd list / vnd führ vns zu der
frewden / da ewig Sommer ist / Amen.   *[1590]*

CHRISTOPH VON SCHALLENBERG

In rosam amicae N. donatam.

Indulgens animo dum mane rosaria iuxta
    Erro, legoque novam rore recente rosam,
5   Cum gemitu memini, flos quod suavissimus ille
        Sole patente patet, sole cadente cadit.

IN ROSAM   2 Auf die der Freundin N. geschenkte Rose.   3 Während ich früh am
Morgen, meinen Gedanken freien Lauf lassend, an einer Rosenhecke entlangirre und
eine junge, mit frischem Tau bedeckte Rose pflücke, bedenke ich seufzend, daß diese
lieblichste Blume sich bei aufgehender Sonne öffnet, und bei sinkender Sonne vergeht.

EIN FEIN   60 Medicus *Arzt.*   63 darff *bedarf.*   72 figure *Abbild, Sinnbild.*
73 eins *einmal;*   formiren *formen.*   77 rauche *rauhe, schroffe.*

Scilicet in statione sua durabile nil est,
　　Tempore quippe decus carpitur omne suo.
Haec ita volvo, domumque peto, venit obvia forte
10　　Nostra Venus, dicta dono salute rosam.
Illa capit, ridet, rubicunda fit, annuit, ardet,
　　Suave rosae culmen sufflat et ori gerit.
Fallor, an ora rosam, vel num rosa tinxerit ora;
　　Unus erat rosei floris et oris honos.

Jocus de fabro monoculo ducente
puellam vitiatam.

Duxerat uxorem faber uno cassus ocello
　　Sensit ut hanc cassam virginitate sua,
5　Iracundus ait: „Pro, casto cassa pudore
　　Tune meum subeas crimine nota thorum?"
„Cur tibi," nupta inquit, „veniam sine crimine? num non
　　Et tuus effossus crimen ocellus habet?"
Ille refert: „Inimicus erat, qui laesit ocellum".
10　Illa refert: „Me qui laesit, amicus erat".

IN ROSAM　7 Freilich, nichts verharrt an derselben Stelle und ist von Dauer; alle Schönheit wird nach und nach von ihrer Zeit aufgezehrt.　9 Während ich dieses bedenke und meinem Hause zustrebe, kommt mir zufällig meine Geliebte entgegen. Ich begrüße sie und überreiche ihr die Rose.　11 Jene nimmt sie in Empfang, lächelt, wird glühend rot, nickt mir zu und ist in leidenschaftlicher Liebe entbrannt; sie haucht über die Spitze der lieblichen Rose und führt sie zum Mund.　13 Ich bin nicht sicher, ob die Lippen die Rose oder die Rose die Lippen rot färbten; Lippen und Rose waren von gleicher Pracht.

JOCUS　1 Scherzgedicht über einen einäugigen Schmied, der ein entehrtes Mädchen heimführte.　3 Ein Schmied, der ein Auge verloren hatte, heiratete eine Frau. Als er merkte, daß sie ihre Jungfräulichkeit verloren hatte, sagte er voller Zorn: „O Schande, du hast deine keusche Scham verloren und wagst es, in mein Ehebett zu kommen, obwohl dir dein Vergehen bekannt ist?"　7 „Warum sollte ich ohne Vergehen zu dir kommen?" sagte die Braut. „Ist dein ausgestochenes Auge vielleicht kein Vergehen?"　9 Er erwiderte: „Es war ein Feind, der mein Auge verletzte." Jene entgegnete darauf: „Der mich verletzte, war ein Freund."

Das XXIII. lied.

Im thon: In trauren mues ich singen

1. Mit viel lieblichen freuden
hie unser lebenfrist
bei arm und reichen leithen
von gott begabet ist.

2. Ach, wen freut nit von hertzen
der music süesser klang,
all trauren und all schmertzen
vertreibt das lieblich gsang.

3. Recht wol mit tranck und speise
sein leben bringen zue,
ist auch ein gwünschte weise
in frid und guetter rhue.

4. Vast köstlich sich bekleiden,
in gold und edelgstain
die augen reichlich waiden,
ist auch ein freid nit klain.

5. Sich waidmännisch mit hetzen
durch hund und schöne pferd
auf grüner haid ergetzen
groß lust und kurtzweil mehrt.

6. Clar glantzen und herbrangen
in grosser herren gnad
der gsellschaft freud anhangen
bringt kurtzweil früe und spad.

7. Höhere freud erhiebe
sich in dem hertzen mein,
wenn lieb in lieb mit liebe
beisammen kunte sein.

DAS XXIII. LIED   3 ff. *Die Anfangsbuchstaben der einzelnen Strophen ergeben den Namen* Marusch, *den Taufnamen seiner späteren Frau. Danach datiert das Gedicht in das Jahr 1587 oder 1588.*   23 herbrangen *prangen.*   27 erhiebe *erhöbe.*

Das XXIX. lied.

Andando un giorno alla fontana verteutscht.

1. Einmal ich mich zu einem brunn thet finden,
dabey ein freulein wolt ein krentzlein binden;
5   ihr schöne gstalt thet mich in lieb entzinden.

2. Sie sang und sass mit blassem arm und händen,
ihr gsichtlein schön sie gegen mir thet wenden;
kein mensch mues der sein, den sie nit soll blenden.

3. Als ich sie sah, gfiels mir ob andern allen,
10   vor hertzenweh bin ich dahin gefallen
gleich nebens brunn in ohnmacht und gross qualen.

4. Sie lief bald und that mich mit wasser laben;
als ich zurecht kamb, danckht ich ir der gaben,
sprach, mein hitz will ein anders wasser haben.

Das XXXIII. lied.

Im thon: Ach gott, was sol ich singen.

1. Pur, clar und herrlich leuchten
die wunder gottes zwar.
5   wen soll nit göttlich deuchten
stund, monat, tag und iahr,
feuer, wasser, lufft und erdt
grass, baumb und früchte werd,
das gstirn, das mehr die sunne
10   gross änderung vermehrt.

2. Ob diesen gschöpfen allen,
ob sie wol herrlich sein,
thuet mir am besten gfallen
das schönste freulein mein,
15   an welchem gott der herr
beweist sein macht und ehr,
damit sie durch ihr schöne
sein lob und preiss vermehr.

DAS XXIX. LIED   2 ff. *Übersetzungsvorlage war nicht zu ermitteln.*   9 ob *über,
mehr als.*   13 zurecht kamb *wieder zu mir kam.*

DAS XXXIII. LIED   3 ff. *Die Anfangsbuchstaben der Strophen ergeben den Namen*
Polixena. *In der Handschrift ist hierzu vermerkt:* Diss lied hat er der frl. Polixena von
Eitzing für hr. Rudolffen von Greissen gemacht, *Rudolf fiel 1588 im Türkenkrieg; das
Gedicht ist also vorher entstanden.*   11 Ob *über.*   12 ob sie wol *obgleich sie*

3. Lieblicher scheint als goldt
ihr kraust und gwunden haar,
wer wolt ihr nit sein holdt,
ihr stirnlein ist so klar,
das ich gar scheinbarlich
kann drinnen sehen mich,
dem sunnenschein ihr euglein
ganz wol vergleichen sich.

4. Ihr rosenfarben wangen
gleich ich der morgenröth,
wen will der tag anfangen
und die lieb sun hergeht;
von purpur ist ihr mund,
ihr zend von perlein rund,
von schnee ihr händ und leibe,
die ist der schön ausbundt.

5. Xerxes, der könig, sahe
im feld viel tausent man;
als er kam zu ihn nahe,
fieng er zu weinen an,
sprach: ach, wo wird die schar
sein über hundert iahr!
also mues ich bewainen,
das ihr auch lebt der gfahr.

6. Es eilet alls zum ende,
drumb, o mein hertzenfreud,
nichts euch von lieb abwende,
bedenckht die beste zeit!
euer zier und schöne gstalt
auch tugent manigfalt,
die thuen mich, glaubt mir, machen
in iungen tagen alt.

7. Nit mehr sich kan abwenden
mein hertz und gmüeth von euch
der tod mein lieb mues enden,
darnach im himelreich
wird ich mit freud und wunne
auch sehen euch, mein sunne;
o gott, ihr schön gestalte
mir hie und dortten gunne.

28 gleich *vergleiche.*   32 zend *Zähne.*   34 schön *Schönheit;*   ausbundt *Muster.*

8. Aus lieb hat euch diss gsungen,
60 o ausserwelte gstalt,
zwar einer aus den jungen,
hat doch ein namen alt,
wird dienen euch mit fleiss;
wohl auf dem erdenkreiss
65 gibt er euch, schönstes freulein,
vor andern all den preiss.

Das XL. lied.

In der melodei: Chi me consola, ahime son desperato.

1.

O süesses schlaffen
bist mir zue frid beschaffen,
5 o süesse nacht, o traumb, o rhue, o raste,
du stilst mit süessigkeit mein schmertz und laste.

2.

Dich, schlaf, man gleichet
dem tod, so uns nachschleichet
und ich find doch bei dir nur freud und leben,
10 was mir die welt versagt, thuestu mir geben.

3.

Vor freud ich waine,
wan ich nur denckh allaine
wie guet, wie süess, wie lieblich seint die nachte,
ich mit mein lieb durch lieb in lieb zuebrachte.

4.

15 O lieblichs schauen,
o reden in vertrauen,
o süess umbfangen, süess und gschertzigs kriegen,
da mund mit mund und hertz mit hertz sich fiegen.

5.

Wer eim kunt machen
20 solchs traumen ohn erwachen,
der wer glickselig und het auf die weise
das irdisch himmelreich und paradeise.

DAS XL. LIED 2 *Wer tröstet mich, o weh, ich bin verzweifelt.* 17 kriegen *Krieg führen.* 18 fiegen *fügen.*

DANIEL SUDERMANN

Ein freüdenreiches lobgesang.

Jst eine Ermanung und Reitzunge zur Danckbarkeit gegen Gotte,
wegen seiner vnzehlichen wolthaten, hie, auch dort in Ewigkeit,
Durch Jesum Christum, vnsern Herren.

Jm thon: Der Wechter der bließ an den tag etc.
Biß ein melodey darzu gemacht werde.

1. Wolauff, wolauff, ir menschen kind,
sampt all Creatur, die da sind,
Laßt vns preisen den Höchsten Gott,
der alle ding erschaffen hott,
    Vnd noch erhelt
mit seinem Wort die gantze welt.

2. Nun schawet an das Firmament,
ein werck dess Höchsten Gottes hendt,
Beid Sonn vnd Mond, die Stern zumal,
der zeichen auch planeten zall,
    Vnd lobt mit mir
aller ding Schöpffer für vnd für.

Jr Englen auch manch Legion,
in Gottes Dienst welche bestohn,
Auch alle Geister hin vnd her,
sampt was vns noch verborgen sehr:
    Lobet mit freüdt
der dingen Schöpffer allezeit.

4. O Gottes mensch alhie auf Erdt,
ein Creatur hoch thewr vnd werdt,
Welcher jn tod gefallen bist,
widrümb erlöst durch Jesum Christ:
    Sag lob und danck
deim Schöpffer auch mit lobgesang.

5. Die Vögell jn dlufft allzumall,
auff Erd auch das gwächs vberall,

EIN FREÜDENREICHES   3 Reitzunge *Auffforderung.*   17 zeichen *Tierkreiszeichen.*

Sampt alle Thier, zugleich jm Meer
35   alle Fisch, gibt vns Gott der Herr,
    Drümb wir mit vleiß
dem Schöpffer sagen lob vnd preiß.

6. Er lasset vns auch wachssen fein
ohn alle sorg den guten wein,
40   Welcher vns offt das hertz erfreüt
in trübsal, angst vnd trawrigkeit,
    Der gütig Gott:
drümb loben wir jhn früe vnd spad.

7. Versorgt Er vns nun so gewüß
45   diß leben kurtz mit vberflüß
Wie vil noch baß jm himmel Reich
han wir geistlich speyß, tranck zugleich,
    Jn Ewigkeit:
ey dancken wir drümb jhm bereit.

50   8. Wolauff, wollauff, jr menschen kind,
sampt alle Geister die da sind,
Ja alles Das ye war vnd ist,
auch noch sein wird zu ewig frist:
    Lobet vnd preist
55   ein Gott Vatter, Sohn, Heylig Geist!

1592

UNBEKANNTER VERFASSER

Da schreyb er ihr hierüber,
einen freündtlichen gruoss;
da bott sie im herwider,
5   sie wolt es gerne thuon.

Nun gesegne euch vatter vnd muotter,
ich spring auch in den see,
es soll vmb meinetwillen
ertrinken keiner meh.

DA SCHREYB   2ff. *Vgl. S. 145* Es warb ein 'schöner jüngling. *Es sind jeweils Fragmente des Liedes von den beiden Königskindern.*

278

GEORG HAGER

jn Der fröligen schal meyen weis Georg Hagers

Ein andre schul kunst; man mag nemen,
welche man wil

5   jch lob Das deitsch meister gsang werd
für alle kurczweil weite,
Die Da jeder man hie auf erd
thut dreiben alle zeite
neben irem gescheffte.

10   Einer spaczirt, der ander spilt,
Einer ficht vnd thut ringen,
Ein andrer mit Der Bühsen zilt,
vil than danczen vnd springen,
vil werden auch geEffte,

15   Die Bulschafft dreiben alle tag.
jn sumen, was mit namen
Der mensch dreibt für kürcz weil, ich sag,
Das verget alles samen.

2.

Aber Das deütsche meister gsang

20   vber drift alles freÿe.
saiden spil Hat wol schienen klang,
kein wort hort man dar beÿe.
Das dreibt man mit den henden,
kein arbeit kan man die weil than,

25   aber beÿ dem gsang werde
jeder man sein werck dreiben kan,
macht alle schrifft auf erde
fein bekand an dem Enden.
jm gesang kan man got gar fein

30   loben ehren vnd breisen,
auch ist es nüczlich in gemein,
wer sich dar mit thut fleisen.

JN DER FRÖLIGEN   12 Bühsen *Büchse*.   14 geEffte *Geäffte, Genarrte*.   16f. jn
sumen ... kürcz weil *Kurz (in summa), welcherart Kurzweil der Mensch auch
treibt*.   20 freÿe *(Adv.) ganz offenbar, kühn*.   21 schienen *schönen (s. auch Z. 33)*.
27 schrifft *die Heilige Schrift*.   28 an dem Enden *überall*.   31 in gemein *allgemein,
grundsätzlich*.   32 fleisen *beschäftigen*.

3.

vil schiener dugent hort man freÿ,
   Die durch Das gesang werden
35   Er klert, auch gelernet dar beÿ.
   sol mir auf diser erden
   Das selb niemand nit weren,
Denn nür der allmechtige got.
   ob gleich hie wirt verachte
40   Die löblich kunst vnd auch verspot,
   auch gar schendlich verlachte,
   dran wil ich mich nit keren.
solches nür ein vnnücz maul thut,
   ane wicz vnd verstande.
45   Darumb, ir lieben singer gut,
   singt! es ist eüch kein schande!

Anno Salutis 1594 den 10 april
Durch Georg hager schuh macher

1596

GEORG HAGER

Ein Newes lied, allen schu knechten zu Ehren.
Durch Georg Hager Schuchmacher zu Nürnburg.

jm thon: wach auf meins Herczen ein schiene,
5   hercz aller libste mein

frisch auff, jr schu knecht alle,
seit frölig guter Ding!
lobt gott mit reichem schalle,
wer lustig ist, Der sing!
10   wan gott kan es wol leiden,
Das man in Ehren frölig ist;
vnd thut drauikeit meiden!

JN DER FRÖLIGEN   35 Er klert *verschönt.*
EIN NEWES   4ff. *Vgl. Hans Sachs S. 92 und* Wach auff meins Hertzen ein schöne
S. 224.   4 schiene *schöne.*   12 drauikeit *Traurigkeit.*

2. Es jst genug al zeite,
wenn man je drauren mus.
doch bedencket bereite,
vnd hiet eüch an verdrus
vor vnzucht in Dem leben,
vnd gotts lösterung. denn Das lest
Gott nit vngestraft Eben.

3. vmb der sünd willen schwere
Ging manches kinig reich
zu poden mit gefere,
auch manche stat der gleich.
thut vns gott verstant geben,
so last vns in loben al zeit,
vnd dancken auch dar neben.

4. wenn vns gott thut bescheren
Beide speis vnd getranck,
so verzert Das in Ehren,
vnd sagt gott darumb danck!
vnd hiet eüch imer dare,
Das ir nit mis braucht gottes gab,
Denn gott straft es für ware.

5. Auch sollen sich die alten
fein Erbar ane clag,
Dar zu vnstreflich halten,
vnd den jungen al tag
gute Exembel geben;
so kunen sich die jungen fort
fein dar nach richten Eben.

6. Es sollen sein die jungen
Den alten vnder than,
jn zaum halten ir zungen,
nit richten zwÿtracht an
Da volckt vneinikeite,
Das mancher kumbt in schaden gros.
hiet eüch dar vor al zeite!

7. Das lied wil ich beschliesen.
jch bit eüch solcher gstalt:

---

16 hiet *hütet (s. auch Z. 30 u. 46);* an *ohne.* 22 gefere *Schaden.* 38 Exembel
Beispiele, Vorbilder. 39 fort *zukünftig.*

50   last eüch das nit verdriesen,
        jr schu knecht jung vnd alt.
        Georg hager, der thut schencken
        Das lied allen schu knechten gut,
        Sein dar beÿ zu gedencken.

                                    Anno Salutis 1596 den 8 july

1597

FRIEDRICH TAUBMANN

Ad Gregorium Sturium, Saxonem.

Quæris, cur nullos faciam inter pocula versûs:
    Cum sumat quivis hoc sibi carminifex.
5   Mi Sturi, nil artis habet, nihil indolis in se,
    Conspuere in metricos ebria verba pedes.
Promptius ipse decem, si vellem, effundere possem
    Versiculos, unum quam vacuare vitrum.
At verbis me Roma suis jubet aptive uti,
10   Turpiter indigenæ prodigit hospes opes.

AD GREGORIUM   2 An Gregor Sturius, den Sachsen.   3 Du fragst, warum ich
keine Verse beim Zechen mache, da das doch jeder beliebige Verseschmied für sich in
Anspruch nehme.   5 Mein Sturius, es ist kein Zeichen von Kunst, kein Zeichen von
Talent, trunkene Wörter in Versfüße zusammenzuspucken.   7 Wenn ich wollte,
könnte ich schneller zehn Verschen von mir geben als ein einziges Glas zu leeren.
9 Aber Rom fordert von mir, daß ich seine Sprache angemessen verwende. Auf beschä-
mende Weise verschwendet der Fremde die Schätze des Einheimischen.

AD GREGORIUM   2 *Gregor Sturius, vor 1510–1547, Doktor der Medizin, Brief-
wechsel mit Melanchthon, Camerarius, Hessus und Cordus.*

Pulicelli Epitaphium

Parvulus heic jaceo, tenui sub pulvere pulex;
Illa puellarum semper – acerba lues.
Quei miser occiderim, ne quærite quæso puellæ:
5   Vestro more, nimis ambitiosus eram.
Taubmanus, Prætor, Frencelius atque Siberus
Nuper consorteis instituêre dapes.
Heic ego defungens parasiti munere, lusûs
Experior saltû liberiore meos:
10   Et mergor paterâ pleno stagnante falerno.
Heu nimis infelix tum parasitus eram!
Sed dedit ambitio pœnas. vos discite, fratres,
Intra fœminei septa manere fori.
Hoc tamen è vobis cupio præscire, Poëtæ,
15   Quis vespillo meas texerit exsuvias.

1598

David Wolder*

HErr Got du bist vnse thoflucht / nu vnd tho allen tyden / Wehr
aff dat wörent der Sterffsucht / se dröwt van allen syden / Weerstu
doch Godt van ewicheit / eher Erd vnd Hemmel wort bereit / So
5 kanstu noch wol helpen.

PULICELLI   1 Grabschrift eines kleinen Flohes   2 Hier liege ich winziger Floh von dünnem Staub bedeckt; ich, der Mädchen stetsbeißende Geißel.   4 Wem ich Armer starb, fragt nicht, ich bitte euch, ihr Mädchen. Nach eurem Vorbild war ich allzu anspruchsvoll.   6 Taubmann, Prätor, Frenzel und Siber veranstalteten vor kurzem ein brüderliches Mahl.   8 Ich, bei dieser Gelegenheit mein Amt als Schmarotzer total hintanstellend, erprobe, was ich gelernt habe, in einem allzu zügellosen Sprung. Und ich versinke in einer übervollen Schale mit Falernerwein. Ach, da war ich ein todunglücklicher Schmarotzer!   12 Jedoch den Ehrgeiz hatte ich zu büßen. Lernt daraus, meine Brüder, im Gehege des weiblichen Marktplatzes zu bleiben.   14 Dieses, ihr Dichter, verlange ich gleichwohl von euch zu wissen, wer wohl als Leichenträger meine sterbliche Hülle bedeckt hat.

PULICELLI   EPITAPHIUM   6 Prætor   wahrscheinlich Joachim P. Praetorius (1566–1633);   Frencelius Salomon Frenzel (gest. 1605);   Siberius Adam Theodor Siber (1563–1616).
HErr Got   2ff. Die hochdeutsche Fassung von Wolder (s. S. 285) aus demselben Jahr ist eine genaue wörtliche Übertragung.

Dath so de Minschen steruen hen / vnd andre wedder kamen / dat
lestu tho HErr Got allein / des trösten sick de framen. Wenn wy
ock leffden dusent Jahr / so müst wy doch einmahl van dar / na
dynem willen scheiden.

10 Vnse tydt by de Ewicheit / geholden ys gantz nichtes / alsn dach
vnd stunde gantz baldt vorgeith / alsn stroem / slaep / schem des
lichtes / Als ein Grassblömken affgeplükt / vorwelckt: also den
Minschen drückt / de ydelheit des Leuens.

Dat maket vnse Sünd vnde schandt / apenbar vnd vorborgen /
15 De ys dy meer als vns bekandt / darher sindt wy in sorgen /. Der
bößheit haluen bistu quaet / vnd straffst an vns de Missedaet / dat
wy so möten steruen.

Dörch dynen Thorn fahrt hastich fort / ein dach vnd jahr nahm
andren / De tydt flücht wech / alsn nichtich wordt / geith snell /
20 als de dar wandren / Vnd wenn men rede achtntich Jar / lefft köst-
lick / so isset doch fahr / vnd ydel möy gewesen.

Düt scholdt jo billick yderman / flytich int herte vaten / vnd latent
steds vor Ogen stahn / vnd lehrn de Sünde haten. Auerst wol
denckt an dynen Thorn? Wol schuwet vor den Sünden dorn? so
25 seer sindt wy vordoruen.

Help Godt dath wy nicht altho seer / vp düth Leuendt vortarmen /
Dörch dynen Geist vns steuren lehr / vnd vnse Sünde bekarmen:
So werd wy recht vorstendich syn / vnd vns vor vndaet höden fyn /
vnd na dem Hemmel streuen.

30 Kum wedder / kum HErr mechtichlick / mit groter trüw vnd Gna-
den / vorfröuw vns wedder gnedichlick / dörch dyne grote daden /
Bistu doch vns vorpflichtet HErr / tho helpen / wenn wy lyden
sehr / vnd werden hart geplaget.

Na dem de Dodt nu drouwet starck / den wy doch wol vordenen /
35 So woldstu GOdt dyn Gnadenwerck / vnd Hülpe vns vorlehnen /
so werd wy vnse leuentlanck / dy mit den Kindren seggen danck /
vnde in dy frölick leuen.

Wem düth nu recht tho Herten geith / de schal syne Seele vor-
heuen / vnd bidden / dat Godt fründtlicheit / ertög vnd Segen
40 geue / thom Werck vnd Arbeid vnser Hend / vp dath idt gah thom
rechten endt / syner Gödtliken Ehren.

DAVID WOLDER

Der 90. Psalm.
Zur zeit der Pestilentz / sol man zu Gott mit jnnigem Gebett fliehen.

[Melodie]

1. HErr Gott du bist vnser zuflucht / nun vnd zu allen zeiten /
Wehr ab das würgen der sterbsucht / sie drewt von allen seiten /
Warstu doch Gott von ewigkeit / Ehe Erd vnd Himmel wart bereit / so kanstu noch wohl helffen.

2. Das so die Menschen sterben hin / vnd ander wiederkommen /
das lässest zu HERR Gott allein / des trösten sich die frommen /
wann wir auch leben tausent jahr / so müst wir doch von hinnen
gahr / nach deim willen abscheiden.

3. Vnser zeit bey die ewigkeit / gehalten ist gantz nichtes / als Tag
vnd Stund sehr bald vergeht / als strom / schlaff / schattn des liechtes / wie ein graßblümlein abgepflückt / verwelckt / also den Menschen drückt / die eitelkeit des lebens.

4. Das machet vnser Sünd vnd schandt / offenbahr vnd verborgen /
die ist dir mehr dann vns bekand / daher sindt wir in sorgen / der
bößheit halben zürnstu sehr / vnd straffst an vns des Adams lehr /
das wir so müssen sterben.

5. Durch deinen zorn fehrt eilig fort / ein tag vnd Jahr nachm
andern / die zeit fleucht hin / alsn nichtig wort / gehet schnell / als
die da wandern / vnd wenn man schon lebt achtzig jahr / gar köstlich / so ists doch nur fahr / vnd eitel müh gewesen.

6. Diß solt je billich jederman / fleissig ins hertze fassen / vnd lassens stets für augen stahn / vnd lernen die sünd hassen / aber wer
denckt an deinen zorn? wer schewet für der sünden dorn? So gahr
sindt wir verdorben.

7. Hilff GOtt das wir nicht allzusehr / auffs zeitlich leben schawen /
durch deinen Geist vns sterben lehr / vnd vnser Sünd berewen / so
werdn wir recht verstendig sein / vnd vns für missethat hüten fein /
vnd nach dem Himmel streben.

8. Kom wieder / kom HErr mechtiglich / mit grosser trew vnd
gnaden / erfrew vns wider gnediglich / durch deine grosse thaten /

DER 90. PSALM   15 bey die ewigkeit / gehalten *verglichen mit der Ewigkeit.*
18 eitelkeit *Nichtigkeit.*   26 fahr *Gefahr, Nachteil;*   eitel *nur, nichts als.*

bistu doch vns verpflichtet HErr / zu helffen / wenn wir leiden
sehr / vnd werden hart geplaget.

9. Weil dann der todt nun drewet starck / mit sein vergifften pfei-
len / so wolstu doch dein gnadenwerck / vnd hülffe vns mittheilen /
40 so werdn wir vnser lebenlang / dir mit den kindern sagen danck /
vnd in dir frölich leben.

10. Wem dieses nun zu hertzen geht / der sol sein Seel erheben /
vnd bitten / das Gott freundtligkeit / erzeig vnd Segen geben /
zum werck vnd arbeit vnser Hend / auff das es gehe zum rechten
45 end / seiner Gottlichen ehren.

1599

PHILIPP NICOLAI

Ein Geistlich Braut Lied der gläubigen Seelen /
von Jesu Christo jrem himmlischen Bräutigam:
Gestellt vber den 45. Psalm deß Propheten Dauids.

5   [Melodie]

I.

Wie schön leuchtet der Morgenstern /
Voll Gnad vnd Warheit von dem HERRN /
Die süsse Wurtzel Jesse?
Du Sohn Dauid / auß Jacobs Stamm /
10 Mein König vnd mein Bräutigam /
Hast mir mein Hertz besessen /
Lieblich / freundtlich /
Schön vnd herrlich / Groß vnd ehrlich /
Reich von Gaben /
15 Hoch vnd sehr prächtig erhaben.

II.

Ey mein Perle / du werthe Kron /
Wahr Gottes vnd Marien Sohn /
Ein hochgeborner König /

EIN GEISTLICH   2 ff. *Vgl. Reusner S. 140.*   7 *Die Anfangsbuchstaben der Strophen*
– WEGVHZW – *enthalten eine Widmung an: Wilhelm Ernst Graf Vnd Herr Zu*
Waldeck.   8 Wurtzel Jesse vgl. *Jesaja 11, 1.*   11 besessen *besetzt, erfüllt.*

Mein Hertz heißt dich ein *lilium*,
20 Dein süsses *Euangelium*,
 Jst lauter Milch vnd Honig /
 Ey mein Blümlein /
 Hosianna / Himmlisch Manna /
 Das wir essen /
25 Deiner kan ich nicht vergessen.

III.

Geuß sehr tieff in mein Hertz hineyn /
Du heller Jaspis vnd Rubin /
 Die Flamme deiner Liebe.
Vnd erfrew mich / daß ich doch bleib
30 An deinem außerwehlten Leib
 Ein lebendige Rippe /
 Nach dir / ist mir /
 Gratiosa coeli rosa,
 Kranck vnd glümmet
35 Mein Hertz / durch Liebe verwundet.

IIII.

Von Gott kompt mir ein Frewdenschein /
Wenn du mit deinen Eugelein /
 Mich freundtlich thust anblicken /
 O HERR Jesu mein trawtes Gut /
40 Dein Wort / dein Geist / dein Leib vnd Blut /
 Mich innerlich erquicken.
 Nimm mich / freundtlich /
 Jn dein Arme / Daß ich warme
 Werd von Gnaden /
45 Auff dein Wort komm ich geladen.

V.

HERR Gott Vatter / mein starcker Heldt /
Du hast mich ewig / für der Welt /
 Jn deinem Sohn geliebet /
 Dein Sohn hat mich ihm selbst vertrawt /
50 Er ist mein Schatz / ich bin sein Braut /
 Sehr hoch in jhm erfreuwet,
 Eya / Eya /
 Himmlisch Leben / wirdt er geben
 Mir dort oben /
55 Ewig soll mein Hertz jhn loben.

33 *herrliche Himmelsrose.* 34 glümmet *glüht.*

VI.

Zwingt die Sayten in *Cythara.*
Vnd laßt die süsse *Musica,*
 Gantz frewdenreich erschallen:
Daß ich möge mit Jesulein /
60 Dem wunder schönen Bräutgam mein /
 In-stäter Liebe wallen.
Singet / springet /
Jubilieret / triumphieret /
Danckt dem HERREN /
65 Groß ist der König der Ehren.

VII.

Wie bin ich doch so hertzlich fro /
Daß mein Schatz ist das A vnd O /
 Der Anfang / vnd das Ende:
Er wirdt mich doch zu seinem Preyß /
70 Auffnemmen in das Paradeiß /
 Deß klopff ich in die Hände.
Amen / Amen /
Komm du schone Frewden Krone /
Bleib du nicht lange /
75 Deiner wart ich mit Verlangen.

Ein anders von der Stimm zu Mitternacht /
vnd von den klugen Jungfrauwen / die jhrem himmlischen
Bräutigam begegnen / Matth. 25.

[Melodie]

I.

5 Wachet auff / rufft vns die Stimme /
Der Wächter sehr hoch auff der Zinnen /
 Wach auff du Statt Jerusalem.
Mitternacht heißt diese Stunde /
Sie ruffen vns mit hellem Munde /
10   Wo seydt jhr klugen Jungfrauwen?
 Wolauff / der Bräutgam kompt /
 Steht auff / die Lampen nimpt /
  Halleluia.

EIN GEISTLICH 56 *Bringt die Saiten auf der Kithara zum Klingen.* 61 wallen
wandeln.
EIN ANDERS 1 ff. *Die Anfangsbuchstaben der Strophen ergeben in der Reihenfolge
3.2.1. gelesen* GZW: Graf Zu Waldeck. 9 hellem *tönendem.*

Macht euch bereit / Zu der Hochzeit /
15   Jhr müsset jhm entgegen gehn.

II.

Zion hört die Wächter singen /
Das Hertz thut jhr von Frewden springen /
   Sie wachet vnd steht eilend auff:
Jhr Freund kompt vom Himmel prächtig /
20   Von Gnaden starck / von Wahrheit mächtig:
      Jhr Liecht wirdt hell / jhr Stern geht auff.
    Nu komm du werthe Kron /
    HERR Jesu Gottes Sohn /
      Hosianna.
25   Wir folgen all zum Frewden Saal /
Vnd halten mit das Abendmal.

III.

Gloria sey dir gesungen /
Mit Menschen und Englischen Zungen /
   Mit Harpffen vnd mit Cymbaln schön:
30   Von zwölff Perlen sind die Pforten
An deiner Statt / wir sind Consorten
    Der Engeln hoch vmb deinen Thron /
    Kein Aug hat je gespürt /
    Kein Ohr hat mehr gehört /
35   Solche Freuwde.
  Deß sind wir fro / jo / jo
Ewig *in dulci iubilio.*

Ein anders: Der WeltAbdanck / für eine
himmeldürstige Seele:
Gestelt vber den den 42. Psalm Dauids /
Im Thon: So wundsch ich jhr ein gute Nacht.

I.

5 So wünsch ich nun eine gute Nacht
Der Welt / vnd laß sie fahren /
   Ob sie mir gleich viel Jammers macht /
Gott wirdt mich wol bewahren /

EIN ANDERS   30 Von ... Pforten *vgl. Offenbarung des Johannes 21, 21.*   31 Con-
sorten *Leute, die Gemeinschaft haben mit jemandem.*   37 *in süßem Jubel.*
   EIN ANDERS: 3 *Vgl. Fischart S. 231, Gamersfelder S. 147, Geletzky S. 201, Hessus
S. 131, Ulenberg S. 244, Waldis S. 169 und Winnenberg S. 252.*   4 *Vgl. S. 121.*

Jch meynt die Welt / wer eytel Gold /
10   Befind es nun viel anders.

II.

Ein Hirsch von Schlangen angesteckt /
Nach frischem Wasser schreyet /
    Also hat mich zum Durst erweckt /
Die Welt vermaledeyet /
15   Auch thät mir bang / die alte Schlang /
Daß ich zu Gott muß schreyen.

III.

Wenn komm ich in dein Paradeiß /
Da schon viel Christen wohnen?
    Vnd singen dir Lob / Ehr vnd Preiß /
20   Bekleidet mit der Sonnen?
        Wenn holstu mich / ins Himmelreich?
Da ich dein Antlitz schauwe.

IIII.

Mein Seel hat noht / vnd leidet Qual /
Daß ich so lang muß harren /
25   Gespannet auff dem Jammerthal /
Als zög ich schwere Karren.
    Da treibt jhrn Spott / Die falsche Rott /
Mit mir in meinen Nöhten.

V.

Sie fragen / Ja wo bleibt dein Gott?
30   Ja daß er dir erscheine.
    Der Hohn kränckt mir mein Hertz vnd Blut /
Daß ich vor Trübsal weine.
        Ey komm doch bald / Mein Auffenthalt /
Vnd reiß mich von der Erden.

VI.

35   Ey nim mich in den Frewdensaal /
Von dir bereitet droben /
    Da dich die Patriarchen all /
Mit den Propheten loben:
        Vnd da die Schar der Engel klar /
40   Vmb deinen Thron herschweben.

---

11 angesteckt *bedrängt, die sich an ihm festhalten.*   25 auff dem Jammerthal *d. h. auf Erden.*

VII.

Was kränckstu dich mein arme Seel?
Sey still vnd thue nicht wancken:
  Gott ist mein Burg / mein Trost vnd Heyl /
Deß werd ich ihm noch dancken.
45   Drück dich / vnd leid / ein kleine Zeit /
Nach Angst kompt Frewd vnd Wonne.

XIII.

Das Kräutlein *patientia*,
Wächst nicht in allen Garten /
  Ach Gott / schaff du mirs jmmerdar /
50   Daß ich könn deiner warten.
  Sonst bin ich sehr / betrübt und schwer
Von Angst auff dieser Erden.

IX.

Jch sehe / daß dein Zorn / wie ein Flut
Dem gantzen Land begegnet:
55   Vnd daß es schrecklich brausen thut /
Wo sich dein Grimm erhebet.
  Die Wellen gar / ich auch erfahr
Sampt deinen Wasserwogen.

X.

Darvmb bin ich der Welt so müd /
60   All Tag vnd Nacht ich weine:
  Vnd laß nicht ab / biß deine Güt
Verheissen mir / erscheine:
  Nun eyl doch fort / mein trawter Hort /
Vnd nim mich hin in Frieden.

XI.

65   Wie lang soll ich hie trawrig gehn /
Da mich die Feinde plagen?
  Es ist ein Mord in meinen Bein /
Daß sie gantz höhnlich fragen /
  Sag an / wo ist dein Jesus Christ?
70   Ja daß er dich erlöse?

---

47 patientia *Geduld.*

XII.

Gedult / Gedult du trauwrige Seel /
Gedult ist hie von Nöthen /
Biß vns der lieb Immanuel
Von diesen argen Kröten /
75   Wol zu sich reiß ins Paradeiß.
Da werden wir jhm dancken.

UNBEKANNTER VERFASSER

1. Ziechet hin Ier Traurigen Reim ohn wanckhen
vnnd bringet der mein Seüfzen vnnd gedanckhen.
mein Clag gedicht vnnd wainen,
5   die da Ligt vndern Stainen!

2. Gechet zu dem Stain, der meinen schatz mit sorgen,
mein Leib vnnd Leben Helt in sich verborgen,
Ruefft ier, sie wierdt eüch geben
vom himel Andtwortt Eben.

10   3. Sagt ier, daß ich müeth bin also zuwandern
vnnd vberdrisig, das Ich vnder andern
vor Traurigkhait mich Khrenckhe
vnnd stets an sie gedenckhe.

4. Von Ier ich Redt, von Ierem Todt vnnd Leben;
15   – waß sag ich von Ierem Todt – gott hat ier geben
vnsterblichkhaidt alltzeite
füer die weltliche freüde.

5. Hab ich gnadt funden vor der Edlen Sonnen,
das sie mein zill verkhüertz vnnd mier woll gunen,
20   das ich balt von der Erden
zu ier balt gefüerth möcht werden.

6. Ohn sie freüdt mich Khain.... ...... Lust noch gelte,
Ja gnoiß an sie Nichts ich der welte;

EIN ANDERS: 73 Immanuel *hebr. „mit uns ist Gott". Die Prophezeiung in Jesaja 7,*
14 wird traditionell auf Jesus bezogen.
    ZIECHET HIN   2 ff. *Dieses und die folgenden Lieder unbekannter Verfasser stehen in*
dem handschriftlich überlieferten Raaber Liederbuch, *das erst 1959 herausgegeben*
wurde. Die 107 Gesellschaftslieder sind in den Jahren 1590–1620 entstanden. Da die
Lieder im einzelnen nicht datierbar sind, steht die knappe Auswahl am Ende dieses
Bandes. 19 gunen *gönnen.*   23 gnoiß an *genieße ohne.*

eß ist alls nichts vnnd Lähre,
25   voll Mhüe vnnd Arbait schwere.

7. Was Khan ainß besser hinder Im verlassen,
eß sey gleich gelt, schönheit vnnd Khunst Ohn Massen,
allß wenß durch zeitlich sterben
daß Ewig Khön Erwerben?

UNBEKANNTER VERFASSER

1. Mein Laidt vnnd schmertz, mein Traurigkhaidt,
mein Seüftzen vnnd gedanckhen,
mein Khumer, Creütz vnnd Hertzenlaidt,
5   Vertzweiflung, sorg vnnd wanckhen,
mein wainen, forcht vnnd Eifrigkhaidt,
mein vnrhue, Khrieg vnnd zanckhen,

2. Vnnd auch mein hofnung, Lieb vnnd Threü,
mein dienen vnnd gedulte,
10   mein bstendtigkhaidt, mhüe, fleis ohn Reü,
mein bschaidenhait vnnd vnschulde,
so mier Lieb glückh vnnd gstiern macht Neü,
vmb Eüer Lieb vnnd Eüer huldte,

3. Das hab bisher ich auf vil weiß
15   in Reimb gedicht vnnd beschriben,
souil mier müglich gwest mit fleiß,
vill weil darmit verdriben;
nicht das mier daraus vil Rhuem vnnd Preys,
noch nutz wer vberbliben:

4. Sondern, das ich sollch Clag gedicht
20   schickh füer eüer englisch Augen,
weill ichs darf mündtlich sagen nicht,
vnnd mier vnfall Thuet Rauben
eüer hocherleüchtes angesicht.
25   werdt Ier mier daß Erlauben?

5. Den das Papier wierdt nit schamrod,
vnnd darf sich auch nit scheüchen;

MEIN LAIDT   6 Eifrigkhaidt *Leidenschaft, Zorn, Eifersucht.*   21 englisch *engel-gleich.*   23 vnfall *Mißgeschick.*   27 scheüchen *scheuen.*

30

wens gleich aufhebt ohn gefähr ein Spodt,
Khan man imß Leicht vertzeichen.
doch wist Ier vol wol all mein noth,
wolt ier mier gnadt verleichen.

UNBEKANNTER VERFASSER

1. Rauschender Fluß, O haisser Prun,
der du durch dis gebierge,
darin ich mih so offt der Sun
5   bey mondes schein verpierge,
Lauffest, vnnd ich auch offt neben dier
in den gedanckhen vmb Spatzier,

2. Dahin dich führet die Nattur,
mich aber zu der Straffe
10   der Liebe vnnd des vnglickhs Chur,
ich wache oder schlaffe:
Ach, dich verhindert nie Khain Ding,
du gechest dein weg ohn sorgen Ring;

3. Khain Eyfer, noch Anfechtung schwer,
15   Khain schlaff, Dichten noch denckhen
dich müet macht, noch Khain ander gfähr
dich schreckht noch mag bekhrenckhen.
Lauf zwischen alle Perg vnnd Thall,
so weit dich fhüeret des glickhs fal!

4. Laß dich Khain anders wasser Iern,
20   Lauf fier die Späte weithe,
darin die wohnt die offt Spatziern
gecht fier Dlang weil zur freüde!
wen du sie wierst anschauen schon
25   von wunder wierstu Stiller Stahn.

5. Khüß Ier die Edle handt vnnd fueß
vnnd Sprich, das sollches Khüssen
an Stadt der wort sey vnnd des grueß,
die brieff wehrn Naß vnnd zurissen.

MEIN LAIDT   28 aufhebt *vorhält.*   30 vol *gänzlich.*
RAUSCHENDER FLUSS   10 Chur *Verfügung, Entscheidung.*   13 Ring *leicht.*
20 Iern *beirren.*   23 Dlang weil *die lange Weile, d.h. die Muße.*   25 wunder *Ver-
wunderung, Staunen.*

30   mein Geist sey Ier zudienen genaigt,
    ob wol der Leib sich schwach Ertzaigt.

    6. Khanst Nicht zu Ruckh Lauffen zu mier,
    wieß nicht wol sein wiert mögen,
35   so schau das *Fama* der *Curier*
    den brief nun bringt zuwegen.
    der bringt miern vber Perg vnnd Thall,
    darauf ich wart mit freüden fahl.

     UNBEKANNTER VERFASSER

    1. Die Augen dauon ich dicht so schon,
    der halß, die hendt, die füesse,
    die mier freüdt machten Süesse,
5   die ich offt griest zu Lohn,

    2. Die Khrausten har, wie goldt so Clar,
    das Lieblich...... .... Lachen,
    auf Erden offen machen
    das Paradeys fürwahr,

10   3. Der Corallen Mundt, die wänglein Rundt,
    das sanfft gepert vnnd Prangen,
    so die Götter möcht fangen
    mit Lieb von hertzen grundt:

    4. Sein Ietz ein Staub, der Erden Raub,
15   zu aschen auch verwösen,
    – allso ist vnser wösen
    Ein Paumb vnnd fallentß Laub –

    5. Die billich weidt In Lieb vnnd freüdt
    hie Lenger heten mögen
20   auf diser Erden Leben,
    hets gott vergundt ein zeidt.

    6. Ich aber, der ich allso Sehr
    den Tod wintsch zuerwerben,
    Khan doch darfier nit Sterben,
25   noch Khain freüdt hoffen mehr.

RAUSCHENDER FLUSS 34 Fama *Gerücht;* Curier *Bote.* 37 fahl *voll.*
DIE AUGEN 18 billich weidt *gerechterweise weiter.*

7. Eß ist bey Gott   vnnd bey dem Todt
Khain *Respect* der Perschonen,
niemants wil Er verschonnen:
heündt, Leben morgen Todt.

UNBEKANNTER VERFASSER

1. *Echo*, du waist, daß ich Gehaimb
dier Stetß verdraut Hab vnnd sonst Khaimb;
sag mier ohn schertz: wie Khombt doch das?   *Was?*

5   2. Im Schlaf erscheint mier offt ein Geist,
der mich mit manicher freüden Speist.
füercht, daß eß sein Nuer Lähre Traumb.   *Khaumb.*

3. Mit Neüem Feüer zindt Er mein Hertz.
waiß nit, obß Ernst ist oder Schertz.
10   sag mier...., wer sollcheß Ieb.   *Lieb.*

4. Braucht Lieb sollch Endterung in Mier,
so wil ich doch nit Thrauen ier.
du waist, wieß mier ist gangen Ie.   *Wie?*

5. Verliebt war ich in Rechter Threü,
15   mein Lohn Schabab wur vnnd die Reü.
sol ich mich mehr verlieben, so Sags!   *Wags!*

6. Mainst, daß ichs wider wagen soll?
mit gott angefangen, Gerät eß wol.
wer wierdt mier den beistechen so Dickh?   *Glückh.*

20   7. Wen wierdt Nun Khomen sollche zeidt,
die mich widerumb meineß Laidtß erfreüdt,
drauf ich hab gehofft so manichfalt?   *Baldt.*

8. Nach Regen Khumbt Schönß wödter offt,
es Khombt auch, waß man nie verhofft.
25   wiert mier auch allso gschechen da?   *Ja.*

9. Ist auch ein grösser freüdt auf Erdt,
alß Lieben vnnd sein mit Lieben gewerth,
die widerfahren möcht eim Gallän?   *Nän.*

ECHO   10 Ieb *ausübe.*   11 Braucht *brachte.*   15 *Mein Lohn wurde Abweisung
und Reue.*   16 mehr *Wieder.*   27 gewerth *versehen, begabt.*

10. Auf dein Trost ich yetz fröllich bin,
du waist wer mier Ligt in meinem Sin,
doch schau, daß es verschwigen bleib! *Schweig!*

11. Der Mag wol Tantzen offt mit freüdt,
wemß glickh aufpfeifft zu Rechter zeidt.
Adio Echo, ich schaidt nit weith. *Geith!*

Unbekannter Verfasser

1. Lieb vnnd Hertzlaidt   mich zwingen baidt,
mein vnglickh zubeclagen,
Scham vnnd vernunfft   mich in ier zunfft
nimbt, das ichs nit darf sagen,
wie Hart sie mich gleich Plagen.

2. Wie gar vmbsonst   durch vnglickhs gspunst
ich vnrecht Leid ohn schulde,
mit Seüftzen Tief   vmb Rach ich Rief,
gott mier verleich sein hulde,
das ich schweig mit gedulte!

3. Khlag ich mein Noth,   werdt ich schambroth;
verschweig ichs den mit willen,
so blagt mich sehr   die Lieb noch mehr,
vnnd Khan mein Gmüeth nit stillen,
noch meinen wuntsch erfüllen.

4. Gleich wie ein Pach   in einer fach
gspert Sterckher auß wierdt Rinen,
vnnd wie die flam   in offen zsam
auch Sterckher ausser brinen,
wen sie baidt Lufft gewinnen:

5. Allso wennß Hertz   freüdt oder Schmertz
empfindt, so wills der Mundte,
die Augen Trieb   durch Hilf der Lieb
verrathen vnnd Thuen Khundte,
sonst hatß Khain Rhue ein Stundte.

ECHO   34 Geith! *Geht!*
LIEB VNND   4 zunfft *festgesetzte Ordnung, Verpflichtung.*   7 gspunst *Blendwerk,
unwahres Wesen.*   17 fach *Flußwehr.*   20 brinen *brennen.*

6. Doch will ich eh sollch Pein vnnd weh
verschweigen, Leiden vnnd verpergen
vnnd bleibn bey Ehrn, alß Schamroth wehrn,
30 – soll noch Khain Hilf Erwerben –
mit ehrn Lebn oder Sterben.
darumb, du Adelichs Hertze,
vergiß deiner Treüe nicht!

7. Silber vnnd goldt Thue du nit begeren,
35 dann ichs gar wenig hab,
aber ein getreüeß Hertz voller Ehren
sol sein dein Morgen Gab;
vnnd auch an meinem Letzten Endt
Ein pfandt will ich dier vermachen:
40 soll sein mein Hertz genendt.

8. Letzlich so wöllen wier bitten
ich gott den Schöpfer mein,
daß Er zu baiden seitten
vnnser schutzherr woll sein,
45 vnnd vns bewahren vor vngefell,
auf daß in dem Ewigen leben
Mein Seel sich zu deiner gesell.

UNBEKANNTER VERFASSER

1. Mein hertz, das thut sich krencken
mit lieb so hardt vorwundt.
wan ich daran gedencke,
Teucht mich zu aller stundt,
5 mein hertz lieff wie ein schiff,
welches im waßer Tieff
mit gefhar vnd großem winde
gantz in der irre lieff.

10 2. Bey mier so thue ich weinen
oftmals gantz iniglich,
das ich vorgieß vill thränen;
wan die thuen sammlen sich,

LIEB VNND   27 eh *eher, lieber.*   32 Adelichs *edles.*   42 *Parenthese: ich wende
mich an Gott den Schöpfer.*
MEIN HERTZ   5 Teucht *dünkt.*

wierdt daraus ein großes Meer,
15   das wüetet also sehr,
in dem das schiff, mein hertze,
thut kommen in gefher.

3. Die Rueder, die es regieren,
treiben das schiflein fort,
20   sindt nichts dan brunst der liebe,
darmit ich gefangen hart;
wan ich so sehr thue seufftzen
stettig ohn vntterlas,
daraus so thut sich heuffen
25   ein windt so starck vndt gros.

4. Der thuet mich vmbher fhüeren,
doch nicht auf rechter bahn,
weill ich nicht kan regierenn
das segell, wie ichs will han;
30   darin so starck der windt,
wan ehr sich in der liebe ergrimmt
mit gantzer macht thut blasen,
bis ehr das schiff einnimbt.

5. Darüber mus ich leyden
35   der spötter has vndt neidt,
welches niemandt kan vormeyden
in kreutz vndt hertzenleidt;
welches dahin vormeindt,
das es große felsen sein,
40   darein gar offt thut lauffen
das betrübte schifflein.

6. Die hofnung mich erlöset,
welches ist im schif der Mast,
dieselbig mich noch tröstet,
45   das ich mich halte fast;
drumb ich noch nicht vorzagk,
villeicht kombt noch ein tag,
nach ungestüme wetter
die Sonn wieder scheinen mag.

50 7. Den Ancker thue ich auswerffen,
wan ich kom in den Port,
darmit ich mich thue behelffen,
sindt dein freundtliche wordt.

55

Hertz liebste vngenandt,
iedoch mier woll bekandt.
ich hoff du wirst noch wartten,
bis mein schiff kombt Ans landt.

Editorischer Bericht

I. Einrichtung

Der Abdruck der Texte folgt den angegebenen Vorlagen genau mit Ausnahme folgender Abweichungen:

1. Der Fraktursatz der Originale wurde durchgehend in Antiqua umgesetzt. Dadurch konnte der typographische Unterschied zwischen Gedichten in deutscher (Fraktur) und lateinischer (Antiqua) Schrift nicht bewahrt werden. Hier gibt aber die Zeichensetzung oft einen Hinweis auf das originale Druckbild: zur Antiqua gehört das Komma, während im Fraktursatz eine Virgel üblich ist. Auszeichnungen und Hervorhebungen in den Texten durch Schriftart oder -größenwechsel, Sperrung oder Kursivierung wird immer durch kursiven Druck wiedergegeben.
2. Die Zeilengrenzen des Originals mußten bei fortlaufendem Satz aufgegeben werden. In jedem Fall entspricht aber fortlaufender bzw. Gedichtsatz der jeweiligen Vorlage. Die Abtrennung von Wörtern konnte nicht immer zweifelsfrei erfolgen.
3. Strophengrenzen – in den Vorlagen meistens durch Initialen, Einzüge oder Alineazeichen markiert – werden einheitlich durch Abstand gekennzeichnet, Untergliederungen durch Einzüge.
4. Auszeichnungen von Lied- und Strophenanfängen durch Initialen mit nachfolgenden Versalien werden nicht berücksichtigt. Unangetastet blieben die Versalien im fortlaufenden Text z. B. HERR, GOTT, AMEN.
5. Die Umlautbezeichnungen *å*, *ô*, *ů* wurden durch die heute übliche (*ä*, *ö*, *ü*) ersetzt, die in Drucken des 16. Jahrhunderts auch schon gelegentlich vorkommen. Die Type *ů* für langes *u* (aus älterem Diphthong) blieb bewahrt, auch dann, wenn damit der Umlaut (*ü*) bezeichnet wird. In einigen, vor allem niederdeutschen Drucken steht übergeschriebenes e auch für Vokallänge. Diese Fälle sind in den Anmerkungen genannt.
6. Langes ſ und rundes s erscheinen unterschiedlos als s. Die Verbindung langes ſ und geschwänztes ʒ wurde durchgehend mit ß wiedergegeben.
7. Abkürzungen sind aufgelöst. Für *vñ* steht immer *vnd,* auch wenn in einem Text *vnnd* öfter vertreten war. Die Abkürzung *darũ* wurde mit *darumb* wiedergegeben, wenn im Kontext diese Form belegt werden konnte. Die Zeichen ? (Fraktur) und & (Antiqua) erscheinen gleicherweise als et.
8. Virgeln – sie stehen mehr als Reimtrenner denn als Interpunktionszeichen – wurden dann eingesetzt, wenn sie im Original am Zeilenende (meist aus Raummangel) ausgefallen sind.
9. Druckfehler wurden im allgemeinen stillschweigend verbessert, in einigen Fällen aufgrund der manchen Ausgaben beigefügten Corrigendenverzeichnisse. Sofern ein Druckfehler nicht zweifelsfrei erkennbar war, oder mehr als ein Buchstabe geändert werden mußte, folgt die Angabe der originalen Form in den Anmerkungen.
10. Der Text von ersten Strophen, die der Melodie unterlegt sind, wird in der typographischen Anordnung der übrigen Strophen abgedruckt. (Folgt einer der Melodie unterlegten Strophe dieselbe noch einmal im Druckbild der übrigen Strophen, so gelangte diese Strophe zum Abdruck.)

Editorischer Bericht

11. Fehlen originale Gedichtüberschriften, so wurden sie bei Lieddrucken dem Titelblatt, in einigen Fällen der umgebenden Prosa entnommen. Lieder aus Sammlungen tragen wie in den Vorlagen keine Überschriften. Die zwei oder drei Anfangswörter der ersten Strophen, die den Melodien in den Vorlagen unterlegt sind, kann man wohl nicht als Überschriften ansprechen.

12. Originalanmerkungen blieben erhalten.

13. Bei der Transkription der Notenbeispiele wurde folgendermaßen verfahren: Die mehrstimmigen Stücke (S. 143 u. 166) erscheinen als Partitur; die Vorlagen druckten Einzelstimmen. – Die Schlüsselvielfalt der Vorlagen wurde auf Violin- und Baßschlüssel reduziert. – Die Notenwerke wurden um die Hälfte verkürzt.

14. Ein Sternchen hinter dem Autorennamen zeigt an, daß dieser in der Vorlage nicht genannt wird.

15. Die Anmerkungen bieten einmal sachliche Erläuterungen und versuchen zum andern lexikalische Hilfe zu geben. Auf Interpretationen wurde im allgemeinen verzichtet, gelegentlich gibt es Vorschläge in dieser Richtung. Besonders schwierige Fälle sind mit [?] gekennzeichnet. Dieses hätte viel öfter geschehen müssen. Der Herausgeber ist sich darüber im klaren, daß mit den Anmerkungen nur vereinzelt ein volles Textverständnis möglich ist. Es braucht den Leser also keineswegs zu wundern, wenn er des öfteren Einzelstellen oder längere Passagen nur andeutungsweise erfaßt. Es sei noch bemerkt, daß dieser Band begonnen wurde, als das hier praktizierte Anmerkungsverfahren für alle Bände vereinbart worden war. Erst später traten die ersten beiden Bände mit Übersetzungen hinzu. Im Prinzip sind Lexikon und Syntax der Sprache des 16. Jahrhunderts dem heutigen Leser so fremd, daß eine durchgehende Übersetzung wünschenswert wäre.

16. Die den lateinischen und niederdeutschen Texten beigegebenen Prosaübersetzungen wollen lediglich dem Textverständnis dienen. Sie erheben keinen Anspruch auf Poetizität und können keineswegs die Originale ersetzen.

17. Die Töne sind in diesem Band nicht behandelt, vgl. dazu Band 2, S. 7 und das *Verzeichnis der Töne* dort S. 438 f. In den beiden ersten Bänden findet man Auskünfte zu den Dichtern, denen die Töne zugeschrieben werden. Sie werden hier in den Anmerkungen nicht berührt.

II. Benutzung

Zur leichteren Benutzbarkeit und zum besseren Verständnis folgen einige Bemerkungen zur Sprache und Schrift im 16. Jahrhundert, dem Frühneuhochdeutschen. Da vielfach die mittelhochdeutsche sprachliche Grundlage in den Texten noch durchscheint, seien einige Kennzeichen des frühneuhochdeutschen Lautstandes im Vergleich zum Mittelhochdeutschen zusammengestellt.

A. Vokalismus:

1. Dehnung kurzer Vokale in offener Silbe: vielfach noch graphisch nicht bezeichnet (*jr* „ihr"), häufig durch Vokalverdoppelung (*leer* „Lehre"), gelegentlich durch Dehnungs-*h* ausgedrückt, nach *i* auch durch Zufügung eines *e*.

2. Kürzung von Langvokalen vor Konsonantenverbindungen: *gieng:ging, stůnt :stund.*

3. Diphthongierung von *ī* zu *ei*, *ū* zu *au*, *ǖ* (geschr. *iu*) zu *eu*, *rich:reich*, *tusent:tausent*, *viur:feur*.

4. *Monophthongierung von ie* zu *ī* (geschr. *ie*), *uo* zu *ū* (geschr. *ů*), *üe* zu *ǖ*: *gemuet: Gemüt*.

5. Senkung von *u* zu *o* vor Nasal: beachte das Nebeneinander von *khum:kom*.

6. *Verdumpfung von ā* zu *ō* vor Nasal: *an:on*, *wane:wone*.

7. Rundung von *e* zu *ö* und *i* zu *ü* unter dem Einfluß umgebender, vor allem labialer Konsonanten: *meres:möres*, *wirdt:würdt*.

8. Abstoßung (Apokope) des auslautenden -*e*: *riche:reich*.

9. Ausstoßung (Synkope) des inlautenden schwachtonigen -*e*: *einer:einr*, *genade: gnade*.

10. Bildung eines Sproßvokals vor *r* bei einsilbigen Wörtern: *fewr:feuer*.

B. Konsonantismus:

1. Anlautend *tw* (*kw*) wird zu *zw:twerc:Zwerg*.

2. Wechsel zwischen *d/t* im Anlaut und auch im Inlaut: *deutsche:teütsche*.

3. Wechsel zwischen *b/p*: *bist:pist*.

4. Palatalisierung des anlautenden *s* vor Konsonant zu *sch*: *swere:schwere*.

5. Keine graphische Unterscheidung von *das* und *daß*.

6. Intervokalisches -*w*- wird vokalisiert: z.B. *ew* zu *eu*, bzw. schwindet: *iuwer:euer*, *buwen:bauen*.

7. Nach Konsonant wird *w* in der Verbindung -*rw*-, -*lw*- häufig zu *b*: *varwe:farbe*.

8. Abschwächung bzw. Schwund des intervokalischen *h*: *geschehen:geschehn*.
   Daneben aber noch *ch*-Schreibung im Auslaut (*sah:sach*), gelegentlich auch im Inlaut (*geschehen:geschechen*).

9. In den alten Verbindungen -*ige*-, -*ege*-, *age*- schwindet *g* und die Vokale werden kontrahiert: zu *ī*, *ei*, *maget:meit* (maydt), ferner -*abe*- zu *ā* (*haben:han*), aber auch -*ibe*- zu *ī* bzw. *ei* (*gibet:geit*).

10. Assimilation von Konsonanten zur Vereinfachung schwieriger Lautgruppen: *umbe:umme*.

11. Assimilation von *en(t)* vor Labialen (*b*, *p*) zu *em*-: *entphange:empfange*.

12. Anfügung eines schließenden Konsonanten: *palasț*, *itzț*, *nu̦n̦*, *sonder̦n̦*, *fer̦n̦*.

13. Die Auslautverhärtung (*b*, *d*, *g* zu *p*, *t*, *k* (geschr. *c*)) ist noch zu beobachten: *leyp:leyb*.

Die folgende Tabelle bietet eine Konkordanz zwischen der orthographischen Vielfalt der frühneuhochdeutschen Vokale und Konsonanten und ihren Entsprechungen im Neuhochdeutschen. Es handelt sich weder um eine vollständige noch systematische Auflistung. Lediglich im Blick auf die in der Sammlung vorkommenden Graphien soll versucht werden, dem Benutzer ein in der Lautgestalt dem Frühneuhochdeutschen entsprechendes neuhochdeutsches Äquivalent leichter ermitteln zu helfen.

Vokale:

frühnhd.	nhd.	Beispiele
ai, ay	ei	gerichtigkait, erzaygstu „erzeigst du"
e	ä	tregt
e	ö	helle

ei	eu	freid „Freude"
ei	i	warleich „warlich"
eu	äu	eugelein
eu	ei	reutter
eu	ie	geuß „gieß"
ew	eu	ewer „euer"
ey	ei	heymlich
i, y	ei	rich „reich", wyb „Weib"
i	ü	spir „spüre"
ie	ü	brieff „prüfe"
j	i	jm „ihm"
ö	e	möres „Meeres"
ö	eu	fröden „Freuden"
ö	o	dört „dort"
ou	au	ouch
ow	au	frowen „Frauen"
öw	äu	fröwelyn „Fräulein"
ů, ü, ue	ū	gůt „gut", rüffen „rufen", duet „tut"
ů	ü	hůt „hüte"
u	ü	brussel „Brüssel"
u	au	tusent „tausend"
üe	ū	gemüet
ü/üw	eu	unghür „ungeheuer", trüwen „treuen"
üw	i	gewüßne „Gewissen"
u	o	khum „komm"
üw	eu	nüw „neu"
v	u	vnd
w	u	zw „zu"
y	i	lystig „listig"
y	ei	syn
ye	ie	dye „die"

Konsonanten:

b	w	aube „auweh"
c	k	crafft
ch	h	geschach
ck	g	ginck
cz	z	czu
d	t	duet „tut"
dt	d oder t	todt, nodt
h	ch	sprah
mb	m(m)	frumbt „frommt", zimbt „ziemt"
p	b	pist
rh	r	rhu
s	z	baisen „beizen"
t	d	teütsche
th	t	missethot
tz	z	tzart

u	v bzw. w	fräuenlich „Freventlich", Löuen „Löwen"
v	f	veind
y	j	yemands „jemandes"

Abweichend von der heutigen Norm können Doppelkonsonanten stehen oder fehlen. In jedem Fall empfiehlt es sich, die Texte laut zu lesen. Dadurch werden hinter fremden, gelegentlich bizarren Graphien bekannte Laute und vertraute Wörter hörbar. Abschließend seien folgende lexikalische Hilfsmittel genannt:

Matthias Lexer: *Mittelhochdeutsches Taschenwörterbuch*. Stuttgart (Hirzel)
Alfred Götze: *Frühneuhochdeutsches Glossar*. Berlin (de Gruyter).

Glossar

ab *von*
als *alles*
an *ohne*

bas *besser; nach Steigerungsform: mehr*
berde *Gebärde, Benehmen, Wesen*
bider *tüchtig, brav*
billich *billig, angemessen, gerecht, verdientermaßen*
biß *sei*
brief(f)en *prüfen, kennenlernen, bewährt finden*
bule(r) *Geliebte(r)*

dann *denn; als (nach Steigerungsform)*
das *sogleich, damit*
des *dessen, dafür (Gen. d. Pronom.), daher, deshalb (adv. Gen.)*
dick *sehr*
durch *wegen*

eben *gerade*
eini(n)g *alleinig, einzig*
eitel *bloß, pur, rein*
elend *im Ausland lebend, kümmerlich, Elend, Fremde, Verbannung, Einsamkeit*
em- *ent-*
englisch *engelgleich*
erneren *retten*
etwan *vielleicht, endlich*

fast *sehr*
ferr *fern, weit*
fingerlein *Fingerring*
frei *geradezu, offen, ganz*
fromm *brav, tüchtig*
für(-) *vor(-)*

gach *eilig*
gan *gehen*
gegen *gegenüber*
geit *gibt*
geleit *gelegt*
g(e)mach *Ruhe, Sicherheit*
genesen *errettet, gesund werden*
geren *begehren*
gering *klein*
gerne *leicht*
geseit *gesagt*
g(e)sell *Kumpan, Bruder*
geust *gießt*
günnen *gönnen*

han *haben (Inf.)*
hand *haben (3. Plur.)*
hand *auch: Art, Weise*
hart *sehr*
heint *heute abend, nacht*
hûte *Aufsicht, Vorsicht, Bewachung, Behütung*

i(h)nen *auch: sich*
im *auch: sich*

Glossar

in *ihnen*
in trewen *in Wahrheit*

jehen *sagen, zugestehen*

keck *lebendig, frech*
kiesen (korn) *wählen (gewählt)*
kläffer *Schwätzer, Verleumder, Stören-*
fried
krank *schwach*
künden *konnten*
kunst *Kenntnis, Fähigkeit*

lan *lassen*
leit *liegt*
letze *Abschied*
lûgen *schauen*

mag *kann*
massen (sich jemandes m.) *entbehren*
meid *Mädchen, Jungfrau*
met *gegorenes Honiggetränk*
meze *Mädchen, Dirne*
mor(d)t *Verrat*
mort! *wehe*

nei(d)t *Haß*
noch *dennoch*

ob *oberhalb, über; wenn*

pan *Kampfplatz*
preis *Ruhm, Ehre*

reutter *Reitersmann*

schenden *zu Schanden machen*
schier *ganz, bald*
schlecht *schlicht, einfach, klar, glatt*
schön/schon *schön, tüchtig, kräftig*
sein *sind (1. u. 3. Plur.)*
seit *da (ja)*
seuberlich *rein, freundlich*
sparn *bewahren, zurückhalten*
stoltz *stattlich, prachtvoll, hochgemut,*
übermütig

vnbillich *unangemessen*
vngefel *Unfall*
vrlaub *Erlaubnis, Abschied*
vrstend *Auferstehung*
vast *vgl. fast*
verdringen *verdrängen*
verschmecht *verschmäht*
verre *vgl. ferre*
vol- *vollständig, gänzlich*

wa *wo*
wan *denn*
was *war*
weil *solange, seitdem, während*
welen *wollen*
werlet *Welt*
wesen *sein*
witz *Verstand, Klugheit*
wol *gut*

zil *Ende, Zweck*
zucht *Höflichkeit*
zu(r) *zer-*
zwar *wahrlich, in der Tat*

Verzeichnis der Quellen

Das Verzeichnis ist chronologisch geordnet. Weisen mehrere Quellen dasselbe Erscheinungsjahr auf, entspricht ihre Anordnung der Reihenfolge dieser Sammlung. Sofern ein Erstdruck nicht erreichbar war, steht der Hinweis *Erstdruck* 15.., oder es folgt der Titel desselben. Mit dem Vermerk *Abdruck nach* wird in diesen Fällen auf die zugrunde liegende Quelle verwiesen. Bei handschriftlichen (*hsl.*) Vorlagen wird ebenso verfahren, nur heißt es hier *Erstveröffentlichung*.

Die Titel werden in der Regel vollständig und hinsichtlich Orthographie und Interpunktion diplomatisch geboten. Bibliographische Ergänzungen (z. B. *o. O.* = ohne Ort; *o. J.* = ohne Jahr) finden sich in eckigen Klammern. Bis auf die Beibehaltung der Versalien in lateinischen Texten und bei römischen Ziffern mußte auf die Wiedergabe der orginalen Typographie (zweifarbiger Druck, verschiedene Schriftarten und Schriftgrade, Zeilenfall) verzichtet werden. Im Kolophon, dem Druckervermerk am Ende eines Druckes, wird ebenso verfahren.

Da von Drucken des 16. Jahrhunderts vielfach nur wenige Exemplare vorliegen, gelegentlich sogar Rara und Unica benutzt wurden, folgt nach dem Kolophon ein Hinweis auf die besitzende Bibliothek, wobei für die deutschen Bibliotheken die verbindlichen Siglen in eckigen Klammern stehen. Für die Auflösung der Siglen sei auf die Einleitung verwiesen. Auf das Vorhandensein von Facsimilia wird in der Regel aufmerksam gemacht, auch wenn sie nicht herangezogen wurden. Unsicherheiten z. B. in der Datierung, sind mit [?] kenntlich gemacht. Am rechten Rand stehen nach der vollständigen Titelei kursiv die Namen der Autoren, die mit Texten aus der jeweiligen Quelle in der Sammlung vertreten sind. Sofern der Autorname aus dem Titel hervorgeht, erfolgt kein besonderer Hinweis. Alle Herausgeberzusätze erscheinen kursiv.

1 Ein hübsch lied zůsingen jm schwartzen Ton von den schön frowen. [*Kolophon:*] Gedruckt vff Grüneck. M.ccccc. jar. [29]

Unbekannter Verfasser

2 Ein hübsch Lied von fünff Frawen / wy sie einander clagten vber jre man. Jn des schillers don. [*Kolophon:*] Gedruckt zu Nürmberg von Ambrosius Hueber. Anno domini. 1501. [29]

3 CONRADI CELTIS PROTVCII PRIMI INTER GERMANOS IMPERATORIIS MANIBVS POETE LAVREATI QVATVOR LIBRI AMORVM SECVNDVM QVATVOR LATERA GERMANIE FELICITER INCIPIVNT. – [*o. O., o. J.*] [*hsl.*] Norimberga 1502. [*Kolophon:*] Absoluta sunt haec C.C. opera in Vienna Domicilio Max. Augusti Cæsa. Anno MD noui seculi II. kalen. Febru. Impressa autem Norimbergæ eiusdem anni Nonis Aprilibus. [7]

4 Mortilogus. F. Conradi Reiterii Nordlingensis Prioris monasterii Cæsariensis Epigrammata ad eruditissimos uaticolas. [*Kolophon:*] Finit feliciter per Erhardum öglin et Georgium Nadler Augustensi .iiii. ydus februarii. Anno Millesimo quingentesimo octauo. [12] [*Vermuteter Erstdruck 1504 nicht nachweisbar*]

Celtis

307

Verzeichnis der Quellen

5 De fide concubinarum in sacerdotes. Questio accessoria causa ioci et vrbanitatis in quodlibet Heidelbergensi determinata / quibusdam nouis additionibus denuo illustrata. – [*o. O.*] [*hsl.*] 1505. [7] [*Das benutzte Göttinger Exemplar ist defekt. Es fehlt das Blatt 10. Dort könnte nach Ausweis eines späteren Göttinger Exemplars ein Zwischentitel gestanden haben:* DE FIDE MERETRICVM IN SVOS AMATORES. QVAESTIO MINVS PRINCIPALIS urbanitatis et facetiæ cause in fine quodlibeti Heydelbergensis determinata à magistro Iacobo hartlieb Landoiensi.] *Unbekannter Verfasser*

6 Hyr in dussem böcklin. Findet men Schöne vnd nutsame lere gebede vnd genöchlike materie. [*Kolophon:*] Gedrucket vnde volendet to Brunswig dorch Hans dorn Am mitwecken na marci evangeliste Anno tusent vif hundert vnd seuene. [23] *Unbekannter Verfasser*

7 Die war History von den vier ketzer prediger ordens / zů Bern in der Eydgenosschaft verbrant. – [*o. O.*] [1509] [23] *Unbekannter Verfasser*

8 [Albrecht Dürer:] Keyn ding hilfft fur den zeytling todt / Darumb dienent got frwe vnd spot [*Flugblatt mit Holzschnitt und Versen von Dürer. Monogramm am Ende des Gedichts.*] – [*Faksimile bei:* C. Dodgson: The Dürer Society 4. – London 1901, Taf. 24 *und stark verkleinert in* Bilderkatalog *zu:* Max Geisberg: Der Deutsche Einblatt – Holzschnitt in der ersten Hälfte des XVI. Jahrhunderts. Hrsg. v. H. Schmidt. – München 1930, Nr. 710.]

9 [Erhart Öglins Liederbuch. – Augsburg 1512]. – Tenor. [*Kolophon:*] Aus sonderer kunstlicher art/ vnd mit höchstem fleiss seind diß gesangk büecher/ mit Tenor Discant Bass vnd Alt Corgiert worden/ jn der Kayserlichen vnnd des hailigen reichs Stat Augspurg/ vnd durch Erhart öglin getruckt vnd volendt/ am newzehenden tag des Monats Julij von der geburt christi vnnsers lieben hernn/ jn dem xv hunndertesten vnnd zwelften jahre [12] *Unbekannte Verfasser*

10 [Peter Schöffers Liederbuch. – Mainz 1513]. [*Kolophon:*] Getrůckt zů Mentz / durch Peter Schöffern. Vnd volendt Am ersten tag des Mertzen. Anno 1513. *Abdruck nach:* Peter Schöffers Liederbuch [...] Nach dem einzigen bekannten Exemplar auf der Königl. Hof- und Staatsbibliothek zu München hrsg. von der Gesellschaft Münchener Bibliophilen im Januar 1909. TENOR.
Adam von Fulda, Unbekannte Verfasser

11 *Erstveröffentlichung 1515. Abdruck nach:* Meistergesänge von Hans Sachs, von ihm selbst 1554 geschrieben. [*Handschrift der NSUB Göttingen* Cod. MS. philol. 194]

12 *Erstdruck* Anf. 16. Jh. *Abdruck nach:* 118

13 Ein schon geystlich liedt von dem Todt. Vnd ist in dem thon. Ich stund an einem morgen. [*Kolophon:*] J[obst]. G[utknecht, Nürnberg]. Xvj. [*Faksimile bei:* E. Diederichs: Deutsches Leben der Vergangenheit in Bildern. Bd 1. – Jena 1908,

S. 91, Nr. 332 *und bei:* L. Röhrich u. R. W. Brednich: Deutsche Volkslieder.
Bd 2. – Düsseldorf 1967, S. 142]. *Unbekannter Verfasser*

14 Passio Christi Von Martino Myllio in Wengen zů Vlm gaistlichen Chorherren/
gebracht vnnd gemacht nach der gerümpten Musica als man die Hymnus gewont
zebrauchen. Vnd hie bey an gezaigt vor yedem gedicht.' vnder waß Melodey
zůsingen werd. [*Kolophon:*] Anno M.D. XVij. [12]

15 *Erstveröffentlichung* 1517 [*datiert nach einer hsl. Parallelüberlieferung*]. *Abdruck
nach*: Beiträge zur jüdischen Sagen- und Spruchkunde im Mittelalter. *In*: Jahrbü-
cher für Jüdische Geschichte und Litteratur 9. – Frankfurt a. M. 1889. *Sofer*

16 Ein hüpsch spruch von Kaiser Maximilian. Antony Formschneider zů Franck-
furdt. [*1519?*] [*Faksimile bei*: M. Geisberg: Der Deutsche Einblatt-Holzschnitt in
der ersten Hälfte des XVI. Jahrhunderts. – München o. J., Nr. 1524]
Unbekannter Verfasser

17 Hoc in volumine hæc continentur. VLR. DE HVTTEN EQ. Ad Cæsarem Maxi-
mil. vt bellum in Venetos cœptum prosequatur. Exhortatorium. Eiusdem ad Cæs.
Maximil. Epigram. liber I. [*Kolophon:*] In officina excusoria Iannis Miller IIII.
nonas Ianuarias. Anno salutifero. M.D. xix. *Abdruck nach*: VLRICHI
HVTTENI EQVITIS GERMANI OPERA POETICA, EX diuersis illius monu-
mentis in unum collecta. [Straßburg: Crato Mylins] [*Kolophon:*] Anno. M.D.
XXXVIII. [7]

18 Hortulus anime zu teutsch Selen würtzgertlein genant/ mit vil schönen gebeten
vnd figuren. Im jare .M.cccc. vnnd .xix. [*Kolophon:*] Gedrückt zu Nürnberg
durch Friderichen Peypus [...] im Jar nach der geburt Christi .M. cccc. vnd .xix.
am achtzehenden Maij/ seligklichen volendet [7] *Unbekannter Verfasser*

19 Euricii Cordi Epigrammatum Libri III. MDXX Erphordiẹ. [*Kolophon:*] Erphor-
diæ per Matthaeum Maler Decimo sexto Calen: Octobris. M.D.XX. *Abdruck
nach*: EVRICII CORDI SIMESVSII GERMANI, POETAE LEPIDISsimi,
opera pöetica omnia, iam primum collecta, ac posteritati transmissa. – [Frankfurt
a. M. 1550] [7]

20 In dissem buechlyn fynt man .Lxxv. hûbscher lieder myt Discant. Alt. Bas. vnd
Tenor. lustick zů singen. Auch etlich zů fleiten / schwegelen /vnd anderen Musi-
calisch Instrumenten artlichen zů gebrauchen. .TENOR. [*Kolophon:*] Gedruckt
yn der löblicher/Keyserlicher/ vnd des heyligen rijchs frey Stat Cöln/durch Arnt
von Aich. [um 1520]. [Basel]
Adam von Fulda, Unbekannte Verfasser

21 Ain new lied her Vlrichs von Hutten. [*Kolophon:*] Gedruckt ym Jar .XXI. –
[Schlettstadt: Nikolaus Küffer] [*Faksimile bei*: G. Könnecke: Bilderatlas zur Ge-
schichte der deutschen Nationalliteratur. – Marburg 1887, S. 83, ²1895, S. 135,
und E. Rosenow: Wider die Pfaffenherrschaft. Bd 1. – Berlin 1923, S. 285]

22 Ein warnung an den Bock Emser. – [o. O., o. J.] [hsl.] 1521 [7]
Unbekannter Verfasser

23 Emszers Antwurt auff die warnung oder schantebuch Durch vngereympte Reymen/ on eyn namen außgangen/ – [o. O., o. J.] [hsl.] 1521. [7]

24 Hie jnnen findt man geschriben stan/ Zů eeren gemacht teüscher nation. In welcher entspringt ein doctor werdt/ Der sein leer gantz heyter erclert. Martinus Luther ist er genant/ Zů trost vnß gott jn hat gesandt. H K O [Kolophon:] 1523. [23].
Botzheim

25 Etlich Cristlich lider Lobgesang/ vnd Psalm/ dem rainen wort Gottes gemeß/ auß der heyligen schrifft/ durch mancherley hochgelerter gemacht/ in der Kirchen zů singen/ wie es dann zum tayl berayt zů Wittenberg in übung ist. Wittenberg. M.D. Xiiij. [Gedruckt um die Jahreswende 1523/1524]. [7]
Luther, Speratus, Unbekannter Verfasser

26 [Martin Luther:] Geystliche gesangk Buchleyn. .TENOR. Wittenberg M.D.iiij. [1524]. [12]

27 Eyn Enchiridion oder Handbuchlein. eynem ytzlichen Christen fast nutzlich bey sich zuhaben/ zur stetter vbung vnd trachtung geystlicher gesenge vnd Psalmen/ Rechtschaffen vnd kunstlich verteutscht. M.CCCCC. XXiiij. [Kolophon:] Gedruckt zu Erffurd/ yn der Permenter gassen/ zum Ferbefaß. M.D. XXiiij. Abdruck nach: Das Erfurter Enchiridion gedruckt zu Erfurt in der Permentergassen zum Ferbefaß 1524. – Kassel 1929 [Faksimile] Creutziger, Luther

28 [Thomas Müntzer:] Deůtzsch kirchen ampt Vorordnet, auffzuheben den hinterlistigen deckel vnter welchem das Liecht der welt, vorhalten war, welches yetzt widerümb erscheynt mit dysen Lobgesengen, vnd Götlichen Psalmen, die do erbawen die zunemenden Christenheyt, nach gottis vnwandelbarn willen, zum vntergangk aller prechtigen geperde der gotlosen. Alstedt [o. J.]. – [Titel nach Wackernagel: Bibliographie, S. 52. Benutzt wurde ein titelloses Exemplar der HAB Wolfenbüttel.]. [23]

29 Hymnarius: durch das ganntz Jar verteutscht/ nach gewondlicher weyß vnnd Art zw synngen/ so yedlicher Hymnus/ Gemacht ist. [Kolophon:] Gedruckt zw Sygmundslust/ durch Josephn Piernsyeder: in verlegung des Edln/ vnnd Vestn/ Görgen Stökhls An Sannd Andreas abent nach der geburt Christi vnsers Sälygmachers. ym: 1524 Jar/ sälygkhlichen/ volendt. [7] Unbekannter Verfasser

30 [Hieronymus Emser:] [Flugschrift o. O.] M.D. XXV. [7]

31 Etliche geystliche/ in der schrifft gegrünte/ lieder für die layen zu singen. Hans Sachs. 1525. [22]

32 Erstdruck 1525. Abdruck nach: Geystlyke leder vppt nye gebetert tho Wittenberch/ dorch D. Martin. Luther. By Ludwich. Dyetz gedruckt. [Kolophon:] Ghe-

drucket in der lauelyken Stadt Rostock/ by Ludowich Dietz/ am 20. Martii/im yare na Christi vnses erlösers geborth/ 1531. [118]   *Decius*

33 Psalmengebett/ vnd kirchen übung wie sie zů Straßburg gehalten werden. Bey Wolff Köepphel. 1526. – *Darin:* Die zween Psalmen: In exitu Israel etc. vnd Domine probasti me etc. verteütscht/ wölche in den vorigen büchlin nit begriffen seynd. Anno. M.D. XXVII. [7]   *Vogtherr*

34 ANDREAE ALTHAMERI BRENZII SCHOlia in Cornelium Tacitum Romanorum historicum, De situ, moribus, populisque Germaniæ, ad Illustrissimum Principem D. Georgium Marchionem Brandenburgensem etc [*Kolophon:*] TYPIS EXCVDEBAT NORIMBERgæ Fridericus Peypus, impensis prouidi viri Leonardi de Aich, Bibliopolæ ac ciuis Norimbergensis, Ar.no a partu salutifero, vicesimo nono, supra sesquimillesimum. [7]   *Hessus*

35 [Ulrich Zwingli:] *Erstveröffentlichung* [?] 1529. *Abdruck nach:* 58

36 Daniel Sudermanns Liederhandschrift in fol. von 1596, 3l. 256. *Abdruck nach:* Ph. Wackernagel: Das deutsche Kirchenlied. Bd 3. – Leipzig 1870   *S. Franck*

37 [Hans Witzstat von Wertheim:] [*Fliegendes Blatt*] [Nürnberg um 1530] [*Kolophon:*] Gedrückt durch Hans Guldenmundt. [32]

38 Ein schön lied von eynem Jäger/ Es jagt ein Jäger wolgemůt/ er jagt auß. Ein ander lied von eim Jäger/ Es jagt ein Jäger geschwinde/ dört oben vor dem holtz. Im thon als man singet das Frawen lob Der Waldt hat sich entlaubet. [*Kolophon:*] Gedruckt zů Nürnberg durch Kunegund Hergotin. [um 1530] [32]   *Graff, Unbekannter Verfasser*

39 Hübscher lieder zwey/ das Erst/ Es wolt ein Rayger fischen/ etc. Das ander/ Von dem Häller/fast kürtzweylig zů singen. [*Kolophon:*] Getruckt zů Nürnberg durch Kunegund Hergotin. [um 1530]. [32]   *Unbekannter Verfasser*

40 Ein new Liede von Pulerey/ Jn Hertzog Ernsts thon. Ein ander Lied/ Ein Frawen lob/ Jm Marners gulden thon. [*Kolophon:*] Gedruckt zů Nürmberg durch Kunegund Hergotin. [um 1530]. [32]   *Unbekannter Verfasser*

41 Zwey newe lieder/ Das erste/ Wol auff wir wöllens wecken. Das ander/ Die alte Trumpel/ Im thon/ Es het ein biderman ein weib/ jr dück wolt sie nit lan. [*Kolophon:*] Gedruckt zů Nürmberg durch Kunegund Hergotin. [um 1530]. [32]   *Unbekannter Verfasser*

42 *Erstdruck* 1530. *Abdruck nach:* 47   *Unbekannter Verfasser*

43 Etliche hubsche bergkreien/geistlich vnd weltlich zu samen gebracht. M.D. XXXI. W.M. [*Kolophon:*] Gedruckt zu Zwickaw durch Wolffgang Meyerpegk. 1531. [125]   *Müller, Unbekannte Verfasser*

44 Ein New Geseng buchlen M D XXXI [*Kolophon:*] Gedruckt zum Jungen Buntzel inn Behmen. Durch Georgen Wylmschwerer Imm Jar M.CCCCC. XXXj. Am zwelften tag des Mertzen volendet. *Abdruck nach*: Michael Weiße. Gesangbuch der Böhmischen Brüder vom Jahre 1531. Hrsg. v. W. Thomas. – Kassel 1931 [*Faksimile*]

45 Bergkreien. Etliche Schöne Gesenge newlich zu samen gebracht/ gemehret vnd gebessert. M.D. XXXiij. [*Kolophon:*] Gedruckt ynn der Churfurstlichen Stadt Zwickaw/ durch Wolff Meyerpeck. M.D. XXXIIII. [125]
Unbekannte Verfasser

46 [Hans Sachs:] *Erstveröffentlichung* 1534 [?]. *Abdruck nach*: 79

47 [Johann Ott:] Tenor. Der erst teil. Hundert vnd ainundzweintzig newe Lieder/ von berümbtenn dieser kunst gesetzt / lustig zu singen/ vnd auff allerley Instrument dienstlich/ vormals dergleichen im Truck nye außgangen. [*Kolophon:*] Gedruckt zu Nurenberg durch Iheronimus Formschneyder. .M.D.XXXIIII. [125]
Unbe-kannte Verfasser

48 [Das Klugsche Gesangbuch 1535] [*Titelblatt des einzigen Ex. in der SB München fehlt.*] [12]
Luther

49 Gassenhawerlin. TENOR. Franckfurt am Meyn/ Bei Christian Egenolff. M.D. XXXV. Im Hornung. Reutterliedlin. TENOR. Zu Franckfurt am Meyn/ Bei Christian Egenolff. M.D. XXXV. *Abdruck nach*: Gassenhawerlin und Reutterliedlin zu Franckfurt am Meyn. Bei Christian Egenolf 1535. Faksimileneuausgabe des ältesten Frankfurter deutschen Liederbuch-Druckes [...] Hrsg. und eingeleitet v. H. J. Moser. – Augsburg und Köln 1927   *Unbekannte Verfasser*

50 Tenor. Schöne auszerlesne lieder/ des hoch berümpten Heinrici Finckens/ sampt andern newen Liedern/ von den fürnemsten diser kunst gesetzt/ lustig zu singen/ vnd auff die Instrument dienstlich vor nie im druck außgangen. 1536. [*Kolophon:*] Gedruckt zu Nürenberg durch Hieronymum Formschneyder. [125]
Unbekannter Verfasser

51 Fünff vnd sechzig teutscher Lieder/ vormals imm truck nie vß gangen. [*Kolophon:*] Argentorati apud Petrum Schoeffer. Et Mathiam Apiarium. [1536]. [12]
Unbekannte Verfasser

52 Ein New Gesangbüchlin Geystlicher Lieder/ vor alle gutthe Christen nach ordenung Christlicher kirchen. Gedruckt zu Leiptzigk durch Nickel Wolrab. 1537 [7]
Querhamer, Witzel

53 Bergkreyen. Etliche Schöne gesenge/ newlich zůsammen gebracht/ gemehret vnd gebessert. [*Kolophon:*] Gedruckt zů Nürnberg durch Kunegund Hergotin. [1537]. [32]
Heilbrunn, Unbekannter Verfasser

54 GEORGII SABINI BRANDEBVRGENSIS POEMATA. M.D.XXXVIII.
[*Kolophon:*] ARGENTORATI APVD CRATONEM MYLIVM MENSE MAR-
TIÓ ANNO M.D.XXXVIII. [7]

55 PSALTERIVM DAVIDIS CARMINE REDDITVM PER EObanum Hessum.
CVM ANNOTATIONIBVS, VITI Theodori Noribergensis quæ Commentarij
uice esse possunt. M.D. XXXIX. [*Kolophon:*] ARGENTORATI APVD CRA-
TONEM MYLIVM MENSE MART. M.D. XXXIX [7]

56 Joannis Secundi Hagiensis Basia. Lugduni Apud Seb. Gryphium. 1539 *Abdruck
nach*: IOANNIS SECVNDI HAGIENSIS POETAE ELEGANTISSIMI opera,
nunc secundum in lucem edita: PARISIIS, Apud Andream Wechelum sub Pe-
gaso, in vico Bellouaco. 1561. [7]

57 [Georg Forster:] Ein außzug guter alter vnd newer Teutscher liedlein/ einer rech-
ten Teutschen art/ auff allerley Instrumenten zubrauchen/ außerlesen. Tenor.
Getruckt zu Nürnberg bey Johan Petreio anno M.D. XXXIX. [23]   *Unbekannte
Verfasser*

58 Nüw gsangbüchle von vil schönen Psalmen vnd geistlichen liedern/ durch ettliche
diener der kirchen zů Costentz vnd andertswo mercklichen gemeert/ gebessert
vnd in geschickte ordnung zesamen gstellt/ zů übung vnnd bruch jrer ouch ande-
rer Christlichen kirchen. Getruckt zů Zürych by Christoffel Froschouer/ Jm Jar
D.M.XL. [Basel] [*Faksimile.* – Zürich 1946]   *Blaurer, Reusner, Zwick, Zwingli*

59 AENIGMATVM LIBELLVS, RERVM cognitione uaria, simul ac festiuo sale
refertus, ex optimis authoribus, cum sacris, tum Ethnicis, non uulgari studio
collectus, ornatoque carmine reddicus, per IOHANNEM Lorichium Hadama-
rium, Marpurgi bonis literis incumbentem. Christianus Egenolphus excudebat.
[*Kolophon:*] MARPVRGI Anno. XL. [7]

60 [Georg Forster:] Der Ander theil/ Kurtzweiliger guter frischer Teutscher Lied-
lein/ zu singen vast lustig. T[enor] Getruckt zu Nürnberg durch Johan Petreium
M.D.XL. [27]

Unbekannte Verfasser

61 ODAE CHRISTIANAE. Etliche Christliche Gesenge / Gebete vnd Reymen/ für
dìe Gotsförchtigen Läyen/ GEORGII VVICELII. 1541 [*Kolophon:*] Zu S. Victor
Ausserhalb Mentz Drückts Franciscus Behem. [7]

62 Der gantz Psalter Dauids/ in gsangs weyse gestelt/ durch Hansen Gamersfelder.
Also/ das sich die Psalmen alle durch aus/ in manigfeltiger Melodey hernach
angezeicht/ fein vnd lieblich singen lassen. Mit sambt andern Geystlichen Lie-
dern/ vnd Gesangen mer/ so hie zu end dises Psalters/ hinzu gesetzet sind. 1542.
[*Kolophon:*] Gedruckt zu Nürmberg durch Johan vom Berg/ vnd Vlrich Neuber /
Anno 1542. [7]

Verzeichnis der Quellen

63 Geistliche Lieder zu Wittemberg/ Anno 1543. [*Kolophon:*] Gedruckt zu Wittemberg/ Durch Joseph Klug/ Anno M.D. XLiij. [7]   *Luther*

64 *Erstdruck* 1545 [*verschollen*]. *Abdruck nach*: D. Martin Luthers Werke. Kritische Gesamtausgabe. 35. Band. – Weimar 1923   *Luther, Melanchthon*

65 Fröliche Ostergesang viere/ ausz dem Euangelio/ im Thon/ wie bey einem yeden lied verzeichnet ist. [*Kolophon:*] Gedruckt zu Nürmberg/ durch Ludwig Ringel in vnser Frawen Portal/ am fünfften tag des Aprillen/ Im 1545. Jar. [7]
Dietrich, J. Spangenberg

66 Frankfurter Annalen und Collectaneen. [Stadtarchiv Frankfurt a. M.]
Unbekannter Verfasser

67 *Einblattdruck* 1547. *Abdruck nach*: Wunder, Wundergeburt und Wundergestalt in Einblattdrucken des fünfzehnten bis achtzehnten Jahrhunderts. Kulturhistorische Studie von Eugen Holländer. – Stuttgart 1921   *Unbekannter Verfasser*

68 *Handschrift* Naumann Nr. 222 [15]   *Unbekannter Verfasser*

69 Das INTERIM ILLVMINIRT vnd aussgestrichen mit seinen angebornen natürlichen farben/ von Augspurgk einem guten Freunde zugeschickt/ Cum Scholijs Marginalibus, Welche gar nicht zuuerachten. ANNO M.D.XLVIII. [*Kolophon:*] Datum Augspurgk Sonnabents nach Jacobi Apostoli. ANNO M.D. XLVIII.
[7]   *Unbekannter Verfasser*

70 Drey Schöner lieder mit jhren noten/ Im ersten wirt vnser Herr Christus gebeten/ das er bald kumme mit dem Jüngsten tag/ vnd mache der gotlosen welt ein ende. Im andern stehn die zeichen des Jüngsten tags. Das dritte vom Sieg Christi/ Ad cenam agni prouidi verteutscht. D. Erasmus Alberus. [1549] [23]

71 [Georg Forster:] Der dritte teyl schöner lieblicher alter vnd newer Teutscher Liedlein nicht allein zu singen sonder auch auff allerley Instrumenten zu brauchen sehr dienstich vnd außerlesen vnd vormals nie gesehen. .TENOR. Nürnberg. M.D. XLIX. [1 a]
Unbekannte Verfasser

72 Schöner Lieder zwey/ Vorhin noch nie im Truck áusgangen/ Das Erste/ von Grickel Interim/ Im thon Martinus ist nit geschwigen/ box Emser lieber Domine. Das Ander/ von dem Landtgraffen auss Hessen/ wie er es hat aussgericht etc. [um 1549] [23]   *Erasmus Alberus*

73 Zwey schöne Newe Lieder/ Das Erst/ Die brunnen die da fliessen/ die sol man trincken/ etc. Das ander/ Es solt ein Meidlein früe auff stan/ etc. [*Kolophon:*] Gedruckt zu Nürnberg/ durch Friderich Gutknecht. [um 1550]. [Vatikanstadt]
Unbekannter Verfasser

74 BICINIA SIVE DVO, GERMANICA Ad Aequales. Tütsche Psalmen vnd andre
gsang mit zweyen Stimmen. VOX LIBERA. – [Bern 1553] [7]
Unbekannte Verfasser

75 Der Psalter/ In Newe Gesangsweise/ vnd künstliche Reimen gebracht/ durch
Burcardum Waldis. Mit ieder Psalmen besondern Melodien/ vnd kurtzen Sum-
marien. Zu Franckfurt/ Bei Chr. Egenolff. [*Kolophon:*] Getruckt Zu Franckfurt
am Meyn/ Bei Christian Egenolff. Anno M.D. Liij. Im Mayen. [7]

76 *Erstdruck 1555. Abdruck nach*: Geystliche Lieder/Psalmen vnd Lobgesenge
D. Mart. Luth. [*Kolophon:*] Gedruckt zu Nürnberg/durch Valentin Fuhrman.
M.D.LXIX. [7]   *Unbekannter Verfasser*

77 MITHRIDATES. DE DIFFERENTIIS LINGVARVM TVM VETERVM tum
quæ hodie apud diuersas nationes in toto orbe terrarum in usu sunt, CONRADI
GESNERI Tigurini Obseruationes. ANNO M.D.LV. TIGVRI EXCUDEBAT
FROSCHOVERVS. [7]

78 Des Hochgelehrten vnd Gottseligen Bernhardini Ochini Apologi. Durch Chri-
stoff Wirsung verdeütscht. M.D.LVI. [23]   *Wirsung*

79 Sehr Herrliche Schöne vnd warhaffte Gedicht. Durch den sinreichen vnd weyt
berümbten Hans Sachsen / ein liebhaber teudscher Poeterey/ vom M.D. XVI.
Jar/ biß auf diß M.D.LVIII. Jar/zusamen getragen vnnd volendt. Getruckt zu
Nürnberg bey Christoff Heußler. Im Jar/ M.D. LVIII. [7]

80 ENCHIRIDION Geistliker Leder vnd Psalmen Dorch Doctor Martinus Luther.
[*Kolophon:*] Gedrücket to Hamborch/ dorch Johann Wickradt den Jüngern.
Anno M.D.Lviij. [18]   *Freder*

81 Die SontagsEuangelia vber das gantze Jar/ in Gesenge verfasset/ Für die Kinder
vnd Christlichen Haußveter/ Durch Nicolaum Herman im Joachimsthal. Witte-
berg/ 1560. *Abdruck nach*: Die SontagsEuangelia/ vnd von den fürnemsten Festen
vber das gantze Jar/ In Gesenge gefasset fur Christliche Hausveter vnd jre Kin-
der/ Mit vleis corrigirt/ gebessert vnd gemehret/ Durch Nicolaum Herman im
Joachimsthal. Witteberg/ 1562. [*Kolophon:*] Gedruckt zu Wittenberg durch Ge-
orgen Rhawen Erben. 1562. [7]

82 Twe lede volgen/ Dat Erste/ Van Dirick van dem Berne/ wo he sülff twölffte/den
Köninck van Armentriken/ mit veerde halff Hundert Man/ vp synem egen Slate/
vmmegebracht hefft. Dat ander/ Van Juncker Baltzer. – [Johann Balhorn d.J.:
Lübeck 1560]. [1 a]   *Unbekannter Verfasser*

83 *Erstveröffentlichung 1562. Abdruck nach*: Das fünfft vnd letzt Buch. Sehr Herrli-
che Schöne newe stück artlicher/ gebundener/ künstlicher Reimen/ in drey vnter-
schidliche Bücher verfast. Durch den künstreichen/weitberhümten vnd wolerfar-
nen Hansen Sachsen Liebhabern teutscher Poeterey/ mit grossem fleiß vnd Poeti-

scher art/ als sein letztes Werck/ in diß fünfft Buch zusammen getragen. M.D.
LXXIX. Gedruckt zu Nürnberg/ durch Leonhard Heußler. [7]

84 IOANNIS LAVterbachij Lobauiensis, Hexapolitani, è Germanis Lusatij, poetæ
laureati EPIGRAMMATVM LIBRI VI. FRANCOFVRTI, EX OFficina Lu-
douici Lucij. M.D. LXII. [7]

85 IOSEPHI A PINV AVERBACHII ETEOSTICHORVM LIBER. EIVSDEM
AENIGMATVM de annis natalibus illustrium, ac clarorum aliquot uirorum li-
bellus. VVITEBERGAE EXCVDEBAT IOHANNES LVFFT ANNO M.D.
LXII. [7]

86 IACOBI MICYLLI ARGENTORATENSIS SILVARVM LIBRI QVINQVE.
Ad Typographum Melchior Acontius Vrsellanus. EX OFFICINA PETRI Bru-
bacchij, 1564 [Frankfurt a. M.]. [7]

87 ENCHIRIDION Geistliker leder vnd Psalmen. D. MAR. LVTH. [Kolophon:]
Gedruckt tho Hamborch/ dorch Jochim Löw/ Anno 1565. [18]   Freder

88 Der Ander Teil Der Bücher / Schrifften/ vnd Predigten des Ehrwürdigen Herrn/
D. Martin Luthers/ So in den Wittenbergischen vnd Jhenischen Tomis nicht zu
finden / vnd doch von dem heiligen Man Gottes gelesen/ geschrieben vnd gepre-
diget worden sind/nach ordnung der jarzal/ als vom M.D. XXX. bis in das
M.D.XXXVIII. mit vleis zusamen getragen/ vnd zugericht. [Kolophon:] Ge-
druckt zu Eisleben in der alten vnd löblichen Graffschafft Mansfeld / bey Vrban
Glaubisch/ wonhafftig auff dem Graben/ den ersten May/ Anno M.D. LXV. [7]

89 Kirchengeseng darinnen die Heubtartickel des Christlichen glaubens kurtz gefas-
set vnd ausgelegt sind: jtzt vom newen durchsehen/ gemehret/ vnd Der Rö. Kei.
Maiestat/ in vnthertenigsten demut zugeschrieben. Anno Domini 1566. – [Ei-
bensehütz] [7]   Geletzky, Herbert, Tham, Vetter, Unbekannter Verfasser

90 Eygentliche Beschreibung Aller Stände auff Erden/ Hoher vnd Nidriger/ Geistli-
cher vnd Weltlicher/ Aller Künsten / Handwercken vnd Händeln / etc. vom
grösten biß zum kleinesten / Auch von jrem Vrsprung / Erfindung vnd gebreu-
chen. Durch den weitberümpten Hans Sachsen Gantz fleissig beschrieben/ vnd in
Teutsche Reimen gefasset/ Sehr nutzbarlich vnd lustig zu lesen vnd auch mit
künstreichen Figuren/ deren gleichen zuvor niemands gesehen/ allen Ständen so
in diesem Buch begriffen/ zu ehren vnd wolgefallen / Allen Künstlern aber / als
Malern / Goldschmiden / etc. zu sonderlichem dienst in Druck verfertigt. Ge-
druckt zu Franckfurt am Mayn. M. D. LXVIII. [Kolophon:] Gedruckt zu Franck-
furt am Meyn/ bey Georg Raben/ in verlegung Sigmund Feyerabents. [Holz-
schnitte: Jost Amman]. [7]

91 Geistliche Lieder vnd Psalmen / der alten Apostolischer recht vnd warglaubiger
Christen Kirchen / so vor vnd nach der Predigt / auch bey der heiligen Commu-
nion/ vnd sonst in dem haus Gottes/ zum theil in vnd vor den Heusern/ doch zu
gewönlichen zeitten/ durchs gantze Jar/ ordentlicher weiß mögen gesungen wer-

den / Aus klarem Göttlichem Wort/ vnd Heiliger geschrifft Lehrern (Mit vorgehenden gar schönen vnterweisungen) Gott zu lob vnd ehre/ Auch zu erbawung vnd erhaltung seiner allgemeinen Christlicher Kirchen/ Auffs fleissigste vnd Christlichste zusamen bracht. Durch Johann: Leisentrit von Olmutz/ Thumdechant zu Budissin etc. [*Kolophon:*] Gedruckt zu Budissin/ durch Hans Wolrab. M.D. Lxvij. *Abdruck nach:* Johan Leisentrit. Gesangbuch von 1567. Faksimileausgabe mit einem Nachwort v. W. Lipphardt. – Kassel 1966

Edingius, Hecyrus, Leisentrit

92 POEMATVM IOANNIS STIGELII LIBER I. [– Liber octavus] CONTINENS SACRA. IENAE Excudebat Donatus Ritzenhain et Thomas Rebart 1566 [–1569]. [7]

93 Ein schöns Lied/ von der alten Schwiger/ vnd irer Schnur./sampt jrem Son Heintzen/ In seiner weiß. Ein anders Lied/ von dem Rautenstöckelein. – [*o. O.*] [um 1570]. [London]

Unbekannte Verfasser

94 Nye Christlike Gesenge vnde Lede/ vp allerley ardt Melodien/ der besten/ olden/ Düdeschen Leder. Allen framen Christen tho nütte/ Nu erstlick gemaket/ vnde in den Drück gegeuen: Dörch Hermannum Vespasium/ Predyger tho Stade. P.K. 1571. [*Kolophon:*] Gedrücket tho Lübeck/ dörch Assuerum Kröger. M.D. LXXI. [7]

95 Di Psalmen Davids In Teutische gesangreymen/ nach Französischer melodeien ûnt sylben art/ mit sönderlichem fleise gebracht von Melisso. Samt dem Biblischen texte: auch iglicher psalmen kûrtzen inhalte ûnt gebätlin. 1572. [*Kolophon:*] Verfertiget in der Kûrfurstlichen stat Haidelberg bei Michaël Schirat, den 9. herbstmonats. 1572. [7]

96 Theatrum das ist/ Schawplatz/ darein die eitelkeit der jrrdischen vnnd vergencklichen dingen vnd die vbertreffenlichste Gottliche vnd Himlische sach getzeigt vnd erkleret wird/ nicht weniger lustig vnd lieblich/ als nützlich vnd anweisslich/ Allen liebhabern des Göttlichen Worts/ der Poeterey und Mälerey. Durch H. Johann von der Noot Edelman auss Brabant/ erstlich in Brabandisch beschrieben/ jetzt aber in Oberlendisch teutsch vbergesatzt/ durch Balthasarn Froe Rechenmeistern zu Cöln. [1572] *Abdruck nach:* L. Forster: Die Niederlande und die Anfänge der Barocklyrik in Deutschland. Mit Textbeispielen und einer Abbildung. – Groningen 1967

97 Der Psalter dess Königlichen Propheten Dauids/ In deutsche reymen verstendiglich vnd deutlich gebracht/mit vorgehender anzeigung der reymen weise/ auch eines jeden Psalmes Inhalt/ Durch den Ehrnuesten Hochgelarten Herrn Ambrosium Lobwasser/ der Rechten Doctorn/ vnd Fürstlicher Durchlauchtigkeit in Preussen Rathe. Vnd hierüber bey einem jeden Psalmen/ seine zugehörige vier stimmen/ vnd laut der Psalmen/ andechtige schöne Gebet. Leipzig. 1573. [*Kolophon:*] Gedruckt zu Leipzig/ bey Hanß Steinman. TYPIS VOEGELIANIS Anno M.D. LXXIII. [7]

98 *Grabschrift* 1573. *Abdruck nach*: Die deutschen Inschriften. 1. Bd. Die Inschriften des badischen Main- und Taubergrundes. Wertheim-Tauberbischofsheim. Gesammelt und bearbeitet v. E. Cucuel und H. Eckert. – Stuttgart 1942
Fischer

99 MELISSI SCHEDIASMATA POETICA. Item FIDLERI FLVMINA. FRAN-COFORTI AD MAENVM, Anno Christi 1574. [*Kolophon:*] FRANCOFVRTI AD MAENVM, APVD GEORGIVM CORVInum, impensis Matthæi Harnisch, Bibliopolæ Heydelbergensis. M.D. LXXIIII. [7]

100 F. FIDLERI FLVMINA CARMINE DESCRIPTA. [*Kolophon:*] IMPRESSVM FRANCOFVRTI AD MOEnum, apud Georgium Coruinum, impensis Matthei Harnisch. M.D. LXXIIII. [7]

101 Ander teyl der Berckreyen. Auffs new zusamen bracht/ mit viel außerlesnen Liedern/ So in den anderen nit begriffen sind. Gedruckt zu Nürnberg/ bey Valentin Furman. M.D.LXXIIII. [1]
Unbekannte Verfasser

102 [Dritter Teil der Berckreyen]. – [Valentin Furman: Nürnberg 1574] [*Titelloses Exemplar. Angaben nach*: Bergreihen. Eine Liedersammlung des 16. Jahrhunderts mit drei Folgen. Hrsg. v. G. Heilfurth, E. Seemann, H. Siuts u. H. Wolf. – Tübingen 1959, S. XVII] [1]
Unbekannte Verfasser

103 [Johann Fischart:] Offentlichs vnd inn warheit wohlgegründts Außschreiben der vbelbefridigte Ständ in Franckreich, die sich Mal Content nennen.: Inhaltend Die Wunderlich Beschreibung des Lebens, verhaltens, thun, vnd Wesens der CA-THERINE von MEDICIS der König in Franckreich Mutter. Darinnen gründtlich weiß vnd weg dardurch sie sich in die Regierung des Reichs eingeschleiffet, auch solche noch alleweil zu verderb vnd vntergang desselbigen statt vnd wolfahrt vnrechtmäßig vorhält, beschriben wird: Auß dem Frantzösischen ins Teutsch gebracht durch Emericum Lebusium. [1575]. [23]

104 POEMATA Gregorij Bersmani Annaebergensis, IN LIBROS DVODECIM DI-VISA. LIPSIAE [*Kolophon:*] LIPSIAE Imprimebat Iohannes Steinman. TYPIS VOEGELIANIS. Anno M.D. LXXVI. [7]
Bersmanus, Rhudenus

105 Gesangbüchlin von Psalmen/ Kirchengesängen/ vnd Gaistlichen Lidern. D. Mar. Luthers. Auch viler anderer Gotseligen Leut: auf das richtigest vnd notwendigest/ inn ain bekömlich Handbüchlin zusamen geordnet/ vnd aufs neu vbersehen vnd gemehret. Zů Strasburg/ Bei Bernhart Jobin. M.D. LXXvj. [London]
Fischart

106 Kurtzweilige Teutsche Lieder/ zu dreyen Stimmen/ Nach art der Neapolitanen oder Welschen Villanellen/ newlich Durch Röm. Key. May. etc. Musicum/ Jacobum Regnart componirt/ vnd in druck verfertigt. Tenor. Gedruckt zu Nürnberg/ durch Katharinam Gerlachin/ vnd Johanns vom Berg Erben. M.D. LXXVI. [1a]

107 [Daniel Sudermann:] *Erstveröffentlichung* 1577. *Abdruck nach*: Wackernagel: Kirchenlied. Bd 5, S. 554.

108 [Caspar Franck:] *Erstveröffentlichung* 1578. *Abdruck nach*: 123

109 Grammatica GERMANICAE LINGVAE M. Johannis Claij Hirtzbergensis EX BIBLIS LVTHERI GERMANICIS ET ALIIS EIVS LIBRIS COLLECTA. M.D.LXXVIII. *Abdruck nach*: Grammatica GERMANICAE LINGVAE EX OPTIMIS quibusque Autoribus collecta Opera et studio. M. Iohannis Claij Hertzber. HAC SECVNDA EDItione ab ipso Autore Correcta et multis in locis emendata. Lipsiæ M.D.LXXXVII. [*Kolophon:*] LIPSIAE Impensis Henningi Grosij. Anno 1587. [7]

110 Das Philosophisch Ehzuchtbüchlin. J.F.G.M. [Johann Fischart Genannt Mentzer] Zu Straßburg. M.D.LXXVIII. [23]

111 POEMATVM NATHANI CHYTRAEI PRAETER SACRA OMNIVM LIBRI SEPTENDECIM. ROSTOCHII Imprimebat Stephanus Myliander. Anno M.D.LXXIX. [7]

112 Newe kurtzweilige Teutsche Lieder [...] durch Jacobum Regnart [...] Nürnberg 1580. *Abdruck nach*: Neue kurtzweilige Teutsche Lieder/ mit fünff stimmen/ welche gantz lieblich zu singen/ vnd auff allerley Instrumenten zugebrauchen/ Componirt Durch Jacobum Regnart/ Röm. Key. Maiestat. Musicum/ vnd Vicecapellnmeister. Discantus. Gedruckt zu Nürmberg/ durch Katharinam Gerlachin. M.D.LXXXVI. [7]   *Unbekannter Verfasser*

113 EMBLEMATVM Tyrocinia: Sive PICTA POESIS LATINOGERMANICA. Das ist. Eingeblümete Zierwerck/oder Gemälpoesy. Durch M. Mathiam Holtzwart Nun erstmals inn Truck kommen. Zu Straßburg bei Bernhard Jobin. M.D.LXXXJ. Mit Keys. May: Befreiung. [Holzschnitte: Tobias Shimmer]. [23] *Faksimile in*: Mathias Holtzwart. Emblematum Tyrocinia [...] Hrsg. v. P. v. Düffel u. K. Schmidt. – Stuttgart 1968

114 Die' Psalmen Dauids in allerlei Teutsche gesangreimen bracht: Durch Casparum Vlenbergium Pastorn zu Keiserswerd, vnd Canonichen S. Sweberti daselbs. Gedruckt zu Cöln, durch Gerwinum Calenium vnd die Erben Johan Quentels, Im Jar M.D.LXXXII. [*Titelloses Ex.: Titel nach*: Wackernagel: Bibliographie, S. 401] [7]

115 Der gantze Psalter Dauids/ Darneben alle anderen Psalmen vnd Geistliche Lieder/ im alten vnd neuwen Testament/ sampt vielen Dancksprüchen der lieben Heyligen/ Gesangsweise gefasset Durch M. Cyriacum Spangenberg. Gedruckt zu Franckfurt am Mayn. M.D. LXXXII. [7]

116 Lieder-Büchlein, Darinn begriffen sind Zwei hundert und sechtzig Allerhand schöner weltlicher Lieder, Allen jungen Gesellen und züchtigen Jungfrawen zum newen Jahr, in Druck verfertiget. Affs newe gemehret mit viel schönen Liedern,

die in den andern zuvor außgegangenen Drücken nicht gefunden werden. M.D.
LXXXII. *Abdruck nach*: Das Ambraser Liederbuch vom Jahre 1582. Herausge-
geben von Joseph Bergmann. – Stuttgart 1845   *Unbekannter Verfasser*

117 Christliche Reuter Lieder. Gestellet durch Herrn Philipsen den Jüngern Freiherrn
    zu Winnenberg vnd Beihelsteyn. Zu Straßburg bei B. Jobin, 1582. *Abdruck nach*:
    Christliche Reuter Lieder. Gestellet durch Herrn Philipsen den Jüngern Freiherrn
    zu Winnenberg vnd Beihelstein/ jetz zum andern mahl mit viel Newen Gesängen
    vermehrt. Zu Straßburg/ bei B. Jobin. 1586. [7]

118 Zwey Schöne Weltliche Lieder. Das Erste/ Von dem Alten Hildebrandt/ etc. Das
    Ander/ Ein truncken Man der fürt ein Marterers Leben. [*Kolophon*:] Gedruckt zu
    Eisleben durch Andream Petri. M.D. LXXXIII. [7]   *Unbekannter Verfasser*

119 [Johann Beltz:] *Erstveröffentlichung* 1584. *Abdruck nach*: 123

120 Cithara Christiana PSALMODIARVM SACRARVM LIBRI SEPTEM: AV-
    THORE Johanne Lauterbachio Poëta coronato. Christliche Harpffen Geistlicher
    Psalmen vnd Lobgeseng sieben Bücher/ zusammengeordnet Durch Johan Lauter-
    bach gekrönten Poeten. LIPSIAE/Anno M.D.LXXXV. [*Titelloses Ex.: Titel
    nach*: Wackernagel: Bibliographie, S. 411] [*Kolophon*:] Gedruckt zu Leipzig/ bey
    Hans Steinman. M.D.LXXXv. [7]

121 Die lauter Warheit. Darinnen angezeiget/ wie sich ein Weltlicher vnnd Geistlicher
    Kriegßman inn seinem Beruff vorhalten soll/ Allen Ständen nützlich/ vnd zu
    jtziger Zeit fast nötig zu lesen. Durch Bartholomaeum Ringwaldt/ Pfarherrn in
    Langfeldt. – [*o. O.*] [1585]. [7]

122 Handbüchlin: Geistliche Lieder vnd Gebetlin/ Auff der Reiß/ oder sonst in eige-
    ner not/ vnd in sterbens leufften zugebrauchen. Auch denen so zu Hof/ oder mit
    gewalt bedrengt/ vnd mit falschen zungen angegriffen/ sehr nützlich vnd tröst-
    lich/ Durch Barthol: Ringwaldt/ Pfarherr in Langfeld. Hierbey sind auch gesetzt/
    die Catechismi vnd fürnembsten Gesenge Lutheri. Franckfurt an der Oder/ 1586.
    [28]

123 Christliche Psalmén/ Lieder/ vnd Kirchengesenge/ Jn welchen die Christliche
    Lehre zusam gefasset vnd erkleret wird/ Trewen Predigern in Stedten vnd Dörf-
    fern/ Auch allen frommen Christen zu diesen letzten vnd schweren zeiten/ nütz
    vnd tröstlich. Durch D. Nicolaum Selneccerum. Gedruckt zu Leipzig durch
    Johan: Beyer/ Jm Jahr M.D.Lxxxvij. [7]   *Beltz, C. Franck, Selnecker*

124 *Erstveröffentlichung ca.* 1587. *Abdruck nach*: R. Ewerhart: Eine unbekannte
    Textquelle zum Weihnachtslied „Es ist ein Ros' entsprungen". *In*: Kirchenmusi-
    kalisches Jahrbuch 40 (1956)   *Unbekannter Verfasser*

125 [Friedrich Beer:] *Erstveröffentlichung* 1588. *Abdruck nach*: Ein Meisterlied von
    Doktor Faust. Mitgeteilt von Johannes Bolte in Berlin. *In*: Euphorion 1 (1894)

126 *Erstdruck* 1588. *Abdruck nach*: Christliche Warnung des Trewen Eckarts. Darinnen die gelegenheit des Himmels vnnd der Hellen/ sampt dem zustande aller Gottseligen vnd Verdampten begriffen/ allen frommen Christen zum Trost/ den verstockten Sündern aber zur verwarnung/ in feine Reim gefasset. Durch Bartholomeum Ringwalt/Pfarrherrn in Langfeld/vnd jetzt von dem Autore zum beschlus vnd letztenmale/ wider vbersehen vnd vermehret. Gedruckt zu Franckfurt an der Oder/ bey Andreas Eichorn. [1589]. [7]

127 *Erstveröffentlichung* 1588 [?]. *Abdruck nach*: Christoph von Schallenberg. Ein österreichischer Lyriker des XVI. Jahrhunderts. Herausgegeben v. H. Hurch. – Tübingen 1910 (Bibliothek des litterarischen Vereins in Stuttgart. CCLIII.)

128 [Daniel Suderman:] *Erstveröffentlichung* 1589. *Abdruck nach*: Wackernagel: Kirchenlied. Bd 5

129 *Erstdruck* 1592. *Abdruck nach*: Straßburgisches Liederbuch. 1592. Herausgegeben v. A. Birlinger. *In*: Alemannia. Zeitschrift für Sprache, Litteratur und Volkskunde des Elsasses und Oberrheins 1 (1873). *Unbekannter Verfasser*

130 Georg Hager. A Meistersinger of Nürnberg 1552–1634. By Clair Hayden Bell. – Berkeley und Los Angeles 1947 (University of California Publications in Modern Philology. Vol. 30–32).

131 Frid. Taubmani MELODAESIA siue EPULUM MUSAEUM. LIPSIAE Sumptibus Thomæ Schureri. Anno M.D.IIIC. [*Kolophon*:] Lipsiæ, IMPRIMEBAT MICHAEL LANTZENBERGER. Impensis THOMAE SCHURERII Bibliop. ANNO M.D.XCVII. [7]

132 Ein kort Psalmbökeschen/Darinn de gebrücklikesten Gesenge vnde Leder/ D. Martini Lutheri vnd ander framer Christen thosammen gefatet synt. Hamborch/ Anno 1598. [18]   *Wolder*

133 New Catechismus Gesangbüchlein/ darinne Mart. Lutheri/ vnd anderer Christen geistliche gesenge durch Davidem Wolderum nach Ordnung der Heuptstücke des Chatechismi sein abgetheilet/ vnd mit jhren Melodeyen vnd Summarien gedruckt. Zu Hamburg. Bey Theodosio Woldero. Anno Christi 1598. [18]   *Wolder*

134 Frewden Spiegel deß ewigen Lebens. Das ist: Gründtliche Beschreibung deß herrlichen Wesens im ewigen Leben. Allen betrübten Christen/ so in diesem Jammerthal/ das Elendt auff mancherley Wege bauwen müssen/ zu seligem vnd lebendigem Trost zusammen gefasset/ Durch PHILIPPVM NICOLAI, der H. Schrifft D. vnd Dienern am Wort Gottes zu Vnna in Westphalen. Gedruckt zu Franckfurt am Mayn/ durch Johann Spies. M.D.XCIX. [278]. [*Faksimile*: Soest 1963]

135 *Erstveröffentlichung ca.* 1600. *Abdruck nach*: Das Raaber Liederbuch herausgegeben von E. Nedeczey. – Wien 1959 (Sitzungsberichte der österreichischen Akademie der Wissenschaften 232. Bd 4. Abhandlung)   *Unbekannte Verfasser*

Verzeichnis der Autoren und ihrer Gedichte

Das Verzeichnis ist alphabetisch angelegt. Bei Herkunftsbezeichnungen wurde nach dem Taufnamen geordnet (ADAM VON FULDA), während im übrigen der zweite Namenbestandteil maßgebend war (ULRICH VON HUTTEN). Nebeneinander stehen deutsche und latinisierte Namenformen (BELTZ/BERSMANUS). Die neulateinischen Dichter sind unter ihrem Humanistennamen aufgeführt, dem der deutsche Name in runden Klammern zugefügt wurde, z.B. CONRAD CELTIS (PICKEL). Namenform und Orthographie folgen in der Regel den einschlägigen Handbüchern. Hinter dem Namen stehen in runden Klammern die Lebensdaten des jeweiligen Autors, wobei Unsicherheiten durch *um, nach, oder,* Doppeldaten bzw. ? gekennzeichnet sind.

Gedichte eines Verfassers erscheinen untereinander in der Reihenfolge, in der sie in dieser Sammlung vorkommen. Dabei sind Gedichtüberschriften recte, Gedichtanfänge kursiv gesetzt. Es folgt jeweils eine halbfett gedruckte Chiffre, die auf das *Verzeichnis der Quellen* verweist. Danach wird, wenn in der Vorlage vorhanden, der originale Rubriktitel (Zwischentitel, Kolumnentitel, Abschnittsüberschrift usw.) in runden Klammern mitgeteilt.

Der genaue Fundort ist mit Bogensignaturen, Seitenzahlen oder Nummern angegeben. Die Bogensignaturen erscheinen in normierter Form, z.B. Bl. C 5 a – C 6 b, d.h. vom 3. Bogen (C) das 5. Blatt (Bl.) auf der Vorderseite (a) bis zum 6. Blatt dieses Bogens auf der Rückseite (b). Gelegentlich finden sich auch der Vorlage entsprechend beide: Bogensignaturen bzw. Seitenzahl und Numerierung, die mit arabischen Ziffern durchgeführt ist. Wie eine Numerierung werden auch Eintragungen wie *Ein anders* in der Vorlage behandelt. Kommt keine dieser Möglichkeiten in Betracht, dann wird in anderer Form eine genaue Kennzeichnung der Fundstelle versucht (vgl. bei JOHANNES BOTZHEIM). Steht hinter der Quellenchiffre keine weitere Angabe, so handelt es sich entweder um einen Einblattdruck oder die Quelle enthält nur ein Gedicht.

Gedichte unbekannter Verfasser stehen am Schluß des Verzeichnisses und zwar in alphabetischer Ordnung der Gedichtüberschriften bzw. -anfänge. Bei der Einordnung wird die normalisierte Schreibweise eines Wortes zu Grunde gelegt; z.B. steht *frewelein* (Fräulein) vor *fraw* (Frau). Daß mehrere Gedichte von demselben unbekannten Verfasser herrühren (vgl. S. 292–300) wurde weder im Textteil noch im Verzeichnis berücksichtigt.

Verzeichnis der Autoren und ihrer Gedichte

Verzeichnis der Autoren und ihrer Gedichte

Verzeichnis der Autoren und ihrer Gedichte

Verzeichnis der Autoren und ihrer Gedichte

Verzeichnis der Autoren und ihrer Gedichte

330

Verzeichnis der Autoren und ihrer Gedichte

Verzeichnis der Autoren und ihrer Gedichte

Verzeichnis der Gedichtüberschriften und -anfänge

Überschriften und Anfänge

Überschriften und Anfänge

340